ここにある写真のほとんどは、わたしの叔父（後にわたしを養女に迎えようとしてくれた叔父）が撮ってくれたものだ。叔父の一家はわたしが6歳の時に引っ越してしまったので、それ以降の写真はあまりない。

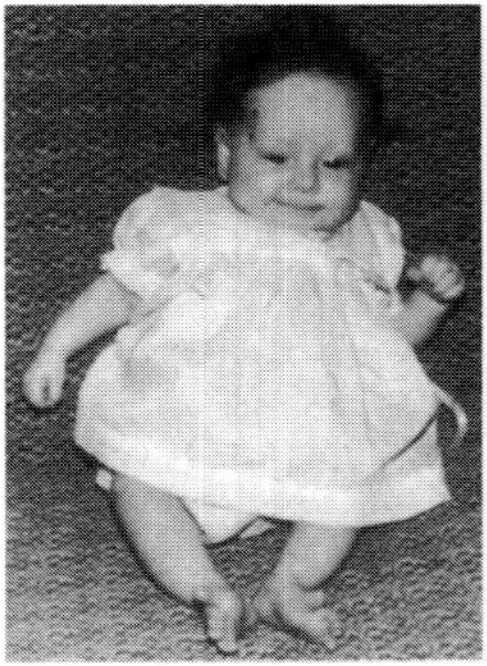

生後数か月のわたし。この時でさえ、すでに人ときちんと目を合わせようとしていない。片方の目はぼんやり前方を見つめており、もう片方の目は自分の心の内側に向いている（後にわたしはこのやり方で、「世の中」に対する焦点をぼかし、自分の心から「世の中」をシャットアウトするようになった――この写真ではそこまでしているかどうかは不明）。わたしの表情ははっきりふたつに分かれており、一方は生き生きしているがもう一方は無表情でこわばっている。だがそう言われなければ、何を見ているというわけでもないただの赤ん坊のスナップだと思う人が多いだろう。

わたしが「わたしの世界」に浸っていた時、どれほど満足していたかが一番よく表れている写真。わたしはカメラの向こうを凝視するように見つめて、自分の世界に浸っている。

左の写真からしばらく後。これは、認識、情緒、知覚の上でのシャットアウトが起きた時のわたしだ――兄の表情と比べると、どれほど呆然として「死んだように」なっているかがわかる。わたし自身はこの時ここにはいなかったのだ。隣りに兄がいることもよくわかっていなかったが、兄は何も意識していない。

右の写真では、「世の中」に向かう時の兄とわたしの違いがよくわかる。わたしは片手にボールを持ち、もう片方の手では髪の毛を握って、カメラからは目をそらして何もない宙を見ている。一方兄は、何の苦もなく、まっすぐにカメラを構えた人の方を見ている。

左の写真でも、兄がわたしに関心を示しているのに対して、わたしの方は、さわって確かめることのできる社会性のない世界に没頭している――バレエのコスチュームの話で述べるとおり、「人に対するのとは違い、わたしはいつも喜んで物を受け容れたし、物と一体化さえした」。

この写真に題をつけるとしたら、「バレリーナには向いていなかったウィリー」。わたしはカメラを透視するようにして向こう側を見てはいるが、自己防衛するかのような表情を崩していない。また最初の頃の写真に比べて、兄がわたしとは距離を保つようになったこと、わたしに関心を示さないようになったこと、が見てとれる。

兄の6歳の誕生日。わたしは5歳。風船とボールを持っているにもかかわらず、それらと一体化することができない。わたしに対する兄の態度が変わってきているのは、一目瞭然である。

これは、「精神異常」という大げさな題がつけられてしまいそうな典型的な写真だろう。しかしやはり、わたしが空中の丸に没頭しようとして、一心不乱に神経をはりつめているのがよくわかる写真でもある（空中の丸とは実際は大気中の粒子。わたしが非常に感度の高い視力を持っていたために、前景のように見えていた）。

この写真では、兄とは対照的に、わたしが人ときちんと目を合わせるのがどれほど苦痛であったかがよくわかる。

わたしが自分で一番気に入っている写真。髪の毛をもてあそび、すとんとしたねまきを着たわたしは、カメラがとらえる限り誰とははっきりわからないような「名前も居場所もない幻の人間」だ。このねまきを着て公園で木にぶら下がっていた時に、実在のキャロルに出会った。一方兄は、この時小屋のドアをうまく塗ることができずにいた——隣りに立っている者があまり協力しなかったのは、言うまでもない。

叔母といとこ（この本には出てこない）と一緒のわたし(右)。叔母の一家は、わたしの家と同じ敷地内の裏庭側にある家に住んでいた。裏庭にはトレーラーハウスもあり、祖母はそこで亡くなった。この写真はわたしが**キャロル**になった時の良い例。「わたしが笑うとあなたも笑う、そうしてわたしたち皆が笑う」。

小学校に行き始めた頃の**ウィリー**。6歳。口をぎゅっと閉じ、拳を握りしめ、にらみつけるような目つき――「世の中」とそれほどうまく折り合ってはいなかったのだ。

ウィリー、21歳。看板にこっそり「ウィスプス」を描いたところ(それで少しいたずらっ子のような顔をしている)。

ドナ——「わたしの世界」にいるわたし。昼食の後、ブラインが撮った写真。22歳の時。

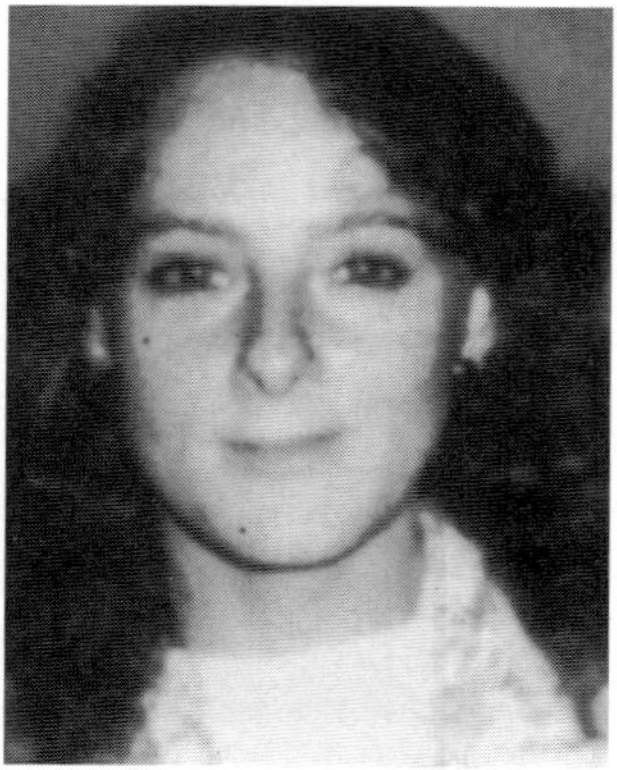

デイビッドの撮った写真。キャロル、23歳。こわばった表情の中に、恐怖心が見え隠れしている。無理に作り笑いをしたような笑顔。

昨年、昔住んでいた家を訪ねた時に撮った小屋の壁。いまだにわたしの書いた落書きを読むことができた。「ドナはクルクルパー」（DONNA IS A NUT）。

新　潮　文　庫

自閉症だったわたしへ

ドナ・ウィリアムズ
河野万里子訳

新　潮　社　版

6496

目次

自閉症だったわたしへ

わたしの心の支えになってくれた
シャロンと祖父母とローリー家の皆さんに

そして
わたしの気持ちが的確なことばになるよう手助けしてくださった
ローリー・バータック先生とモーガン家の皆さんに

ひとつも窓のない部屋で、影たちだけに囲まれて、きみはじっと立っている
あの人たちはまたやって来る　きみを取り込もうと執拗《しつよう》に
心の扉を固く閉ざせ　まわりのことは気にするな
振り回されることはない　ただもう一度、一から始めればいい

ガラス張りの世界から、きみは静かに見つめている　行き交う人を、外の世界を
誰もきみに触れることはできない　ここなら大丈夫　そう思ったのに
心の奥底で、冷たい風が吹きすさぶ
何ものにも傷つけられない場所のはずが、気がつけば、もう遅い

走れ、力の限りに、倒れるまで　たとえ止まり方を知らなくとも
人は皆通り過ぎ、きみは手を振る　さようならと
子どものようなきみに、誰も皆ほほえむばかり
どれほどきみを混乱させたか考えもせず　そしてきみは、不意に泣き出す

だから、いいか、専門家たちもあてにはするな
考え込むな、聞き流せばいい
逃げるのだ、隠れるのだ、心の片隅に、一人きりで
きみはあたかも、名前も居場所もない、幻の人間

まえがき

深刻な心理的問題を持つ人は、自分をどのようにとらえているのだろうか。現実世界は感じ取りにくくわかりにくいものだろうが、そんな世界とどのように折り合いをつけているのだろうか。物事に一貫性も秩序もないように見える混乱の中で、どのように他者に目を向け、他者と触れ合い、交流するのだろうか。

自閉症は、脳の発達障害によって起こると考えられている。その結果外界からの情報が、的確には処理されなくなるのだ。たとえば人は普通、顔の表情や、感情に伴なって表れる体の動き、声のトーンといったものなどの意味をごく自然に読み取っているが、自閉症の人には、それらが奇妙で暗号のような動作にしか見えない。相当の努力をしなければ、そうした意味を読み取ることはできない。一方逆に私たちは、そういった彼らのあるがままの内面からの見方というものを、とらえきることができない。いや、できなかった、と過去形で言うべきだろう。本書『自閉症だったわたしへ』が、これまで自閉症の人の心を覆《おお》っていたヴェールを、一気に取り除いてくれたからだ。ドナ・ウィリアムズは、自閉症の人の心を、かつてないほどあざやかに描き出した。実は彼女自身、自閉症なのである。だからこそ彼女が綴《つづ》ったことばには、真実のみが持ち得る迫力と、魅《ひ》きつけられてやまない不思議な魅力とがあふれている。

ドナはこれまで、ばか、きちがい、異常、世間知らず、人格障害、まったくのつむじ曲がり、などと呼ばれてきた。そうして人間のあらゆる感情を恐れるあまり、心が凍りついたように、ごく普通で自然な人間関係を持つことができなくなった。ドナは自閉症を、自ら次のように説明している——身体と精神は健康であるのに、情緒を司《つかさど》るメカニズムだけがどこかうまく動かなくなって、自分を充分に表現することができない、と。本書は、それを具体的に述べ、確認した、衝撃的な自伝である。

自閉症の実態をつかむことは、きわめて困難だ。専門家は、自閉症という症状を外側から観《み》て論文を書く。そのため説明は、専門家ならではのオーラに包まれ、情報量や観察の面ですぐれてはいても、個人的な経験には基づいていないという弱点がある。ところがドナ・ウィリアムズの説明は、専門的な勉強を積んだ人のものでありながら、その説明や理論を自分自身の経験に照らし、自分自身で検証することができたという点で、一般の専門書とは決定的に異なっているわけだ。それゆえ本書には、心をくぎづけにさせられる。胸がざわめき、新たな世界が見えてくる。心理的に健康であるとは、一体どういうことなのか。本書によって多くの人が、この問いをもう一度、問い直し始めるに違いない。

アンソニー・クレア

医学博士／ロンドン王立医学会会員／ダブリン・トリニティ・カレッジ精神医学科臨床教授／セント・パトリックス病院医長

序章

本書はある若い女性が自分の子ども時代について綴《つづ》った、勇気あふれるすばらしい実話である。彼女の名は、ドナ・ウィリアムズ。自閉症であることをはじめ、数々の試練を乗り越え、深い思慮と洞察力を身につけた女性に成長した。そして自らの行動を、冷静に、しかも情感豊かに振り返り、みずみずしい文章で描いてみせた。

本書『自閉症だったわたしへ』は、多くの点で画期的な力作といえる。しかし著者ドナは、現在でも日々の暮らしの中で、自分自身の行動にしろ他人の行動にしろ、うまくつかめずに混乱することがある。自閉症であるために、多くの点でハンディキャップを背負い続けている。彼女にとって、生きることは、それ自体が闘いなのだ。

そんな彼女の自伝は何といってもまず、困難な状況に立ち向かいながら成長してゆく一人の少女の感動的な物語として、私たちの心をとらえずにはおかない。心あたたまるエピソードや、胸を引き裂かれるような場面を読み進むうちに、いつの間にか、読者自身の幼かった頃の不安や青春時代の苦しみなどが、主人公ドナの姿にオーバーラップしてくることだろう。だが本書の魅力はそれだけではない。子どもの発達相談、障害児の治療教育といった専門的な観点から、さまざまなヒントに満ちた専門書として読むこともでき、特に自閉症治療の関係者にとっては、願ってもない貴重な情報の宝庫となっている。自閉症の人は、通常、自分がどう感じているかを表現することができない。だから私たちが、彼らの行動を観察し、解釈するのだが、これは限界のあることだ。専門家といえども人間であり、まったく的はずれでないにしても、時に不正確な解釈をしてしまうのはどうしようもない。自閉症の研究はすでに四、五十年来続けられてきたものの、いまだに解明されていない部分が多く残っているのである。自閉症の人が、より適応してゆけるよう手を貸してゆくにはどうしたらよいか。本書の中で、明るい光のようにきらめいているドナのユーモアやセンスの良さ、独特のテクニックに、豊かな示唆《しさ》がある。

私自身、自閉症の研究には二十五年間携わってきた。そしてその間、患者が子どもか大人かを問わず、別の障害と思われていたものが実は自閉症であったということが、何度となくあった。逆に、自閉症だと思い、私の助言や助力を求めて来た人が、よく調べてみるとそうではなかったといううれしい経験もあった。ドナが初めて私に電話をしてきた時、彼女は自分が自閉症であるとはっきり言い、よろしくお願いしますと私に言った。私は彼女と会う日時を約束したが、心の中では、この人も何らかの情緒的問題を抱えているだけで、本当は自閉症ではないのではないか、と考えていた。ところが、彼女は紛れもなく、自閉症であった。しかもきわめて幼い頃からそうであったと、判明したのである。

自閉症は稀《まれ》にしか発生しないのだが、非常に厄介な障害だ。統計的には、子ども一万人のうち四人の割合で発生し、男子に多い。女子は大体自閉症児五人に一人の割合なので、人口六千万人ぐらい——ちょうど英国に匹敵する規模の国——では、自閉症の女性は、あらゆる年代の合計で五千人程度ということになる。一方、社会的生活がおくれないほどの精神障害を持つ女性は二、三十万人いるのだから、自閉症の女性というのがいかに稀な存在か、おわかりいただけると思う。

自閉症についてはまだわからないことが多々あるのだが、それでもいくつかのことは、かなりの確信を持って、解明されたということができる。まず、自閉症になるのは親の育て方に問題があったからではなく、胎児期や乳幼児期に生じる脳の発達障害によるもので、その障害の原因にしてもさまざまであるということだ。また、自閉症の人は必ずしも社会的生活ができないほどの障害であるわけではなく、ある分野では深刻な困難が生じるものの、一般的にほとんど何の問題もなく能力が発揮できる分野もある。そして日々の生活については、状況ごとにどのように対応すればよいかを機械的に暗記することにより、なんとかやり過ごしてゆく。しかし本人は、自分が何に対応しているのかほとんどわかっていない場合が多い。

人とのやりとりや人間関係も困難だ。相手の発しているいわゆる情報を読み取ることが難しく、顔の表情というものが理解できなかったり、顔のどの部分がどういう感情を表わしているのかさえわからなかったりする。生活上のごくありふれた場面でも、何が起こっているのかすんなり理解できないことが多い。なにげない会話においても、相手の声の調子やことばの選び方などのシグナルによって感情をつかむ、ということができない。

さらに、いかなる内容であれ、話しことばを理解することが苦手だ。よく自閉症児は、耳が聴こえないのではないかとまちがえられる。話しかけに対して無反応であるからだ。しかし聴力テストをしてみると、耳は聴こえていることがわかる。結局さまざまなテストの結果、無反応であるのは、言語理解の発達に著しい遅れがあるためだと判明した。

こうした障害を抱えていたら、世界はどれほど複雑で恐ろしいものに思えるだろう。だがそれでも、自閉症児たちはまわりの環境に強い関心を抱くことが多く、特に物の扱いに関しては驚くべき能力を見せることがある。たとえば高度なジグソーパズルを、完成した絵を参考にすることなく、個々のピースの形だけから仕上げてしまったりするのだ。もっとも絵を見たところで、彼らにはたいてい理解することができない。

さて以上のような問題のために、自閉症の人の行動には三つの大きな特徴が現れる。第一に、他人との接触を避け、接触した場合でも感情的な反応を外に表わさない。赤ん坊の頃でも親と目を合わせようとしなかったり無表情であったりするし、もう少し大きくなると、今度は友達がつくれなかったり、他の子どもたちと一緒に遊ぶことができなかったりする。第二に、他人のことばに対して反応のないことが多く、本人もことばを持たないことが多い。まったく口をきかないこともある。たとえことばを話したとしても、抑揚がなくて奇妙なほど一本調子であったり、声のピッチがおかしかったりと、普通児の話し方とは明らかに異なっている。よく、言われたことをそのままおうむ返しにもする。第三に、常に同じ環境を要求し、その中で同じような型にはまった行動や、何度も何度も物を並べたり数えたりし続けるなどの、はたから見れば無益な行動を繰り返す。だがそれをやめさせようとしたり、まわりの環境を変えようとしたりすると、激しいストレスを引き起こすことになる。そしてそれが癇癪《かんしゃく》となって爆発すると、自分の手足を嚙《か》んだり、重傷を負うほどまでに自分で自分を殴ったり、壁に頭を打ちつけたりする。

こうした自閉症の特徴を、ドナもまた示している。しかしそれでも彼女はずば抜けた頭脳の持ち主で、ことばを理解する能力の欠陥にしても、好ましい状況での短時間の会話であればほとんど問題がない。また特に幸運であったのは、書く分野においてはさらに欠陥が少なかった点であろう。つまりドナは、他人の話や文章を理解することと自らが話すことには多少の困難が生ずるものの、自分では文章を書くことができ、しかもその中でははっきりと自己を表現できるのである。彼女はまた、他人の行動がうまく理解できないという自閉症独特の困難を抱えてはいるが、人は何らかの不思議なやり方で互いにかかわり合うものなのだと認識しており、自分もそのようになってみたいと努力している。こうして、ドナは自閉症という困難を抱えながらも、このような本を書くことができた。

自閉症児の世話をする親や関係者には、時に自閉症というものが、圧倒的な力で立ちふさがるどうしようもないものに思えることだろう。だがその子の性質や性格は、何も自閉症によってだけ決定されているわけではない。自閉症児の中にも、頭脳明晰《めいせき》な者もいればそうでない者もいる。陽気な者もいればむっつりと気難しい者もいる。さらに、茶目っけのある者、従順で素直な者と、要するに他のあらゆる集団と同様にさまざまな人間がいるのだ。そのふるまいにしても、視点を変えれば、周囲の環境が彼らにとっておかしくなった時に起こす正常な反応と見ることもできる。いやむしろ、そのおかしさに平気でいられるわれわれの方が、本当は鈍感なのかもしれない。また、自閉症の症状は別として、自閉症児にも情緒的に不安定な者と比較的よく適応している者とがおり、これも一般の人間の場合とまったく同じなのである。

ドナに関して言えば、彼女は非常にやさしく思いやり深い心と驚くほどの強靱《きょうじん》な精神とを、兼ね備えた人間だ。それはこの本を読むだけでも鮮明に伝わってくるが、個人的につき合ったわたしの経験からも、請け合うことができる。過去何年もの間、彼女は情緒障害だと言われ続けてきたようだが、決してそうではない。ドナは「きちがい」ではない。そうであったこともない。それどころか、さまざまな事柄を良識的で現実的な目で見つめるという、想像を上回るすぐれた能力に恵まれている。

ドナのすばらしい点は他にもいくつもあるのだが、その中でも特筆すべきは、置かれた環境の中で精一杯自分の運命を切り拓《ひら》いていこうとする不屈の意志と、自分自身の行動についても他人の行動についても深く考えることのできる秀《ひい》でた力だろう。しかしそのような論理的な思考力を持ちながら、なお他人と接するには相当の困難が伴うという彼女のケースは、非常に珍しいものである。あるいはこれも、稀に見る彼女の高い知性の成せるわざなのかもしれない。つまり、その知性のために状況には対処できてしまうものの、感情の方がついていかないのだ。そして、普通の人なら無意識のうちに自然に身を委《ゆだ》ねられるような状況でも、感情の段階で、彼女はそれができない。

だがこのドナの物語は、自閉症といった枠を越えて、あらゆる人の共感を呼ぶものだろう。特に今、大人になる過程で成長しようと闘っている若い人々には、胸に響いてくるものも大きいに違いない。ドナは自閉症であり、それに大部分対処できるようになったわけだが、その他の点ではごく普通の若者なのだ。

彼女はいまだに、人が互いになぜこうもさまざまなことを行なうのか、行ないたがるのか、よくはわからない。しかしとにかく、自分もそういったことについてもっと学ぼう、そして他の人たちと同じようにそうした行動を楽しめるようになろう、と心に誓っている。その実現への第一歩として、現在、さまざまな国の、手紙のやりとりができる軽症の自閉症の人々と、文通をしている。

彼女の障害や生い立ちを考えれば、普通の人には何でもないことが、彼女には苦痛に満ちたものになってしまうということも、うなずける。たとえば他人の体に触れることや、なじみのない部屋で人と一緒にいることなどがそうだ。しかしドナは、他の人たちが何の苦もなくそうしたことをしており、むしろ楽しんでいるのを見て、それなら何も恐れることはないのだと自分に言い聞かせ、最近では自らの恐怖を乗り越えようと果敢にそうした行動に自分を仕向けている。こうしたチャレンジにしろ、本書の中で語られているエピソードにしろ、本当に彼女は、なんと勇気ある人なのだろうか。

私たちは本書から、実に多くのものを受け取ることができるのだ。何よりまず、人間であるというのはどういうことなのか。障害があるというのは、そして勇気を持つというのは、どういうことなのか。物語としても、まだ始まったばかりの人生のみずみずしさやほろ苦さが描かれていて、胸を打たれる。さらに青少年の教育や治療に携わる専門家には、仕事の上でもおおいに参考になるだろうし、自閉症児によってとまどうような経験をさせられてきた人も、それがなぜだったのか、目の前の霧が晴れるような思いをすることだろう。

自閉症児を持つ家族の緊張やストレスも、まのあたりにするように描かれており、そうした家族ではさまざまな理由で不協和音が出やすいこと、だがその不協和音は子どもの自閉症の原因とは何ら関係のないこと、も示されている。自閉症児を持つ親は、どのような親にもまして感情的に不安定になりやすいものかもしれない。しかし、だからと言って、親がいたらないから子どもが自閉症になったというようなことはないのであり、そのような不当な非難に耳を貸すことはないのだ。

ドナの場合は、もしもっと良好な家庭環境であったなら、より早く自閉症に対処して自立することができたかもしれない。だが彼女は、たとえどのような家族であれ、適応しただろう。ともあれ本書は、不安定な家庭環境においても、自閉症児がどれほど大きな可能性を見せるかを物語っており、複雑な家庭と障害というふたつの不幸な要因が、必ずしも結びついて起こるわけではないことも示している。この点についてのドナの態度は、多くの自閉症研究者よりもはるかにきっぱりしている。自閉症を家庭環境のせいにするのは正しくないのであり、そうした意見が患者や家族の方々に向けられるとしたら不幸だ。

『自閉症だったわたしへ』は、すばらしい作品であり、すばらしい功績である。ドナ・ウィリアムズの闘いは、大きな勝利のうちに終わった。闘いを通して、ついに彼女の人間性は、さまざまな困難にも屈しないようになった。私は読者の皆さんが、そのみごとな軌跡を、闘いを、生き生きと語られる物語そのものを、彼女とともに分かち合ってくださるよう、願ってやまない。

ローレンス・バータック

児童心理学博士／オーストラリア連邦心理学会及びオーストラリア連邦理事会心理学部門公認／モネシュ大学（オーストラリア、ヴィクトリア州クレイトン）講師（心理学及び特殊教育）／モネシュ大学モネシュ青少年教育研究所内エルウィン・モーリー児童教育センター所長これはふたつの闘いの物語である。ひとつは、「世の中」と呼ばれている「外の世界」から、わたしが身を守ろうとする闘い。もうひとつは、その反面なんとかそこへ加わろうとする闘い。どちらも心の内側の、「わたしの世界」の中で繰り広げられた。さまざまな戦線があった。数々の作戦が試みられた。傷つき倒れた者たちもいた。

そんな闘いはもう休戦にしたくて、わたしはこの自伝を綴《つづ》った。もちろんわたしの側の言い分を曲げないことが、休戦の条件だ。

かつてわたしは、自分を「わたし」としてではなく、はるかに遠い存在の「彼女」としてしかとらえることのできない人間だった。それが他者に対するこの内なる闘いを通じて、次第に「彼女」から「きみ」に、「きみ」から「ドナ」に、そしてついに「わたし」に、なることができたのだ。自伝の中では、「彼女」も「きみ」も「ドナ」も皆、折々のありのままを、ありのままに語っている。

だがもしかしたら、あなたにとっては現実感のない話かもしれない。そう感じるのが当たり前かもしれない。しかしそれでも、わたしにとっては、すべてが鮮烈な現実だった。

さあ、ようこそ、わ、わ、わたしの世界へ。

1　魔法の世界と「世の中」と

生まれて初めて見た夢を、わたしは今でも覚えている——少なくとも記憶の一番底にある夢を、覚えている。あたりは一面真っ白の世界。何ひとつなく、どこまでも果てしなく白い世界。そこをわたしが歩いている。そしてわたしのまわりにだけは、明るいパステルカラーの丸がそこら中にいくつも浮かんで、色とりどりにきらめいている。そのきらめきの中を、わたしは通ってゆく。きらめきもわたしの中を通ってゆく。うれしくて、声を上げて笑いたくなるような夢だった。

人やおばけが出てきたり、お漏らしをしたりする夢を見るより先に、わたしはこの夢を見た。人とおばけとお漏らしの区別もできない頃だったのだと思う。きっとまだ三歳にもなっていなかっただろう。この夢にはまた、わたしの世界の本質もよく表れている。わたしは目覚めている時にも、飽くことなくこの夢を見ようとした。窓の横に置かれたベビーベッドの中から顔を上げ、わたしは、ガラス越しに射《さ》し込んでくるまぶしい太陽の光を見つめる。それからぎゅっと目を閉じて、激しくこする。すると、現れるのだ。

きらきらしたパステルカラーが、真っ白な中を次々動いてゆく。「やめなさい」―突然声がして、声とともにじゃまなごみが割り込んでくる。だがわたしは楽しさで夢中になって、目をこすり続ける。ピシャッ。平手打ちがとんでくる。

　わたしは、空中にはさまざまな丸が満ちているのを発見した。じっと宙を見つめると、その丸がたくさん現れる。その魔法の世界を邪魔するのが、部屋の中を歩き回る人々だ。わたしは人を見ないようにする。あれは、単なるごみ。わたしは一心に、きらめく丸の中に同化したいと願い、ごみは無視してその向こうを透視しようとする。自分だけの世界に浸っていたわたしは、人をきちんと見ることもないかわりに、おだやかな表情をしていたはずだ。それなのに、ピシャッ。やはり、平手打ち。こうしてわたしは、「世の中」がどういう性質のものなのか、少しずつ知るようになっていった。

　しばらくするとわたしは、自分が望むあらゆるものに一体化できるようになった――たとえば壁紙やじゅうたんの模様、何度も繰り返し響いてくる物音、自分のあごをたたいて出すうつろな音などに。人の存在さえ邪魔ではなくなった。飛び交うことばは低くうなる雑音となり、話し声は、寄せては返す音の連なりでしかなくなった。じっと人々の向こう側を見つめていると、わたしの心はその場から飛び立つのだ。そしていつの間にか、わたしは人々の中に、一体化しているのだった。わたしには、そうした人々の口から出ることばなどはどうでもよかった。だが彼らの方は、そうではなかった。わたしが答えるのを期待し、待っている。答えるためには、自分が何と言われたのか理解しなければならない。だが、心を飛び立たせていろいろな物に同化するのがあまりに楽しくて、ことばを理解するなどという平面的な行為には、とても興味が向かなかった。

「一体おまえは何をしてるの？」いらだたしげな声がする。

とうとうこれは何か言わなくてはならないと感じて、わたしは妥協することにする。そして誰に言うともなく、耳に入ってきたばかりのことばをそのまま口に出す。「一体おまえは何をしてるの？」

「いちいち真似《まね》するんじゃありません」声は怒っている。

また何か言わなくては、と思い、わたしは言う。「いちいち真似するんじゃありません」

ピシャッ。またもや平手打ち。どうして？　どうすればいいの？　わたしにはまるでわからなかった。

こうして人生における一番最初の三年半の間、おうむ返しの口真似だけが、わたしのことばだった。「世の中」というものの存在にも気づいていった。わたしは声の調子やイントネーションも、世の中で使われているとおりに真似をした。だが世の中は、短気で怒りっぽく、冷淡で、容赦のないきびしさに満ち満ちていた。わたしはそんな世の中に対して、泣いたり叫んだり、無視したり逃げ出したりして応《こた》えるしかなかった。

ある時、話しことばをただ「聞く」だけでなく、その意味まではっきりと理解したことがある。それがわたしにとっては重大なことだったからだ。ちょうど三歳半の時だった。両親がある友人の家を訪ね、わたしも一緒に連れていかれたのだが、わたしはその家の居間の外の廊下で、「ヒューン」をして遊んでいた――両腕を伸ばし、その場で一人でぐるぐる回るのだ。おぼろげながら、わたしの他にも子どもが来ていたような記憶がある。というのも、居間での話題が不意にわたしの意識の中に入ってきて、とてもきまりの悪い思いをしたからだ。話題は、わたしのトイレ・トレーニングのことだった。

母は皆の前で、わたしがいまだにお漏らしをする、と言った。

べつにこれで劇的な変化が起こったわけではないのだが、とにかくこの時以来わたしは、用を足すにはトイレに行かなくてはならないと意識するようになった。当時わたしは、トイレに行くのが怖くてたまらなかった。だから、幼かった自分には永遠と思われたほど長時間、ぎりぎりまで我慢した。そしてもうこらえきれなくなる寸前に、やっとのことで行く。時々その我慢が何日も続いてしまうことさえあった。そんな時はあまりの気持ち悪さに、最後は胆汁を吐いてしまう。それでわたしは、ものを食べることも、怖くなった。

その頃わたしが口にしたものといえば、卵に牛乳を加えて煮詰めたカスタードと、ゼリーと、とろりとしたベビーフードと、果物とレタスとハチミツと、パンの白い部分にカラフルなスプレー砂糖をふりかけたものだけ。色とりどりのスプレー砂糖は、まるでわたしの夢のようにきれいだった。事実わたしは、きれいだなあと思うものや、さわって気持ちのいいものや、自分のフィーリングにぴったりくるものだけを食べたのだ。たとえばわたしは、ふわふわした手ざわりのウサギが大好きだった。ウサギはレタスを食べる。だからわたしもレタスを食べた。わたしは色のついたガラスも大好きだった。輝くように透き通るゼリーは、色ガラスによく似ている。だからわたしはゼリーが好きだった。また、他の子たちと同じように、わたしも砂や花や草やプラスチックのかけらなどを口に入れた。他の子たちと違っていたのは、十三歳になってもまだ、花や草や樹《き》の皮やプラスチックを口に入れていたことだ。これも、夢の中のきらめきに入っていこうとしていたのと同じことだった。わたしは何かを好きになると、心が吸い寄せられるように魅了されて、そのままその物と一体になってしまいたくなる。人間にはなじめないというのに、物ならば、自分の一部のようにまでしてしまうのが、うれしくてしかたない。

　だが三歳の時、わたしには栄養不良の症状が出た。それほどやせはしなかったが、顔が青白くなり、ほんの少し触れられただけですぐに打ち身のような跡ができた。まつ毛が大量に抜け落ち、歯ぐきからは血が流れた。これは白血病だと両親は思い、わたしは血液検査に連れていかれた。お医者さんは、わたしの耳たぶから少し血を取った。わたしはされるがままに、おとなしくしていた。お医者さんが、きれいな色のぐるぐる回る厚紙の輪をくれたからだ。わたしはすっかりそれに、気持ちを奪われていたのである。

それからわたしは聴覚テストも受けた。何でも口真似はするものの、本当は耳が聞こえていないのではないかと疑われたのだ。テストでは、両親がわたしの背後に立ち、時折急に大きな音をたてた。が、わたしはまばたきすらせずに、じっと立ち尽くしていた。「世の中」は、わたしの中に、入ってはこなかった。

ふと感じたのは、心の中を通っていった、

かすかなささやき声だっただろうか

すべては無　無がすべて、と

生きているのに死んでいる

本当に生きられるのは、偽りが死ぬ時、と

少しずつ世の中が見えてくるにつれて、わたしはますますまわりが怖くなっていった。人々は皆、敵に見えた。そして皆、わたしに武器を向けているように見えた。だが祖父母と父とリンダ叔母さんだけは、違った。

わたしはいまだに、祖母の匂《にお》いを覚えている。祖母の首には鎖のネックレスが揺れていた。ふくよかな体はあたたかくて柔らかで、顔にも手にも皺《しわ》がいっぱいあって、いつも何か毛糸で編んだものを着ていた。わたしはよく、その編み目に指をからませて遊んだ。笑うと祖母は、少し声がしわがれた。祖母は、樟脳《しょうのう》の匂いがした。

わたしは当時スーパーに行くたびに、家庭用品の売り場に行って、樟脳の袋を手に取ってみたものだ。それから二十年の後、わたしは店で売っていたユーカリ油の瓶をすべて買い占めて、自分の部屋に撒《ま》いたことがある。ユーカリ油は樟脳の匂いに似ていた。わたしはその時、何も感じたくなく、何も考えたくなく、ただひたすらユーカリ油の匂いがもたらしてくれるあたたかな心のやすらぎを求めていたのだった。

わたしはウールの切れ端や、かぎ針編みの小さなものも集めた。それを眠る時に出してきて、編み目に指をからませる。すると気持ちが落ち着いて、安心して眠りに落ちていくことができた。

わたしの場合、ある人が好きだということは、その人の物が好きだということなのだった。そしてそういった物こそが（あるいはその人を思い起こさせるような物こそが）、いやなものや怖いものからわたしを守ってくれる支えだった。いやなものや怖いもの——それは、祖父母と父と叔母以外の人たちである。

このように、ある人の象徴のような物を大事に取っておいたり身近に置いたりすることは、わたしにとって、魔法のおまじないのようなものだった。もしそういった物がなくなったりとられたりしてしまったら、魔法が切れて、悪者たちに襲われてしまうかもしれないと思っていた。もちろんこれは狂気でも妄想でもなく、あどけない空想にすぎなかった。しかしその根底には、自分の無力さについての、激しい恐怖感があったのだ。

祖父はよく、干しブドウや小さく割ったビスケットを、一口ずつわたしに食べさせてくれた。祖父は、何にでもぴったりの名前をつける名人だった。目の前の小さな聴衆の期待がよくわかっていたに違いない。実際、祖父はわたしの世界を理解していた。だからこそ祖父も自分の世界の扉を開いて、わたしを夢中にさせてくれたのだ。たとえばある時は、いろいろな大きさの球になった液体水銀を取り出して、球どうしをぶつけ合わせてみせてくれる。小さい球はころころと飛び散り、すべるように踊り出す。またある時は、中に磁石の入った二匹のスコッチテリア犬の精巧なミニチュアを取り出して、二匹の追いかけっこを見せてくれる。こういう追いかけっこなら安心だった。物を通じてのコミュニケーションなら、安心だった。まわりの物には何にでも名前がついている。そこは、「おじいちゃんとわたしの小さな国」――ここなら安心だった。毎朝わたしはまだ薄暗いうちから起き出して、祖父の住んでいる小屋に駆けていった。

ある日のことだった。小屋に着いても祖父は返事をしてくれなかった。祖父の顔は紫色になっていて、しみが濃く浮き出ていた。横向きに寝たままだった。そして、二度と起き上がることはなかった。

こんなことをするなんてひどい。わたしはそれからずっと、自分を置いてきぼりにした祖父が、許せなかった。しかし二十一歳になった頃、あたかも夜が白み始めて突然太陽の光が射してきたかのように、初めてわたしは、理解したのだ。死の意味を。人はわざと死ぬわけではない、ということを。

わたしは泣いた。泣いて泣いて、泣き続けた。祖父の死を悼《いた》むのに、わたしには、十六年もの時間が必要だった。

父の存在は、わたしの中で、三歳の頃に一度途絶えてしまった。それまでの父は——祖父と同じように——何にでも名前をつけてはわたしの胸をときめかせてくれたものだ。キツネはシリル、ネコはブルッケンスタイン、ベッドはチャーリー・ウォームトン、そしてわたしは、フクロネズミのポリーちゃん、またはオウムのミス・ポリー。わたしは四歳頃まで、本当にオウムのように、言われたことや耳に入ったことを考えもせずに何でもそのまま繰り返していたからだ。

父はまた、きれいな小物やきらきら光る物で、わたしの夢を満たしてくれた。父は毎週違う物を持ってきてくれて、わたしを抱き上げながら、ほら、これはすごいんだぞ、どんな魔法の力があるか知ってるか、と話し出す。わたしは目を丸くしてそれを見つめながら、父の膝《ひざ》の上で、まるでお気に入りのお話のレコードに聞き入るように、耳を傾ける。頭の中では自分で、レコードと同じ「はじめのことば」を繰り返す。「これはオリジナルLPレコードです。さあ、これからお話を始めますよ。今日のお話は……」

二十三年たった今でも、わたしは父のくれたそれらの宝物を持っている。だが彼は——素敵な物のお話をたくさんしてくれた父は——その後、わたしを棄《す》てた。

何年も後に、わたしはもう一人の彼に出会った。その人のこともわたしはとても好きになったが、それが小さい頃にわたしをかわいがってくれたのと同じ父だとは、なかなかわからなかった。それほどまでに、父の存在に対して心を閉ざしてしまっていたのだ。わたしの中で二人が結びつき、まったくの同一人物だと気づいたのは、それからさらに数年後のことだったのである。

わたしの温和な性格とは対照的に、母は激しい人だった。だが、人になじまずつかみどころのないようなところは、奇妙に似通っていたような気がする。

わたしには兄が一人いた。母は心の中で、その兄のことだけを自分の子どもだと思っていたのだと思う。わたしのことは、母はずっと、親のない子のための養護施設に入れたがっていたのだ。当時母に無理やり車に乗せられそうになるたびに、施設に入れられてしまうという恐怖で半狂乱になり、全力で車を蹴《け》って抵抗していたことを、わたしは今でもまざまざと思い出す。わたしは母から与えられる恐怖と苦痛を、体で知っていた。施設は、その母が最後の手段としている所なのだ。それならば、想像を絶する地獄に違いなかった。

おそらく母も、女の子は欲しかったのだと思う。というのも、母は時々兄に女の子の格好をさせてベビーカーに乗せ、散歩に行っていたからだ。兄もわたしも、外見は同じようにかわいい子どもだった。だが兄は「普通の」子どもで、母にそれほど厄介な思いをさせなかった。

施設に向けての母の努力をくじいたのは、父だったようだ。父はわたしの養育権を祖父母に委《ゆだ》ねた。おそらく祖父母の方でも、わたしを育てようと強く言ってくれて、施設への母の執着を絶ってくれたのだろう。それでも父は、この件で代償を支払わされることとなる。わたしにはいっさい口をきかないこと、わたしとは何のかかわりも持たないこと。父はそう命令されたのだ。父と母の仲も決定的に悪化した。母が口を開くと、いつも部屋中が震えた。わたしは、ことばそのものは聞いていなかったかもしれない。だがことばの向こうの気配や人の心の声は、聴こえていたのである。

実を言うと、母がわたしに対して無関心で冷淡であったのとちょうど同じように、父は母と兄に対して、無関心で冷淡だった。家族はふたつに割れて崩壊し、まるで、らせんを描いて急降下しながら、奈落《ならく》の底に向かってまっさかさまに墜落していくような状態だった。

わたしに対する父と母の呼び方ひとつをとっても、それがわかる。父はわたしをポリーと呼んだ。だが、母はわたしをドリーと呼んだ。そして母に言われるままに、わたしは自分が何者であるのかを、知っていった。「あんたは私の人形《ドリー》なのよ。だからあんたを殴ろうが壊そうが、私の自由よ」繰り返し繰り返し、母はそう言った。

こうした険悪な空気は、家の中に恐ろしい連鎖反応を生むようになった。家族の間で緊張が爆発すると、まず父が母にあたり、暴力をふるう。すると今度は母がわたしにあたり、暴力をふるうのだ。だが両親にしてみれば、感情を発散して逃避する手段を見つけたわけなのだった。暴力は何年も続き、結局家庭はめちゃくちゃに壊れてしまった。その嵐《あらし》のような勢いは、わたしだけの小さな世界のどんな魔法よりも、すさまじいものだった。

わたしは二人のうちのどちらにも、抱きついたことはなかった。抱きしめられたこともなかった。わたしは人からあまりに近寄られるのも好きではなかった。触れられるなどは論外だ。触れられると、たとえどんな触れられ方であれ、痛いと感じた。痛いし、とてつもなく怖かった。

わたしの母は、親しいつきあいをするような友人など一人もいなかったのに、それでも、自分の子どもがきれいでかわいいのが自慢でたまらないような人だった。だからわたしの髪も、よくとかしてくれた。わたしは金髪のロングヘアで、しかも天然のかろやかなカーリーヘアだった。母は、わたしの髪のからまったところやカールしているところも、かまわずぐいぐいと乱暴にとかした。

リンダ叔母さんも、よくわたしの髪をとかしてくれた。叔母さんはわたしの髪をとかすのが大好きで、母とは正反対にやさしくそっととかしてくれるものだから、かえって気持ちが悪いほどだった。

「痛くない？」わたしがまるで壊れやすい陶器の人形ででもあるかのように、叔母さんは始終そう聞く。「もっと強くやって」わたしは答える。すると叔母さんは、髪のからまりを無理にとかしてしまわないよう気をつけながら、ゆっくりと丹念にブラシを動かす。わたしは次第に、その感触をうっとり楽しみ始める。「きれいな髪ねえ」叔母さんは必ずそうつぶやく。「つやつやして、本当に絹みたい。それにこんなにいい具合にふんわりふくらんで」わたしは叔母さんの口から出るそれらひとことひとことのイメージがとても好きで、頭の中で、ことばにぴったりの物をあれこれ思い浮かべては、その感触はどんなふうなのだろうといつまでも夢想したものだ。

その頃以来わたしは、さわったり噛《か》んだりして、自分の髪で遊ぶようになった。そして、他人の体に触れることはできなくても、髪の毛になら触れられるようになった。そっと、相手の髪に手をやること。それが、わたしの唯一《ゆいいつ》の友情の表現となったのである。

ベッドの中でわたしを包んでくれる、
つやつやの束　それがウィスプス
時にはふわりと浮かんで宙を舞い、
横たわるわたしを守ってくれる
ウィスプスはわたしの本当の友達だから

わたしはいつも人から、おまえには友達が一人もいない、と言われ続けた。だが本当は、「わたしの世界」には、とてもたくさんの友達がいたのだ。そこの友達は皆、現実の子どもなどよりはるかに素敵で信頼できて、気持ちが通じて、現実感があった。それに何より、絶対の安心感があった。

それはわたしが自分で創《つく》り出した世界で、そこでならわたしは自分を抑える必要もなく、のびのびと自由にしていられた。そして物も動物も自然も、何もかも、ゆったりとあるがままなのだった。またそこには、現実世界には属していない二人の特別な友達がいた。一人がウィスプス、そしてもう一人が、わたしのベッドの下に隠れているふたつの緑の目玉、ウィリーだ。

　わたしはいつも、眠るのがとても怖かった。だから何年もの間、睡眠をとるにしても、両目を大きく開けたまま眠っていた。そんな様子は確かにあまり「普通の」子らしくは見えなかったことだろう。「おばけが来る」とか「おばけがいる」とかいう方がまだましで、何も見えない塗り込めたような闇《やみ》は、胸が苦しくなってくるほど怖かった。同じ闇でも、やさしい明かりの余韻のある夕暮れや、夜明けならば、大好きだったのだが。

　ウィスプスとの思い出は、わたしが一人でベッドに眠るようになった頃にさかのぼる。あれは確か、新しい家に引っ越したばかりの頃だった。もっともわたしの記憶の中では、新しい家とそれより前に住んでいた家とはなんとなく混じり合ってしまっている。とにかく、新しい家では、ドアを開けても開けても、わたしの知らない部屋が次々と広がっていた。わたしはあせり、とまどった。わたしは何がどこにあるか、両親ならどこにいるか、全部きちんとわかっている状態が好きなのだ。寝る前になると、わたしは皆がどこにいるのか、そしてちゃんと眠っているのかを、調べて歩いた。それからやっと、ベッドに横たわる。静寂の中で身を硬くしながら、わたしは遠く聞こえてくる家の中のかすかな物音に、いつまでも耳をすましていた。そうして目は、自分の上を飛んでいる透き通ったウィスプスの動きを、じっと見つめていた。

ウィスプスというのは、わたしの世界にいたとても小さな架空の生き物だ。わたしの真上の空中に漂っていて、姿は髪の毛の束《ウィスプス》に似ている。実際わたしが髪の毛が好きだったので、その連想から心の中で生まれたキャラクターなのだと思う。体は透明に近いのだが、彼を通してその向こう側を見るようにすると、確かにいるとわかる。

ウィスプスの他にも、わたしのベッドは小さな無数の丸で囲まれ、あたかも不思議なガラスの棺《ひつぎ》にすっぽりとおおわれているかのようだった。その丸たちのことは、わたしはスターズ《おほしさま》と呼んでいた。後でわかったことだが、どうやらそれは空気中の細かい粒子だったようだ。わたしの視力があまりに良かったために見えてしまい、催眠術にかかったかのようにその粒子ばかりがせり出してきて、他の本物の「世界」の方が後退してしまっていたということらしい。

スターズも、彼らそのものではなくその向こうを見るようにすると、かえってよく見えた。そして、決して目をつぶらない、というのが彼らとわたしとの約束なのだった。もしつぶってしまえば、スターズはわたしを守るのをやめて行ってしまい、悪者たちが部屋に入ってくる。ずっと目を開き続けていなければならないとは、身の安全を確保しておくのも楽ではない。

だがある時、ついに悪者たちが、入ってきた。敵はまず、わたしを守っているバリアを崩し去る。現実的な言い方をすれば、闖入者《ちんにゅうしゃ》の方に視線をやることによってわたしの目の焦点が変わってしまい、ベッドを取り囲んでいたはずの小さい丸たちが、残らず消えてしまうということだ。だがわたしは、自分を守ってくれるはずのものたちが、無防備で傷つきやすいままのわたしを一人きりにして行ってしまった、と思う。わたしは裏切られた気持ちでいっぱいになり、悔しくてたまらなくなる。

わたしは次第に、自分が目を開けたまま寝ていることが皆の気にさわっているらしい、と気づいた。そこで人の来る気配を察すると目をつぶり、死んだふりをするようになった。そして、たとえ入ってきた人たちからまぶたをめくられようと目をつつかれようと、決して彼らを見ず、反応もしないようになった。だが息をしているので、死んでいるのではないと、かろうじてわかるのだ。

ウィスプスは、わたしが「ちゃんとした」学校に行くようになった頃、姿を消してしまった。だがスターズの方は、眠る時になると、それからもしばしば現れた。そして、今でも時折現れる。

ウィリーは、さらにまた別の存在だ。彼が現れるようになったのもちょうどウィスプスと同じ時期で、わたしが二歳ぐらいの時だったと思う。ウィリーは、ウィスプスのようなあたたかい安心感は与えてくれなかったが、やはり夜の闖入者からわたしを守ってくれた。彼はぎょろりとした二個の目玉のおばけで、瞳《ひとみ》の色は緑色。ベッドの下にいて、暗闇の中でだけ見える。初めのうち、わたしは彼が怖かった。だが闖入者たちだって怖いだろうとふと思いつき、それならば絶対に彼の方の味方になろうと決心したのだ。そうするうちに、親しみを感じた対象とは一体化したくなるくせのあったわたしは、ウィリーとも一体化したくなった。わたしはベッドの下にもぐり込んで、彼と一緒に眠るようになった。そうしてわたしは、ウィリーになった。

三歳になる頃には、ウィリーはわたしが外の世界で演じる役として、すっかりわたしの身についた。ウィリーになったわたしは、まず憎々しげな目であたりをにらみつける。そして唇を一文字に結び、全身を硬直させて、ぎゅっと拳《こぶし》を握りしめる。歩き回る時には足を踏み鳴らし、気に入らないことがあれば唾《つば》を吐く。だがこうした憎しみの仮面をかぶることは、世の中に対する戦術としては最悪のものだった。おかげでドナは、その代償を支払わされることとなる。

いずれにせよこの頃のわたしは、ウィリーというキャラクターになりきって、外の世界に接していた。この名前は、無意識のうちに、わたしの名字のウィリアムズから生まれたのだろう。そしてその性格や行動の仕方は、わたしを圧迫し踏みつける者をなぞったのだろう。その者とは、母だ。

ウィリーは、ことばのおうむ返しを、有効な武器として使うことを覚えていった。だがそれにもまさる強力な武器は、沈黙だった。母はわたしを、憑《つ》きものに憑かれたけがらわしい子だと思い始めた。もし母が妄想にとらわれていたのなら、これを許すこともできたかもしれない。だがそうではなかった。母の思い込みは、妄想というよりも、教養やしつけの無さ、孤独、飲酒癖といったものからきていたのだ。

母という人も、自分の世界に引きこもっていた人だった。だがその世界は、わたしの世界とは異なり、心のやすらぎを得られるものではなかったようだ。母の唯一の救いでありまたただ一人の友達であったのは、わたしの兄だった。そうして、わたしがたった一人で戦わなければならない戦争が始まった。母と兄とは、共謀してわたしにあたったのである。

わたしは、「ばか」で「異常」で「気が狂っている」ことになった。「頭がおかしくて」、まともにふるまえないとあげつらわれた。「ほら見てごらん、見てごらん」二人とも蔑《さげす》むような薄笑いを浮かべてわたしを指差したものだ。そして、わたしが自分の世界に浸っていると「異常」と叫び、彼らの世界にいると「ばか」と嘲《あざけ》った。わたしはその戦争に、どうしても勝つことができなかった。

だが彼ら自身の身の上を考えてみると、決してむこうも勝ったとはいえなかったのではないだろうか。兄は後にわたしに接近してくることとなるのだが、わたしは彼をほぼまったく受け容《い》れず、認めもしなかった。母はといえば、わたしが生まれるはるか前から、すでに人生と誇りとを奪われた女性だった。その両方を、渇望《かつぼう》し続けていたにもかかわらず。母は、苦悩を抱えた孤独な妻でもあった。そんな母にとって、兄は誰よりも大事でかわいい一人息子だった。そして母と兄はあらゆる非難をわたしにぶつけたが、後には、逆に二人が人々から強く非難されるようになったのだ。

わたしがこれほどまでに自分の殻の中にこもるようになったのも、母がわたしに冷淡で、虐待《ぎゃくたい》さえしたからだとまわり中が言うようになったのである。母自身、そのとおりかもしれないと思うようになったようだ。わたしはあえて、異議をはさまない。たとえ外の世界が煩《わずら》わしく恐ろしく見えていても、わたしは自らそこへ入っていきたいと思ったことが何度もあったはずなのだ。それをそのたびに、入ってくるなと禁じていたのは、母だった。

虐待された子どもでも、親にはそれなりの愛着を持つものだという。だがわたしの場合は、そのようなものを感じたことは、一度もなかった。

もしこの戦争を望んだのがわたしの方だったとしたら、勝者はわたしの方であったかもしれない、と思うことがある。母は、わたしの誕生以前からすでに社会的な落伍者《らくごしゃ》のようなものだったわけだが、その度合いをいっそう重くしたのはわたしだし、わたしがいなければ、兄との関係にしてももっと自由で互いを尊重し合うようなものになっていただろう。後年兄は、母を拒絶し続けるようになった。

父と母が、わたしを家においておくか施設に入れるかでいつも言い争いをしていた頃、二人にはそれぞれ、その後の展望があったに違いない。そしてどちらの言い分も正しかったと、今になって思う。というのも、わたしは父には、楽しい思い出をもたらす存在となり、母には地獄をもたらすこととなったからだ。

だが母も、楽しい思いをひとつだけは味わっていたはずだ。わたしは母の、小さな踊る人形でもあったのだから。わたしは、ドリー。母がそれまでの人生では決して持つことのできなかった、かわいいお人形。

母に連れられて初めてバレエのレッスンに行ったのは、三歳の時だった。わたしはよくつまさき立って歩いてみたりしていたし、クラシック音楽が大好きだったし、勝手にいろいろな踊りを考えては一人で踊っていたので、バレエの才能があるのかもしれないと思われたらしい。きれいな物に目がなかったわたしは、バレエ用のリボンもネットもスパンコールも、大喜びで受け容れた。それらを身につけることは、それらと一体化することだ。わたしにしてみれば願ってもないことなのだ。だがそれでも、そうしてきれいなアクセサリーやコスチュームを自分で身につけるということと、それらをさわったり取ったりしたがる人たちを受け容れるということとは、別問題だった。

あの板張りの広いレッスン場は、今でもまぶたに浮かぶ。人前でわたしが踊りの披露をしたのは、あれがほとんど最初で最後のことだった。レッスン場の外には、低い鉄のフェンスがあった。そしてその向こうは、でこぼこの道。道は途中から、草地に変わってしまう。わたしは母と一緒に、その道を歩いていった。おそらくあれは建物に通じる私道だったのだと思うが、わたしの物の見方というのは場面場面でとぎれていて、それらが合わさって初めてひとつの景色となる。

道を歩いていったわたしたちは、それから何段か階段を上り、分厚い木でできた両開きの扉を押した。そのとたん、目の前に開けた部屋の広さ、板張りの床のなめらかな美しさに、わたしは思わず息をのんだ。母は母で、今ここに立っている娘が幼い頃の自分自身であったならと、はるかな夢とあこがれの中に、帰っていたに違いない。

母は九人きょうだいの二番目で、次女だった。家族は貧しく、たまに何か特別の実入りがあっても、きょうだい全員にまわってくることはなく、いつも一番上のお姉さんに全部が注ぎ込まれていた。

たとえば、下の八人が救世軍の催し物に行っている間に、お姉さん一人がきれいな服や人形を買ってもらったり、バレエのレッスンに行ったりしていたという。母はそのお姉さんを、憎しみと畏怖《いふ》の念がないまぜになった気持ちで見つめていたのだろう。母はその次第に、彼女と張り合うことをやめた。だがそのかわりに、長男の占めるべき座を奪い取ったのだ。お姉さんのきらびやかさの前では、長男の座など華やかさにも魅力にも欠けただろうし、自尊心が満たされるわけでもなかっただろうが、それでも母には、一定のポジションというものができた。母はそのポジションを利用して、お姉さんや友達にいばりちらしたり乱暴したりするようになった。そうすることで満足を得るようになっていった。もっとも、友達といっても母には本当の友達などいなかった。

お姉さんはといえば、まわりの注目を一身に浴びて、ますます美しく、だがますます傲慢《ごうまん》になっていった。後にお姉さんはそんな自分を恥じて、母に許しを乞《こ》う。だが母は、彼女に歩み寄ろうとはしなかった。そして時は流れ、今度はわたしが、その母に、歩み寄ろうとはしない。

レッスン場の中は、子どもたちであふれ返っていた。ほんのりしたピンク色の腕や脚が、そこここに舞っている。そしてどの子も、ウィロビー・ダンス・スクールのそろいの黒いレオタードに身を包んでいる。だがひとたび先生の声が響きわたると、それまでの騒々しさが、うそのように静まる。

子どもたちは一斉に列を作り始める。そうして全員で、ひとつの大きな四角形になる。「はい、目はまっすぐ前を見て」「ほら、あなたは左に行って」「右じゃない、左」「あなたはこっち」絶え間ない声とともに、手が伸びてくる。指導しようとする手、干渉しようとする手、手、手。わたしはひたすら自分の足元を見つめている。四方の壁が、せり上がってくる。

もはや音楽も雑音にしか聞こえない。わたしのまわりの空間も、わたしの心も、どんどん突き崩されて犯されてゆく。もはや周囲の喧騒《けんそう》は、わたしの我慢の限界を越えていた。わたしはぎゅっと拳を握りしめる。足を踏み鳴らし、何度も何度も床に唾を吐く。「ウィリアムズさん、その子を外へ出して」ウィロビー先生が叫んだ。「お宅のお子さんには、どうもまだ集団レッスンは早いようですね。またもう二、三年してから、いらしてみてください」

母の長年の夢と希望は、こうして母自身の目の前で、崩れ去ったのだ。わたしはなおも、床を見つめていた。すると突然荒々しく腕を引っぱられ、見上げると、母の口から機関銃のようにことばが発せられていた。声の調子には憎しみがにじんでいた。「おまえはやっぱりこうなんだ。ほら早くしなさい、帰るんだから」

母のヒステリーは爆発し、わたしの頭の中にこだまし続けた。帰りの車の中でも、母はわめきちらしていたのだと思う。だがわたしには、もうはっきりした意識はなかった。いい、ウィリーは、バレリーナには向いていなかった。

それ以来母は、自分の夢をわたしに託すようなことはいっさいしなくなった。それどころか、あの甘やかされて育ったお姉さんの姿にわたしを重ね合わせるようになった。

そのためわたしは「マリオン」と呼ばれるようになった。憎しみはさらに強調され、「マリオン」はやがて「マゴッツ《うじむし》」に変わっていった。そうして長年のうちに、わたしはマゴッツになった。

2　キャロル

鏡の中のあの女の子
じっとわたしを見つめ返す
何にもとらわれない自由なわたしを、
狂っていると思うのか
でもその瞳《ひとみ》の輝きは、
わたしをわかろうとしている証《あか》し
わたしは嘘《うそ》はついていない
ただ帰る道を、捜しているだけ

わたしの家から通りへ出ると、つきあたりは公園になっていた。そして公園までの道は、個性豊かな家並みが続いていた。どの家にも、わたしは自分で名前をつけていた。たとえば一番公園寄りの家は、「薔薇《ばら》の館《やかた》」。薔薇の花が、それはそれは美しく咲いていた。

　毎朝わたしは、夜明けとともに起き出して、探検に出かける。スミスさんの家では池の魚に挨拶《あいさつ》し、薔薇婦人の館では、裏口のガラス戸越しに中をのぞいてみる。どの家の庭でも、わたしは歌ったり踊ったり、気の向いた詩を暗誦《あんしょう》してみたりする。それから時には、リーナのお母さんが育てていた鉢植えをちょっと食べてみたり、薔薇婦人のところの薔薇の花びらをむしって宙高くに撒《ま》き散らし、薔薇の花吹雪の中を歩いてみたり。花吹雪はちょうど、わたしのベッドのまわりのお星さま《スターズ》のようにきれいだった。遠くから見ている分には、そんなわたしは小さな天使のようだったかもしれない。だが近づこうとすれば、わたしは扱いにくい小悪魔に変わってしまったことだろう。

　薔薇婦人は、薔薇のことで、わたしを一度も叱《しか》らなかった。だが歌については誰かに注意されたことがある。それ以来わたしは、人のいる所では歌わないように気をつけた。だがたとえこちらから相手が見えていなくても、歌声は聞こえていくものだとは、知らなかった。それに気づいたのは、かなり後になってからだった。

　公園は、魔法の国だった。わたしはシーソーの真ん中に寝そべり、上へ、下へと、一人でシーソーを揺らす。ブランコに乗れば、リーナの家の庭が、現れたり消えたりする。楽しくて、わたしは一人で声を上げて笑う。リーナは時々わたしに会いに、家から出て来た。公園まで来ることもあったし、家に遊びにおいでと呼びかけてくることもあった。わたしは笑いながら、高く、もっと高くとブランコをこぎ続ける。ほら、ここなら誰もわたしをつかまえられないよ。

リーナもお母さんも、イタリア語しか話さなかった。だがわたしは、二人が話しているのを聞くのが大好きだった。二人ともやさしくおだやかな声で、たとえ何かを命令しているような時でも、決してとげとげしい響きにはならない。

わたしはリーナの家の匂《にお》いも好きだった。おまけに家の中にはきれいな物がたくさんあった。まず、磨き込まれて光沢を放っている、縞目《しまめ》のあるチーク材の飾り棚。棚板は鏡張りで、その上にはきらきらと輝くクリスタルグラスが並べられている。グラスたちは、まるでステージの上にいるかのように華麗だ。それから、床。つややかで、絹のように光っている。思わずかじってみたくなるほど素敵だ。その他の物も、リーナの家の物は何もかもがいい感じで、さわらずにはいられなかった。わたしはカーテンにほおずりをし、飾り棚にほおずりをし、椅子《いす》のカバーにもガラス製のドアにもほおずりをした。

リーナのお母さんは、わたしを顔立ちの整ったかわいい子だと思ってくれたらしい。よくイカの切り身を食べさせてくれた。わたしはリーナのお母さんが好きだったので、イカの切り身も好きになった。リーナのお母さんは、笑うと瞳が踊るようによく動き、笑い声とともに全身が波のように揺れた。

わたしはリーナが好きだった。リーナにはお兄さんがいたが、お兄さんの方は乱暴ながき大将だった。わたしにはそれがよくわかった。

わたしはリーナのお母さんに、鉢植えの植物は一体どうしちゃったのかしらと聞かれたことがある。植物は、ところどころおかしな具合に食いちぎられていたからだ。わたしはとっさに顔をそむけ、必死に笑いをこらえた。「やったのは、あなた？」リーナが身ぶりで聞いてきた。わたしはリーナの目を見つめ返した。瞳に、ありのままの答えを浮かべて。

公園には、わたしの一番お気に入りの樹《き》もあった。わたしはその樹の下に行くと、たいてい、まず下から一番高そうな枝を捜す。それからそこまでのぼってゆき、枝に両方の膝《ひざ》を引っ掛けてさかさまにぶらさがる。そうしてさかさまのまま、歌を歌ったりハミングしたりしながら体を揺らすのだ。まわり中が一定のリズムで動いている限り、わたしは幸せなのだった。

ある日、いつものようにさかさまにぶらさがっていると、女の子が一人近づいてきて、わたしに話しかけ始めた。キャロルという女の子だった。きっとわたしの姿はとても奇妙に見えただろう。なにしろスモックのような白いねまきしか着ていなかったし、枝にさかさまにぶらさがっていたから、そのねまきさえ頭の方にめくれ落ちていたのだ。おかげで脚やお腹《なか》はむきだしだし、顔は逆にねまきの裾《すそ》でおおわれていた。だがもっとびっくりしたのは、わたしの顔を見た時だったに違いない。その日わたしは、母親の化粧品を使って、顔に模様を描いていたのである。自分ではとても美しいつもりでいたのだが、他人から見れば、とんでもない汚し方をした顔のようにしか見えなかったのではないだろうか。

枝で揺れているわたしは、時折ドラマチックに大きく一回揺れて、勢いのついたまま枝から離れ、宙を飛ぶ。そうしてどすんと着地する。成功の時は、うまく転がりながら着地できる。失敗だと擦り傷だらけになる。だがそんなことはどうでもよかった。わたしはよいしょと立ち上がり、再び次の冒険に出かけてゆく。わたしは、わくわくすることのたくさん詰まったとても豊かな世界に住んでいたのだ。だが豊かな人が往々にしてそうであるように、わたしもまた、孤独だった。

とにかくその日、わたしは自分より年上の、その女の子の後についていった。その子の生き生きとした明るさに、すっかり魅せられていた。女の子の言っていることはほとんど理解できなかったが、ことば自体は聞こえていた。おそらくわたしは、例によって、言われたことをそのまま真似《まね》していたのだと思う。だがわたしにとって重要だったのは、何を言われているかではなく、はずむように明るいその子の活気であり、その活気に、わたしの心が吸い寄せられるようにとらえられたということだ。当時のわたしは、何かに初めて出会ったり接したりするたびに、そんなふうに強く心をとらえられていたのだった。

わたしたちはキャロルの家に行った。家にはキャロルのお母さんがいた。お母さんは、いろいろな色の塗りたくってあるわたしの顔を見て、驚き、動揺した。その動揺ぶりを見て、わたしは驚いた。わたしは、カラフルなのはとても楽しくて素敵だと思っていたからだ。だがお母さんもキャロルも、すぐに笑い出した。人はよく、わたしの目の前でそうやって笑い出したものだ。わたしの母を除いては。

そして皆、あなたのことを笑っているのではなくて、あなたと一緒に笑っているのだ、と言ったものだ。だがわたし自身は、笑ってはいなかった。だからわたしは相手の真似をして、笑うようにした。そうすれば、本当に彼らの言っているとおりになる。わたしのぎこちない笑い方に、彼らはまた笑う。一緒にわたしも笑う。すると皆はわたしも楽しんでいるのだと思い、わたしのことを、楽しい人間だ、と思うのだ。ここから学んだものは、後にわたしの人生におおいに役立つこととなる。わたしは自分の行動が人の次の行動のきっかけを作り、それによって自分もその場に入っていけると知った。つまり、演技することを覚えたのだ。

キャロルのお母さんは、柔らかなフランネルの布を持ってきて、わたしの顔と手足を洗ってくれた。わたしはまるで生まれ変わったように、きれいさっぱりとなった。そうして、テーブルについた。お母さんはわたしの目の前に、飲み物を置いてくれた。わたしはそれをじっと見つめ、何か言われるのを待った。「どうぞお飲みなさい」声が言った。それはことばの連なりとして、何かの声明のように聞こえた。わたしはコップを見、それからお母さんを見、キャロルを見た。向かい側にすわっていたキャロルはコップを持ち上げ、飲み始める。わたしはまるでキャロルの鏡のように、キャロルを真似た。

「この子、どこの子なの?」声が聞いている。

「知らない。公園で会ったの」もうひとつの声が答える。

「いた所に帰してきた方がいいわ」お母さんが言う。

突然わたしの体に恐怖が走った。そしてもはや、心はその場から遠く離れてしまった。幸せな時間が、行ってしまう。

キャロルはわたしの手を取り、再び公園へと連れていった。いつしか時はスローモーションに変わり、わたしの目は、まるで精密なカメラのように、キャロルと一緒にいられる最後の一瞬一瞬を焼きつけていった。キャロルはわたしとは違うもうひとつの世界に住んでいるんだ。わたしははっきりとそう感じた。そしてそのもうひとつの世界は、あのキャロルの家の中にあるんだ。わたしもそこに入りたかった。なんとかして入れてほしかった。裏切られたような気持ちがこみ上げてきて、わたしは思いきりキャロルをにらんだ。ああ、それなのに、その「世界」は、わたしを追い出そうとしている。

わたしは必死で、自分でなんとかその「世界」に続く道を作り出そうとした。どうしてもキャロルの世界に残りたかった。わたしの家に、住みたかった。

「どこに住んでるの?」不意に、わたしの現実から抜け出したキャロルの声がした。わたしはすがるように彼女を見つめた。気持ちは引き裂かれ、激しいフラストレーションで、わたしは心の内で全力をふりしぼって叫んでいた。だがそれは、ひとことも声にならなかった。

目の前の女の子はさようならと手を振り、口をぱくぱく動かしながら何か言った。わたしはそれを、ただ呆然《ぼうぜん》と見つめていた。女の子がキャロルだったということさえ、もうわからなくなっていた。

その後、何年もの間、あの不思議な女の子は本当に現実の人間だったのだろうかと、わたしはよく考えた。「世の中」の人で、あれほどまでに鮮烈にわたしをとらえた人は、それまで誰もいなかったからだ。しかもただ一度しか会わなかったというのに、あの女の子はその後のわたしの人生さえ、変えてしまったのである。彼女は「鏡の中の女の子」になった。そして後には、わたし自身が、キャロルになった。

わたしはまるで強迫観念にとらわれたように、次から次へと、子猫を拾っては家に連れてくるようになった。キャロルに会った日の自分を子猫に見立てて、今度はわたし自身がキャロルの役を演じてみていたのだ。そうして自分の母親が、いつキャロルのお母さんのようにやさしくわたしの世話をしてくれるようになるかと、待っていた。だが母は、いつまでたっても、そうはなってくれなかった。

次の日から、毎日わたしは公園でキャロルを待った。だが彼女は二度とやって来なかった。ある日とうとう、わたしはあきらめた。そして、木登りもやめてしまった。枝にぶらさがっていると彼女のことばかりが思い出されて、つらくてしかたなくなってしまうから。そうしてわたしは、次第に一日のほとんどを、鏡を眺めて過ごすようになった。

当時わたしの部屋には、細長い鏡がひとつあった。そこには兄の部屋のドアが映っていたが、兄がそこに姿を現わすことはまったくなかった。ドアだけがいつも、そこにぽつんとあった。兄はあの部屋を使っていなかったのか、それとも家の裏口から続いているもうひとつのドアを使っていたのか。もし兄が現れたら、わたしはまちがいなく悲鳴を上げたことだろう。わたしの部屋の中はわたしだけの世界で、そこに侵入してくるのをいやいやながらもなんとか認めていたのは、母に対してだけだったのだ。

日中は、わたしは部屋のドアを閉めていた。だが夜は、必ず開けていた。部屋に入ってこようとする者がないように、自分でしっかり見張っていたかったからだ。

そんなある日、ドアではなく、ドアの映っている鏡から、不意にキャロルがやって来たのである。

久しぶりに目の前に現れた彼女は、何もかもわたしにそっくりだった。だがその瞳《ひとみ》をじっと見てみると、確かにキャロルだとわたしにはわかった。やっぱりキャロルなのね。わたしは話しかけてみた。すると彼女は、何から何までわたしの真似をするのだ。わたしは怒った。あなたはこんなことをする人じゃないはずでしょう。どうして？　とわたしは目でたずねた。すると彼女もまた同じように、どうして？　とたずねてくる。とまどったわたしは、なんとか理由を考えようとした。そうか、キャロルには何か秘密があるんだ。だから何も言わないんだ。

わたしはなおも考えた。キャロルだって、こうしてわたしがキャロルに会っていることは誰にも知られてはならない秘密だと、ちゃんとわかっているはず。だから誰にも気づかれないように、わざとわたしの真似ばかりして、わたしを守ってくれているんだ。

そこでわたしは鏡すれすれに顔を近づけて、ないしょ話のように声をひそめ、彼女に話しかけてみた。今度こそキャロルはわたしの口元に耳を寄せてくるかな、と期待しながら。

だがわたしが鏡の前を去ると、キャロルもいなくなってしまう。見捨てられたようなさびしい気持ちで再び鏡の前に行くと、キャロルもまた戻ってくる。一体あの子はどこから出入りしているんだろう。もしかしたら鏡に映っているあのドアからかもしれない。そう思ったわたしは、彼女が出入りするところをなんとか見ようと、鏡の中を一生懸命見つめ続けた。やはりあのドアは、兄の部屋のドアなんかではなかったのだ。キャロルの家のドアだったのだ！

　こうしてわたしは、ついに自分でキャロルの秘密を解き明かした。あのドアこそが、キャロルの世界とわたしの世界を隔てていた唯一《ゆいいつ》のものだった、と知ったのである。だから、もしわたしも鏡の中のあの部屋に入っていくことができれば、キャロルと一緒に向こうの世界に行くことができるのだ。だが問題は、まずどうやって鏡の中に入るか、だ。

　それからまる四年、わたしは来る日も来る日も、なんとか鏡の中へ入ろうと、ありとあらゆる努力を続けた。そしてまっすぐ鏡に向かって歩いていくたびに、なぜそのまますうっと中に入っていけないのだろう、といらだった。

　そしてそのいらだちは、心の内側で自分自身と闘っていたわたしのいらだちとあいまって、次第に耐えられないほどの激しさになっていった。その頃わたしは自分からことばを話すことができるようになっており、誰かと心の通ったコミュニケーションを持ちたくてたまらなかった。何かを表現したくてたまらなかった。何かを解放したくてたまらなかった。だが、それができない。かといってそこで屈服してしまえば、やっとつかんだ自我の感覚も自分のまわりの環境に対する理解も、再びすべて失ってしまうことになる。

わたしは泣いた。そして絶望に打ちひしがれながら、鏡に映っているキャロルの瞳をうつろに眺めた。ああ、こんなにも自由になりたいのに、わたしはどうしても、自分の心の牢獄《ろうごく》から外に出ることができない。

わたしはあまりの苦しさ、もどかしさに、とうとう自分で自分を殴り始めた——頬をたたき、体中に噛《か》みつき、髪さえ引き抜いた。あの手この手でわたしを虐待《ぎゃくたい》した母にさえ、勝るとも劣らない自傷ぶりだった。

そしてさんざん自分を痛めつけ続けた果てに、ある日、キャロルの世界に入っていけないでいるのは、鏡の表面にぶつかる直前にふと胸をよぎる抵抗感のようなもののせいではないか、と思い当たったのだ。今から考えると、この時わたしは、確かにある種の真実をつかんでいた。わたしが普通の人々の世界に入っていけないでいたのも、やはり、自分の内面の、何か自分自身ではコントロールすることのできない抵抗感のようなもののせいだったからだ。

それからわたしは変わった。たんすの扉を開けて中に入り、一日中、膝をかかえてじっとそこにうずくまっているようになった。そうして目を閉じ、抵抗感をはじめ自分自身の現実での感覚をすべてなくしてしまおうと、全神経を集中させるようになった。自分の存在に対する物理的な感覚を無の状態にして、何ものにもとらわれずに、心の力だけで飛び立とうと考えたのである。そうして今度こそ、キャロルの世界に入っていこうと念じていたのである。だから、トイレに行くとか食事をするとか家族に呼ばれるとか（たいてい何か物を取ってきてくれとたのまれるのだ。それが家族の中でのわたしの一番大きな役割だった）、現実的な雑用に立たなければならないと、いらいらした。精神の世界で自由に羽ばたこうとしていたわたしには、自分が生身の人間であること自体が、自分の肉体的な存在自体が、いらだたしく、煩《わずら》わしかった。

そしてついに、たんすの内側の暗闇《くらやみ》の中で、わたしはキャロルを見つけた。彼女は、い、い、い、わたし自身の中にいた。

キャロルは人に好かれるすべてのことを備えていた。明るい声で笑い、たくさんの友達がいて、いろいろなおみやげを家に持って帰ってくる。何よりキャロルには、お母さんがいる。

それから、キャロルは比較的普通にふるまう。これにはわたしの母も、おおいに喜んだ。キャロルなら、いつもにこにこして、社交的で、よく笑って、踊るのがとても上手なのだ。おかげで以前ウィロビー先生の言っていたことも、そのとおりになった。「またもう二、三年してから、いらしてみてください」先生は、そう言ったではないか。

こうしてわたしがすっかりキャロルになっていた間、ドナはわたしの中から姿を消していた。わたしは五歳になっていた。

この頃のわたしは、心の中でキャロルに呼びかける以外、他の誰のことも、名前で呼びたくはなかった。自分で自分の名前を言うことさえいやだった。わたしはキャロルになりきっていたし、まわりの人たちのことも、キャロルの出会った人として、自分なりに脚色しながら見ていたからである。

だがわたしはこのことを、一度も、誰にも、言ったことはない。秘密を明かしてしまえば、やっとつかんだキャロルの世界への取っ手を、失ってしまうのではないかと怖かったのだ。そしてその取っ手は、心の牢獄から出ることのできる、たったひとつの出口の取っ手でもあった。

要するにわたしは、感覚や感情にひずみのある本来の自分自身とは別に、キャロルという名のもう一人の自己を、創《つく》り上げたわけだ。それは演技以上のものだった。そして、いつの間にかそれこそが、わたし自身となっていった。

一方その過程で、わたしは本来の自分が感じる心の奥の感情を、すべて拒絶しなくてはならなくなった。つまりそれは、ドナとして生きることを、すべて拒絶しなくてはならないということでもあった。わたしはドナを棄《す》てた。ところがそんなわたしの前に、新たな困難が立ちはだかった。キャロルは、社会的には誰からも認められていない存在だということを、思い知らされたのである。わたしはそんな社会と、闘わなくてはならなかった。

これらの日々に、わたしの心の世界の表舞台に立っていたのは、もっぱらキャロル一人だった。わたしのもうひとつの顔でもあり、また自己コントロールの象徴でもあったウィリーは、観衆の前ですわりこんだまま、動こうとはしなかった。ドナはといえば、まだたんすの中に入ったままだった。

それから多くの時が流れた。わたしは二十二歳になり、もう一度、自分を探しに心の旅に出ようと決心した。

わたしは再び、あのたんすの中に入った。そして内側から、そっと、扉を閉めたのである。

3 学　校

時が動き始めた日から、彼女は虚空《こくう》を見つめて
そこに立っていた
だが本当はそこにはいなかった
本当は、夢と影と幻想の世界の中
色彩と、耳では聞くことのできない
音楽に包まれて
彼女は天使の顔
それなのに、愛することができない
頰に触れる子猫の柔らかさのように
わかりやすくなければ
感じることもできない

キャロルが現れるのよりも前に、わたしは小さな子どもも受け入れてくれる養護学校に通うようになった。当時、わたしは三歳。小さくても、とてもきちんと制服を着せられていた――ブルーのチェックのワンピースに、紺のブレザーの制服だ。ブレザーのボタンは、いつも全部かっちりと留められていた。ブレザーからわたしが逃げ出してしまわないように。

わたしは学校の教会の、木製《オーク》の重たい扉や、磨き込まれた床や、はるか高くまで続いているステンドグラスが好きだった。それらひとつひとつの匂《にお》いが好きだったし、校庭の上にアーチのように枝を広げていた木々も好きだった。休み時間にもらえる小さいクリームパンも、エリザベスという女の子の髪の毛も、ブレザーの襟に縫いつけてあった金属製の校章も、全部好きだった。わたしは二十三年後の今も、あの校章を、宝物入れの缶の中に入れて大切に持っている。そして時折、そっと取り出してみるのだ。すると突然、あの学校での日々が、昨日のことのようにあざやかによみがえってくる。宝物は他にもたくさんあって、いくつもの缶の中にぎっしり詰まっている。どれもわたしの心を解く鍵《かぎ》であり、わたしのお守りなのである。神様は、それらに触れた者を、助けてくださる。

学校は、マンツーマンの指導を受けられることで評判の私立の学校で、「特別な指導の必要な」子どもたちを受け入れていた。わたしの目から見ても、そこの子どもたちは普通とは少し違っていた。たいていわたしよりも年上だったし、普通の子たちよりもおとなしく、わたしをいじめにきたり邪魔をしにきたりすることもなかった。

わたしはそこでは、頭のいい子だと思われていたらしい。だが実際には、自分が何を言われているのかわからないことがよくあった。知能は高かったのかもしれないが、かと言って、物事がちゃんとわかっていたわけではなかった。話すかわりに口真似《くちまね》をしていただけだったし、相手の言う最初のことばを聞きかじっては果てしなくその真似を続けることで、会話が成立していると勝手に思っていた。

人に寄ってこられるのも苦手だった。近づかれるとほとんど反射的に後ずさりをし、最後は逃げ出してしまう。父によれば、これはわたしに対する母の接し方が悪かったせいだそうだ。その頃家では、わたしは兄からさかんに「ばか、ばか」と言われていた。そしてわたしはその意味もよくわからないまま、そういう兄の口汚い言い方や態度をそっくりそのまま真似していた。すると、ピシャッ。いつも平手打ちがとんでくる。次第にわたしは誰に対しても反応しなくなり、ついには人がそばに寄ってくるだけで逃げるようになった。

だがわたしは、この養護学校での日課を少しずつ楽しめるようになっていった。先生はわたしたちをよく学校の教会へ連れていってくれた。すると床にはとても大きな紙が置いてある。わたしたちは、紙の一辺に一人ずつすわらされる。もっともわたしは、他の子どもたちのことはすべて無視してしまう。それから鉛筆をわたされる。わたしは夢中で絵を描く。そしてふと気づくと、わたしの絵のところまではみ出してきて何かを描いている手があり、その手を見上げると、隣りの子の顔がある。ほどなく先生がやって来て、半分なぐりがきのようなわたしたちの傑作を見つめ、何を描いたのか、全体で何の形に見えるか、当ててみようとしてくれる。

教室では、皆の作っているものにわたしが少しでも興味を示すと、先生がすかさず道具や物をわたしてくれた。だがわたしは、そういう共同製作にはフラストレーションを起こしてしまうのだった。お絵描きなら大丈夫なのだが、人の形や動物などを皆で一緒に工作するというのはいやでたまらなかった。だからわたしはいつも一人で、きれいな色の物やふわふわした手ざわりの物をあちこちから集めてきては、自分だけのミニチュアの国を作っていたものだ。そうしてそれができあがると、目線を作品と同じ高さにまで落とし、まるでネズミの穴をのぞき込む猫のような格好で、自分の作ったミニチュアの世界にじっと見入っていた。

椅子《いす》にすわるのも嫌いだった。わたしの足は動き回るのが大好きで、どうしてもじっとしていなかったので、椅子にすわっておとなしくしていることなど不可能だった。それにわたしは地面の感触が大好きだったから、体が地面にたくさん触れていればいるほどうれしかった。

だがある日、わたしは地面からはだいぶ離れた椅子の上で、立ち上がった。椅子はちょうどエリザベスという年上の女の子の隣りにあり、そのエリザベスは、円錐《えんすい》形のボール紙と画用紙とで人形を作っているところだった。わたしはふと、彼女のきれいな髪の毛に、心を奪われたのである。それは後ろでひとつにまとめられた長いみつ編みの髪だった。わたしはそれを、そっと撫《な》でてみた。とたんに彼女が振り向き、わたしは髪の毛に顔がくっついていてきたのをまのあたりにしてぎょっとした。わたしは髪の毛に触れたかったのであって、彼女に触れたかったわけではなかったからだ。だが彼女はわたしに名前を教えてくれた。エリザベスという名前だった。わたしが自分から手を伸ばして他人にやさしく触れたのは、あれが初めてのことだった。たとえそれが体のほんの一部の、髪の毛でしかなかろうと。

学校が終わると、毎日母が車で迎えにきた。わたしは必ず、さようならと校舎に手を振った。そしてある日、その日のさようならが、校舎との最後の別れになった。なんでもわたしは、脳性麻痺《まひ》の女の子に、大きな石で頭を殴られたのだという。そういうこともあったかもしれない。だがわたしは、自分の気持ちをうっとりさせてくれるものか、逆に邪魔をしてくるもの以外についてはほとんど執着することがなかったので、突発的に殴られたことなど気にもとめていなかった。いずれにしても、それでわたしの心が傷ついたわけでもなかったし、肉体的にもどうということはなかったのだが、周囲が放っておかなかった。

そうして、ちょうどこの養護学校をやめた頃から、わたしはキャロルになり始めたのだ。キャロルは皆と話をする。だからわたしも、人に話しかけるようになった。まわりの人たちはそんなわたしを見て、やはり養護学校にやってよかった、と思ったことだろう。実際よかったのかもしれない。少なくともあそこでは、害を受けるようなことは何もなかったから。

わたしは普通の小学校入学と同時に、バレエのレッスンにも通うようになった。この頃のわたしは、人から言われることにちゃんと従えるようになっていた。「皆に好かれる女の子」のキャロルは、人の指図にも上手に従えるはずだと考えたのだ。

わたしは体が非常に柔らかく、関節も人並みはずれて自由に動いたので、脚で自分の頭をぐるりと縛るといったサーカスのようなことさえできた。人は皆驚き、笑い、母は自分の踊る人形の性能の良さに、鼻高々だった。ついに母はあのお姉さんに勝ったというわけだ。お姉さんには男の子しかいなかったが、なにしろ母の方は踊る人形を手にしたのである。母は、両脚を一直線に開いてすわる演技や、後ろに反るブリッジの姿勢などもさせようと、わたしの体を無理やりねじったり引っぱったりした。そのためある時など、危うく脚を折りかけたほどだった。兄もこの遊びには熱心に加わった。わたしはまず、兄にどちらかの脚をつかまれる。それからそのまま床に寝かされて、一方の脚を固定されたままもう一方の脚をぐるぐる動かされ、「人間時計」にされてしまう。母と兄はげらげら笑う。「皆が笑えば、キャロルも笑う」のだから、わたしも笑う。母と兄は、わたしも一緒におもしろがっているのだと思ったのかもしれない。二人は今や踊る人形に加えて、曲芸師まで手に入れたのだ。なんという才能、なんという手柄、これなら誰にも負けやしない！　わたしは完全に、見せ物となった。踊る人形よ、踊れ、さあ踊れ。

　わたしの体はぼろぼろになっていった。十一歳になる頃には、体中の関節が激しい関節炎を起こして、鎮痛剤を飲まなければならないほどにまでなった。なんとか痛みを抑えようと、わたしは自分で自分を殴ったり、思いきり歯ぎしりをしたりした。体中の骨という骨が軋《きし》んでいるようだった。痛みはなかなかおさまらず、わたしはその後何年も鎮痛剤を飲み続けた。

　結局わたしは、たった七歳までしか、踊り続けることができなかった。

　小学校では、わたしは自分を「きちがい」と呼ぶことを覚えた。後にわたしが二十二歳になって本当の自分を探し始めた時、過去をさかのぼるために、その頃住んでいた家を再び訪ねてみたことがある。案内してくれた女性は、あなたのおじいさんが住んでいた小屋の壁に、何か書いてありましたよと教えてくれた。わたしは自分がその壁に落書きをしたことを、思い出した。あれはちょうど祖父が亡《な》くなった後で、わたしは六歳だった。「ドナはクルクルパー」壁には大きな字でそう落書きしてあった。普通の子どもなら、自分のことを「わたし」と書くだろうに。だがそのことに気づいたのは、さらにそれから四年後のことだった。

学校では、わたしにも、友達ができた。初めてのお友達は、サンドラという子だった。わたしは彼女の笑顔が好きだった。輝くような黒髪も好きだった。大柄で、陽気な女の子だった。だが他の子たちからはいじめられていた。そんな中で、サンドラとわたしは互いに、サンドラの言う「わたしの大親友」になっていった。

他の子たちは、よく学校ごっこやおままごとやお医者さんごっこなどをしていた。なわとびやボール遊びや、カード交換などもしていた。わたしもカードは持っていた。でも友達を作りたい一心で、どんどん皆にあげてしまった。あげてしまわなくても交換すればいいということが、わからなかった。

サンドラとわたしは、毎日同じ遊びを繰り返した。サンドラが笑い、わたしが笑い、わたしたち二人が笑う。隣りどうしにすわって、交互に互いの耳に口を寄せ、大声で叫ぶ。そうすると耳がくすぐったくて、思わず笑い出したくなる。それがとても楽しい。何を叫んでいるかはどうでもいいのだ。サンドラは、こうしてわたしの遊びに加わってくれた初めての人だった。休み時間や昼の食事時には、二人で、体がパンクしてしまいそうになるまで水を飲んだ。がぶ飲みを続けていると、やがてサンドラもわたしも息が苦しくなり、真っ青になって、咳《せ》き込んだり喘《あえ》いだりする。それがまたおもしろい。目をつぶって、まぶたを力いっぱい押す遊びもした。するとまぶたの裏に、チカチカといろいろな色が現れる。声を限りに絶叫するのも楽しくて、わたしたちはのどが真っ赤に腫《は》れ上がるまで、いつまでも金切り声を上げ続けた。

どの遊びも、わたしには本当におもしろかった。そしてこうした遊びを通して、わたしは初めて、肉体的な刺激を人と分かち合うことを知ったのである。それまで他人の前では、わたしの五感は遮断されて、何も感じることができなかった。だから何かを感じようとしたら、自分の感覚を極限まで持っていかなければならなかったのだ。

サンドラにはそのうち新しい友達ができた。わたしは腹が立って、サンドラにデブと言った。サンドラはわたしを、キチガイと言った。それでも、サンドラも新しく友達になった子も、三人で一緒に遊ぼうとわたしを誘ってくれた。だが一体どうやって、一度に二人もの友達とつき合えばいいのだろう。わたしには結局、二人ともを拒絶するしか、道がなかった。

それからわたしは一人で遊ぶようになった。一人で校庭のうんていをし、カードを見、木登りをし、花びらをむしった。太陽に顔を向けて、ぐるぐると回り続けた。そうして最後は仰向《あおむ》けに地面に倒れるのだ。すると今度は、世界がぐるぐる回り出す。

生きていることはとても楽しかった。だがわたしは、ひどく孤独だった。皆、うんていの上をサーカスの綱渡りのように歩くわたしを、好奇の目で見るようになった。地上十メートルの木の枝にぶらさがるわたしを、要するに「異常」なことをするわたしを、目を輝かせながら見つめていた。

兄もわたしと同じ学校に通っていたが、わたしのことは知らんぷりをしていた。一時はわたしを守ってくれていたこともあったのだが、「ばか」で「クルクルパー」で厄介者になってしまってからは、かまってくれなかった。だがわたしは兄を責める気はない。わたしがわたしだけの世界の中に住んでいたかったように、兄は兄で「本物の世界」の中でうまくやっていきたかったのだろうから。

わたしには、教室は校庭の続きに思え、校庭は教室の続きに思え、どういう時にどちらでどうしていなければならないかという意識がほとんどなかった。担任の先生はまもなく、わたしを一人でトイレにやってはいけないと悟った。トイレに行くと、そのままどこかへ行ってしまい、いつまでたっても教室には帰ってこなかったからだ。そうやって教室を出て、わたしは校庭で一人で遊んだ。わたしにとっては、何か気に入らないことがあった時にそれを避ける方法を自分で見つけ出すのはごく当たり前のことで、学校でもそれを実行していただけのことだった。だが今思うと、担任の先生は、お宅のクラスの子が木のてっぺんにのぼって大声で歌ってますよ、と授業中に呼び出された時、どんなにびっくりしたことだろう。その時わたしは、学校中で一番高い木の枝にぶらさがり、ゆらゆらと体を揺らしながら「世界のてっぺんで《オン・トップ・オブ・ザ・ワールド》」という歌を歌っていた。

そのうちに、木の下にはぞろぞろと人が集まり出した。皆口々に何か叫んでいる。わたしはかまわず、歌う声をますますはり上げ、ますます大きく体を揺らした。だがとうとう、下にいる人たちのせっぱつまった空気が木の上にまで伝わってきて、わたしは急に怖くなった。そうしてわたしは、恐る恐る木をおりていったのだ。いまだに、あの時の怖さが高い木の上にいる危なさに気づいてのものだったのか、それとも誰かがそこまでつかまえにくるのではないかと思ってのものだったのか、わからない。先生は下から何度も、皆はあなたのことを叱《しか》ったりはしませんよ、と繰り返した。その声を聞きながら、わたしはやっとのことで地上におりた。

だがこの時のことは、大きな敗北として、わたしの心に刻み込まれた。そしてその後、あの木の上での敗北の瞬間を、繰り返し夢の中で見るようになった。

小学校での最初の一週間が過ぎた時、わたしはそれまでのクラスから、「子どもの部屋」という名前のついた特別のクラスに移された。わたしの他にも四人の生徒がいたが、皆それぞれ別のクラスから集まってきた子たちだった。他のクラスは毎年クラス替えがあって先生も教室も変わるのだが、わたしたちの「子どもの部屋」は、それから三年間、まったく同じ顔ぶれのままだった。担任は女の先生だったが、厳しい人だった。おそらくわたしの母と同じ理由で、あのように厳しかったのだと思う。先生もまた、普通児ではない子どもの母親だった。

「子どもの部屋」の生徒たちは、教科以外の特別な指導も受けた。何人かずつで、しょっちゅう「心理相談」に行った。だがわたしは、その時のことはほとんど何も覚えていない。部屋の様子ならよく覚えているのだが、そこで起こったこと自体は、わたしの興味を引きはしなかったのだ。

学校でのわたしの出来は、そう悪くはなかった。アルファベットは大好きですぐに覚えてしまったし、それらがいろいろに組み合わさってことばができるのもおもしろくて、どんどん新しいことばを覚えた。

先生に指されて教科書を読むのも上手だった。教科書を読めば、まわり中の公認の中で、自分の声に耳を傾けることができる。だが字面《じづら》はすらすらと読めたものの、読みながら内容をつかむということはできず、内容はいつも挿絵から理解していた。わたしは発音をまちがえようが文字や単語を少々ひっくり返そうが、いつも自信満々で読み続けた。そして話の展開がおもしろく聞こえるように、時々声の調子や抑揚を変えてみた。

だが本当のところは、そうやって読みながら、いろいろな声を出す実験をしていただけだ。おそらくわたしが読んだうちの半分は、話の内容に合わない声だったことだろう。

書き取りは得意中の得意だった。むつかしい単語もたくさん暗記していたし、綴《つづ》りを決定する音声学もよくわかっていた。そのためとても頭がいいように見えたらしい。だが作文となるとだめで、いくら練習してみても、いつもクラスのビリの方の成績だった。

算数は、先生が数を教えてくれてから急にできるようになった。それまでは数のかわりに、それぞれが皆違う色と大きさの木片を使っていたのだが、わたしにはどうしてもそれが積み木の一種にしか見えなかったのだ。だからわたしは、それで塔を作るのだと言って聞かず、勝手に積み木遊びをしていた。ひとつずつ積み上げて、最後に一番小さい木片を乗せて塔ができあがると、全部くずし、また最初から一人で積み上げる。

数を覚えてから、足し算と引き算はできるようになったが、分数には悩んだ。二分の一とか四分の一といった概念に、わたしはすっかりとまどってしまった。結局自分なりの分数解釈方法を編み出し、その解釈を通して理解した。わたしは複雑なものが苦手だったのかもしれないが、そういったものを理解しようとする独自の方法は、外から見ればやはり複雑以外の何ものでもなかっただろう。

授業態度は積極的だった。というより積極的すぎたし、それがいつも的はずれだった。授業中も一人で勝手に話し続け、皆の邪魔になったりしていた。あれは単に音として自分の声が気に入っているのだろうと、まわりの人たちは言っていた。多分そのとおりだったのだと思う。歌も歌えたが、人と一緒には歌わなかった。声を出さずに、ただ歌詞のとおりに口を動かすだけだった。それから十年後も、やはりわたしは、数学の時間に一番後ろの席で、一人で歌を歌ったものだ。だが音楽の時間には、決して歌わなかった。

クラスにはシェリーという女の子がいて、お誕生日になると毎年パーティーを開いていた。シェリーのお母さんは思いやり深くて、わたしのことも必ずよんでくれた。

キャサリンは、違うクラスの子だった。彼女はお誕生日が近づくと毎年わたしのところへ来て、あなたは招待する人の補欠の十番目なの、とか、今年は補欠の四番目よ、とか言った。わたしは毎年毎年、今年こそはパーティーによんでもらえるかしらと、どきどきしながら待っていた。だが年が変わるごとにキャサリンには新しい友達ができ、いつまでたっても、わたしに番がまわってくることはなかった。

ケイは近所に住んでいた女の子で、学年で一番人気があった。彼女は友達を一列に並べ、順番に言っていったものだ。「あなたはわたしの一番の親友。あなたはわたしの二番目の親友。あなたは……」わたしは二十二番目だった。おとなしいユーゴスラヴィア人の女の子が、最後だった。

わたしは見た目がわりとかわいく、朗らかで、時にはまわりを笑わせさえした。だが、どうやって皆と一緒に遊べばいいのかが、わからなかった。わたしにできたことといえば、とても単純な遊びや冒険を考え出すことだけ。たまに誰かをその遊びの中に入れてあげることもあったが、あくまで、わたしの考えたとおりに遊ぶことが条件だった。

六歳の時に、弟のトムが生まれた。

母にはもう子どもができないと思われていたので、トムの誕生は予想外のことだったようだ。わたしは他人と視線を合わせることができなくて、いつも目をそらしていたが、生まれたての赤ん坊の瞳《ひとみ》だけは、何の抵抗もなく見つめることができた。わたしは赤ん坊のトムに身をかがめて話しかけ、なんとか喜ばせてあげようとあれこれ手品をしてみせ、歩くことも一生懸命教えようとした。トムは自分の仲間だという気がしてしかたなかった。おそらく少し変わったふるまい方から、直感的にそう感じ取っていたのだろう。

トムは、壁に頭をガンガン打ちつける子どもだった。そうすることが彼の唯一《ゆいいつ》の慰めだったようだ。さもなければ、まるで小さいたつまきのように、大暴れしながら家中を荒らしてまわった。二歳になる頃には、手に触れた物なら何でも、大人も顔負けの速さで分解したり壊したりするようになった。

トムはわたしのする遊びが好きだった。わたしたちはよく一緒にぐるぐる回っては地面に倒れて、世界がまわり出すのを眺めていた。家中のベッドから飛び下りるのも、大好きだった。時には階段の上に寝そべって、頭から先にどすんどすんと一段ずつ下へ落ちていく遊びもした。トムはアルファベットの書いてある積み木を持っていたので、それをいろいろに分類する遊びもよくした。ジグソーパズルも大好きで、トムはあっという間に上達し、四歳の時にはもう大人用のパズルができるようになっていた。ことばも早くて、小さいうちから大人のように自由にしゃべったが、発音とアクセントが変だった。そして誰のことでも、勝手に「何々くん《ボーイ》」と呼ぶのだった。わたしのことは「ダーくん《ボーイ》」。父のことさえ「アーキーくん《ボーイ》」と呼んでいた。わたしたちオーストラリア人の中で、トムだけは、まるで船からおりたばかりのスコットランド人のような話し方だった。

トムは二歳の時に、精神科医のところに連れていかれた。そして、見たこともないほど重症の多動障害だと言われた。だがわたしには、トムはごく普通の子としか思えなかった。親はトムを養護施設に預けることも考えたようだが、施設の方から、とてもこのお子さんは手に負えませんと断わってきた。

トムはまた、大芸術家の素養があるのかと思うほど音楽が好きだった。わたしも音楽が好きな点は同じだったが、トムの方は、教えられなくても何でも自分でほぼ完璧《かんぺき》にできるようになってしまうのだ。それなのに、人から教えてもらうということができない。

わたしはトムを授けてくださった神様に、感謝したい。トムはわたしと違って虐待《ぎゃくたい》されたりののしられたりすることはなかったが、それでも、わたしと同じ世界に住むようになったのである。

七歳の時に、家族はそれまでよりも広い家に引っ越した。だが新しい家は、まるでおばけ屋敷のようだった（前の持ち主は亡くなったのだ）。

トムは二種類のおばけに悩まされるようになり、しきりに怖がった。「足おばけ」と「大きな手のおばけ」で、わたしの部屋に続く階段のところにいるという。トムはわたしの一番大事な親友だったが、それでもわたしは、自分の部屋を通らせるのはおろか、部屋に近づくことさえ許さなかった。トムはトイレに行くのにその階段を通らなければならなかったが、おばけが怖くて、なかなか通ることができなかった。

母はこの新しい家に——彼女の新しい牢獄《ろうごく》に——いろいろと手を加えた。そしてわたしには結局、屋根裏部屋が割り当てられた。さらに数週間後にはその部屋の窓に、なんと格子《こうし》が取りつけられたのだ。まるでわたしは、屋根裏に住む狂人になったかのようだった。いや実際、そのとおりだったのかもしれない。わたしはそれから何年も何年もの間、必死に「世の中」に入っていこうとしては、結局うまくいかずに、自分の世界に後戻りしていた。そのたびにわたしは窓の前に立ち、格子に顔を押しつけながら、いろいろな物を外に落としてみていた。外は「自由の世界」だ。わたしが手を離すと、物だけはその「自由の世界」に行くことができる。だから、ふわりと手から離れた物が途中で樋《とい》などにひっかかってしまうと、胸をかき乱され、絶望的な気分に襲われた。だがその反面、心のどこかで、落とした物が誰にも見つからなくてよかった、これでわたしの気持ちを知られることもないと、ほっとしたりもするのだ。

わたしの心はいつもそのような葛藤《かっとう》に苦しんでいた。何をしようとしても、板ばさみになってしまう。どちらを向いても、出口がない。

この頃わたしは、再び聴力テストを受けた。口をきくことはできても、普通の人とは話し方やことばの使い方が違ったり、言われたことに対して何も反応しなかったりすることが多かったので、難聴ではないかと疑われたのだ。確かに言語はシンボルであるが、ではわたしがシンボルというものを理解していなかったかというと、それも違う。わたしにはちゃんと、わたしだけの話し方のシステムがあって、それこそが「わたしの言語」だったのである。まわりの人々こそそういったわたしのシンボリズムを理解していなかったのだし、そんな人々に対して、どうやってわたしの言いたいことを説明したらよかったというのだろう。

わたしは一人で、わたしだけのことばを充実させていった。二本の指をもう片方の手で握ることも、自分のつまさきを丸めることも、わたしの動作にはどれも意味があった。

たいていそれは、自分がばらばらになりそうなほどつらい時に、自分自身を落ち着かせるための励ましのことばだった。大丈夫、誰もおまえをつかまえたりはしないから、と。自分の気持ちを人に伝えようとすることばもあった。だがどれもとても微妙なものだったので、気づいてもらえないことが多かった。さもなければ、またあの「おかしなドナ」が変なことをしていると思われるだけで、終わってしまうのだった。

初めてトリッシュに会った時、彼女もまた格子の向こうにいた。

当時わたしは、学校から家までマーチン通りを歩いて帰っていたのだが、ちょうど並木道が枯れ木の群れになっていて、薄気味悪くてしかたなかった。地面からにょっきり突き出た裸の木々が、節だらけの巨大な手をあちこちに伸ばしては、ゆがんだ長い指先を不気味に振り回している。そうしてまるで、通りの主《ぬし》のようにのさばっている。だから、木陰をつくるような葉は一枚もないというのに、道はいつも暗い大きな影に覆《おお》われているようだった。おまけに歩道の敷石ががたがただったので、よく気をつけながら歩かないと、敷石の間の溝に足を取られてしまうのだ。わたしはマーチン通りを通るのが、いやでたまらなかった。

やがてわたしは、違う道を歩いて帰るようになった。それがトリッシュと出会うことになった道だ。その道には、薔薇《ばら》の咲いている家が何軒もあった。おかげでわたしの通学路はすっかりこちらの道に決まった。以来わたしが通った後には、いつも薔薇の花びらが落ちるようになった。そしてそれが歩道の上に、どこまでも足跡のように続いていった。

ある日、突然呼びかけられて、わたしは足を止めた。格子の向こうに子どもが何人かいて、わたしを呼んでいる。どうしてそんな所に閉じ込められてるの、とわたしは聞いた。彼らはただおばあさんの家の裏庭にいて、たまたまその庭の門が閉まっていただけのことだったのだが、それがわからなかった。門扉《もんぴ》は、黒くて背の高い鉄製だったのだ。

その中の一人、トリッシュは、ちょうどわたしの学校に転校してきたばかりの子だった。内気で物静かでやさしくて、気取りのない素直な女の子だった。そして、三人きょうだいの一番上だった。

わたしは外にいる時、たいてい自分を抑えているかまわりに無関心かのどちらかなのだが、トリッシュといる時だけは、気持ちが落ち着いた。わたしは、トリッシュはわたしのお姉さんなのだと思うようになった。学校で、わたしたちはいつも一緒だった。わたしはトリッシュに、目をこすってから太陽を見るときれいな色が見られると教えてあげた。トリッシュは、おばあさんが焼いてくれたおいしい手作りのケーキを、わたしに分けてくれた。おとなしいトリッシュは、話をする友達ができて喜んでくれていた。わたしは話している彼女の前で耳をすましていたが、話自体を聞いていることは少なかった。だがトリッシュがとても好きだったので、まっすぐに彼女のことを見つめていた。彼女の方はそれには気づいていなかったようだ。わたしは彼女の親友になった。そして彼女は、わたしにも親友ができるということの、証人になった。

　わたしたちは、よく自転車に乗って遊んだ。公園で遊んだり、いろいろなことば遊びをしたり、欲しい物や好きな物についてあれこれしゃべったりもした。わたしは歌を歌い、踊り、自分の影法師と遊んだ。トリッシュはそばにすわって、そんなわたしを眺めながら笑った。笑われてもちっともいやではなかった。わたしはトリッシュが、大好きだった。

　ある時、何週間もトリッシュの家に泊まったことがある。わたしは自分の小さなスーツケースを持ってゆき、トリッシュはクマのぬいぐるみをひとつ貸してくれた。

　最初の晩は、二人で物におかしな名前を次々つけては、笑いころげた。トリッシュのお母さんにもう寝なさいと言われると、トリッシュはクマのぬいぐるみを抱き、わたしはトリッシュに貸してもらったクマを横に置いて、ベッドに入った。

　だが眠れなかった。「トリッシュ、わたし、怖い」隣りのベッドに向かって、わたしはささやいた。「お家《うち》には帰りたくない。でもここにもいたくない」トリッシュは、こっちのベッドにいらっしゃいよ、と言ってくれた。

　わたしのまわりの人は皆、わたしを抱いたり撫《な》でたりすることを、とうにあきらめてしまっていた。それほど、わたしは人から触れられることを拒絶していた。だがこの時、わたしはふと、トリッシュのようになりたい、と思ったのだ。だからわたしはトリッシュがしたように、トリッシュのベッドに入っていった。そんなわたしをトリッシュは、ぬいぐるみのクマのように抱きしめた。とたんにわたしの体には、激しい衝撃が突き上げてきた。それはまるで、長い間忘れ去られ、埋もれたままになっていた心の奥深くから、突然とめどもなく涙があふれ出たような感じだった。

夜の暗がりの中、ひとつのベッドの上にいる、二人の七歳の少女。一人はもう一人を、当たり前のように抱きしめて慰め、もう一人はそれに驚き、おののきながら、身を硬くして耐えている。

ちょうどそこへ、わたしたちがちゃんと眠ったかどうかを確かめに、トリッシュのお母さんがやって来た。

「同じベッドに入ったりして、あなたたち一体何してるの？　さあ、ドナはこっちのベッドに戻りなさい」

「おやすみなさい」眠そうにトリッシュが言った。

「おやすみなさい」わたしは震える声で、真似《まね》をした。

以後何年もの間、わたしは眠りかけている時に誰かが部屋に入ってくると、それが誰であれ、自分の毛布を持ち上げて隣りに寝かせてやるようになった。わたしはトリッシュに、な、っ、た、のだ。

あの日、トリッシュの部屋で、わたしは言われるままに自分のベッドに戻った。そして今度は、できるだけきちんときれいな格好で寝ようと思った。わたしはまずベッドの中心を見極め、そこにまっすぐ体を横たえた。それから両腕を掛けぶとんの上に出し、気をつけの姿勢のように体の横につけた。これでわたしは、完璧に「きちんと」なったはずだった。だが急に、自分がベッドの上で場所を取りすぎているような気がしてきた。そこでベッドの端までもぞもぞと移動したが、その拍子に今度は体が毛布にからまってしまった。これではまるでわたしは、くしゃくしゃになった服みたいだ。急いでハンガーにかけて、皺《しわ》を伸ばさなければならないような。だめだ、もっときちんとしなくては。わたしは起き上がり、ベッドの端にすわった。まだだめだ、場所を取りすぎている。わたしはベッドの一番隅に行き、できる限り小さい面積の上にすわろうと身を縮めた。そして落ち着くと、改めて自分をチェックした。このねまきがだめだ。だらしないから着替えなくちゃ。急いでねまきを脱ぎ、次の日に着るつもりで持ってきた服を黙々と着る。だが着替え終わっても、部屋は相変わらず闇《やみ》に閉ざされたままだ。わたしは窓のヴェネチアンブラインドをじっと見つめ、早く朝になりますように、早く光が射《さ》してきますようにと祈った。

そのうちわたしは、昼間の服さえも、充分にきれいではないことに気がついた。よく見ると、持ってきた服はどれもだめだ。しかたなく、わたしは順番に服をたたみ始めた。できるだけ静かにたたんだ。そうして全部をスーツケースの中にしまうと、再びベッドの隅に腰かけた。足は床に届かず、ぶらんとした。床には、荷造りしたばかりのスーツケースが、ぽつんとひとつ。

わたしはトリッシュに視線をやった。そうして彼女をじっと見つめ、トリッシュもわたしと同じような子ならいいのに、と思った。それから、わたしもトリッシュと同じような子ならよかったのに、と思った。すやすやと眠っているトリッシュ。わたしの目には涙があふれ出した。涙はあとからあとからこぼれ、音もなくわたしの頬を濡《ぬ》らし続けた。部屋の中は、しんと静かだった。だが心の中では、わたしはトリッシュを起こしてしまうほどに激しく、声を上げて泣きじゃくっていた。

そこへまたトリッシュのお母さんが見回りに来た。

「ドナ？　そこにいるのあなたね、一体何してるの？　おばかさんね、どうしたの、ほらちゃんとベッドに戻りなさい。どうしてそんな所にすわってるの？」

「わたし、お家に帰りたくない」ないしょ話のような声で、わたしは訴えた。

「帰らなくていいのよ」トリッシュのお母さんは言った。

「でもここにもいたくない」声をひそめたまま、わたしは言った。

「じゃあ、どこに行きたいの？」

「行きたいの」わたしはことばじりだけを真似た。

「そういうことはできないのよ、ドナ。どこにも行く所はないの」

どこにも行く所はないの。言われたままにわたしは頭の中で繰り返し、そのことばの意味を理解しようとした。どこにも行く所はないの。どこにも行く所はないの。だがそれは、心の中だけでは、どうしても理解することのできないことばだった。

トリッシュのお母さんは、わたしに再びねまきを着せた。わたしはロボットのように、されるがままにしていた。頭の中にはなおも、「どこにも行く所はないの」ということばが、呪文《じゅもん》のようにこだましていた。今思えばこのことばこそ、まるでシェイクスピアの中の一文のように、当時のわたしが陥っていた罠の本質を、あざやかに言い当てたものだったのである。

トリッシュはゆっくりと、わたしの意識の中から消えていった。だがそれでもわたしは、その後十五年間にもわたって、彼女の夢を見続けた。二十二歳のある晩、わたしは冷や汗をかき体をこわばらせて、夢から飛び起きた。夢の中でわたしは、友達の部屋のヴェネチアンブラインドを、じっと見つめていたのだ。一見何気ない事柄が、こんなに長く、心の中に影を落とすことになろうとは。わたしは七歳頃から、たびたびよその家に泊まっていた。だがトリッシュの家でのあの晩ほど、印象が強烈だったことはない。あの晩わたしは、どこか知らない国にいるかのように心細かった。どうしてもなじむことのできない世界の中で、自分自身の無力さを思い知らされていた。無知な自分、初心《うぶ》な自分が、悔しかった。

わたしの中では、あの時、ドナとキャロルのはざまで見つけたにこやかな踊る人形としての一幕が、終わってしまったのだ。そうして舞台に、今度は理屈屋のウィリーが、登場したのである。

4 友達

テリーは角を曲がった所に住んでいた。わたしより年上で、イタリア人だった。わたしは八歳、テリーは十歳。友達になりたくて、わたしはいつも彼女のことをじっと見ていた。そして彼女は、そんなわたしをじっと見つめ返すのだった。

だがわたしには、どうやって友達になればいいのかわからない。そこである日、彼女に向かって、知っている限りの汚いことばを叫び続けてみたのだ。家では母が毎日のようにののしりのことばを口にしていたので、その真似《まね》をするのは簡単なことだった。彼女は立ち上がり、何区画《ブロック》もわたしを追いかけてきた。だがわたしは逃げ切り、また次の日も彼女の家の前まで行って、同じことを繰り返した。

ある日とうとう、彼女はわたしをつかまえた。そしてわたしの顔を「ぶん殴ろう」としたのだが、その前にふと、どうしてあんなに何度もしつこく自分にいやがらせをしたのか、わけを聞いておこうと考えた。

「友達になりたかった」むきになってわたしは怒鳴った。

「あんた、ばかじゃないの？」うんざりしたように彼女は言った。「だったらどうして、普通の人がやるみたいに、普通に話しかけてこなかったのよ？」

あの時、もしわたしが今のわたしだったなら、こう答えただろう。「だってわたしは、『普通の人』じゃないんです」

こうしてわたしたちは、親友になった。わたしは自分が出かけていくことのできる場所がほしかったのだ。何か自分のすることがほしかったのだ。そして、おまえには友達が一人もいないじゃないか、という胸を突き刺すような非難から、解放されたかったのだ。

テリーは隠れてたばこを喫《す》うことに熱中していた。そしてわたしから、新たなののしりのことばを仕入れた。男の子にも興味津々《しんしん》で、わたしの兄のことさえ特別な目で見ていた。彼女はわたしを、よくホーガンさんのところの裏庭に連れていった。そこには材木置き場があって、ちょうどいい隠れ家のようになっていたからだ。わたしたちは材木の間に腰を下ろす。そこで八歳のわたしは、咳《せ》き込み、むせながら、たばこを喫うことを覚えた。そして、テリーになることを覚えた。テリーはわたしを、おもしろい子だと思ったようだ。おそらくわたしは、彼女がそれまでに出会ったどんな子よりも、生意気で、粗野だったのだろう。なにしろわたしと弟は、何かにつけ、聞き返したり言い返したりののしったりしていた子どもだったのだ。

テリーはお昼時になると、いつもわたしを置いてきぼりにして家に帰ってしまった。わたしは一人ぼっちですわったまま、道の向こうのテリーの家を思いきりにらみつけながら、溝の上に足をぶらぶらさせていた。お昼ごはんがほしかったわけではない。わたしは食べ物にはほとんど興味がなく、お腹《なか》がすいたと感じることさえめったになかったほどだ。ほしかったのは、一緒に行こうと誘ってくれる心だった。あたたかく迎え入れてくれる場所だった。だがあくまで、わたしはわたしなりに、それらのものを求めていたにすぎない。わたしにとって友情とは、時が流れると腐ったリンゴのようになるものだった。そして、捨てずにはいられなくなるものだった。それなのに、知り合ったばかりの頃はいつでも相手に夢中で、まわりが見えなくなってしまう。テリーとの時もそうだった。友情に関しては、わたしは独占的で、排他的だった。二人の間にもし他の子が割り込んでくるのなら、その友情は、もう終わり。何か最後のひとことを言うにしろ、何も言わないにしろ、わたしの方からその子のもとを去った。たいていは、何も言わずに黙って去った。

テリーは、わたしの世界のすべてになった。わたしたちはほんの少しの暇さえ惜しんで会うようになった。そして彼女の飼っている猫たちと遊んだり、ごみ置き場からちょっとした宝物を拾ってきたり、路面電車やバスに乗って、よその町を探検しにでかけたりした。

テリーのお母さんはわたしを気に入ってくれた。おかげでテリーは、わたしと遊ぶと言っては、下のきょうだいの世話や宿題をさぼっていた。わたしは英語で口真似をしていたのと同じように、彼女たちの話すイタリア語を真似た。わたしはテリーの家の前庭に立つ。そしてテリーのお母さんが子どもたちにあれこれ指図するのを、そっくりの口ぶりで、おしゃまに繰り返す。

ちょうどこの頃、家では毎日のように戦争が起きていた。父は追い越し車線を暴走してゆく車のようで、自分の意思を通そうとしては母を踏みにじっていた。わたしには、母の顔に痛々しいタイヤの跡がついているように見えた。父が帰ってくると、いつも戦争になった。やがて父は父なりの妥協策を見つけ出したが、家の状態はよけいひどいものになった。父は自分の追い越し車線を、衝突進路の上に設定してしまったようなものだったのだ。そして衝突する先は、わたしたちの家の玄関だった。こうして今度は、家で毎日のように、酔っ払いたちがどんちゃん騒ぎをするパーティーが開かれるようになった。

父に踏みつけられた母は、いつもわたしに暴力をふるった。わたしはそれを、黙って受け容《い》れていた。わたしにとってそれは、ある意味ではどうでもいいことだったのだ。たとえ傷つくとしても、それはしょせんわたしの体でしかない。むしろわたしにとっては、母から受ける激しい暴力こそ、心を傷つけられることなく体に感じることのできる、唯一《ゆいいつ》の身体感覚だったのである。わたしの中では、おそらく何かが少しゆがんでいたのだろう。逆にやさしさや親切や愛情には、身がすくんだ。少なくともとても居心地の悪い気持ちになった。母はよく言ったものだ。「誰かを本当に傷つけたいと思ったら、親切にしてやればいいんだ」多分母は、わたしの様子を見て言ったのだと思う。もし母自身の経験から出たことばだったのなら、母も哀れな人間だ。

わたしは、こっそりテリーの家で暮らそう、と決心した。ある晩、真夜中の一時になるのを待って、わたしは家を抜け出した。ドアの鍵《かぎ》はかけないでおいた。こうしておけば、また朝の六時頃、家族が眠っているうちにそっと帰ってくることができる。

角を曲がってテリーの家に着くと、わたしは家の裏側から忍び込み、テリーの部屋の窓めがけて小石を投げた。テリーは、どの窓が子ども部屋なのか教えてくれたことがあったのだ。彼女はわたしを中に入れてくれた。そして自分の寝ている三段ベッドの一番上へ、連れていってくれた。わたしは自分で選んだ十歳のお母さんのもとで、すっかり落ち着き、心やすらかに眠りについた。

明け方に起きることも、何の苦もないことだった。むしろそれぐらいの時間になると、いつも自然に目が覚めてしまう。今でもそういう日が多い。というわけで、テリーのべッドで眠ることはすっかりわたしの習慣になった。

ところがそんなある晩、いつものようにテリーの家に着くと、裏口にはテリーのお母さんが立っていたのだ。わたしは立ちすくんだ。お母さんはとてもこわい顔だったので、帰れと怒鳴られるに違いないと思った。わきには、すまなそうな顔をしてテリーが立っていた。そしてお母さんのイタリア語を通訳した。「あのね、うちに泊まりたいんだったら、他の子たちを起こしてしまわないように、もっとちゃんとした時間に来なさいって」

思いがけないことばに、わたしは飛び上がるほど喜んだ。うれしくてうれしくて、その晩は眠れなかった。家へ戻ると、わたしは母にただ、角を曲がったところのお家《うち》で寝てくる、とだけ言った。

その後、家へ帰るのは二晩おきか三晩おきぐらいになった。家ではわたしは、屋根裏の親愛なる牢獄《ろうごく》のベッドに、体をこわばらせたまま横たわるのだ。そしてわたしの心が夢路をたどり始めるまで、いつまでも、じっと天井を見つめている。

砕け散った夢、割れたガラス
壊れた過去から響いてくるこだま
あちこちにばらまかれた人の名前

どれも皆、なくても生きてゆけるものなのに
心の底にたまっては、暗い影に姿を変える
そして影は情け容赦なく
わたしという人間を、引き裂く

わたしが自分の殻に閉じこもるようになったのが、家族の暴力のせいかどうかは、そう簡単に断言できることではないと思う。小さかった頃は、わたしはさほど暴力にショックを受けていなかったような気もするからだ。暴力をふるわれた時のことが忘れられなくなり、強迫観念のように、繰り返し頭の中にその場面が現れるようになったのは、かなり大きくなってからのことだった。わたしが不安定な両親の仲を助長したのか、不安定な両親がわたしの状態を助長したのか、それもどちらかだと言い切ることはできまい。だが両者が互いにかかわり合っていたことだけははっきりしている。

子どもの頃、わたしの気持ちを混乱させたり、「大事なわたしだけの世界」の安全を脅《おびや》かしたりしたできごとというのは、むしろ他の人にとってはごく当たり前で、何でもないように見えることばかりだった。やさしさ、理解、愛。それらがわたしは怖かったのだ。そしてそれらを中心にしたできごとは心に焼きつき、何度も心のスクリーンにプレイバックされた。

わたしは他人の行動を、頭で理解することはできた。その行動が極端なものならば、よけいにわかりやすかった。だが「その人全体」をつかむことが、なかなかできなかった――その人が何を期待して、なぜそうしたかということがつかめないのである。特に、与えるということと受け取るということがよくわからず、どうすればよいのか、どうふるまえばよいのか、とまどった。

逆に、一番よくわかっていたのは暴力だ。これを「原体験」の結果というのなら、それはそれでいいだろう。確かにわたしには、親切よりも暴力の方が理解しやすかったからだ。親切の方がはるかに微妙でつかみにくく、しかも心を乱されるものだった。子どもは普通、人の親切を喜び、受け容れるようになっていくものだ。だがわたしの場合、親切はひび割れた亀裂《きれつ》のようなものにしか見えず、うまく対処するための心の準備がどうしてもできなかった。おそらく、そうやって心の準備をしたり身構えたりしていると、いつまでも愛というものを知ることができないのかもしれない。だが身構えていないと、わたしにはあまりにも衝撃が強いのだ。衝撃が強くて、パニック状態になってしまうのだ。そうするとまわりの人は、一生懸命わたしを慰めようとしてくれる。だが慰めも、わたしの心を癒《いや》してはくれない。慰めは、わずらわしい。そうでなければ、慰めは、わたしの心を傷つける。

こんなわたしは、やはり「普通の子ども」ではなかったのだ、と思う。

自分のまわりの世の中がよく見えるようになり、それにつれて父の暴力にも気づいた時、わたしはつらかった。父がわたし自身に手を上げたことはほとんどなかったが、誰か父が暴力をふるってしまいそうな人がそばにいると、わたしはその人を見ているだけでおろおろした。何より心を引き裂かれたのは、わたしと一番心の通じ合っていた者が、恐怖にとらわれて泣き叫んだり、ヒステリーを起こしたりすることだった。それは、弟だ。弟は、よくガラスを粉々に割った。その耳ざわりな音も、我慢ならないほどいやだった。

わたしには、家の中は色彩の洪水のように見え、物も人もすごいスピードで流れるように動いており、はっきりと輪郭をつかむことができないほどだった。それでもちゃんと行動することはできた。こうした状態は、ショック状態にある人にたとえることができるかもしれない。自分ではほとんど無意識なのに、体は意外にきちんと動いて、機能しているというわけだ。わたしの目に映るものは、皆飛んでいた。色も、物も、人も。ドアはばたんばたんと蹴《け》られては消え、時には人々の顔も、同じように消えてゆく。人の姿はいつも一部分だけで浮遊していて、頭のてっぺんからつまさきまで「全部のそろった人間」は、どこにもいない。そしてわたしにとっては、人が暴力をふるわれるよりも、きれいな物が壊されることの方が、ずっと残酷な悲劇に思えた。

トムは大声で泣き叫ぶ子どもだった。トムの顔は、わたしの鏡。だからわたしも真似《まね》して、叫ぼうとする。だがわたしののどからは、声が出なかった。そこでわたしは、泣いている弟を抱いて、たんすの中に入る。そして手で弟の口をふさぎ、腕で頭を抱き抱えるようにして、耳もふさいでやる。やがてわたしの手は、弟の涙と鼻水で濡《ぬ》れてくる。わたしの目からは涙は出ない。だが弟といると、わたしは自分の中に感情が存在することを、気づかされた。そしてそれが揺さぶられているのを意識させられた。弟は、自分の感情をわたしに向かって表わしている。それは本物の感情だ。現実のものだ。わたしは次第に、自分に現実の手ざわりを感じさせる弟が、怖くなっていった。

わたしはトムを拒絶するようになった。だがトムにとっては、わたしは世界のすべてだったのだ。わたしが逃げようとするたびに、トムは泣きながら足にしがみついてきた。「ダーちゃん、行っちゃいや、行っちゃいや」わたしは泣きじゃくっている弟を、まるでただのおもりか何かのように引きずりながら、歩き続けた。

弟は、わたしがどんなことを言おうと、いつも真剣にそれを聞き入れる子だった。わたしのことを本気で受け容れてくれた初めての人は、もしかしたら、弟だったのかもしれない。

わたしに見捨てられた弟は、犬と一緒に寝るようになった。家で飼っていた、大きなオスのグレートデン。その犬を、三歳の弟は母親のように慕い、ノミだらけの敷物の上で、寄り添うように体を丸めて眠るのだった。そばには哺乳瓶《ほにゅうびん》が投げ出されていた。トムはもうわたしを追いかけてはこなくなった。彼にとって、わたしは亡《な》き者になったかのようだった。

二年後、その犬が、死んだ。わたしにはその時、トムも一緒に死んだかのように思えた。

テリーの学校に行こう。ある日わたしは、そう決心した。自分の学校には一人も友達がいなかったし、テリーはいつもわたしの面倒を見てくれていたからだ。わたしは、今の学校にはもう行かない、と宣言した。母もわたしを学校に行かせるためには、テリーたちと一緒に送り出すしかなかった。

だが新しい学校の教室は、よそよそしく冷たかった。先生はがみがみ怒鳴る頑固者の年寄りで、わたしにひどく腹をたて、あんたがいるとわしは胃潰瘍《いかいよう》になる、と怒鳴り続けた。わたしはごみ箱の中に立たされた。わたしは悪態をつき、先生はそのたびにチョークを投げつけてきた。生徒たちはそれを見ては、どっと笑った。だがこの時ばかりは、わたしは笑わなかった。

学校では、テリーにはテリーの友達のグループがあった。しかも学年はわたしよりふたつも上だ。「子ども」のわたしは、どうしても彼女のグループには入れてもらえなかった。

それからわたしは、学校ですれ違う生徒一人一人に、あなたはわたしの友達？　と手当たり次第に聞いて歩くようになった。

「でもわたし、あなたのこと知らないもの」答えはたいていこうだ。

「じゃあもし知ってたら」わたしは食い下がる。「わたしの友達になってくれた？」

何週間もこうしてたずねて歩いた後、とうとうわたしはあきらめた。そして一人で校庭の隅にしゃがみ、塀にもたれて、他の子たちが遊んでいるのをぼんやり眺めるようになった。

それから何か月か後、二人の女の子が寄って来て、わたしを仲間にしてくれると言った。だがその子たちの話していることは、わたしには全然おもしろくなかった。一緒にいても、すぐに気持ちは彼女たちから離れていってしまう。そして彼女たちの方も、じきにわたしから離れていったのだ。

わたしの気持ちは沈み込んだ。そしてこの後約一年にわたって、わたしは暗い鬱《うつ》状態から、抜け出すことができなかった。

わたしは元の学校に戻った。今度はいろいろな子たちが寄って来ては仲間に入れてくれようとしたが、わたし自身はとてもそんな気になれなかった。

わたしは笑わなくなった。ほほえむことさえなくなった。他の子たちから声をかけられたり一緒に遊ぼうと誘われたりしても、逆にいっそう深く傷つくばかりだった。どうすることもできずにその場に立ちつくしていると、あとからあとから涙があふれてくる。頬を冷たく濡らしたまま、わたしは身じろぎもせず、声も出さずに泣き続けた。

家に帰っても少しも心は晴れなかった。わたしは自分の部屋に閉じこもり、一人で「もういや、死にたい」と言っては泣いた。

たまにテリーが家に来てくれた。気が向くとわたしは一緒に遊びにでかけた。だがわたしの気持ちはますます現実にとどまっていられなくなり、次第にテリーと遊ぶことも、話すこともできなくなっていった。

そしてついに、まるで死の世界から舞い戻った亡霊のように、わたしは家中を、ふらふらと歩き回るようになったのだ——がっくり頭を落とし、背を丸め、どこに行くにも足元の一点を見つめたまま。皆は、一体どうしたの？　と声をかけてくる。わたしは作り笑いを浮かべ、「幸せな時の自分」という役を演じようとする。そしてできるだけ短く、こう答える。「べつに」。

わたしがこれほどもろく傷つきやすくなったのは、生まれて初めてのことだった。だがあの時もし、まわりの人がもっと心配し、もっとわたしに愛情を注ぐようなことをしていたら、わたしはいっそういたたまれず、本当に死んでしまいそうになったことだろう。やさしさは、わたしには逆効果だったからだ。

母はそんなわたしに、自分の知っている唯一のやり方で接するようになった。いろいろなものを、わたしに買い与えるようになったのだ。母はまず、鉢植えの植物を買ってくるようになった。わたしはわけがわからず、目の前に置かれた植物を、いつもまじまじと見つめ続けた。そして思った。「どうして？」

次に母は、スーパーのペットショップでセキセイインコを一羽、買ってきた。「この鳥はちょっとおかしいし長生きしないだろうけど、生きてる間はあんたの気に入るんじゃないかと思って」母はそう言った。確かにその小鳥の様子は少しおかしかった。羽はなんとなく前後さかさまについているような具合だったし、飛ぶこともできず、ただチョンチョンとはねるだけだった。そして母の言ったとおり、数週間で死んでしまった。わたしは泣いた。普通の子どもと同じように。

次に母が買ってきてくれたものは、わたしがそれまでに持っていたどんな宝物よりも美しい、夢のようなものだった。それは、表面に真珠貝が貼《は》ってある陶器のお皿。お揃《そろ》いのふたもついていて、その上には、遠くを見つめているような瞳《ひとみ》の小さな天使がいた。

母は、お人形用のおもちゃのベビーカーも買ってきてくれた。わたしはそれを押しながら、思いきって自分の部屋の外に出てみた。そしてベビーカーをひきずったまま、ガタンガタンと階段を上り下りした。そうすることがおもしろいわけでもなかったが、そうやって遊ぶものなのだと思って、ほとんど機械的に何度も上り下りを繰り返した。ほら、わたしのしていることは、普通の子と同じでしょ？

ところが母はそうは思わなかったのだ。うるさいと言って怒り、階段の上までとんできた。わたしは恐ろしさのあまり、凍りついたようになって、ただ母を見ていた。すると母はいきなり、そばにあったあの陶器のお皿のふたをつかみ、思いきり床に投げつけた。あっという間にあの美しい天使が、粉々に割れて飛び散った。呆然《ぼうぜん》と見上げると、母の口からはものすごい勢いでことばが吐き出されていた。わたしは部屋に入れられ、もういいと言うまでずっとここにいなさい、その間は食事もパンと水だけだからね、と言われた。それから母は、力まかせにドアを閉めて出ていった。蝶番《ちょうつがい》がはずれてしまうのではないかと思ったほどだった。そして外から、鍵《かぎ》がかけられた。

母は、ただ脅しただけではないと見せつけるかのように、水の入ったピッチャーとコップを持って戻ってきた。わたしはどぎつい紫色に塗られた部屋の、どぎつい紫色のベッドに突っ伏して、枕《まくら》に顔をうずめたまま、大声で泣きじゃくり続けた。枕にこもった自分の泣き声ばかりが、頭の中に響いていた。母は、今度はドアを閉めずに出ていった。

父が帰ってきた。わたしは耳をすまして階下《した》の様子をうかがっていた。階下では多分、わたしのことを話しているのだろう。

わたしには、父ならわたしをかわいそうに思ってくれるとわかっていた。涙にかすむ目で、わたしは床に飛び散ったあの美しい陶器の破片をぼんやりと見た。なぜこんなひどいことをされなければいけないのかと思うと、怒りがこみ上げてきて、体が震えた。わたしは足元の破片をつかんだ。そしてそのまま、自分の顔を切りつけたのである。それはわたしの無言の抗議だった。わたしは両方の頬を切った。額も、あごも、切った。もはや失うものは何もなかった。わたしは立ち上がり、妙に落ち着いた気持ちで、階段を下りていった。

「ちょっと、何？」母の声は、まるでホラー映画の芝居がかったせりふのように、響いた。「この子はほんとに狂ってる」この時母の顔に浮かんでいたのは、わたしを案じる表情ではなく、完璧《かんぺき》なショックでしかなかった。

わたしはこの時九歳だった。そして、もう少しで精神病院に入れられてしまうところだった。

だがわたしのしたことは、まったくの正気からだった。わたしには、どうやったら自分を理解してもらえるのかがわからなかった。わたしはとまどい、追いつめられた。だから、抗議をしようとしたのだ。母は、事態の深刻さだけはわかったようだった。パンと水だけの監禁も終わりになった。

父の瞳は、懸命にわたしに語りかけようとしていた。それは、何もかもわかっているよと言っているようだった。父も、わたしと同じようにことばにすることができなかったのだろうか。そうすることが「許されて」いなかったのだろうか。それとも、場合によってはことばにしない方が伝わるものもある、と知っていたのだろうか。

　わたしにはいとこが大勢いて、よくお互いの家に泊まり合ったものだ。気の合う子も何人かいたが、ミッシェルだけは大嫌いだった。それなのにミッシェルはうちに泊まりたがり、わたしもいやとは言えなかった。さらにミッシェルは、わたしの親友だった大事なテリーと、たちまち意気投合してしまったのだ。わたしはどうやって一度に二人とやってゆけばいいのかわからず、一人になりたい、と言った。ミッシェルとテリーは、わたしを置いて遊びに行ってしまった。

　この時以来、わたしは決してテリーに口をきかなくなった。テリーはおよそ二年以上にわたって、わたしのただ一人の大切な友達だったのに。「どうしたのよ？」彼女はわたしの前に来ては、そう聞いた。だがわたしは、ただぼんやりと彼女を見やるだけだった。わたしには、目の前のテリーは、サイレント映画の中で何か変わったシーンを演じている人のようにしか見えなくなっていた。だから何を言っているのか、つかみようがない。「あんたって変な子」テリーは言った。「一体あたしが何したっていうの？」

　それから数年後、テリーは通りの先の方にある店で働き始めた。声をかけられても、わたしはやはり無視した。見つめられても、視線をそらした。「あんたって、やっぱり頭がおかしいのね、ドナ」なんとかわたしに口をきかせようと、テリーは一度、そう言ったことまであった。だがわたしは、ただ上目遣いに彼女をにらんだだけだった。

それからさらに一年後、テリーの親友が、トラックにはねられて死んだ。テリーがその子と一緒に道を渡っていた時のことだった。大好きな友達が、はねられ、道にたたきつけられて死んでゆくのを、テリーは目の前で見てしまったのだ。テリーはうちに来た。そしてわたしの母に事故の話をした。わたしは横で、聞いていた。彼女はこの時、激しいショックから立ち直れないまま、必死になって自分を支えてくれる友達を求めていたわけだ。だがわたしは、まだ「やり直す」ということや「やり直させる」ということを、知らなかった。わたしはやはり、テリーとは口をきかなかった。

そして十年後。わたしはそれまでの自分の人生の断片を拾い集めるために、テリーの家の前に立った。テリーは笑顔でわたしを迎え入れ、わたしが彼女を無視していたことも十年間の空白も、まるでなかったもののように、以前と同じ友情を示してくれた。そしてこう言った。「あんたは本当に変わってたわ。あんたみたいな人、会ったことがなかった。昨日仲良くおしゃべりしてたと思ったら、今日はもう、友達だったことなんか一度もなかったみたいに冷たい顔してる、って調子だったもの」

ある時期わたしがどれほど彼女を求めていたか、そしてその後、今度はわたしの心から彼女を締め出すことがどれほど重要なことだったか、彼女は知らなかった。そしてわたしも、それを告げることはなかった。

5　あべこべの世界

わたしはだいぶ前から、家を出ることを考え始めていた。具体的には、家の裏手にある空き地で一人で暮らそう、と思っていた。夜は丈の高い草の間で眠ればいいし、昼は塀の上に垂れ下がるように生《な》っているプラムを食べればいい。唯一《ゆいいつ》の気がかりは、弟だった。わたしはその頃もまだ、弟に対して責任感のようなものを感じていたのだ。わたしは自分が家を出る日にそなえて、弟にできるだけのことを教えておこうと思った。

わたしはトムを抱き上げてベッドに寝かせると、お話をしてやるようになった。だがそれは、小さな子に普通してやるようなおとぎ話ではなかった。わたしはトムに、これからトムが出会うことになるようないろいろな場面を考えては説明し、そういう時にどうやっていやなことをシャットアウトすればいいか、まわりから傷つけられないようにどうやって自分を守ればいいか、教えたのだ。まわりから聞こえてくるものがとてもいやだったら、自分の頭の中で繰り返し繰り返し好きな曲を歌うこと。人の話をちゃんと聞いているように見せるには、相手の目をじっと見なければいけないけれど、そのまま相手の向こう側を透視するように見つめていれば、怖くはないこと。何かものを覚えなければいけない時は、声に出して言いながらぴょんぴょん跳び続けていると頭の中に入ってくること。わたしは全部、トムに教えた。たくさんの丸を見つめて、その中に一体化するように溶け込んでゆくことも教えた。実際に練習もした。まず壁に、ひとつだけ丸を書く。そしてそれをじっと見つめるのだ。

トムにとってはおそらく、すでに自分でやっていたことも多かっただろう。わたしが教えたことにそれほど新味はなかったかもしれない。だがそれでも、トムは状況に対応するための、新しいやり方をいくつか覚えた。わたしはわたしでそうやって教えながら、自分の行動のタイプというものに気づくようになっていった――なぜ自分がこういうことをするのか、ああいうことをするのか。そしてそこから得ているものは何なのか。

わたしはトムに、いつかわたしはお家《うち》を出ていく、と打ち明けた。トムはそれを、母に言ってしまった。

この頃母は、わたしが小学校に入る前の頃ほど暴力をふるわなくなっていた。だがわたしが家を出ようとしていることを知ると、ことばではなく、力でわたしを思いとどまらせようとした。

母はまた、わたしが思春期を迎えようとしていることに気づいて、頭を悩ませていた。

毎日のように母はわたしに、男性から受けた身の毛のよだつような体験を微に入り細にわたって話したり、子どもができたことでいかに自分の人生を奪われたかと語ったり、さもなければ、おまえの行く所なんかどこにもないんだよ、と言ったりした。おまえのことは、わたしの好きなだけ、この家にいさせるんだから。

わたしの抵抗は、ことごとく暴力によってつぶされた。ただじっと立って、話している母を見ているだけで、その目つきは何よ、と殴られた。そうやって母は、家を出ようというわたしの気持ちを打ち砕こうとしたのだ。ふん、わたしの踊る人形が、一体何をしようっていうの？

テリーの学校に行くのをあきらめ、自分の学校に戻ってきた頃、わたしはあまりに気持ちが沈んで、まわりで何が起こっているのかさえよくわからなかった。だがその状態を脱すると、まわりには再び物に満ちた世界が現れた。中でもとりわけ魅《ひ》きつけられたのは、ことばと本だ。わたしは夢中になった。そうして内面の混沌《カオス》とした状態も、外からは落ち着いて見えるほどまでになった。

母とわたしには、ひとつだけ一緒にできることがあった。それは、ことば合わせのスクラブル・ゲームだ。あのゲームはわたしの細かなことばのコレクションを増やすのにとても役立った。きれいな響きのことば、何度もつぶやきたくなるようなことば、物の商品名（ただの名詞ではなくて、その物についている本当の名前）。わたしはそういったことばを、頭の中にコレクションしていった。母は母で殺人事件の起こるミステリー小説が好きで、犯罪関係の単語をとてもよく知っていた。母はそういった本を本当にあっという間に読んでしまうのだ。わたしも読むことは好きだったが、特に好きだったのは、電話帳と街の案内書だった。

それが学校の教材の小説となると、何ひとつわかっていなかったのだ。次第にわたしは、自分でそれに気づくようになった。読むことは読めるのだが、その内容がつかめない。内容はひとつひとつのことばの群れの中に、吸い込まれて消えていってしまうかのようだ。

そこでわたしは、ちょうど速読法の練習をする人のように、どの文章でも主だったことばだけを目で拾うようにし、あとはその本の持っているムードを感じ取ることで、内容を理解しようとしてみた。これはうまくいった。一冊の本を丹念に読み通しても何もわからなかったのに、登場人物やできごとだけに注意しながらどんどんページをめくっていくと、ある程度は内容がつかめる。

わたしは一生懸命集中すると、かえって何も頭に入ってこないのだった。また、取り組むものが自分から選んだものでない限り、どんなに頑張って頭を働かせようとしても、いつの間にかわたしの気持ちは他のものに移ってしまっているのだった。自分自身で調べたり工夫したりできるものの他は、勉強もまた、わたしには閉ざされたものだったのだ。そしてわたしの世界へ侵入してこようとする「世の中」のいろいろなものと同様、とてもわかりにくいものだった。

だがわたしは、物を写したり真似《まね》したり、整理整頓《せいとん》したり自分で作ったりするのは大好きだった。家にあったものの中でこの頃特に好きだったのは、百科事典の全集だ。百科事典にはどの巻の背表紙にも、何巻目かを示す数字と見出しのアルファベットがついている。わたしはその順番どおりに本が並んでいるかどうかを、いつもチェックしていた。そしてもしばらばらになっていたら、ちゃんと順番どおりに入れ直す。そうしていると、あたかも混乱《カオス》の中から、自分の手で秩序を生み出しているような気分になるのだった。ほら、わたしはめちゃくちゃなものを、きちんときれいにしているんだ。

収集され、分類された物を見るのも大好きで、わたしは図書館からしょっちゅう図鑑を借りてきていた――猫の図鑑、鳥の図鑑、花の、家の、美術作品の――実際、あるカテゴリーに属するものがたくさん載ってさえいれば、何でもよかった。

学校の宿題でも、わたしはいつも、図鑑の一部分のようなものを自分で作っていた。たとえば牛について何か書いていらっしゃいという宿題が出たとする。するとわたしはあらゆる種類の牛について細かく説明し、それぞれ全部に詳しい絵を添え、図を書き、グラフや表まで作るのだ。
わたしはひとつのものに興味が向くと、しばらくはそれにばかり夢中になっていたし、どちらかというと創造性には乏しかったかもしれない。だがそうやって順々にまわりのものに目を向けては、ひとつずつ興味と知識を深めていったのだ。これは、「新しく目覚めたばかりの人」に似てはいないだろうか。たとえどのように小さな事柄でも、目に映るものはすべて新鮮なのだ。そして初めて知ることの数々は、いつもすばらしい充実感と達成感に満ちているのだ。

特に、電話帳を読むのは好きだった。その上、ある日道の角にあった電話ボックスで、フリーダイヤルのかけ方を知ったものだから、ますます電話帳を系統的に使ってみたくてたまらなくなった。そこでアルファベットごとに、一番最初と最後に載っている名前の人全員に、電話をかけ始めたのだ。あなたは電話帳のAの見出しの一番最初に載っていたので、電話しています。あなたは電話帳のBの見出しの一番最後に載っていたので……電話をかけるたびに、わたしはまずそう説明した。たいてい相手は、何も言わずにガチャンと切った。そんないたずらはやめなさい、と言われることもあった。だがわたしは、他のことと同様この電話の実験も、一度始めたからにはどうしても最後までやり通さなければ気がすまなかった。そしてこの実験を通して、わたしの興味はいつの間にか、物から人とのコミュニケーションへと移っていったのである。電話ボックスは、わたし一人だけの、居心地のいい教室となった。

時折電話に、話好きのお年寄りが出ることもあった。だがわたしはそういう時、まるで爆竹が破裂したようにのべつまくなしにしゃべり続けたので、向こうがことばをさしはさむひまもなかった。

またわたしは、百科事典で覚えた仲間探しやものの分類を、電話帳でもやってみた。細かく電話帳を読んでは、ブラウンという名字の人の数を全部数えてみたり、ある名字から派生している名字をグループ分けして、その数をそれぞれ数えてみたりするのだ。わたしは、一貫性という概念の森を、一人で探検していた。

そうして何か新しいことを発見すると、わたしはそれをとうとうと述べながら、家中を得意満面で歩き回る。なぜ皆がうんざりした顔をするのかはどうしてもわからなかった。今思えば、皆にとってはとうにわかっていたような、どうでもいいことばかりだったのだろう。

電話帳の次にわたしが虜《とりこ》になったのは、街の案内書だ。つまりわたしは、物からコミュニケーションへ、そしてさらに一対一の対応関係へと、興味の幅を広げていったのだ。わたしは迷い猫たちを拾ってくるようにもなった。何年も前に、ちょうどあのキャロルが、自分の家にわたしを連れていってくれたのをなぞるように。わたしは街の案内書の索引を見て、順番に、気に入った通りの名前を猫たちにつけてやるようになった——ベケット通りにちなんでベケット、ダンディ通りにちなんでダンディ。アルファベット順につけていったというのも、わたしにとっては重要なことだった。ちょうどそれが、自分の系統的な成長を整然と表わしているような気がしたからである。

　わたしは学校には適応できなかったし、人から言われたことをすることさえできなかったが、やる気はあったし、忍耐力もあったし、これと決めたことには計画的に、徹底的に取り組んだ。だがそうやってわたしが情熱を傾けたものも、普通の人にとっては、せいぜい数分しか注意を払わないようなつまらないものでしかなかった。まるでわたしの世界は、上下があべこべになってしまっているかのようだった。それでもわたしはわたしなりに、矛盾のない一貫した世界の取っ手をつかもうと、一生懸命だったのだ。

　たいていの物事は、わたしには変化が早すぎて、ついていけなかった。だからこそわたしは、同じことを何度も何度も繰り返すのが好きだった。いつもどおりのことをしていれば、わたしは楽しかったし、気持ちもやすらいだのである。

「世界よ止まれ、わたしは降りたい」こうつぶやくことが、わたしは好きだった。わたしはきっと、他の子どもたちが順調に成長している時に、空中の丸やらお星さま《スターズ》やらに夢中になっていたから、こんなに取り残されてしまったのだろう。その後、皆に追いつかなければ、遅れないようにしなくてはと思うようになったが、それは時には耐えがたいほどのストレスになった。そして気がつくと、わたしは何もかもの速度を勝手にゆるめて、ひと休みしているのだった。だがいつも、何かが再びわたしを連れ戻しにやって来る。

空腹感や、用を足したいという感覚や、眠気なども、本当は感じていたのだろう。だがわたしは自分の意識がはっきり働く状態からは少し遠ざかっていたくて、丸を見つめたり音に耳を傾けたりすることばかりに熱中していたので、こうした基本的な欲求も一緒にどこかに追いやっていたに違いない。確かにわたしは、そういった欲求のサインを無視していたと思う。そのため気が遠くなったり、妙に不安になったり機嫌が悪くなったりしていた。それでもわたしには、他にすることとやしたいことがたくさんあって、食べたりトイレに行ったり眠ったりすることまでには手が回らなかったのだ。

わたしはまた、「自分をなくしてしまいたくなる」感覚にしょっちゅう陥っていた。それで自分を物や音やリズムの中に紛れ込ませていたのだが、その感覚がどこからくるのかはわからず、コントロールすることもできなかった。ところがいったんその感覚が近づいてくると、そこに身を任すこともできるし、戦って退けようとすることもできるのだと、次第にわかってきたのだ。だがそれは催眠術のようで、気がつくとたいていわたしは、もう身を任せているのだった。そして時には、自分からその感覚を捜し求めているのだった。まるでわたしは、この「自分をなくす」不思議な感覚の世界にフックで吊《つる》されていたかのように、どうしてもそこから離れることができなかった。

物の速度をゆるめ、世界をスローダウンさせるやり方で気に入っていたのは、素早いまばたきを繰り返すことと、部屋の電気を何度もつけたり消したりすることだ。素早くまばたきをすると、人は皆、古いコマ送りの映画のようにぱたぱた動くだけになる。電気をつけたり消したりすれば、ストロボをたいたように、皆の動きが一瞬止まって見える。

まばたきは、音に対する反応であることも多かった。わたしには、人の声のトーンがいやでたまらないことがある。そんな時、まばたきすることだけに集中していると、人の声もあたりの物音もいつの間にか遠ざかってゆくのだ。またわたしは、よくテレビのボリュームを上げたり下げたりして、断続的にテレビの中の人物の声を消しながら画面を見ていた。自分の耳そのものを、両手でふさいだり離したりすることもあった。普通にしていても、わたしには、時々人の声が一時的に聞こえなくなることがあったのだ。それでテレビを見ながらも、その状況を自分で同じように作り出そうとしていたわけだった。

また緊張すると、強迫観念にとらわれたかのようにしゃべり続けた。ひとりごとも、よく言った。黙っていると、なんだか自分には何も聞こえていないのではないかと、不安でたまらなくなってくるのだ。わたしの五感が正常に働くのは、自分の世界に閉じこもって、他人をすべてシャットアウトしている時だけのようだった。

両親は、わたしの耳が聞こえていないのではないかと思ったことがある。二人はわたしの真後ろに立ち、交互に大きな音をたてた。わたしはまばたきすらしなかった。そこで今度は、聴覚テストを受けさせられることになった。テストの結果、耳は聞こえていると判明した。それから何年も後に、再びわたしは聴覚テストを受けた。するとこの時は、わたしの耳は平均よりもよく聞こえているだけでなく、普通は動物にしか聞こえないような周波数の音まで、聞き取ることができるのだとわかったのである。問題は耳自体ではなく、音に対する意識が時々とぎれてしまうところにあったのだ。わたしの意識は、まるであやつり人形のようだった。そしてその人形は、感情面でのストレスという微妙な糸によって、あやつられていたのだった。

だがわたしには、ひとつだけ大好きな音があった。それは、金属どうしが触れ合う可《か》憐《れん》な音。母には不運なことに、家の呼び鈴がまさにこれだった。わたしは何年にもわたって、取り憑《つ》かれたように呼び鈴を鳴らし続けた。両親はさんざんわたしを叱《しか》った後、あきらめて呼び鈴の電池を抜いてしまった。だがそれぐらいで取り憑かれた気持ちはおさまらない。わたしは自分で呼び鈴のふたを取ってしまうと、中の呼び鈴自体を、なおも手で鳴らし続けたのである。

自分には、何かが足りない。次第にわたしはそう感じるようになった。だがそれが、何であるのかわからない。

　わたしは人形をひとつ持っていた。それをじっと見つめていると、胸のあたりを裂いて、中に「感情」というものが入っているのかどうか見たくてたまらなくなってくる。一度など本当にナイフを手にとり、実際に人形の胴体をこじ開けてみようとまで思った。だがそんなことをしたら人形が壊れてしまうのだとふと気がついて、結局やめた。おかげでわたしは、それからまた何年もの間、人形の中に「感情」はあるのかどうかと悩み続けた。

　わたし自身に感情があることは確かだった。だがそれは、人と接する時に、あまり生き生きとは働いてくれないのだ。わたしには少しずつフラストレーションがたまっていった。そして次第に、自虐的《じぎやく》に、暴力的に、なっていった。小さな淑女のようにふるまえという周囲の要求が、これに拍車をかけた。世の中は、まるでわたしの母のように、いっそう短気で容赦のないものになっていった。

　授業中わたしは、いつも一人でしゃべり続けていた。他の子たちが聞いていようがいまいがおかまいなしだ。すると先生の声が、次第に大きくなってゆく。わたしも負けじと声を張り上げる。先生はついに、わたしを廊下に立たせる。わたしは廊下から外へ、一人で散歩に出かけてしまう。先生はわたしを連れ戻しに来て、教室の隅に立っていなさいと言う。わたしは唾《つば》を吐いて叫ぶ。「やなこった！」先生が近づいてくる。わたしは身を守ろうとする野生の動物のように、椅子《いす》を持ち上げて身構える。先生が怒鳴る。わたしは椅子を床にたたきつける。投げつける。

わたしは、「小さな淑女」からはほど遠かった。

夜には、悪夢にうなされるようになった。夢の中の恐ろしい怪物から逃げ回って、ふと目覚めると、自分のベッドではない所にいることも多かった。夢遊症になっていたのだ。

ある晩、美しい青い目の子猫がわたしの前に現れた。わたしはかがんで、頭を撫《な》でてやろうとした。ところがそのとたん、子猫はみるみる大きなネズミに姿を変えて、手に思いきり嚙《か》みついてきたのだ。血が飛び散り、わたしは悲鳴を上げて目を覚ました。すると一瞬にして、血もネズミも何もかもが魔法のように消え去って、あたりはいつもどおりのおだやかな光景に戻っていった。夢を見ていた間、わたしは階段を下りて一階の居間に来ていたのだ。そして目覚める直前に、自分で電気をつけていた。

またある晩は、恐怖に凍りついて納戸《なんど》の入り口に立ちすくんだまま、わたしは我に返った。目は、そばにあった人形にくぎづけになっていた。つい数秒前までその人形は、ホラー映画に出てくる悪霊《あくりょう》のの《(sic)》り移った人形のように、両手を伸ばし、薄気味悪く口をゆがめては、わたしに聞こえないことばをしゃべり続けていたのだ。

次第にわたしは、眠ること自体が怖くなった。眠ったら何が現れるかわからない。わたしは家中が寝静まるのを待ち、母の部屋へ行っては母の寝顔を見つめるようになった。もし何かがわたしをつかまえにくるなら、母のこともつかまえようとするはずだ。でも母は、どうやってそれを撃退すればいいかをきっと知っている。そう思うと、少し気持ちが落ち着いた。

恐怖で睡眠が減っていったわたしは、疲労が重なって、幻覚を見るようにもなった。壁に奇妙な形が現れては、不気味にうごめくのだ。怖くてたまらず、わたしは母のベッドの下に隠れた。母は相変わらず眠っている。わたしは息をするのさえ恐ろしくて、全身を緊張させたままじっと横たわって我慢していたのだが、そのうちとうとう涙があふれ出した。涙はいつまでも止まらず、わたしは一人で、声を殺して泣き続けた。

それはちょうど、四年前のあのトリッシュの家での晩に似ていた。わたしは泣きながらも、身じろぎひとつせずに、ひたすら祈るような気持ちで朝の光が射《さ》してくるのを待っていた。

6　十二歳

わたしは十二歳になった。小学校では最上級生、最後の学年だ。時代はちょうど七〇年代で、新しい担任の先生はヒッピー風だった。長く伸びたもじゃもじゃの髪の間から顔がのぞいて、ひょろりと背が高く、風貌《ふうぼう》によく合ったやさしい柔らかな響きの声をしていた。

名前は、レイノルズ先生。授業もユニークだった。たとえば教室にたくさんレコードを持ってきて、その音楽や歌がわたしたちに何を語りかけているのかとたずねたりする。中でもわたしが一番好きだったのは、どう答えても、まちがった答えはひとつもなかったということ。どのような答えであろうと、子どもたちひとりひとりからわき出た答えは、それこそがその子にとってただひとつの答えだとみなされたのだ。

授業でよく演劇もした。準備の段階から、全員が自分の好きなことを何かひとつ受け持って、皆で劇を作り上げてゆく——小道具を作る係、背景を描く係などというように。観客でさえ、観客という役を演じている気分になった。

レイノルズ先生は、生徒の能力についてとやかく言うこともなかった。わたしに対しても、わたしには何ができるのかをじっくり見守ってくれた。他の子たちよりすぐれている点は何かと、教えてもくれた。クラスの中には、まるで生徒全員がひとつの家族になったかのような雰囲気ができていった。そしてわたしには、先生が、新しい父親のように思えた。

先生は学校で、よくわたしに時間をさいてくれた。わたしが何を感じているのか、なぜ皆と違う行動をするのか、理解しようとしてくれた。たとえ先生が声を荒らげるようなことがあっても、わたしにはなお、先生のやさしさが感じられた。レイノルズ先生はまた、わたしが自分の家で起こっていることをなんとか説明しようと思った初めての先生でもあった。だがそれでも、わたしは、心の内で起こっていることについては、決して話しはしなかった。先生の態度は、家のどんなことを話しても少しも変わらなかった。先生は絶対に信頼を裏切らない人なのだと、わたしは思った。

だがその年は、実際はそれまでの学校生活の中で、わたしにとって一番大変な年だったのだ。すでにわたしはおかしな子として有名だったのだが、この年、皆からいじめられていた二人の子の味方をし、かばったことで、ついに大勢の子たちを本当に敵に回してしまった。そしてその二人の子と同じように、「ゾンビ」と呼ばれるようになってしまったのだ。

サラはイギリスから来た子だった。その髪の毛は見たこともないほど赤く、しゃべることばもわたしたちとはまるで違っていた。誰も彼女の言うことがわからなかった。わたしにしてみれば、人の言うことがわからないことなど慣れっこだったのだが。サラにはいとこがいたが、そのいとこでさえサラとは一緒に遊ぼうとしなかった。すでに仲良しもいたし、他の子たちからのけものにされているサラと遊べばめんどうなことに巻き込まれるかもしれない、と思ったのだろう。

ちょうど同じ頃、もう一人、男の子が転校してきた。その子は背ばかり高くて、痩《や》せて骨ばって、口数は少なく引っ込み思案で、なんとなく幽霊みたいな感じがあった。クラスの子たちはこの二人を、「ゾンビ」と呼んでいじめるようになった。二人とも無抵抗で、いじめられるがままだった。だがそれがどんな気持ちのするものか、わたしには痛いほどわかった。わたしは、二人の味方をしよう、と決心した。

ところがその結果、わたしも皆のいじめの標的にされ、悪口を言われたりののしられたりするようになったのだ。多分それまでにも、そういうことはされていたと思うのだが、いじめられているとはっきり意識したのは、この時が初めてだった。クラスの皆は、わたしのことも「ゾンビ」と呼ぶようになり、そばに来ては「ゾンビ、ゾンビ」としつこくはやしたてた。そのうるささといい声のいやらしさといい、本当に気が変になりそうだった。

わたしは、二人の子たちが暴力をふるわれているのも見た。髪を引っぱられたり、体を押されたり突かれたり、蹴《け》られたり殴られたりしていた。ただほんの少し皆と違っているというだけで、なぜこんなひどい目にあわなければならないのだろう。わたしは二人のために、猛然と戦い始めた。暴力をふるった子たちを蹴って階段から落としたり、椅子《いす》で殴ったりした。ふた付きの机を開けていれば、思いきりそのふたを閉めて手をはさませてやったりもした。次第にわたしはきつい性格になった。しゃべらなくなり、時には沈み込むようにもなった。

学年末が近づいた。わたしの出席日数は、わたしの集中力と同様、とても充分なものとはいえないらしかった――もっともこれは、いつものことだったが。レイノルズ先生はがっかりした様子で、この一年できみは何かひとつでも学んだことがあるのかな、と言った。そして学年末試験がどれほど重要なものであるか、わたしに説明した。それは、わたしが小学校で受ける最後の試験になるのだった。

試験が始まった。問題用紙がわたしたちの前に置かれた。わたしの頭の中では、どこからも答えは浮かんできそうになかった。わたしは確かに、試験勉強をしてはこなかった。

そして一週間後、試験は採点されて返ってきた。クラスで一番よくできると思われていたクリスチーヌという女の子は、八十三点だった。最高点は、名字がAで始まるフランクという男の子で、彼はお金のかかる私立のグラマースクールに進む奨学金をもらえることになった。

試験の返却がWの名字までできた時、レイノルズ先生は、「信じられないな」と言った。きっとわたしの点がとてもひどかったに違いないと思い、恥ずかしくてわたしはうつむいた。ところが実際は、まったく逆のことが起きたのだ。先生は皆に、わたしの点が九十四点だった、と発表したのである。

それはフランクに二点足りないだけで、女子の中では学校中で一番の成績だった。その後フランクはグラマースクールに行った。そしてわたしの方は、ハイスクールの落ちこぼれとなった。しかしともあれ、レイノルズ先生はその時、わたしの取った点数をとても喜んでくれた。そうしてわたしは、たとえ外からどんなふうに見えようとも、「知能が足りない」のではないのだと、証明したのだった。

あと一週間で終業式という日、レイノルズ先生は突然、実は先生も結婚することになった、と皆に発表した。そのとたん、わたしの中で、何かがぽっきりと折れてしまった。わたしは机のふたを開けると頭を突っ込み、そのまま頭の上に、何度も何度も自分でふたを打ち下ろした。

　やっとのことで顔を上げると、わたしの目に映った教室は、混乱しきったわけのわからない場所に変わってしまっていた。まるでわたしは自分が檻《おり》に入れられた動物のような気がした。一刻も早く、その場を逃げ出したかった。わたしは走り出した。

　だがその逃走は、保健室で終わりとなった。レイノルズ先生はそこで、ぼくが結婚するからといって、それでもうきみたちに会えなくなるわけではないんだから、とわたしに言い聞かせた。そして、結婚式にはきみたち全員を招待するし、その後はぼくの家で学年末の打ち上げパーティーをするからね、と言った。

　わたしは結婚式に行った。そしてとても誇らしい気持ちで、最前列の席にすわった。そこが親族のための席だということには、まったく気がつかなかった。だがわたしとしては、そこで最高のお行儀でふるまったのだ。一人できちんとすわり、おとなしく黙って式を見守り、先生が誓いのことばを述べると、先生に向かって手を振った。

　わたしはその後のパーティーにも行った。だが人のたくさんいる中ではどきどきして真ん中に出ていくことはできず、ずっと隅の方にいた。第一、真ん中に出ていったところで、まわりの人たちに何を言ったらいいのかわからなかった。わたしは一人でにこにこしながら、楽しんでいるふりをしようと一生懸命だった。

　そして終業式の日がやってきた。休み時間に、わたしともう一人の友達は教室に残った。あとの子たちは皆、校庭で遊んでいた。ふと教壇の上を見ると、先生のノートが置かれたままになっていた。友達は、先生が自分のことを何と書いているのか見たいと言って、それをのぞいた。わたしものぞきこんだ。早速Wの見出しの下に自分の名前を見つけたが、そのとたんに、ひとつの文章が矢のように目に飛び込んできたのである。

「ドナ・ウィリアムズは情緒障害児だ」

そこへ、隣りの職員室からレイノルズ先生が戻ってきて、わたしたちを見つけた。先生は顔色を変えた。

「何やってるんだ?!」

「どうしてわたしにあんなことを書いたんですか?」わたしは夢中で言い返した。「わたしが情緒障害児だって、それ、どういうことですか?」

「きみたちにこのノートを見る権利はないんだ」鋭い口調で、先生はわたしの質問を封じ込めた。

先生が書いたそのコメントは、おそらく心理相談からきたものだったのだろう。しかしわたしは、深く傷ついた。そしてレイノルズ先生を恨めしく思う気持ちと、そんな先生が今までわたしにしてくれたことに対する感謝の気持ちとの間で引き裂かれ、すっかり混乱しながら、小学校を卒業した。

年ごとに、わたしが人とうまくコミュニケーションできないことは、ますますはっきりしてくるようだった。というよりも、成長するにつれ、まわりでわたしを「気遣って」いろいろ言っていることが、わたし自身にもよくわかるようになったのだった。だが母と兄が言うことだけは、気遣いからではなく、短気な身勝手からきているものでしかなかった。

わたしにも、おしゃべりをしたい気分になることがあった。そんな時は、今関心があるものについて、一人でしゃべり続ける。物に対する関心は年々強まってゆき、ひとつの物についての興味もいっそう長く続くようになっていった。だがたとえどんな物でも、人と話し合うことには興味がなかった。この頃は、人に何らかの答えや意見を求めるということもなく、話しかけられても無視したり、相手が話しているのもかまわず自分も話し出したりした。わたしの心を占めていたのは、自分自身の質問に対して自分で答えるように話す、ということだけだった。そして実際、よくそのように話していた。

何かわからないことにぶつかると、わたしはまず、勝手にわかっているふりをしてみたものだ。わからなくてもどうってことはないんだと、自分に言い聞かせたりもした。どうしても誰かに聞かなければならない時でも、わたしはただ宙に向かって質問を吐き出しているだけのようだった。自分で覚えている限りいつもそんなふうで、そのため次第に激しい欲求不満に陥っていった。知りたいことはたくさんあるのに、そのためには誰かに話しかけなければならない。そう思うと高い壁が立ちはだかっているようで、なにもそこまでして知ろうという気にはなれなくなってしまうのだ。

しかしやがてわたしも、この問題をなんとかしようと自分なりの方法をいろいろ考え出すようになった。学校では、注意をひくようにしながら人の前まで歩いてゆき、そこで気になっている事柄について一人で話し出してみた。だがこのやり方は、少々唐突過ぎたようだ。皆なぜわたしが話しているのかわからず、何か演説でもしているのだろうとやりすごしてしまったからだ。本当は、わたしが自分にできるたったひとつのやり方で、必死になって質問をしていたというのに。

だがわかってもらえなかったのも、無理のないことだったかもしれない。たとえ誰かが答えてくれても、わたしはやはりそれを無視したり、答えてくれているその声の上から話したりしたからだ。それでもわたしは、皆にものを聞きたかった。皆に耳を傾けてもらわなければならなかった。そこで今度は、話しかける時は最初に必ず「ねえ」とか「ちょっと」と言って始めることにし、質問が終わった時には「ね?」とか「そうでしょ?」とか「いい?」と言うことにしたのだ。そのうちこうした決まり文句はすっかり有名になってしまい、いつそのことばが出るかと、皆、わたしをからかった。

家でも似たようなものだった。

母は、自分を「ママ」と呼べと言った。わたしがそう呼ぶのをいやがっているのを知って、わざとそう命令したのだ。さからえばどんな暴力をふるわれるかわからないから、嫌悪感《けんおかん》でいっぱいになりながらも、わたしは無理やり「ママ」という単語を吐き出した。それはまるで、ののしりのことばのようにあたりの空気を震わせた。わたしは母を、たいていは名前で呼んでいた。

だがわたしは、いろいろなことを知りたかった。どんどん知識を増やしていきたかった。だから家でもいつものやり方で、話しながら歩き回った。遠回しにそばにいる人の注意をひこうとしながら、知りたい事柄について果てしなくしゃべり続けた。母はそのたびに、「またうわごとを言って」と言った。「うわごと」というのは、定義によれば、「正気ではない時に出る意味の通らないことば」だ。しかしわたしにとっては、この「うわごとを言う」ことこそわたしなりの会話だったわけで、「正気ではない」などということは決してなかった。誰か人を捜して自分の興味のあることを話すというのは、わたしにしてみれば、必死になって勇気をふりしぼらなければできないことだった。そんなふうに一人で頑張っていると、自分がひどくか弱い、もろい人間に思えて、悲しい気持ちにもなった。歩きながら話し、質問することで、わたしは自分自身のことも表現しているつもりだったのだから。

人に向かって自分のことを話そうと思えば、反射的に、わたしの中にはまず恐怖がわき上がってくる。だからわたしは、そうやって質問に紛らせながらしか、自分のことを話すことができなかった。何気ない軽い調子のおしゃべりをしているのだと、自分に言い聞かせなければならなかった。つまり自分のことを話すのに、わたしは自分自身の心さえ、だまさなければならなかったのだ。他のやり方ではとても話そうという気になれず、ことばは体の中につっかえたまま、唇から外へ出てゆけなくなってしまう。もしこの何気ないおしゃべりの方法を考えついていなかったら、わたしのことばは、わたしの叫びや涙と同じように、いつまでも沈黙の中に閉じ込められたままだっただろう。

人はよくわたしに、要点を言うようにと迫った。それが何かを否定すればすむようなことなら、簡単だった。また、わたしの欲求やわたし自身のアイデンティティに関係がないような事柄も、不自然なほどすらすらと口をついて出た。まるで、ショーに出てきたコメディアンがジョークを連発するように。

すらすら話すといえば、七歳だった頃、こんなことがあった。よその家に行ったわたしはいきなり、「わあ、ここ、汚い」と大声で言い、しかもその家の主人が片腕だけだったのを見て「あなたは手が一本しかない」としつこく本人に教えてあげ続け、親に平手打ちされたのだ。だがこれが、わたしの典型的なふるまい方だった。そのためわたしは次第に、無礼で、人の気持ちを何とも思わずものを言う子だと言われるようになった。だが後には、この全く同じふるまい方が、「自分の思ったことを、決して恐れず率直に言う人」のものとして、尊敬を得るようになったのである。わたしは、キャロルやウィリーの仮面をつけていれば、自分の考えたことを言うことができた。だが感じたことは、なかなか口にすることができなかった。

後に、これについても自分なりに解決策を考えてみた。そのひとつは、自分が感じているのであろうことに対して、冷静に、客観的に接してみることだ。これは誰でも、自分の本当の感情は包み隠しておこうとする時に、多かれ少なかれ行なっていることだろう。だがわたしの場合は、客観的にと心がけるあまり、そちらの方に気をとられて本当の自分がどこかに行ってしまう。以前コミュニケーションの手段としてキャロルを創《つく》り出したのも、同じ戦法だった。そして結局、心の奥深くにうずくまっていたドナ自身は、どうしてもコミュニケーションの仕方を身につけることができなかったのだ。

今でもわたしは、自分の感じたことについては、自分でそれを押し殺してしまうか、軽い調子のおしゃべりの中で表現するかしかできない。人はそれを、寝言とか片言とか「うわごと」と言う。だが自分では、わたしはそれを、「詩のことば」と呼んでいる。

十二歳の頃、母と兄は、徹底的にわたしをいじめる新たな作戦を開始した。それは、二人でこんなふうにやりとりすることから始まるのだ。「あいつ、何言ってるんだ？」

「あんなのの言うことを聞くんじゃないよ、またうわごとを言ってるだけなんだから」

二人はわたしに新しいあだ名もつけた。「ブロンク」という。うすのろとかばかという意味だ。兄は、母の「誇り」であり「喜び」である自分に対してはわたしが刃向かわないと知っていたので、わたしと顔がくっつきそうなほど間近まで来ては、いやがらせをした。まずわたしの真似《まね》をして小首をかしげる。そしてそのままわたしの顔の真ん前で、「ぶつぶつぶつ、ブロンク《ばか》ブロンク《ばか》ブロンク《ばか》」とはやしたてるのだ。わたしは目の前のその顔がいやでたまらなかったが、この頃はもう自分に投げつけられていることばもよくわかるようになっていて、傷ついた。あれほど傷ついたのは、多分兄の顔が、わたし自身の領域であるはずの空間にまで侵入してきたと感じたからだろう。そしてわたしが人を理解しようとする時の、小首をかしげる癖まで真似されたからだろう。あるいは「ブロンク」と呼ばれることで、「特別な」名前をつけるというわたしの戦略さえ、盗まれたような気がしたからだろう。

兄はわたしに、自分の言うことを無理やり繰り返させた。わたしの胸には、それらのことばのひとつひとつが突き刺さった。そんなわたしの反応をおもしろがって、兄と母はしつこくわたしをからかった。わたしは全力で、「わたし、ばかじゃない！」とさからい続ける。だが、やがてそれにも力尽きてしまう。

後年母が、おまえは十二歳の時に変わった、と言っていた。それまでのわたしは、自分自身の世界を守るためにあれほど強く抵抗することはなかったからだ。わたしにとって「世の中」は、相変わらず戦場か、仮面をかぶって演技をする舞台でしかなかったが、おそらくあの十二歳の頃、とうとうそこで「ルールに従ってゲームをする」よう、追い込まれていったのだろう。生き残るために。生き続けるために。

だが、どんなに母と兄がわたしの独特のふるまいやその場に適応できないことを嘲笑《あざわら》っても、わたしはやはり、世の中からふっとワープして、自分だけの世界にひきこもるのが好きだった。二人への憎しみと、こんなやり方はひどいという思いとでなんとか戦おうとしながらも、自分自身の感情が揺れ動くことが恐ろしくて、絶えずわたしは自分の殻の中へと呼び戻されていた。外へ出ていって戦おうとする力と、自分の内にうずくまろうとする力。この逆方向のふたつの力は、わたしの中で激しく対立し、わたし本人がつぶれてしまいそうなほどだった。どちらも、わたしが「感じている」本物の感情だった。そしてわたしは、自分に手を差し伸べてくれようとする人たちにも、この矛盾した感情を、そのままぶつけていたのである。

7　迷　子

小学校を卒業したわたしに、母は女子校へ行け、と言った。わたしは、絶対に共学に行きたい、とがんばった。そして結局、共学の中学《ハイスクール》に入学した。

だがそれは、少々荒れた町はずれにある柄《がら》の悪い学校だった。程度も高くはなかった。しかしわたしも、そんな校風に負けてはいなかった。わたしは反抗的になり、破壊的になり、行儀もどんどん悪くなった。そしてそれで、初めのうちはそれなりにうまくいっていた。最初は皆、互いに知らない者どうしだったからだ。

だが他の子たちに徐々に友達ができるようになった頃、なおも一人でいたわたしは、他の一匹狼《おおかみ》たちの目をひいてしまった。わたしは、彼らの一人一人と戦わなければならなくなった。そしてたいていは、殴り合いの喧嘩《けんか》になった。おかげでわたしには、喧嘩早いトラブルメーカーというレッテルができあがり、しかもそれが学校中に広まった。この手の学校では、そういったことはあっという間に知れわたる。わたしは、自分に喧嘩をしかけてきた相手だけでなく、自分をからかった人間にも向かっていくようになった。少しでもからかわれた気がすると、それでもう顔色を変えて向かっていった。

まわりの生徒たちはそんなわたしのことを、頭がおかしくて手に負えない不良だと思うようになった。物は投げる、先生には悪態をつく、教室からは勝手に出ていく、おまけにさわったものはほとんど何でも壊してしまう——自分自身の体を含めて。誰か生徒をつかまえれば、手首の関節をはずそうとめちゃくちゃに腕を振り回したり、脳味噌《のうみそ》の鳴る音を聞いてみようと力一杯頭を揺すったりした。自分では、突然息を止めて胃のあたりを緊張させ、顔が真っ赤になって体が震え出し、最後は気絶するまで、思いきり体内に圧力をかけてみたりした。皆は笑って、きちがい、きちがいとはやしたてた。先生はわたしを、重症の情緒障害とみなした。

わたしは、「彼らの世界」には必要とされていないんだと感じた。必要とされようとも思わなかった。たとえそこに参加しなければならないとしても、わたしなりのやり方であることが第一条件だった。だからわたしは、好きな時に教室を出てゆき、好きな時に姿を消した。

体育の時間は特にひどいものだった。わたしはチームを組むというのがいやで、団体競技には耐えられなかったし、自分のするべきことを指図されるのも我慢ならなかった。まわりはそんなわたしになんとか競技をさせようとさまざまな手段に出たが、そのたびにわたしは、競技用の器具や道具を手当たり次第に投げつけて抵抗した。まわりは危なくてたまらず、ある女教師がついに、わたしに「お灸《きゅう》をすえよう」と決心した。だがその教師は、わたしの問題の根の深さを、まったくわかっていなかった。

わたしは彼女と二人きりで、更衣室に残された。そして、これから投げるクリケットボールを全部取りなさい、と命令されたのだ。女教師はわたしめがけて、硬いボールを次々と投げ始めた。もともとわたしは、飛んでくるボールが怖くてたまらない。受け取ることなどとうていできず、第一球は、わたしのお腹《なか》を直撃した。逃げようとするわたしに、なおもボールの雨は降り続いた。わたしは怯《おび》えきった幼な児《ご》さながら、必死で逃げ出したのである。

あの女教師のヒステリーには怒りがこみ上げた。次々飛んでくるボールは本当に怖かった。けれど奇妙なことに、彼女の暴力には、わたしは傷つかなかったのだ。振り返ってみると、いつもそう。暴力では、わたしの心は傷つかない。

美術、陶芸、木工も苦手だった。物を作るのは好きなのだが、作り方を教えられたりいろいろ指図されるのがいやなのだ。どうやって作るのか自分で工夫したり、他の子たちのすることを一人でじっと見ながら作りたかった。

音楽は好きだった。だが教室では、絶対に歌わなかった。かたくなに口をつぐんだまますわっていると、どんなに自分が音楽を愛しているか、よけいに身にしみてきて泣きたくなってくる。次第に耐えられなくなり、わたしは立ち上がる。そして音楽を止《や》めさせようと、騒いだり暴れたりしてしまう。

数学は、嫌いになってしまった。わたしはいつも頭の中で暗算して答えを出していたのだが、中学では「計算の過程を書きなさい」と言われるようになったからだ。わたしは仕方なく、まず答えを出してしまってから、逆戻りして式を書きつけることにした。

国語の時間には、与えられた題で作文を書くということができなかった。それでいつも漫然と、その時自分の気持ちを乱しているいやなものについて書いていたのだが、内容も意味も、他の人から見れば暗号のようでしかなかっただろう。そして、最後には必ず作文用紙いっぱいに、文字を書いた上から鉛筆で絵を描いた。こちらの方が、わたしの気持ちをずっとよく表現しているように思えたからだった。だがその絵にしても、たいていは抽象的な、シンボルのようなものでしかなかった。わたしはある種の距離を作り出しておいてからでなければ、自分についての個人的な事柄を、外に表わすことができなかった。

本当の自分を、皆に示すことができない。それに気づいたわたしは、自分の名前はもうドナではないから、これからはリーと呼んで、と言い張るようになった。突飛なことのようだが、これは、誰もドナとはきちんとコミュニケーションしてくれない、という心の叫びであり、訴えでもあったのだ。人は、わたしが自分で作り出した仮面がわりの人物としか接してくれなかったからである。たとえばウィリーの仮面をつけた、わたしの怒り。ひそかにキャロルと名づけていた、感情のない空虚な殻に閉じこもっての、わたしの演技やコミュニケーション。だがそれ以外は、まわりの人々にとって、わたしがあえて説明する価値さえないかのようだった。だからこそわたしは、この二十三年間、本当の自分の部分を、ずっとわたし一人の秘密にしてきたのである。

まわりの子たちは、リー（わたしのミドル・ネームからとった呼び方だった）と呼べという突然の要請を、ほとんど聞き入れはしなかった。聞き入れてくれない子には、こちらも頑として口をきかなかった。わたしにはいくつかあだ名があったが、それに対しては、たいてい返事をした。侮辱されるのでない限り、何と呼ばれても、ドナと呼ばれるよりはましだった。

家では、相変わらず鏡の前で、何時間も何時間も過ごしていた。鏡の中の自分の瞳《ひとみ》を見つめながら、わたしはかすかな声で、自分の名前を呼び続ける。ある時は、自分を取り戻そうと念じながら。またある時は、自分自身の感触さえすべてなくしてしまいそうな感覚に、怯えながら。

そう、この頃わたしは、ものを感じるという能力さえ、失いつつあったのだ。わたし自身の世界など、空虚な穴のようなものでしかなかったかもしれないが、それでもその世界はわたしにさまざまな楽しい感覚を味わわせてくれた。慰めも与えてくれた。その世界の取っ手さえ失うのは、地獄の入り口へと突き落とされたようなものだった。

わたしは自分で自分を傷つけ始めた。「情緒障害の」人がやるのとまったく同じように。何でもいいから自分の感覚をよみがえらせたかった。まるでまわりの人の「正常」ぶりが、わたしを異常な行動へと駆り立てるかのようだった。彼らを締め出すことでしか、わたしは自分の正気を、保つことができなかった。

迷子の猫には餌《えさ》をあげてね
でも迷子の子どもは連れ帰ってはだめ
猫ならそばでおとなしくしている
でも迷子の子どもは
気がつかなかったことにして、
いなかったことにして
迷子の子どもは他人にまかせた方がいい

わたしが自分を失いつつあった時、逆に母は、生き生きとし始めた。わたしが肉体的に大人の仲間入りをしたのにつれて、母は自分自身のセクシュアリティを再び見出《みいだ》したのだ。父は不在がちで、母は乱痴気騒ぎのパーティーにのめり込むようになり、家には母の十代の頃の友人たちが次々来るようになった。ロックのサウンドが、家中に鳴り渡る。そして母がそこに最も寄せつけたくなかったのは、行動に問題のある、若くてかわいい十代の娘だった。

それはまさに問答無用だった。学校から帰ってドアを開けると、いきなりわたしは殴られたり蹴《け》られたり、髪を引っぱられたり口汚く怒鳴られたりした。だがわたしは、やはり叫び声ひとつ上げなかった。

学校には、同じように家族がばらばらになっていた友達が一人いた。わたしは時々その子の家に泊まりに行った。母から、その子の家に行けと言われることもあった。その子の家の方で、泊まらせるわけにはいかないと言われることもあった。しかし友達は、なんとかこっそり忍び込ませてくれようとする。だがある晩、とうとうその家には入ることができず、どこか他に寝場所を捜さなければならなくなってしまった。

数区画《ブロック》先には、もう一軒、同じ学校の子の家があった。わたしはまっすぐにその家へ行った。その子のことはあまりよく知らなかったのだが、以前わたしから一匹子猫を引き取ってくれたことがあったのだ。その頃子猫たちは、家に置いておいたら母に殺されかねないような状態だったので、必死になって新しい飼い主を捜したのだった。

その子の家は、ちょうど夕食中だった。わたしは、今晩泊まる所がないからガレージに寝かせてもらえない？　とたのんだ。話はついた。わたしはその家を後にすると、さんざんあたりを歩いてから、約束した夜の九時に引き返してきた。それまでの時間をつぶすために、わたしは一人で、ただぐるぐると付近を歩き続けていたのだ。だがガレージの鍵《かぎ》は、かかったままだった。灯《あか》りさえ、ひとつもついてはいなかった。

家のわきには、細い路地があった。この頃のわたしはいつでもダッフルコートを着ていたのだが、この時ふとコートがふとんがわりになるかもしれないと思い立って、とうとうわたしはそのまま路地に横になった。そして、眠ろうとした。

だがそのとたん、闇《やみ》の中に足音が響いたのだ。わたしは飛び上がって逃げ出した。今思えば、あれはおそらくパトロール中の警官だったのだろう。わたしが一人で歩き続けていたのを見とがめて、後をつけてきていたのかもしれない。

さて、一体どこで眠ればいいだろう。ちょうど通りの向こうにある、あの誰も住んでいない古い家に行ってみようか。だがそこには、おばけが出るという噂《うわさ》があった。そんな所では、とても怖くて眠れそうにない。

わたしは途方に暮れて、友達の隣りの家の低いフェンスに腰を下ろした。夜中の二時だった。オーストラリアはちょうど夏で、時々こんな時間になってもまだ眠れない人がいるものだ。季節はずれのダッフルコートに身を包んだ、十二歳の少女を含めて。突然フェンスの向こうから、暗がりの中を一人の女の人が、芝生を歩いてわたしの方へやって来た。わたしは立ち上がって逃げようとした。「大丈夫よ」女の人が言った。「あなたとちょっとお話ししたかっただけ」声はとても落ち着いていた。そして、中に入ってお茶でも飲んでいかない？と誘ってくれたのだ。わたしは夢を見ているような気持ちになった。十年間夢見続けていたあの憧《あこが》れのキャロルのお母さんが、とうとうわたしの空想の世界から、現実の人として目の前に現れてくれたようだった。

「夜中の二時よ」それまでと同じ調子で、その人は言った。「コーンフレークか何か食べる？」わたしは黙ったまま、食べた。「お母さんに電話して、今どこにいるか教えてあげる？」女の人はわたしに聞いた。

「どこにいるかなら、わかってる」わたしは答えた。

「あら、どうしてここにいるってわかってるの？」

「わたしは隣りの家にいると思われてる。友達が、隣りに住んでるから」

「じゃあどうしてそのお家《うち》に泊まらなかったの？」

「泊まらせてくれなかったから」

女の人は、それならここに泊まっていけばいいわと言って、わたしを淡いグリーンの小さな部屋に連れて行った。屋根裏のように天井が斜めになっていて、壁には鏡の掛かっている部屋だった。もしよかったら、ずっとここにいてもいいのよ、とその人は言った。あまりに夢のようなことの連続で、わたしはすっかりわけがわからなくなってしまい、結局次の日の朝、そそくさとその家を出てしまった。

そしてその後、あの女の人と会うことは、二度となかった。


学校からの帰り道に、わたしは毎日墓地を通っていた。歩きながら、ある日わたしは、これからはもう泣くのはやめよう、と心に決めた。そして家に着くと、ドアを開けて母の目をまっすぐ見つめ、にっこりと笑った。

だが母の態度は変わらなかった。この日は髪を引っぱられた。髪は母の指にからまり、引きちぎられた。痛いと思う間もなく、今度はそのまま壁に頭を打ちつけられた。ぬるっとした血の感触があり、額に髪が張りついた。目の前が暗くなり始めた。だがなおもわたしは、懸命に微笑を浮かべて母の顔を見た。

「たのむから、放っておいてやれ」どこかで声がたのんでいる。

母の声はいらだたしそうに叫ぶ。「どうしておまえは泣かないんだよ、え？」

わたしはそこで力尽き、床に倒れたのだった。

ふと気がつくと、わたしは自分の部屋の天井をぼんやり眺めていた。頭の中は恐ろしいほどの静寂に包まれていて、そのためかえって耳を聾《ろう》する大音響が響いているような気がした。人々が、あわただしく行き来している。お医者さんはいない。わたしの中には、ゆっくりとドナが戻ってきた。彼女はなおも、うつろな目で天井を見つめ続ける。人々は今や、叫んだり怒鳴ったり、怯えてさえいるようだ。しかしドナは何も答えない。

突然兄が、まるでドアでもノックするように、乱暴にわたしの額を叩《たた》いた。「おい、この中に誰かいるか？」わたしは気にとめなかった。ドアに出ようという人は、誰もいなかった。兄はなおも、わたしをいじめる時のように、わたしの真上に顔を近づけてきた。「放っておいてやれよ」またあの声がした。

意識を取り戻したわたしは、食卓についた。ナイフとフォークをそれぞれの手に持ち、皿を見つめると、そこには色彩が氾濫《はんらん》していた。わたしは見入った。するとあたりの何もかもが遠のき始め、輪郭がぼやけて消えていった。目の前には、誰かの左右の手だけがぽっかり浮かんで残っていた――その手がつかんでいる銀色のナイフとフォークも、色の洪水をさえぎっていた。

そしてその銀色のナイフの先には、何かのかけらがついていた。わたしは押し黙って身じろぎもせずにすわったまま、目の前のかけらからフォークへ、フォークからその先の手へと、目で追った。手は腕につながり、さらにその先を目で追ったわたしは、突然人の顔に出会ってびくっとした。しかし、吸い寄せられるようにその顔の中のふたつの瞳を見つめると、瞳は深い絶望をたたえて、わたしを見つめ返していた。それは、わたしの父だった。

わたしはとっさに、もう一度顔から腕へ、腕から手へ、フォークへと視線を走らせ、そこからまた顔まで、順々に父の姿をたどった。涙が静かにあふれ出した。父の姿に、大好きだった祖父の姿が重なった。おじいちゃんだ。おじいちゃんが帰ってきたみたいだ。わたしの心は、二歳のあの頃に戻っていた。小さなわたしに食事をさせてくれたのは、いつも祖父だったのだ。そして祖父は、フォークで食べさせてくれていたのだ。

わたしはしばらく田舎に預けられることになった。

三時間の旅の道のりは、まるでスローモーションのように流れた。何もかもがばらばらのきれいな破片になって、過ぎていった。何もかもが、色とりどりの素敵な模様になって、飛んでいった——緑の三角形の群れ、金色の四角の束、見上げれば一面の水色で、まるでわたしは泳いでいるみたい。

田舎の家に着くと、わたしの目は床にくぎづけになった。どこもかしこもカーペットが敷かれていて、胴体のうんと長い蛇が何匹もつながっているかのよう。引っ越しをした三歳の時のことを思い出した。部屋の中には、子ども用の高い食事椅子《いす》にすわった小さな女の子がいた。ああよかった、弟もここに来ているんだ、とわたしは思った。

それからわたしの頭の中は、しんと静かになった。見るもの触れるものすべて、異質な「外側」の世界のもののようだった。何千キロも離れた遠い所へ、やって来たような気がした。

わたしは一人で歩いた。すると足元ではざくざくと、砂利の触れ合う明るい音が続いた。木にも登った。手にも足にも、土や草がたくさんついて、わたしはなつかしい友達に久しぶりに会ったような気持ちになった。ブランコにも乗った。わたしは体をそらし、頭をのけぞらせて、高く高くこいだ。そうして風を切っているうちに、わたしの中には忘れていたものがよみがえってきた。そう、この感じ。わたしは飛ぶのよ！

子ども椅子の小さな女の子は、わたしのことをじっと見るようになった。その子の声はとてもやさしく、とてもはるかな所から響いてくるようだったので、わたしは自然に耳を傾けることができた。

ある日わたしは、明るい茶色のショートヘアの上に手を置いた。するとそれはひとりでに動き出した。びっくりして飛びのくと、目の前にいたのは馬だった。

子ども椅子の女の子は、一人でぺちゃくちゃとおしゃべりをした。かろやかで陽気な声だった。何を言っているのか知りたい、と思った。わたしはそっと近づくと、耳を傾けた。そうしてわたしたちは、互いに話をし始めた。

そこへ突然、誰かがやって来た。大人が一人、動き回っている。バタンとオーヴンのドアが開く。ごはんを作るの？「そうよ、これはウナギ。ウナギを食べたことある、ドナ？」不意に名前を呼ばれて、わたしは頰に平手打ちされたようなショックを受けた。

わたしは居間に行き、ソファにすわって音楽を聞いた。部屋にはとりどりの色があふれている。頭の中には音楽が満ちてくる。

わたしはごはんを食べさせてくれるそのおばさんが好きだった。そこで、おばさんに何かプレゼントしようと思った。わたしはお金を少し持っていたのだ。足元で砂利が鳴る音を聞きながら、わたしは小銭を握りしめて出かけた。そして歩きながらそっと、てのひらを開いたり、閉じたり、開いたりしてみる。見て、わたし、お金を持ってるんだ！

いつの間にかわたしは、頭の中で自分の声を聞くことができるようになっていた。わたしは自分で自分のしていることの実況中継のようなことをしながら、はっきりした意識の世界にとどまり続けた。「わたしは今何をしてるの？　わたしは今何をしてるの？　わたしは今何をしてるの？」ことばは再びリズミカルな音の連なりとなった。わたしは話してるんだろうか？　誰かわたしの唇が動くのを見た？　声は出ていた？

わたしは、生きていることが楽しくてたまらなくなった。まるで人生と、恋に落ちてしまったみたいだった。空は青く広く、地面はやさしくあたたかく、木々は風にそよぎ、草は光に揺れ、花々はかぐわしく可憐《かれん》だった。家々のガラス窓は、陽を浴びて輝いた。それらすべてを、わたしは全身で愛した。わたしは自分に向かって、にこやかに手を振った。自分の髪を引っぱれば、かろやかな感触が残った。腕をかじってみれば、しょっぱい味がした。鏡をのぞけば、わたしのほっぺたにはそばかすがあった。わたしは、わたしだった。子ども椅子の銀色の脚もラミネート張りのテーブルも大好きで、わたしはそれらに顔をつけ、時にはなめてみさえした。床も、屋根も、ドアも好きだった。わたしに話しかけてくれた小さな女の子も、ウナギを食べさせてくれたそのお母さんも、大好きだった。

だがある日、母が迎えに来た。帰りの道中はずっと、それらの何もかもが行ってしまうのを、ただじっと見つめていた。木々が遠ざかってゆく。金色の畑が遠ざかってゆく。そして乾いた道路が、どこまでも続いて伸びてゆく。

8 ウィリーの葬式

屋根裏部屋に戻ったわたしは、壁紙の模様ばかり見つめて過ごすようになった。見つめながら、いつものように自分の魂を模様の中にすっかり預けていた。夜になっても、そのままでいることがよくあった。ふと気がつくと、わたしは闇の中で物音ひとつたてずに、ただ真っ暗な壁をじっと見つめている。用を足したくなると、立ち上がってほんの何歩か床を歩く。だがトイレには行かず、そのままあの大嫌いなどぎつい紫色のカーペットの上で、してしまうのだ。

日がたつにつれ、こうして用を足すことで、わたしは自分の感触をはっきりつかめることがわかってきた。水たまりができ、それが高価なカーペットにしみ込んでいくのを、わたしはくすくす笑いながら見ていた。それはとても象徴的な行為だった。「わたしの世界」の中に、確かな「わたし」の痕跡《こんせき》が残るのだから。カーペットのしみが広がれば広がるほど、「わたし」の占める世界も広がってゆく。臭《にお》いは気にならなかった。もともと臭いは自分のものだし、臭いがすれば他のものがシャットアウトされて心の中に入ってこなくなり、かえっていいぐらいだった。そうしてわたしは、母に見つかるまでに、ほぼ目的を達成した。つまりわたしは自分の体から部屋に、自分自身を移植していたのだ——部屋がわたしのものであることを、いっそうゆるぎないものにしていたわけだ。

母は、最新の水たまりが広がっているところへやって来た。顔にはみるみるショックの表情が広がり、それにつれてわたしの中にも、これでわたしの世界が取り上げられてしまうという恐怖が、吐き気のようにこみ上げてきた。だが意外にも、母はそのまま黙って部屋を出ていってしまった。

だがすぐにまた戻ってきて、わたしは無理やり医者に連れていかれた。母が診察室に入ってゆき、わたしは待合室に残された。それが終わると今度は金物店に行き、そこでプラスチック製のおまるを買った。「ここにするんだよ」母は命令した。兄はそれを見て笑い、わたしを嘲《あざけ》った。ところが驚いたことに、母はそれをやめさせたのだ。その時以来、この件については誰もが口を閉ざすようになった。

皆は、この数か月ずっとわたしのトイレの役を果たしていたカーペットを、どうしたらいいかと話し合った。「さしあたってこのままで我慢させたらどうか」というのが最初の答えだった。そのままでも、べつにわたしはどうということはないと思われたのだろう。だがしばらくしてから、カーペットは剥《は》がされた。わたしの世界の象徴も、移植行為も、皆消えてしまった。あとにはむきだしの木の床が現れた。わたしはそこで、ダンスをしたりローラースケートをしたりした。

おまるは一度も使わなかった。そうして再び、わたしは無理をしてトイレを我慢するようになった。


わたしは退屈だった。もう半年も学校に行っていなかった。とても行きたかったのだが、そう簡単にいくものでもないらしかった。わたしは自分についてのうその話を覚えさせられ、それを話せるようにまでさせられた。新しい学校には、自分は今までよその州の学校に行っていたということになったのだ。けれど皆に「異常」だと言われて、二週間しか行けなかった、と。

わたしは母からわたされた手紙を持って、一人で新しい学校の職員室に行った。手紙によれば、うちは母子家庭で、母はわたしと三歳の弟を一人で養わなくてはならず、仕事は休めないので学校にも付き添って行けないとのことだった。住まいは学校の隣町にあるアパートで、わたしが一人で幼い弟の面倒を見ている。以前はよその州の学校に行っており、その時の成績などの書類はじきにそちらから送られてくるだろう。成績は、なかなか優秀だった。

以上が母の作り話である。本当は、住まいは三つも離れた町の一軒家、わたしには兄と弟と両方いて、弟はもう九歳になっていた。そして家族は、父からもらえるお金をたよりに生活していた。前の学校も同じ州内の、三つ町が離れているだけの学校で、わたしはこの半年ずっと欠席しており、成績も行動もとても悪かった。

新しい学校は遠くて、毎朝バスと路面電車を乗り継いで行かなければならなかった。だがそれは確かに新しい学校で、すべてが目新しく、新鮮だった。階段にはつやつやと輝く赤い手すりがあり、半円形を描いている窓には、色つきのガラスがはめこまれていた。カーペットの敷きつめられた階段がそこここにあり、どこも巨大な廊下でつながっていた。廊下にはあまりにもたくさんドアがあって、どのドアを開ければいいものやら、まるでクイズみたいだった。

わたしは階段の赤い手すりが好きだった。それをたどっていくと、赤いドアがたくさん並んだ広い廊下に出る。そのうちのひとつを一人で開け、教室に入って席につくと、それはいつも違う教室だった。まもなく必ず誰かがやって来て、わたしを外へ連れ出し、あなたの教室はあっちですよと指を差す。

わたしは謎《なぞ》に包まれている気分で、おとなしくしていた。授業はまったくわからなかった。だから静かにすわったまま、一人で絵を描き、描き終わるとそれを全部ちぎって、机の上に紙吹雪の山を作っていた。先生たちは、わたしに対してとても辛抱強かった——少なくとも、わたしの邪魔はしなかった。新しい学校に慣れるまで、転校生には時間が必要だと思って放っておいてくれたのか。授業を妨害することはなかったから、喜んでいたのか。あるいは、少し知能が遅れていると思われたのか。

昼休みになると、わたしは一人で校舎を出てゆき、自分の足元で次々流れては消えてゆく色たちを眺めながら、歩き回った。そして心をひかれるものがあると、時々立ち止まっては、つくづくと眺めてみた。それは磨き込まれた体育館の床だったり、半円形をした色つきガラスの窓だったりした。まわりの子たちは次第にけがらわしいものでも見るような目で、わたしをきちがいと呼ぶようになった。わたしは無視した。そういう子たちは見ないようにし、何も聞こえていないふりをした。きちがいだなんて、今までにももう飽きるほど聞いてきたのだ。

学校にはもう一人、臭いと言われて誰からも相手にされない女の子がいた。その子は公営アパートに住んでいて、お父さんは酔っ払いで、その子が一人で小さい妹たちの面倒を見ているとのことだった。わたしは、その子がわたしとなら話ができるかもしれないと思っているのではないか、と思った。その子のお父さんは荒っぽく、よくその子を殴るらしかった。それも、わたしにはとてもよく理解できることだった。

彼女は喧嘩《けんか》が強かった。わたしの方は、戦う意欲も力も、すっかりなくなってしまっていた。そこで彼女はわたしのかわりに、わたしをいじめた子たちと戦ってくれるようになった。わたしは彼女を決して拒まず、彼女はそんなわたしについて歩くようになった。そして教室まで連れていってくれたり、時間割の読み方を、何度も教えてくれようとしたりした。他人が間近でするおしゃべりすべてを受け容《い》れたのは、後にも先にもこの時だけだ。だが答える段になると、わたしはやはり「うん」と言うだけか、最小限のことばをつぶやくだけだった。

わたしは美術の授業に出るようになった。イーゼルの上にとても大きなキャンバスを置き、ふわふわした丸の連なりをいろいろな色で描いた。何を描いているのと聞かれると、「知らない」と答えた。

その後今度は、白と黒だけの絵を描こう、と決めた。そして白い背景の上に、黒だけを塗り続けた。

またわたしは、あらゆる所にお星さま《スターズ》を描き始めた。わたしの心は、赤ん坊の頃に戻ってしまっていたらしい。だが体では、自分の領域を侵すほど近くに寄って来る者を、全力で払いのけることができるようになっていた。

ある日、誰かがわたしの領域を侵した。何をしたかったのか、何を言いたかったのか、それは知らない。だがあまりにも近寄ってきたことだけは確かだ。わたしはそばにあった椅子を持ち上げ、振り回し始めた。

わたしはまた学校をかわった。今度はさらにもうひとつ向こうの町にある学校で、親からはこれが最後のチャンスだと言われた。今度問題を起こしたら、その時は施設に送るというのだ。わたしは十四歳になっていた。

わたしはできる限り協調的にふるまおうと頑張った。だがそれはまた、他人に向けられるべき怒りが、すべて自分に向けられるという結果も生んだのだ。

その上わたしは、関節炎を悪化させていた。あまりに痛む時は鎮痛剤を飲んだが、痛みは次第に我慢の限界を越えるようになっていった。わたしはなんとかそれをまぎらわそうと、壁に体当たりして何度も頭を壁に打ちつけた。鎮痛剤もまるで効かなくなってしまい、体の中で骨という骨が、ギリギリと音をたてて軋《きし》んでいるようだった。痛みに歯を食いしばりながら、わたしはその音をなぞるように、激しく歯ぎしりをした。

わたしは近所の医者から、精神安定のための「神経の薬」ももらっていた。また別の医者からは、睡眠薬をもらっていた。相変わらず眠ることが怖かったのだ。それでも、実はどちらも一錠も飲まずに、大事にとっていた。そうしてもうどうしようもない痛みに襲われた時にだけ、瓶からてのひらいっぱいに錠剤をあけて、一気にあおるのだ。それから塀にもたれて一人で静かな場所にいると、痛みも苦しみも、すべてがすうっと消えてゆく。

教室でのわたしは、やはり以前と同じように、それなりに落ち着いておとなしい状態と興奮した状態との間を、振り子のように揺れ動いていた。振り子がさらに揺れて、暴れたり騒いだり、物を壊したりしてしまうこともあった。要するにわたしは、問題児だった。自分の殻の中にこもってしまうこともよくあった。そのうちわたしは、授業中でもそっと教室の外へ連れ出され、福祉委員や精神科医のいるところへ連れて行かれるようになった。

そうして部屋に入ると、椅子《いす》にすわらされ、観察されるのだ。医者たちはさかんにわたしに話しかけるが、きちんとものが聞き取れなくなっているこちらの耳には、それはただ耳ざわりな音の波にしか聞こえない。セッションは何度も行なわれたはずなのに、わたしが覚えているものといったら一番最初のことばだけだ。「いらっしゃい、ドナ。今日あなたに紹介する人は……」それはまるでわたしが小さい頃によく聞いた、あのお話のレコードの声のようだった。「これはオリジナルLPレコードです……今日のお話は……ご本を見ながら一緒に読んでみましょうね……ティンカーベルがチリリンとベルを鳴らしたら、次のページをめくりましょう……さあ、始まりますよ……」

わたしは自分が狂っていたとは思わない。だが確かに、わたしの心はいつも、現実から遠く離れたところにしかなかった。そしてそれは、誰にも手が届かないほど、はるかなところだった。

わたしは再び、自分の世界に浸り始めた。教室でもすわったまま、まわりのいっさいの物の感覚をなくしながら、ひたすら宙を見つめていた。
ある国語《リーディング》の時間のこと、わたしはペンを手に持ったまま、黒板の桟《さん》にころがってい
る緑のチョークに焦点を合わせて、まっすぐそちらを見つめていた。机の上には紙ばさ
みを置いていたが、わたしは以前にそのカバーをずたずたに裂いてしまい、かわりに自
分で家庭用のペンキを塗って、独特の光沢を楽しんでいた。その紙ばさみをかたわらに、
わたしはただ前を向き、ペンを持った手を機械的に振っていた。
　そこへ突然、同情に満ちた先生の声が耳に入った。声の調子から、わたしは自分が病
気になってしまったのかと勘違いして、一瞬パニックに陥った。そして椅子から立ち上
がり、反射的に紙ばさみをつかんだのだ。だがそれはいつの間にかほぼ半分に折れ曲が
り、ボールペンのインクで青いしみだらけになっていた。よく見ると、手も同じように
インクまみれだった。ボールペンはただの透明なプラスチックの管に変わり果て、わず
かに名残りをとどめるように、先端にぶらんとペン先がぶらさがっていた。そしてそこ
ら中に、青いインクが飛び散っていた。
　わたしは教頭先生の部屋へ連れて行かれ、椅子にすわらされた。「名前は？」声が質
問してくる。「住所は？」わたしは親に言われたとおりの住所を、機械的に答える。「名
前は？　住所は？　名前は？　住所は？　名前は？　住所は？」声はいつまでもこだま
して、まるで平手打ちのように耳を打ち続けた。わたしはそのこだまひとつひとつに答

えていたが、次第にそれは加速度がついて速くなり、しかもクレッシエンドがかかったような大音響になっていった。たまらずに立ち上がると、わたしはそれまですわっていた椅子をつかんで、叫んだ。「わたしは狂ってなんかいないっ！」

「わかっているよ、ドナ」声が答えた。「わたしと一緒にあっちへ行かないかい？」それはとてもおだやかな声だった。わたしは部屋の外へ出され、絵を描いてもいいと言われて何枚かの画用紙をわたされた。

こうしてこの学校では、とてもよくしてもらった。授業を無理強いされたり、延々とお説教をされたりすることもなかった。事はとても簡単だった。もしわたしが何か限度を越えたふるまいをしたら、他の部屋へ連れていかれ、そこで観察される。そして気が向けば、そこで絵を描くこともできたのだ。

わたしは美術の時間がとても好きになった。そしてまるで教室全体が自分のおもちゃ箱になったみたいに、自由奔放にふるまうようになっていった。

わたしは夢の中にいるような気持ちで、まず机の上に上り、椅子を持ち上げて頭の上に高く掲げる。そうして「リオに行こう《アイ・ゴー・トゥ・リオ》」を歌いながら、その椅子をカシャカシャ鳴るマラカスに見立てて左右に振り回し、机から机へとわたっていくのだ。始めはゆっくり、そしてだんだん速く。わたしは、歌詞もステップもマラカスの振りも、三十三回転から七十八回転へと早める。クラスの皆はいっせいにわたしに注目し、大爆笑だ。だがわたしは気にならない。皆、よその世界にいるように見えるから。そうしてわたしが、ガラス張りの自分の世界で楽しんでいるのを、見物しているように見えるから。

ステラも、初めはそうやって見物していた一人だった。だがもともと行動に問題のある子で、すぐに何のためらいもなくわたしのショーに参加してきた。わたしたちは教室狭しと、二人でデュエットしてまわった。これには皆おおいに盛り上がり、教室は大スターのライブ会場のようにわきにわいた。

こうして、ステラとわたしは友達になった。彼女はわたしの「変人ぶり」を、すっかり気に入ってくれていた。他人がどう思おうと気にかけないところも、やっていることをさえぎられそうになると一人で立ち向かうところも、あんたはすごいと感心してくれた。わたしは彼女の行動基準となり、彼女の態度やふるまいの悪さの言い訳の種にもなった。だが本当は、彼女の方こそが、わたし自身がやりたいと思うよりもはるかに危険で悪質ないたずらに、わたしを誘っていたのである。

わたしはまた、自分で自分の授業を編成するようになった。つまり、しょっちゅう学校を抜け出しては、一人で遊びに行ってしまうようになったのだ。

外では、数々の新しい経験がわたしを待っていた。時にはステラがついてくることもあった。だがいつも、行き先を決めて出かけるわけではない。ただふらりと出てゆくだけ。そうしてある時は、高層マンションの階段やエレベーターで遊び、建物のてっぺんから跳び下りて「飛ぶ」つもりで、屋上に出る道を捜したりする。またある時は、工場に入っていって、そこにあるさまざまな材料を調査したり、何を作っているんですかと働いている人たちにたずねてみたりする。ホースから水の噴き出す洗車場もおもしろかったし、線路に沿ってどこまでも歩いてみたりもしたし、路面電車の後部に乗って小さな旅をしたりもした。いろいろなよその学校に行っては、すましてそこの授業に出たりもした。だがもし誰かが近づいてきたり、声をかけてきたりしたら、すぐに走って逃げてしまう。このやり方で、わたしはずいぶんいろいろなことを学んだと思う。

一方わたしの学校の先生たちは、ほとんど毎回のように、わたしを捜しに来てくれた――町中車で走り回って、やっとの思いでわたしを見つけ、連れ帰ることもしばしばだった。そういう時、わたしは決してさからいはしなかった。どこへ行くのかきちんと告げてくれさえすれば、わたしは黙って従った。

家にいる時は、物静かになり、神経をはりつめてじっと考え込むようになった。そしてよく家族の真正面に歩いてゆき、手を突き出しては相手の顔の真ん前で、繰り返しぶらぶらと8の字を書いてみせた。すると、ピシャッ！　返事はいつも平手打ちだった。だがわたしは、ぶたれてもぶたれても、にっこりと笑った。わたしは母に対して、特に熱心に8の字を書き続けた。それは、自分で自分をこんなにもきちんとコントロールすることができるという、わたしなりの証明であり、主張であったのだ。一方母は、わたしを常にはねつけることで、「うすのろ」の子どもなど自分の娘であるはずがないのだと、示そうとしていたのだ。それをはっきりさせるためなら、母はどんなばくちでも打ちかねなかった。わたしはとうとう、そのような代償を払ってまで自分の主張を通すことはないと、悟った。

自分の心の内でなら、わたしは完璧《かんぺき》にわたしらしく生きることができた。だがその心の内のものを外へ表わすのが、どうしてもうまくいかない。象徴的で人にはわかりにくい表現になってしまうか、さもなければうるさがられたり迷惑になったりする行為にしかならないのだ。わたしは悩み続け、こんなことならいっそわたしの一部を殺してしまいたい、と思いつめるようになった。自分に対する怒りが強くなるにつれ、母をなぞったかのようなこの内面の声はますます大きくなり、心の中のもう一人のわたしに向かって、おまえをそのおまえの世界から追放するぞと脅迫するようになった。たまりかねたわたしは、とうとうわたしの中のウィリーを、本当に殺してしまおうと決心した。

わたしは、シャツにジーンズを着た小さな男の子の人形を持っていた。その人形に、わたしは大好きだった祖母がよく着ていた赤いタータンチェックの布の切れ端を、巻きつけてやった。目は、ウィリーと同じ緑の瞳《ひとみ》になるように、緑のクレヨンを塗ってやった。人形の目は、玉虫色に輝く明るい緑色になった。それから小さな段ボール箱を見つけてきて、今度はそれを黒く塗った。

わたしは家に誰もいなくなる時を待った。そうして外へ出ると、魚を飼っている池のほとりに行き、ウィリーに見立てたその人形を黒い棺《ひつぎ》の中におさめたのだ。わたしはウィリーを、静かに葬《ほうむ》った。棺は深く埋めた。そしてそこがお墓であることを誰にも知られないように、たくさん土をかけた。それから家に入ると、彼のために墓碑銘を書いた。

「行きなさい、わたしの涙がしみ込んだ見知らぬきみよ……きみは溺《おぼ》れてしまった、きみの中からこっそり抜け出た夢の数々と、はるかに遠いきらめく星々の海で。さあ、行きなさい。わたしは旅立たなくてはならないから……そして、暗い影におおわれた過去の時間の中で、息をひきとらなくてはならないから。今よりもっと確かな足取りで、これから歩んでゆくために」

振り返ってみると、あの時わたしが求めていたのは、自分だけの世界へ戻ることではなく、自分だけの世界を必要としなければならない心の中の軋轢《あつれき》や葛藤《かっとう》を、乗り越えることだった。ウィリーのお葬式は、そうしたわたしの強い願いを象徴するものだったのだ。心の葛藤はいつも、自分で自分をコントロールするのを一時中断して他人と接触しなければならない時に、起こった。そして頑張ってコミュニケーションをしなければと思えば思うほど、葛藤は激しさを増していった。逆に、自分だけの世界にとどまって他人と距離を保つほど、物事の輪郭は、くっきりしてくるのだった。

他人とコミュニケーションしようというわたしの動機は、いつも、自分が正気であることを証明したい、施設に閉じ込められないようにしたい、という思いから生まれていた。だがその一方で、「わたしの世界」にとどまろうとする心が、すぐにその努力をくじいてしまう。「わたしの世界」の中では、心は半分催眠術にでもかかったような状態で、物事は最もシンプルな形に返ってゆく――あらゆるものが、色とリズムと感覚に還元されるのだ。そしてわたしはそのシンプルさから、物事の核心をつかむことができるようになる。こうした状態はまた、他のどこでも味わうことのできない心のやすらぎを、わたしに与えてくれる。

わたしは人に、何か麻薬でもやっているのかと聞かれることがある。わたしの瞳孔《どうこう》がわりと大きく開いているので、そんなふうにも見えるらしい。だが瞳孔の大きさは生まれつきだ。もし麻薬を使えば、自分の行動の言い訳になるだろうし、ただでさえぼんやりしている意識がいっそう遠のいてゆくだろう。わたしの心のありさまは、意識が完全ではない人の状態に似ているのかもしれないと、時々思う。体は目覚めているのに、心だけがまだ、眠っているような感じ。自分のまわりに神経をはりめぐらせたり、物事に反応しようとしたりするのをやめさえすれば、わたしはいつでもその状態になることができる。そして、本当の自分に戻ったように感じるのは、その時だけなのだ。気を張ってまわりのできごとに注意するのは、わたしにとっては大量のエネルギーが必要で、戦いでも続けているように疲れてしまう。他の人にとってもそうではないかと思うのだが、どうなのだろう。

だがもしこの状態が、脳の損傷によるものだとしても、わたしは自分の知性の部分は影響を受けなかったと証言することができる。とはいえ「常識」の部分では、欠けているところがおおいにあったようだが。

もっとも、わたしは外から入ってくることばや情報を、そのまま受け容れることができなかった。皆、いったん頭の中で、いくつものチェックポイントのある複雑な検査手続きのようなものを経て、初めて解読されるのだ。同じことを何度も繰り返して言ってもらわなければならないことも、よくあった。一度だけでは、頭の中にはばらばらになったことばの断片しか入ってこず、言われたことをおかしなふうにとってしまったり、まったく意味がわからないままでいたりする。実際どんなふうに聞こえるかというと、テレビのボリュームを上げたり下げたりして遊ぶ時の、あの感じだ。

だからわたしの反応や答えは、たいてい一呼吸遅れてしまう。言われたことを整理して理解するのに時間がかかるからだ。そして緊張すればするほど、それが悪化してしまう。

また、言われたことをただのことばの連なりではなく、意味あることとして理解しても、その理解はいつもその場限りだ。たとえば、わたしは遠足の時に一度、議事堂の壁に落書きをするのがどれほど迷惑でいけないことかという話を聞いた。なるほどと思い、もう絶対に落書きはやめよう、とその場では思う。ところがそれからものの十分とたたないうちに、学校の壁に落書きをして、つかまるわけだ。わたしは言われたことを無視したわけでも、ふざけているわけでもない。わたしとしては、言われたこととまったく同じことはしていないつもりなのだ。

こうしたわたしの行動は、いつも周囲の人たちをとまどわせた。だがわたしの方も、彼らの行動にはとまどうことばかりだ。わたしは彼らのルールを尊重していないわけではなく、その場ごとに無数にあるルールすべてに、ついていくことができないのだ。物事を分類することはできるが、この手の一般化や応用は、わたしにとってはとても難しいことなのである。

さらに、自分で完全にはコントロールできないこと（つまり他人の意思から起こること）は、わたしにとってはいつも不意打ちのようで、驚かされる。ショックを受けたり、混乱してしまうことさえある。この感じはちょうど、専用めがねをかけて立体映像の映画を観《み》ている時に似ている。画面の何もかもが自分に向かって飛んでくるみたいで、思わずひゅっと首をすくめたり、左右に体をよけたりしてしまうようなあの感じ。わたしにとっては実際の人生そのものが、毎日の生活が、そうした映画館の中にいるかのようなのだ。そしてその映画館を出るただひとつの方法が、自分に近づいてきたり接触しようとしたりするものすべてを、締め出すことというわけだ。中でもとりわけ締め出したいのは、体に触れられることと、重たい愛情。

立体映画では、画面に映ったものがこちらの世界を侵し始める。映像でしかないと思っていたものが、生き物のように動き出して、向かってくる。「世の中」にいる時のわたしは、まさにこれと同じ恐怖を味わい続けているのだ。それに対し、「わたしの世界」はずっと静かで、やすらぎに満ちている。確かに孤独な世界かもしれないが、物事はいつも同じように流れて不意を衝《つ》くということがなく、何もかもが保証されてゆったりしている。

そして最後にもうひとつ。わたしは自分がこのような人間になったのが、家庭環境のせいだとは思っていない。確かにうちは「正常」な家庭ではなかったが、それよりもむしろ原因は、自分の意識と無意識が常に揺れ動いているような状態だった点にあると思う。家庭環境に左右されたのは、わたしの行動の一部だけであって、わたしの行動そのものではないと思うのだ。そしてまた、家族から暴力を受けたために自分を閉ざすようになったわけでもない、と思うのだ。むしろわたしは、暴力に対して心を閉ざしていたといった方がいい。暴力もまた、「世の中」の数多くの要素のひとつだから。

9　ダッフルコート、ピアノ、レポート

　わたしはロビンという女の子と友達になった。ロビンは新しく転校してきた子で、まだ誰も友達がいなかった。授業が終わると、わたしは一緒にロビンの家まで行った。学校からそう遠くはない公営アパートだった。わたしたちは一本の樹《き》の下にすわり、それを「わたしたちの樹」と名づけた。そうしてアパートの庭の真ん中で、まるで大きくなりすぎた二人の草原の妖精《ようせい》のように、一緒に歌ったり踊ったりした。ロビンは、わたしの世界の仲間になるのがとても楽しいようだった。そして何も言わなかったのに、さらに大切なことも守ってくれた。彼女は他の誰も、わたしたち二人の世界に誘おうとはしなかったのだ。

　最初の日、二人でその樹の下にすわっているうちに、あたりは次第に暗くなり始めた。わたしは夕闇《ゆうやみ》の中を、誰か男の人がやって来るのに気がついた。だがその人は、少し離れた所に立ち止まると、ただそこで手を振り続けている。

「あの人、何に手を振ってるの?」わたしはロビンに聞いた。

「あの人って誰？」

「あそこにいる人、ほら、あのおじいさん」

だがロビンは誰もいないと言う。そうしてどんな人なのか、もっと話してと言う。わたしは男の人の体格や風貌《ふうぼう》、姿勢、着ている服などを細かく説明した。

「なんだかそれ、うちのおじいちゃんみたい」びっくりしたように、ロビンは言った。

わたしたちは階段を上ってロビンの家に行き、ロビンはお母さんにわたしの見た人の話をした。わたしもそこでもう一度男の人の様子を話すと、お母さんも、確かにそれはおじいちゃんみたいだわ、と言うのだ。

そして、それから三日目のこと。ロビンのおじいさんが、亡《な》くなったのである。

学校でも奇妙なことが起こるようになった。わたしは、クラスの子たちの白昼夢を見るようになったのだ。夢の中では、皆取るに足りないようなありふれたことをしている。流しの上でじゃがいもの皮をむいていたり、ベッドに入る前に、ピーナツバター・サンドイッチをかじっていたり。そしてそれらの光景は、まるで日常生活をそのまま映した映画のように流れるのだが、どれひとつ取っても、わたし自身には何の関係もないようなことばかりなのだ。

わたしはこの白昼夢が現実を透視したものなのかどうか、確かめてみようと思った。そうして夢に見た友達のところに行っては、わたしがちょうど夢を見ていた頃何をしていたか、順番にできるだけ詳しく教えてと聞いて歩くようになった。すると驚くべきことに、非常にささいな点に至るまで、現実はすべて、夢のとおりだった。

この不思議な現象は、自分ではまったくコントロールすることができなかった。いつの間にか自然に、わたしの頭の中には見知らぬ光景が浮かんでくる。

わたしはなんだか、とても怖かった。

一方ロビンのお母さんは、わたしの「予知」能力にすっかり感心してしまい、いつでも泊まりにきていいわよと言ってくれた。そんなわけで彼女の家は、わたしの第二の家となった。

だが泊まりにいった初めての晩、お母さんは食卓にいたわたしを見て、ぎょっとしたような声を出したのだ。「ちょっとあなた、どうしたの?」わたしは指でじかにマッシュポテトをすくい、口に運んでいた。「食事はナイフとフォークでするものです」厳しく言われて、わたしは仕方なく、フォークをシャベルのようにつかんで食べ始めた。お母さんはさらにわたしのお皿を取り上げて、「本当にきちんと食べるのでなければ、食事はあげられません」と言った。

わたしは母から、食事の仕方、姿勢、笑顔など、行儀作法についてのしつけを一応受けていたが、どれもきちんと身についてはいなかった。結局、兄や弟と同じように手づかみで食べても、とやかくは言われなかったからだ。おまけに母は公共の場に出ていくのが大嫌いで、わたしたちきょうだいは一度も外食をしたことがなかった。そのため人の目に触れることもなく、どのような食べ方であれ何の問題もなくすんできていた。ところがロビンのお母さんは、あくまでわたしにきちんとした食べ方を覚えさせようとした。そうして、もしお行儀よく食べられるようになったら、ロビンと一緒にレストランに連れていってあげる、と言った。わたしは目を輝かせた。そうしてロビンやお母さんの食べ方を、一生懸命真似《まね》するようになった。

けれどどうしても身につけられないこともあった。それは、ものの感じ方だ。ロビンのお母さんは、朝ロビンが学校に出かける前に、必ず彼女を抱きしめる。同じように、あなたも抱きしめてあげるとお母さんは言った。

「ほら、おいで」わたしが泊まった翌朝、お母さんはそう声をかけてきた。

「わたしはいい」わたしは言った。

「だめよ、こういうこともちゃんと覚えなくちゃ」お母さんは言う。「この家にいる子は、何でも全部、わたしの子と同じようにするのよ」

そういうわけで、わたしは毎朝、石のように身を硬くして、抱きしめられるのを我慢することを覚えた。わたしはとうとうお母さんに、抱きしめられるのは怖くて嫌い、と訴えた。お母さんは、何ばかなことを言ってるの、と取り合わなかった。だがそう言われてみても、わたしの苦痛はいっこうに減りはしない。抱きしめられると、まず最初に目が回り出す。そうして、気絶してしまいそうなほど気持ちが悪くなる。

わたしは決まりきった朝の手順のひとつとして、義務的にしかお母さんを抱きしめなかった。だがそれでもお母さんは、わたしを「養女」にしてくれたのだ。そうして毎朝お弁当を持たせてくれ、着るものを用意してくれた。学校のわたし用の成績表ファイルも作ってくれたし、ついにはわたし専用のベッドまで置いてくれた。初めのうちは、わたしもロビンのベッドで一緒に寝ていたのだが、ロビンと自分との間に満足のいくスペースを取ることばかりに気を取られて、ほとんど眠ることができなかったのだ。

体が接触するのはいやだったが、それでもわたしは、ロビンに心を寄せていた。そうして次第に、自分の抱えている問題や悩みを、彼女に打ち明けるようにまでなっていった。

あの人たちは残ったごはんをとっておいて
お皿にあけて置いておく
次の日お皿はいつも空っぽ、
迷子の猫が食べたから
あの娘《こ》も自分のごはんの残りを、

猫たちのためにとっておく
迷子のままで生きてゆくのはどんな気持ちか、
涙の出るほどわかるから

人に心を寄せると、わたしはその後で必ず代償を払わなくてはならなくなる。恐怖にとらえられるという代償を。

次第にわたしは、自分の心がどんどんロビンとお母さんに吸い寄せられ、もたれかかってゆくのに耐えられなくなってしまった。ある晩わたしは、とうとうロビンの家を出た。そうして町の反対側に向かって歩いてゆくと、そこで最終電車が行ってしまうまで時間をつぶし、それから夜道を再び引き返してステラの家に向かった。自分の家には、どうしても帰りたくなかった。

ステラはマンガみたいな顔をしていて、髪は短く切って脱色したため、脱脂綿のようになっていた。同じクラスの女の子だったが、やはり学校では行動に問題があるとされていた。そんな彼女の言い訳の材料として、わたしはもってこいの存在だった。わたしは彼女のスケープゴートにされていた。おかげでステラのお母さんは、わたしがステラに悪い影響を与えていると思っており、わたしをひねくれた根性悪だと言った。ステラの方にしても、何か悪いことをしているのを見つかるたびにわたしのせいにして、お母さんの偏見をエスカレートさせていた。だが彼女自身は本当はわたしのことが好きで、何かわたしが新しい冒険をしようとすると、いつでも喜んでついてきた。

彼女の家は小さなテラスハウスで、家の裏手は細い砂利道になっていた。そこから塀をのぼって庭に入り、物置小屋で眠らせてくれるよう、わたしは話をつけたのだ。

以来わたしは、午前零時を過ぎた頃、高い波型鉄板の塀を越え物置小屋の屋根をつたって、一人でステラの家の物置に入っていくようになった。そうして、油で光った彼女のお兄さんのバイクのかたわらに丸まり、ダッフルコートにしっかりくるまって、眠りに落ちるのだった。ダッフルコートは今や、まるでやどかりの殻のように、わたしの大事な携帯用家屋となっていた。物置にはステラの家の自家製ワインも置いてあったので、寒くてたまらない時にはちょっと一本頂戴《ちょうだい》して、酔いの力を借りて眠った。そうして朝になると、時折ステラが前の晩の残り物を持って、こっそりやって来てくれる。わたしはいつもそれを、ありがたく食べた。

わたしの格好は次第に荒れていった。ダッフルコートは一度も洗濯したことがなかったし、その薄汚れたコートを、わたしは決して離そうとはしなかった。もし脱ぐようなことがあっても、必ず自分のわきに置き、部屋を出る時も、忘れないようにまずコートをしっかりと抱える。髪も汚れてベタベタのことが多かったし、歯も磨いたことはなかった。たまに体を洗うのは、人の家の、庭用の水道でだった。

だがそんなわたしのことを、あのやさしいロビンはわかってくれた。わたしは彼女に、自分が「姿を隠さなければならない」ことを説明した。そしてごくたまにしか彼女の家に行かなくなっても、彼女もお母さんも、いつもわたしを歓迎してくれた。また、お母さんはわたしの格好や口のきき方について意見し、なんとかわたしに品とか洗練というものを教えようとした。わたしはお母さんが好きだったので、素直に聞いた。そうして悪態をつくのをやめ、より「淑女《レディ》」らしくふるまうようになったのだった——少なくとも、ロビンの家にいる間は。

だが相変わらず、わたしはどこへ行くにもダッフルコートを離さなかった。そうしてそれは、その後、八年間も続いた。

わたしは久しぶりに家へ帰った。すると部屋には、ピアノがあった。母がレンタルしたのだ。

わたしはごく小さい頃から、チリリンと響く、硬質で可憐《かれん》な音が大好きだった。だから小さい頃は、よく安全ピンどうしをこすり合わせていたものだ。安全ピンを見つけると、しゃぶっているか、耳元で鳴らして音を聞いているかだった。金属どうしが触れ合う音も、大好きだった。だが何と言っても一番素敵なのは、クリスタルガラスのきらめくような音と、音叉《おんさ》の、伸びやかで明るい響きの音。わたしは音叉をひとつ持っていて、何年もの間、いつも大切に持ち歩いていた。たとえ何もかもがだめになってしまったような時でも、音楽だけは、いつも必ずわたしの心の中にしみ込んだ。

わたしは楽器をさわるようになるずっと前から、いつも音楽とともに生きていたような気がする。誰に教わることもなく、わたしは頭の中で自然に曲を作り、指でそのリズムとメロディーを刻んでいた。

母は、バレエと同じようにクラシック音楽にも憧《あこが》れがあった。そこでピアノを借りて、習おうと思い立ったらしい。

わたしはピアノに気づくと、わき目もふらずにとんでいった。そうしてふたを開けると、すぐに頭の中にあった曲を指でたたいてみた。それからまもなく、流れるようにメロディーを弾きながら、曲を作り始めた。それまでも頭の中で音楽が鳴るたびにぱらぱらと指を動かしていたので、ピアノに向かうのは初めてでも、何の苦もなく弾くことができた。

そこへ母がやって来て、お得意の皮肉なムードを漂わせながら、しばらくわたしの様子を眺めていた。それから自分がピアノに向かうと、初心者向けの楽譜を広げて、どうやって弾くものか見せてあげると言った。ゆっくりと、母は両手で弾き始めた。わたしはそんな母と、流れ出てくる音楽とを、じっと見つめていた。母は楽譜を指しながら、いろいろと講釈を始める。ここのところの音符は上がっていって、ここは下がって、こことこの間はこんな具合に……。

だがわたしは、楽譜などどうでもよかった。それ以来わたしはあまり外出しなくなり、あたりに母がいない時をみはからってはピアノを弾くようになった。といっても最初のうちは、もっぱらポロンポロンという響きを楽しむばかりだったのだが。

しかしやがて、美しい曲が一曲できあがった。それはクラシックのワルツで、メロディーだけでなく、伴奏もちゃんとついている。一人でそれを弾いていると、不意に母が部屋に入ってきた。

「知ってるよ、その曲」かみつくように、母は言った。

「でもこれは、わたしが作った」

「何言ってるのよ」母は言う。「ベートーヴェンよ、それは」

母はあくまで、わたしの言うことを認めないつもりで言ったのだと思う。だから、自分のことばが実はどれほどわたしへの賞賛となっていたか、気がつきもしなかっただろう。

だがわたしには、母の気持ちもわからないではない。母は嫉妬《しっと》したのだ。あれほど芸術的、創造的な才能に憧れ続けていながら、母は昔は、どうしてもお姉さんに勝てなかった。そして今はわたしが、母の夢であったそういうものに対して、まるで手にするものすべてを黄金に変えたミダス王のように、生まれつき不思議な才能を発揮する。

母は自分のコンプレックスを、聞きかじった知識を強調することで解消しようとした。ねえ、耳から覚えて自己流で弾いてると、楽譜を読めなくなるし、結局ちゃんとした演奏はできなくなるんだってね。そういうわけで、母自身はきちんと先生についてレッスンをするようになり、娘にライバル意識を燃やしたおかげでどんどん上達していった。もっとも娘の方は、ライバル意識どころか競争する気すらなかったのだが。

しかしある日、母は自分の主張が正しかったことを証明しようとするかのように、わたしを入門レッスンに連れていった。出てきた女の先生は、わたしに、自分が音楽について知っていると「思っている」ことは、ここでもう全部忘れなさい、と言った。今までの悪い癖を早くとって、「きちんとした」音楽の基礎を身につけなくてはいけない、と。

だがわたしは母の思惑どおり、先生の指導に従うことも、お行儀良くレッスンを受けることも、できなかった。そして母は、わたしの明らかな「失敗」に、さも満足そうだった。それでも、わたしの音楽に対する気持ちは少しも揺らぎはしなかった。この五年後、わたしは自分でピアノを一台買い、一人で作曲を始めることとなる。

家では、わたしがピアノを弾くたびに、母の機嫌はますます悪くなっていった。そしてとうとう、わたしは家にいるのがまたもや耐えられないほどにまでなってしまった。ところが母は、今度は出ていったわたしを、友達の家に電話までかけて呼び出し、帰ってこいと命令するようになったのだ。仕方なくわたしはいくつもの町を越えて帰ってくる。すると母は、通りの端にある店まで買い物に行けと言う。そうしてわたしが言いつけどおりに買い物をしてくると、もういい、友達の家でもどこでも行ったら、と言うのだ。

家にいる時は、わたしは自分の部屋にこもって、もっぱらレコードを聞いて過ごすようになった。しかしそれは十代の音楽の聞き方そのもので、ボリュームを最大にして、自分も声を限りに一緒に歌うという騒々しさだった。しかも同じレコードを、何度も繰り返しかける。

またわたしは、自分のレコード全部に渦巻きを書いて、その渦巻きがレコードの回転とともに回り出すのを飽かず眺めた。レコードの上に物を乗せて、回転数によって動きがどう変わるか実験したりもした。どんどん回転数を上げていくと、最後はたいてい、物はレコードから飛んでいってしまう。時には部屋の向こうまで飛んでいった。

わたしは学校でやっていた物真似と同じように、よくレコードの真似もした。回転数を変えては、それと同じ速さで歌ってみるのだ。家族はわたしが家にいると、うるさいと言って皆癇癪《かんしゃく》を起こした。

弟はいつも、なんとかわたしの部屋に入ってこようとした。そのたびにわたしは、家中に響きわたるような声で叫んで阻止した。だが母が階下《した》から上がってくると、今度は母が、家中に響きわたるような声で怒鳴って怒る。そしてある日、わたしと話をするために、とうとう父が上がってきた。

父がわたしに話しにやって来たのは、それが初めてのことだった。父はなんとかわたしと会話を交わそうとした。そうして、わたしが聞いているレコードのことをいろいろとたずねた。わたしは、自分にとって特別な意味のある大切な歌をいくつか、父に聞かせた。なぜそれが大切なのか、どんな意味があるのかは何も言わなかったが、わたしにとってそれは、家族の誰かに対して自分の気持ちを少しでも見せようと努力した、数少ない経験のひとつだった。

父は、どうすればわたしと話せるかがよくわかっていた。ただ静かにわたしの前にすわり、わたしが自分にできる唯一《ゆいいつ》の方法で自分の気持ちを表現するまで、じっと待っていた――そしてわたしは、物を通じて、つまりレコードをかけることによって、父に語りかけたのだ。その後父は、何度もわたしの部屋にやって来るようになった。そこでわたしは思いきって勇気を出し、自分の書いた秘密の絵や詩を、そっと父に見せてみるようになった。

おそらく父は、家族の間の深い溝に、なんとか橋を架けたいと願っていたのだろう。

だがひとつだけ、致命的なミスを冒してしまった。父は絵や詩をわたしに向かって誉《ほ》めてくれただけでなく、わたしの努力を認めることができない人の前でまで、誉めてしまったのだ。そう、わたしの母の前で。

すぐさま母は、書いたものを全部見せろとわたしに迫った。わたしが自分の詩を出すと、母は目の前で、せせら笑うように声に出して読み始め、やれ文法がなってないだのことばのたとえがおかしいだのと言ってはその「めちゃくちゃぶり」を嘲笑《あざわら》った。「第一、陳腐もいいところ」。そのひとことですべてがかたづくと言わんばかりに、母は言った。だがその「めちゃくちゃぶり」が幸いして、わたしが詩にこめた本当の意味は、母にはわかっていなかった。だからいくら「知識豊かな」批判をされても、自分の詩は「汚《けが》されはしなかった」のだとわたしは思った。しかし父はかたわらで、すまなそうにこちらを見ていた。父という人は、どうも根っからのお人よしのようだ。

父はわたしに手を上げたことは一度もなかった。しかし母は、父がわたしを「じろじろ見ている」と何度もわたしに繰り返し耳打ちした。わたしにはだまされやすいところがあって、時々とても考えられないようなことまで信じてしまう。そしてその結果、またつけいられてだまされてしまう。母がしつこく吹き込むままに、わたしはついに父を無視するようになったのだ。

この三年間なんとかわたしと心を通わせようとしてくれた父の努力は、こうして、ついえてしまった。今思えば、なんと悲しいことだったのか。

この頃学校で、わたしはまたいじめられるようになった。きちがいと呼ばれることにはもうあまり何も感じなくなっていたが、ばかと呼ばれるのはつらかった。自分でも自分の初心《うぶ》さ加減がよくわかっていたからだ。相手は男子ばかりだったが、他にどうすることもできないわたしは、やはり暴力で向かっていった。

母はわたしがあまりにいじめられるのを見かねて、本当にこれがもう最後のチャンスだからと言いながら、転校を勧めた。これについてはわたしも、母の言うとおりにした。この時わたしは十四歳。女子校に行くことになった。

わたしがロビンの家に世話になっていた時、ロビンのお母さんは、わたしにさまざまなマナーと教養を身につけさせようと、壮大な計画を練ってくれていた。だがあの家を離れてしまうと、わたし自身はほとんど何も変わってはいなかった。

確かにわたしには、秘密を好む個人主義的な傾向があるのかもしれないが、そうかといって決してずる賢いわけでも現金なわけでもない。わたしにとって、ロビンのお母さんが教えてくれたいろいろな決まりごとは、あらゆる決まりごと同様、それを習った特定の状況にしか結びつかなかったのだ。

もちろん、お母さんが教えようとしてくれたさまざまな物事の意味や価値はわかっていた。だがわたしはそれらすべてを、あのお母さんのために学んだ。そしてわたし自身に関係あることとは、思ってもみなかった。そんなわけで、ロビンの家を一歩出たとたんに、お行儀も姿勢もことばづかいも、元のもくあみになってしまった。

しかし例外もあった。ほんの二、三ではあるが、それなりに根づいて、わたしをほんの少しずつ変え始めたこともあったのだ。一番忘れられないのは、わたしが自分の身体的な感覚について、あのお母さんの言うことには耳を傾けたということ。そうしてわたしは、愛情を与えられることと世話を焼かれることや親近感を持たれることを、我慢できるようになった。人を信頼することも知った。ロビンならば、髪の毛をとかしてもらっても平気になったし、脚や腕をくすぐられても大丈夫なまでになった。本当に、ごく何気ない触れ合いではあった。だがわたしは、こうして人に触れられることでリラックスしたり楽しんだりすることを、初めて経験したのである。

その他にも、ロビンの家族の中での体験は、後にわたしが、世の中に堂々と出てゆくことのできるより安定した、より社会性のある自己《アイデンティティ》を系統だてて打ち立てようとし始めた時に、とても役立った。その時もわたしは、ロビンの家族と同じほどかけがえのない人の、献身的な指導のもとで、自分がそれまで学び取ってきたものについて思いをめぐらせたのだ。その時わたしを導いてくれたのは、わたしの精神科医だった。

性についてはいつもとまどった。おそらく、人に近寄られるだけでもいやだというわたしの閉所恐怖症的な性質のせいもあっただろう。加えて、わたしが十代の未婚の母になってしまうことを被害妄想のように恐れていた母は、折りに触れてわたしのセクシュアリティを抑えつけようとし、わたしが女であることを少しでも感じさせるようなことがあると、有無を言わさずわたしの体に虐待《ぎゃくたい》を加えた。

だがそうした母の恐れは、それほど見当違いでもなかったのだ。わたしは極度に初心《うぶ》だった上に、言われたことを何でも信じてしまうようなところがあった。実際、見知らぬ人についていってしまうこともよくあった。お腹《なか》をすかせたかわいそうな子猫を助けようとか、飴《あめ》をあげようということばにつられては、道はずれにまで連れていかれたり、車の中に押し込まれそうになったりしていた。だが幸運にも、いつもわたしの性質のもう一面が、本当の危険から身を守るのに役立った。なにしろわたしは、人に近づかれることと触れられることが徹底的に嫌いなのだ。決して悲鳴を上げることはなかったが、人に触れられそうになっただけで、わたしは猛烈な勢いで逃げ出した。だがその反面、学校で皆が男子について話していることがいろいろ気になって、心を悩ませてもいた。

事実、わたしは時折、話しかけてもらいたいと胸をときめかせるような男の子たちに出会うようになった。だがそういう子たちは決まって物静かなタイプだったので、声をかけてくるようなこともなく、話すきっかけがつかめなかった。逆に、こちらは何も望んでいないのに、勝手に寄ってくる男の子もたくさんいた。きっとわたしの初心さ加減に目をつけるのだろう。簡単についてゆき、簡単に言いくるめることのできたわたしは、セックスのことしか考えていないそういった連中には、格好のカモに見えたに違いない。だがここぞという時、連中はいきなりわたしに蹴《け》り上げられ、仰天する。そうしてわたしは逃げてしまう。わたしはすでに、そういう野蛮な連中を蹴ることには長《た》けていた。どこを蹴れば最も打撃を与えることができるかも、よく知っていた。

わたしは自分がしてほしいこともいやなことも、自分で認識することはおろか、ことばに出して言うことさえできなかった。そのため男子たちに、これなら思うままにできると思われたのだろう。しかしわたしは、見知らぬ人たちが乱痴気パーティーをしているような家で、育ってきた人間だ。精神面で自分を守ることはできなくても、現実に身をかわすことでは鍛えられていた。

ところが次第にわたしの中では、協調的な人間に見られたい、「正常」だと思われたいという欲求の方が強くなっていったのだ。そうしてロビンのお母さんから教わった、我慢して愛情を受け容《い》れるということを、最悪のやり方で応用するようになってしまった。

程度の悪い学校というものは、十代での「正常」な性体験についてのハードルを、いくつも突きつけてくるものだ。わたしの行っていた女子校も、例外ではなかった。クラスの女の子たちは、通りがかりの知らない男性たちにまで流し目をし、自分たちの体験をあれこれひそひそ比べ合い、今つき合っている彼について延々としゃべっていた。

わたしは一度もそういう仲間には入らなかったが、かねてから自分の「正常さ」に対するハードルを、飛び越えたくてたまらなかった。しかしわたしの中には依然として幼い頃からの恐怖が巣くっており、「現実の世の中」からは必ず、少なくとも一歩は離れていようとする気持ちもあった。

わたしをとらえて離さなかったその恐怖とは、孤児のための養護施設の存在だ。それは、一度入れられたなら二度とは帰ってこられないこの世の地獄として、わたしの心に焼きつけられていた。


このように、恐ろしい所に閉じ込められてしまうという恐怖をわたしに植えつけたのは、確かに母だったかもしれない。しかし、単に暗示を含んでいただけのことばを、身の毛のよだつものとしてありありと眼前に思い浮かべてしまったのは、わたし自身の心だった。わたしにとって養護施設とは、牢獄《ろうごく》を意味していた。そしてそこで第三者からいろいろと規制を加えられることを、心底恐れていた。

もっとも、施設で手足を引き裂かれようと、そんなことはべつに怖くなかった。手足など、いくらでも持っていけばいい。本当に怖かったのは、次々といろいろなことをさせられるに違いない、という予想だったのだ。つまり、一人にしておいてはもらえないだろうということ。わたしの自由は剝奪《はくだつ》され、孤独な、けれどやすらぎに満ちたわたしだけの世界に逃げ込むことは、決して許されなくなるだろうと思っていた。それが何より怖かった。わたしは自分の世界に閉じこもる時、他人をすべて締め出していた。家は何かと厄介だったが、それでも家族の中では、わたしはそうやって自分の世界を守り続けることができていた。要するに、世の中の人たちがあれほど大事そうにしている「正常さ」というものが、その気になればわたしにだって達成できると必死に証明しようとしたのは、まわりの環境を変えられてしまうのをなんとか防ぎたかったからだ（たとえ外からは、どんなに悪い環境に見えようとも）。自分の意思にさからい、何の喜びも得られないながらも、はっきりした意識を保ち、人には必ず反応するよう努力したのも、そのためだ。

しかしそれでも、「わたしだけの世界」を取り上げられはしまいかという恐怖は、高じた。そうしてついに、わたしはその「わたしだけの世界」を、自分でも否定せざるを得なくなってしまったのだ。かわりにわたしは、もっと外見が良く、行儀も良く、社交的な、だが感情のない空虚な殻をまとった。おかげで「皆」は、本当のわたしに触れてくるようなことはなくなった。だがわたしは次第に、自分でも本当の自分自身を訪ねていくことをしなくなっていった。もちろん「皆」はそんなわたしを見て、普通の子らしくなったと喜んでいた。

わたしは、空中の丸を見つめることも、色彩に心を預けることも、やめてしまった。まわりの物に対する愛着も、失っていった。わたしはわたしの世界の取っ手をなくし始めていた。かわりにわたしの中には、「皆」の持っている奥行きのない安全と、「皆」と同じようなどうしようもない不安定さが、残った。現実の手ざわりとして感じられるものは、憎しみだけになってしまった。そして憎しみを燃やしていない時は、わたしは自分が呼吸をしているのも、わずかばかりの場所を占めていることも、身が縮むほど申し訳ない気持ちになって、いたたまれないようになった。さらにはいたたまれないと感じることさえ、いたたまれなくなっていった。生への否定。生きる権利の拒絶。これが、正常にふるまおうとわたしが努力し続けた結果だったのである。

わたしの世界の外側の人たちは皆、この状態を克服するには、正常にふるまう術《すべ》をもっと磨いてゆくしかないと言った。だがそれが何を意味するのか、わたしは知っていた。それは、あるがままの自然なわたしは、受け容れるに値しない人間、どこにも属することのできない人間、つまり、生きている価値さえない人間、ということだったのだ。

女子校でのわたしは、やはり相も変わらず落ちこぼれだった。なかなか授業に出ることができなかったし、出たとしても授業態度はめちゃくちゃだった。教室からはすぐに出て行く、物は投げる、暴力はふるう。宿題など一度も出したことがなかった。ところが一度だけ、例外が起きたのだ。

そもそも、普通なら先生など嫌いか無関心かのどちらかでしかなかったのに、わたしはある一人の女の先生を、とても好きになってしまった。だが誰かに好意を持つと、わたしの前には必ず問題が立ち現れる。わたしは嫌いな人に対する時よりも好きな人の前での方が、はるかに緊張し、どぎまぎし、どうしてよいかわからなくなってしまうからだ。なぜその先生を好きになったのかはよくわからないが、おそらく「自己」を主張することがほとんどない女性《ひと》だったからではないかと思う。

先生は歴史の授業の担当で、歴史の中で、恵まれない立場に追い込まれたさまざまな人々や集団に何が起こったかという話をいつもしてくれた。だがその話には、個人的な感情も意見もこめられてはおらず、偏向も頑固さも感じられなかった。先生はただ淡々と、事実を述べるだけだった。

わたしは先生のところに話しに行きたかったが、とても普通には話せないと思った。そこでわたしは、かなり強いアメリカン・イングリッシュの発音で話すことにし、それに見合った身の上話も作っていった。いつものようにわたしはこの新しいキャラクターになりきり、それを半年間貫き通した。

おかげで、他の先生たちからは手に負えない問題児だと思われていたわたしも、この先生には、聡明《そうめい》でおもしろく、教え甲斐《がい》のある生徒だと思ってもらえたのだ。そうして、学期末。わたしは、中学《ハイスクール》在学中、他のどんな先生にも出さなかったような力作のレポートを、提出したのである。

まず生徒たちは、各自レポートのテーマと期日を決められた。わたしは以前から、アメリカの六〇年代における黒人たちの境遇に興味があった。

だが先生には、わたしのテーマはないしょにしておきたいんです、と話した。そうして、やればやるほどテーマがふくらんでゆくのだと熱心に経過報告をして、締切りの日も延ばしてもらった。わたしは、自分のテーマに関係のありそうなあらゆる本に当たっていった。写真や絵を切り抜き、いつものように、書こうと思うことのフィーリングをつかむために、仕上げたページの上から絵や図も書いた。

クラスの皆は、大体三ページぐらいのレポートを提出した。わたしは胸を張って、図と絵の入った二十六ページにわたる大作を出した。先生は「A」をくれた。そうしてわたしはそのとたんに、はにかみながらも、アメリカン・イングリッシュの話し方をいっさいやめた。

中学時代にわたしが達成した一番のものは、このレポートだ。だがこの時も、わたしは純粋に自分自身の興味からというよりも、好きだった先生に認められたい一心で、頑張ったのだ。

困ったことに、今でもわたしは、こうした傾向を克服しきれずにいる。

10 独立

母は、わたしがもう仕事を始めてもいい年齢になったと判断した。わたしは十五歳になっていた。

それまでもわたしは、家の掃除や父の身の回りのかたづけなどをしていた。裁縫も大好きだった。そこで掃除婦になるかミシン工になるか、硬貨《コイン》を投げて決めた。結局毛皮のコートを縫うミシン工として、わたしは初めての正社員の仕事に就いた。だがそれは、たったの三日で終わりになってしまった。

今ではわたしは、動物愛護の立場から毛皮のコートに反対しているが、当時は毛皮の感触が、それはそれは好きだった。もちろん生きている動物と毛皮の間に、何のつながりも感じていなかったのである。

わたしはいつも、物が何か他の物に姿を変えるという概念に、とまどってしまう。一頭一頭の牛《カウ》ならわかるのだが、それが「牛の群れ《ハード》」となると、わたしの頭から忽然《こつぜん》として牛の姿が消えてしまう。集団を表わすことばとして「牛の群れ《ハード》」という単語が使われるのは理解できるのだが、今度は「畜牛《キャトル》」などという単語が出てくると、もうわからない。毛皮の存在も、同じことだった。一度縫い合わされてしまえばそれはもう素材でしかなく、もはや動物であるはずがなかったし、動物であったはずもなかった。

わたしにわかっていることといえば、とにかく、頬に触れる毛皮の感触はなんて素敵なんだろうということだけだった。そばかすだらけの顔で、鼻水をすすりながら、十五歳の少女だったわたしは、毛皮のコートに頬ずりし続けた。それがどれほど高価なものであるかも、それが「階級《クラス》」を表わすものだということも、何も知りはしなかった。

社長はイタリア人で、イタリア人の多くがそうであるように非常に熱心に働き、社員たちにも同じように働くことを要求した。わたしはまず、一番簡単な作業から始めることになった。ボタンホールをつける係だ。

ボタンホール用のミシンは、毛皮に穴を開けることができた。それから穴のまわりを、やはりミシンでかがってゆく。それはまるで魔法のようだった。しかもわたしの両手は、柔らかな毛皮の手ざわりをずっと感じていられる。わたしはすっかり夢中になった。天国にいるような気分だった。

わたしは一生懸命働いた。作業は早かった。あっという間に、できあがった毛皮の箱がいっぱいになった。通りがかった社長は、わたしの仕事の早さに感心してくれた。そうして、一枚のコートを手に取ってみた。

みるみる社長の顔は引きつったように青ざめ、彼は次々とコートを手に取ると、叫び出した。

「何だ、これは？」何度も何度も社長が叫ぶ。「これは袖《そで》にボタンホールがある、これは襟、これは背中の飾り布。ちきしょう、とっとと出ていけ」

「あの、お給料は？」わたしはそっとたずねた。

「ばかやろう！」社長は絶叫した。「自分のしたことがわかってるのか、え？　何千ドルもの損害をおれに与えたんだぞ。さあ、すぐに出ていきやがれ」

　ボタンホールは特定の場所だけにつけるものだということに、わたしは気がつかなかったのだ。


　しかし正社員としての仕事は、わたしにとって、学校の勉強よりもはるかに適応しやすかった。学校というのは、決して終始一貫した一人の人格《アイデンティティ》を保ち続けることができない場所だ。自分の行動は、学科によって、教室や校庭などの場所によって、切れぎれにばらまかれてしまう。それに対して仕事場では、わたしはただひとつだけのイメージを与えられ、常にその役割どおりに動いていればいい。

　わたしは仕事自体に集中できたためしがなく、たいていはうわのそらだった。だがそんな自分の心を、与えられた単調な仕事の中に紛れ込ませることはできた。そのため体はなめらかに動き、動きにも無駄がなく、まわりからは、とても「心ここにあらず」の状態で働いているようには見えなかったらしい。

もっとも、デパートの販売員という職に就けたのが、そもそも幸運だったのだろう。ミシン工の次に就いたその仕事が、わたしは本当に好きだった。だが客に接しなければならない点だけは、とてもいやだった。

わたしのまわりには、色もあざやかなさまざまな衣類があり、つやつやと輝くたくさんの靴があり、数字の順番に並べられた箱の列があった。しかもそれらはすべてケースや棚の中にきちんとおさまっていて、さらにケースも棚も、通路ごとに整然と区分けされている。まるでわたしは夢の国にいるようだった。その上わたし自身はといえば、物の整理整頓《せいとん》という、自分が何よりも愛していることをしていればいいのだ。なんだか信じられないような気持ちだった。数字たちは、わたしに数えられ、整理されるのを待っている。商品は、色やサイズや種類ごとに、グループ分けされるのを待っている。さらに、さまざまな売り場は皆独立し、皆違う名前で呼ばれている。それは、保証とやすらぎの世界だった。そしてそんな世界を、自分の職場であるデパートが、差し出してくれている。

わたしは、各デパートに入社したその年の新人たちの中で、最も優秀な新人だと言われるようになった。ほどなく、いろいろなデパートの幹部たちが、わたしを「貸して」

くれないかと、こぞってわたしのデパートにたのみに来た。そうしてわたしはよそのデパートに派遣され、ごちゃごちゃに混乱しきった所を、隅々に至るまで記録的な速さで整えたものだ。床の掃除をするのに掃除機さえ使わず、どんどん手できれいにしてゆくし、ほんの少しでも曲がったりはみ出したりしているものがあると、即座にまっすぐに直す。こうして物を整頓していると、わたしは自分も安定した気持ちになってくる。

しかしそんなわたしにも、「接客態度の問題」があった。わたしは、お客が店員を捜して寄ってきても、まったく無視していたのだ。販売員の最も重要な仕事は接客の方にあるわけだから、上司もこれを見逃すわけにはいかなかった。結局わたしはお客に応対するようにはなったが、それでも、恨みがましくふてくされた態度のままだった。するとお客は後で経営側に、どこそこのデパートのあの若い店員はまったくなってない、と苦情を言う。

お客に肩をたたかれることもあった。するとわたしは、ケースや棚を憑《つ》かれたように整理している手を休めることもなく、ちょっと待ってくださいとぶっきらぼうに言う。なおもお客が声をかけてくると、わたしはやにわに向き直り、待ってくださいと言ったでしょう、と怒鳴る。お客はしばしばわたしの癇癪《かんしゃく》に、あっけにとられてしまっていた。

だがわたしは、何も好き好んで癇癪を起こしていたわけでもなければ、わざとお客たちに横柄《おうへい》にしていたわけでもない。お客たちのしたことも考えてみてほしい。彼らは何の断わりもなしに、いきなりわたしに触れてきたのだ。たとえ彼らにとってみれば、ほんの軽く肩をたたいただけのことにしてもだ。そうして、彼ら流の「日常生活」の中ではわたしには得ることのできない、大切なわたしの心のやすらぎと平和とを、自分たちの都合でわたしから奪い取ったのだ。

だが逆に、お客たちの方は、わたしのふるまいをどう受け取るか。人々はいっせいにわたしに説明し始めた。そうしてわたしは、あらゆる行為には、ふたつの定義、ふたつのとらえ方があることを知った。彼らにとっての定義と、わたしにとっての定義。こうして、わたしに物事を「教えよう」としてくれた人々は、わたしが「自分の無知を乗り越えることができるよう」手助けしようとしてくれた。だが決して、わたし自身が世の中をどう見ているかを理解しようとは、してくれなかった。彼らにとっての世の中は、まさにシンプルきわまりないもののようだった。つまりこうだ。世の中にはルールというものがある、そしてルールは正しいものである。もし彼らの手助けがなかったなら、おそらくわたしは、いつまでたってもこのことがのみこめなかったに違いない。

問題は、もうひとつあった。わたしの話し方だ。

何かものの説明をする時、わたしの話しぶりや声のピッチやアクセントは、まるで不安定だった。ある時はきわめて「上品な」アクセントで洗練された話し方ができるのに、別の時には、スラムで生まれ育ったかと思うようなしゃべり方になってしまう。ある時はごく普通のピッチで話せても、またある時には、エルヴィス・プレスリーの真似《まね》でもしているのかと思うような、低音。ところが興奮すると、今度はまるでロードローラーに轢《ひ》かれてぺちゃんこになったミッキーマウスのように、やたらに甲高い、抑揚のない口調になってしまう。

ある日デパートに、ベビー用のおもちゃの値段をたずねてきたお客がいた。わたしはそのお客に応対していた店員から、急いでインフォメーション・マイクのところまで行って、値段と商品コードを聞いてきてくれと言われた。わたしはすっかり緊張して、ドキドキし始めた。わたしの声が、これからデパート中に響くのだ。

わたしは、説明しなければならないものをじっと見た。それは、黄色いぬいぐるみのアヒルだった。わたしは、上品だか洗練されているのだかシャープなのだか知らないが、自分の見たものを、まったく歯に衣着《きぬ》せずに言ってしまう面がある。その日もわたしはマイクのところまで行くと、抑揚のない甲高い大声で、出し抜けに「黄色いぬいぐるみのアヒルの値段とコードを教えて」と言った。

とたんに四方八方から、大笑いが起こった。今やデパート中が笑っているようだった。わたしは歩いて持ち場に戻ると、皆こんなに笑うなんて、わたしがいない間に一体何があったんだろうと不思議に思った。

わたしの上役は腹を立てている様子だった。「あんた、何を言ったのよ？」信じられないという顔で、わたしをにらみながら彼女は言った。

「いつですか？」わたしは聞き返した。

「さっきマイクでよ、もう、ばか」彼女はそう言った。

わたしは事務室に呼び出された。

「ドナ、きみには新しい持ち場に移ってもらうことにしたよ。きみが気に入ることまちがいなしの場所だ」机の向こうにすわった売り場の副主任は、両手の指を組み合わせ、小首をかしげて言った。変なの、まるでカマキリがお祈りでもしてるみたい、とわたしは思った。

「でも他の仕事に変わりたくありません」わたしは言った。

「きみには倉庫で働いてもらうことになった。きっと気に入るよ」副主任はさも自信ありげに言った。しかしわたし自身は、まったく自信がなかった。

倉庫は暗かった。長い廊下が、そこここに伸びていた。やはりデパートの他の部分と同様、何もかもが独立したセクションに分かれており、小ぎれいで秩序だってはいたが、売り場にあふれているあのきらびやかさは、なかった。それでもわたしは、一人きりでいられることに満足だった。ここはわたしとわたしの直接の上役だけの領域なのだ、とわたしは理解した。そうして、そのようにふるまい出したのだ。店員たちはよく、商品の在庫があるかどうかを見に倉庫へやって来たのだが、わたしは彼らを入れまいとして、目の前でドアを閉めるようになったのである。そしてわたしは悠然と、自分の仕事の続きに戻る。

またわたしは、自分の持ち場に対して独占的な気持ちを抱き始めた。そのため、もし誰かが少しでも物を動かしたままにしていくと、破裂した爆竹のような激しさで怒った。自分で、一人の人の命令しか受けない、とも決めてしまった。ある日、わたしの上役の上役、つまり売り場の主任がやって来て、わたしに話しかけ始めた。ところがわたしは、何かにすっかり気を動転させられてしまい、長い廊下のつきあたりまで逃げてゆくと、そこにじっとうずくまってしまった。

あわてたわたしの上役が、その場をとりなそうとしてくれたが、わたしは駆け寄ってこようとした彼女に向かって、あたりの商品を手当たり次第に投げつけた。一人ではどうしようもないと考えた彼女は、今度は主任と一緒に、わたしの方に向かってきた。わたしはますます荒れた。まるで正気ではなくなった小さい妖精《ようせい》のように、地団太を踏み、自分の髪を引っぱり、悲鳴を上げながら二人に向かって物を投げ続けた。そうして、もうだめだと思うと、目の前にあった棚に向かって何度も何度も頭を打ちつけた。倉庫の出口は、ただひとつしかなかったからだ。

幸いこの件は、わたしの上役がまるくおさめてくれ、わたしはクビにならずにすんだ。彼女は主任に、わたしが一人の人間の指示にしか従えず、二人以上になると混乱してしまうことを、なんとか説明してくれたのである。

彼女はわたしのことを、ちょうどあのロビンのお母さんと同じように、教育の必要のある変わり者の子どもと見ていたようだ。そうして、わたしが自分なりに、すでに非常に厳重な決まりごとに従って行動しているということには、気がついてはくれなかった。だがわたしの場合、その決まりごとは、安定した協調的な社会生活とは、まったく相容《あいい》れないものでしかなかった。

仕事の場以外では、わたしはそれまでの交友関係と同じように、自分の知り合った人たちを、いつも自分で断ち切っていた。中には、わたしにとても好意を持ってくれた人もいたのに。

また、この頃わたしはスケートを始めた。スケートは、自由と美に対するわたしの憧《あこが》れを、おおいに満たしてくれた。リンクのまわりを全速力で滑っていると、自分は誰にも手の届かない所にいると感じることができる。人々のわきをさあっと通り過ぎれば、人は皆つかのま、にじんだ色のかたまりに姿を変える。他のことと同じように、わたしはスケートも、誰にも教わらずにできるようになった。そうしてまわりに人がいることなどいっさい忘れて、いつも一人で、夢中になって回ったり踊ったりしていた。だが次第に、わたしは人々の注目を集めるようになっていった。

ある日、若い男の人が一人、わたしに近づいてきて、一緒に隣りを滑り出した。男の人たちはいつも、本当にスケートが上手だねと声をかけてきたり、逆に、自分の方がうまいと思ったのにとわたしに言わせようとして、挑もうとしたりする。そうして隣りを一緒に滑り始めるのだが、わたしはそう簡単に気持ちを動かされはしない。その日も、わたしは格別気持ちを動かされたわけではなかった。だがありきたりのおしゃべりの後で、その男の人は、わたしを家まで送ってくれると言った。わたしは断わらなかった。

帰り道、わたしは道中のほとんどを、先に立って一人で歩いた。わたしの逃げるようなそのふるまいに、彼、ガリーは気がつかなかったようだ。家に着くと、わたしは門の前で立ち止まった。それほど早く中に入りたいわけではなかったから。彼は相変わらず何かしゃべり続けている。わたしは機械的に答える——はい。いいえ。かばんは三つともいっぱいです。

突然彼は、わたしにキスした——というよりも、わたしの顔にキスした、といった方がいいかもしれない。その時わたしの心は、そこにはなかったからである。

それ以来わたしは、リンクに行くたびに、ほとんど毎晩のようにガリーと会った。彼はわたしを、愛していると言った。わたしはおうむ返しに、わたしもあなたを愛している、と言った。彼は、いつかきみと一緒に暮らしたい、と言った。わたしもおうむ返しに同じことを言った。彼はまた、わたしの顔に、キスをした。

わたしは一人になってからも、それらのことばを繰り返しつぶやいた。確かにそれは、愛に違いないはずだった。なにしろ彼は、一緒に暮らしたいと言っているのだ。すごい、やったじゃない！　わたしも、今の家にはこれ以上住んでいたくはなかった。彼のところに行こう、とわたしは決めた。

わたしはタクシーを呼ぶと、自分のかばんや宝物のぎっしり入った缶や、ステレオやレコードや、働くようになってから自分で買った数枚の服などを、タクシーのトランクいっぱいに詰め込んだ。そうしてガリーのアパートに着くと、同じアパートの住人たちの驚きをよそに、荷物を運び入れた。

ガリーが帰宅した。わたしを見ていたアパートの住人の女の子が、おどおどしたような薄笑いを浮かべて、わたしが引っ越してきたことを彼に告げた。

「何だって！」ガリーは仰天して叫んだ。

「わたしと一緒に暮らしたいって言ったでしょう」わたしは言った。

「いつか、って言ったじゃないか、いつかって」彼が言う。

しかしわたしは帰らなかった。そうしてそこでの暮らしが始まった。

母は完全に取り乱した。わたしがいないことに気づくと奇妙な予感にとらわれて、わたしの部屋をのぞきに行った。そうしてわたしが、身の回りの大切なものをすべて持ち出したことを知った。あとには、わたしの拒絶した物、望まなかった物たちばかりががらんと取り残されて、霊安室のような薄気味悪さを漂わせていた。むきだしの床、壁面いっぱいの鏡、格子《こうし》のはめ込まれた窓、あまり好きではなくほとんど手を触れることもなかったいくつもの人形。置き去りにされた物たちでさえ、わたしが何者であるかを物語っていた。母は、そうした残骸《ざんがい》の中に立ち、初めて声を上げて泣いたと、後にわたしに話した。

わたしには、帰るつもりは毛頭なかった。べつに愛を見つけたからというわけではない。愛を見つけたと思っていたわけでもない。家を出るという冒険に、胸を躍らせていたわけでもない。わたしはただ、独立へとつながる道のりの中で、単に新しい一歩を踏み出すようにと、手を差し伸べられただけのことだと思っていた。少なくともわたしにはそう思えた。そして独立というのは、一人になることを意味するのだと、わたしは思っていた。しかしそのためには、わたしにはまだ学ばなければならないことが、山のようにあったのだ。

もちろんわたしは、このガリーという男性と、ベッドを共にしたりセックスをしたりしたかったわけではない。しかしわたしは、一日のうちに起きた環境の激変にすっかり疲れて気持ちが落ち着かず、一人きりにはなりたくなかった。できることなら、耳が聞こえず目も見えず口もきけず、わたしにはまったく関心のない人に隣りにいてほしかった。だがガリーは、そういう人ではなかった。

まず彼は、ものすごい剣幕で怒った。そうして、べつにおまえと暮らしたくなんかないけど、もう仕方ないからこれでなんとかやっていくしかねえな、と言った。そこでわたしは、ここから追い出されないようにするためには、いつも明るく皆に気に入られていたあのキャロルの役に、もう一度なりきるのが一番だろう、と考えた。ガリーは年齢的にはもう立派な大人だったが、幼稚で情緒不安定な男だった。そのため、やがて彼は、キャロルとしてふるまうわたしをなかなか便利な存在だと思うようになり、まるで家庭用の道具のひとつか何かのように、わたしを利用するようになってゆく。

セックスは、べつに素敵なものでも何でもなかった。わたしは、肉体は自分のものではないのだと、自分に言い聞かせるようになった。セックスの最中の体は、自分からは遠く切り離されたもののようで、全身が固く麻痺《まひ》しているかのようだった。わたしのふたつの瞳《ひとみ》はうつろに宙を見つめ、心は何千キロもの彼方《かなた》をさまよっている。これほど現実から切断され、自分でもどうしようもない状態になるのは、なんだか自分が殺されてしまったようでもあり、逆にどこまでも自由に解放されたようでもあった。ガリーの中には何かゆがんだものがあって、パートナーというよりも、餌食《えじき》を手にして喜んでいた節があったように思う。わたしは、セックスに応じることが、ここにとどまることのできる条件なのだと悟るようになった。

だが彼は、他にもたくさんの条件を作り出した。まずわたしのお給料は、全額取り上げられてしまうようになった。わたしは文句を言うことも、何か欲しいものを言うことも、決してできはしなかった。わたしが働いてもらってきたお金なのだからと、抗議してみたこともあった。だがすぐに、人生というのは、男の人と暮らしても、結局親の家にいるのと同じぐらい苛酷《かこく》なものなのだと思い知らされただけだった。おまけにガリーは、これもまた母がわたしにしたのと同じように、夜な夜なわたしを殴るようになったのだ。


わたしたちはアパートから一軒家に引っ越した。そして、そのアパートにいたわたしたち四人に加えて、最近ガールフレンドと別れたばかりのロンという男の人が一緒に住むようになった。

相変わらずわたしは、来る夜も来る夜も暴力をふるわれていた。夜には、わたしは部屋の隅に逃げ込み、体を丸め、頭を抱えてうずくまる。だが相手は手をゆるめることなく、いつまでも激しくわたしを打ち続ける。隠れる所は、どこにもなかった。時々誰かが、うるさいからドアを閉めろと怒鳴りに来た。

ある晩わたしは、寝に行くのが恐ろしくて、いつまでも一人で共同の居間にすわっていた。今では闇《やみ》に加えて殴られることの恐怖にまで捕らえられ、胸を締めつけられるようだった。だがそのふたつを比べるなら、やはり闇に対する恐ろしさの方が深かった。わたしはぼんやりと宙を見つめたまま、そのへんで見つけた釘《くぎ》で、自分の腕を繰り返し傷つけていた。

そこへロンがやって来た。彼はわたしの隣りにすわった。ぼうっとした状態のまま、わたしは彼が自分を理解してくれようとしているのだと思った。ロンは、おれのワゴン車でドライブしないか、と言った。わたしは一緒に出かけた。

ところがしばらく走った後で、彼は急に道のわきに車を止め、このままちゃんとまた家に戻りたかったら、今ここでやらせろ、と言ったのだ。わたしはとっさに車のドアを開けると、そのまま一人で降りて、猛然と道路を歩き出した。見知らぬ場所、どこでもない場所のただ中で、どこに行けばいいかもまったくわからないまま。

「おい、戻れよ」ロンはゆっくりと車を走らせてついて来ると、開けた窓からそう言った。

わたしは歩き続けた。

「ここがどこかも、わかっちゃいないんだろ」またもやロンが声をかけてくる。

「そんなことかまわない」わたしは吐き捨てるように言った。

「来いよ、車に戻れよ。べつにもう何もしないからさ」

わたしは歩き続けた。

「ちぇっ、このきちがい」ロンが言う。「おまえはほんとにどうしようもないきちがいだな」

結局わたしは車に戻り、ロンはわたしに指一本触れることなく、家に帰った。


翌日わたしは、いつかもそうだったように、再び家のまわりを意味もなく歩き回り続けた。ぐるぐるぐるぐる歩いているうちに、そのまったくの単調さから催眠術にかかってしまったかのようだった。耳にはリズミカルな自分の足音だけが響き、目には、スケートリンクですれ違う人たちのように、にじんだ色に溶けてはさあっと通り過ぎてゆく家々だけが映っていた。歩きながらわたしは、自分の腕の内側を引っ掻《か》いては、裂き傷を作っていた――それは、仲良しだったあのロビンが触れたりくすぐったりして、わたしに感じることを教えてくれた、ただひとつの体の場所だった。

わたしたちの家には、もうひと組カップルがいた。ガリーのいとこと十五歳の女の子のカップルで、女の子の方は妊娠していた。わたしの腕はついに、血と膿《うみ》と裂けた肉でぐちゃぐちゃになってしまったのだが、その妊娠八か月の女の子は、そんな家の雰囲気にとうとう耐えられなくなってしまった。男の子の方も、わたしに対する暴力は目にあまると考え、もうこの家を出るべきだと判断した。そうして二人は、ガリーのお姉さんのアパートに厄介になることにした。女の子はわたしに同情してくれて、絶対あんたも一緒に来なくちゃだめよと言い張った。

ガリーのお姉さんのアパートは、そこからふたつ三つ離れた郊外の町にあった。そこでお姉さんは、三歳の娘と、勝手に出入りする何匹もの近所の猫たちと一緒に、住んでいた。転がり込んだカップルは、三歳の女の子の部屋で寝ることになり、女の子はお母さんと一緒に寝ることになった。わたしはといえば、来客が皆帰った後の、居間の床で寝ることになった。

わたしにはマットレスも枕《まくら》も毛布もなかった。だが皆が寝た後でなら、ソファからクッションを取って使ってもいいと言われた。わたしは、横になるとちょうど隣りになったリネン類の戸棚の中に、自分の宝物をしまった。そうしてタオルをかぶると、眠りに落ちた。

ガリーのお姉さんも、結局ガリーにそっくりだった。わたしはお給料のほとんどを彼女にわたし、残りはカップルにあげていた。二人はあと数週間して赤ん坊が生まれたら、もっと内陸の方に引っ越すと言っており、その時にはわたしも一緒に連れていってくれるということだったからだ。その上わたしは、仕事から戻ってくると、ガリーのお姉さんの子どもの世話もした。週末も、もっぱら子どもの相手で終わった。

わたしていたお金の半分は、食費に充《あ》てられていたはずなのだが、この家には食糧というものがあったためしがなかった。毎日デパートの倉庫で仕事をしているというのに、わたしには食べるものがなく、職場でも、ただ皆が食事をしているのを眺めているしかなかった。時折、どうして何も食べないのと人から聞かれると、お腹《なか》がすいていないから、と答えた。だが皆は少しずつ食べ物を分けてくれた。そのとたん、わたしは野犬のようにがつがつとむさぼった。職場の女性の中には、自分が食べる量よりも多めに昼食を買い込んできてしまう人たちがいたが、次第に彼女たちは、買ってきたばかりのものを、わたしにくれるようになった。その親切に、わたしは涙が出た。はらはらと涙をこぼしながら、わたしはありがたくてたまらない気持ちをかみしめ、食べた。

一方家では、あの三歳の女の子が、唯一《ゆいいつ》の救いとなった。そうしてまた、わたしの世界のすべてにもなった。わたしはどこに行くにもその子を連れてゆき、その子のすることは何でも、一緒になってやった。

それはまるで、久しぶりにわたしが、同い年の遊び友達を見つけたかのようだった。ある時は、わたしは夢の中にいるような状態になり、わたしの目に映る世界は、おそらく三歳の子にとっての世界と大差なくなっていたのだと思う。またある時は、自分の殻から抜け出してその子と一緒に三歳になることで、世界はわたしが、感情的にも、知的精神的にも、のびのびふるまえる場所に変わっていたのだと思う。そうなればわたしは、自己表現をゆがめたり、本当の自分から何千キロも離れたところに心をさまよわせたりして、自分を守ろうと必死にならなくてもいいわけだ。

わたしはその年の誕生日を、家から離れて一人で迎えた。家族はわたしに、立派な色鉛筆のセットを送ってくれた。わたしは居候《いそうろう》をしているアパートの床に一人ですわり込み、一心にその色鉛筆を見つめたが、次第に深く、深く傷ついていった。わたしはもはや、いろいろな色を使って描くことができなくなっていたからだ。色を使って自己表現するためには自分で色を選び出さなくてはならないが、それが、恐ろしくてたまらないことに変わってしまっていたのである。わたしは、弟が送ってくれた小さなあやつり人形にしがみつくようにして、泣いた。

わたしは体も壊し始めていた。懸命に作り笑いを浮かべてはいたが、精神面でも、どうしようもなく落ち込んでいた。

それまでは、わたしは家族と連絡も取らず、かかわりを持つこと自体を拒否していた。父はわたしが家出をしたことに相当傷つき、腹をたてたらしく、やっとのことで電話をかけた時も、冷たかった。わたしは、本当は帰ってきたいんだろうとたずねてもらうのを、受話器を握りしめて今か今かと待っていたというのに。兄と弟は、わたしが彼らをごみのように棄《す》てたのだと思い込んでおり、電話口に出てきさえしなかった。いつもとは逆に、母だけが、多少の理解を示してくれた。周囲の人にわたしのことを聞かれるたびに、あの娘《こ》は売女《ばいた》なんだ、だから出ていったんだ、と言っていた、母だけが。情け深くも母は、帰っておいでと言った。わたしは逆らわなかった。家を出てから三か月がたっていた。外はちょうど、クリスマスの季節になっていた。

11　引っ越しばかりの人生

わたしは十六歳になった。それまでにもわたしには、家族がどこか遠い世界の人間に思えて仕方ないことがよくあったが、久しぶりに帰った家では、ますますその感じが強くなっていた。わたしはまるで、まったくの他人、まったくの部外者のように、家族の輪の外側にたたずんでいた。クリスマスにわたしが戻ってきているというのは予想外だったようだが、それでもわたしは、いろいろな人からプレゼントをもらった。だがそれは、かえってつらいことだった。一番つらかったのは、親戚《しんせき》と、両親の友人たちからもプレゼントをもらったことだ。それまでにもそういうふうにクリスマスプレゼントをもらったことはあったが、その年は、なんだかわたしに対して特別の注意が払われているようで、わたしは皆とうまく顔を合わせることができず、ありがとうと言うことさえできなかった。わたしの心は、ひどくもろくなっていた。

兄は、またもやわたしをいじめるようになった。だが今度はわたしも負けてはいなかった。事態は次第に収拾がつかなくなっていったが、責められるのは、もっぱらわたし一人だった。母は、そろそろまたわたしを出て行かせる潮時だとふんだ。わたしが帰ってきてからは、まだほんの三か月しかたっていなかった。

母は、わたしの貯金が一セントもなくなっているのを知っていた。ある日母はわたしの職場にやって来て、わたしに向かって通帳を投げつけた。見ると、母によって、アパートの敷金が払い込まれていた。帰宅したわたしに、母は今度は新聞を投げてよこした。そうして、あとは自分でアパートを見つけなと言った。わたしはふたつ離れた郊外の町に、物件を見つけた。そうしてまだ未成年なので、母についてきてもらって不動産屋に行き、わたしが家賃を払う能力があることを母に証明してもらった。

引っ越しとともに、わたしはデパートの倉庫係の仕事を辞めた。そして新しいアパートの近くにある工場で、新しい職に就いた。運命がぐるりと一周したのか、そこでわたしは、なんとあの恐ろしいボタンホール・ミシンと、再び向かい合うことになった。

わたしは自活した。自分の生活を、自分自身で取り仕切って支えることに、誇りを感じた。だが反面、とても孤独だった。

わたしは毎晩裸足《はだし》で、公衆電話のある店まで歩いてゆき、あのなつかしい友、ロビンに電話をするようになった。ロビンとは、それまでもずっと、とぎれとぎれながらも近況を知らせ合っていたのだ。電話をかけても、わたしはこれといって話すこともなく、結局「で、そっちはどう？」と十回近く繰り返し、おやすみと言って受話器を置く。電話口にはロビンのお母さんもよく出てきて、毎回毎回、自分のチャリティー活動の計画を、楽しげに延々と話した。おかげでわたしは少しうんざりしてしまい、電話をかける新鮮なときめきも、徐々に消え始めていた。

そんなふうに電話をかけたある晩の帰り道、わたしは店のまわりでたむろしていた同じぐらいの年齢の不良グループに、つけまわされた。降ろうが照ろうが、毎晩同じ時間に、同じよれよれのジャンパーを着て、決まって裸足で電話をしにやって来ていたわたしは、いいカモだと思われたのに違いない。わたしの方は、決して彼らに話しかけたりはせず、彼らの方を見もせずに、まっすぐアパートに帰っていたのだが、とうとう彼らの方が、おもしろ半分にわたしをつけてきたのだ。

彼らは三人で、わたしの真後ろをついてきた。わたしは恐ろしくてたまらなかった。やっとアパートのドアを開けると、一人が素早くドアの間に手を差し込み、閉められないようにしてしまった。

「なあ、おれたちも入れてくれよ」

「来ないで」わたしは真っ青になって言った。

「それはちょっと、やさしさが足りねえんじゃねえの」男が言う。「さあて、中を見せてもらおうか」

そのことばとともに、三人の男がずかずかと入ってきた。

「何かいいもん持ってるんだろう？」男たちは、わたしの台所の戸棚をひとつひとつ開けてみながら言う。

「お願いだから、出ていって」わたしは懸命にたのんだが、男たちは相変わらず次々と戸棚を開けてみては、わたしの怯《おび》えと、貧しさとを嘲笑《あざわら》う。

わたしは恐怖のあまり、とうとう部屋から出てドアの外に立った。そこで三人も家捜《やさが》しをやめ、うすら笑いを浮かべながら、大きな態度でふんぞり返るようにして、一人一人、出ていった。一番最後の男は、ドアを出たとたんに「ちょっと小便してえな」と大きな声で言うと、わたしの目の前で、わたしの玄関で、見せびらかすようにして用を足した。

三人がいなくなってもなお、わたしは恐ろしさに凍りついたまま、玄関に立ち尽くしていた。

その晩わたしはよそゆきの一番いいドレスを着て、睡眠薬をひとつかみ飲み、一番好きなレコードをかけて一人で踊った。そうしてそろそろ意識もぼんやりし始めた時、ふと鏡に、自分の姿が映っているのが目に入った。そのとたん、わたしのまわりの時間は、一気に逆流し始めたのである。わたしは鏡に近づいた。そうしてそこに現れた、あのなつかしいキャロルに話しかけた。話し声は、いつか泣き声に変わった。わたしは泣いた。

自分にわかっていることは、もうこんな所には一秒たりともいたくない、ということだけだった。わたしは麻痺《まひ》したような頭で鏡の前に立ったまま、自分の手首を、切った。もはや鏡に映っている顔にさえ、わたしは耐えられなくなっていた。こちらを見つめ返しているのは、もうキャロルではなかった。わたしは混乱し、パニックになった。

鏡の前にいるのは、ウィリーだった。冷静なウィリーは考えた。もしここでこのままわたしが死んだら、人は優雅なドレスをまとったわたしを見て、きれいなかわいい女の子だとしか思わないだろう。それは本当のわたしの姿ではない。わたしはドレスを脱ぐと、いつものくたびれたジャンパーを着た。そうして合理的なウィリーになりきったわたしはさらに、シーツを裂いて手首のまわりを縛り、そのまま、眠りに落ちた。

わたしが、もう一人ではどうしようもないことは、歴然としていた。キャロルは前の晩に起きたことを誰にも言うつもりはなかったが、踏み入られたままの散らかったアパートには、もはや我慢がならなかった。わたしはジーンズをはくと、わが友ロビンの家を目指して歩き出した。朝の六時だった。

ドアには、ロビンのお母さんが出た。

「まあ、いらっしゃい」お母さんは言った。「何かあったの？」

「何も」キャロルは答えると、屈託なく笑ってみせた。「ちょっとおじゃましたいなと思って」

キャロルはキッチンのテーブルにつき、お母さんはいつものように紅茶をいれてくれた。だがわたしのジャンパーの袖《そで》からはいつの間にか血がにじみ出しており、それがロビンのお母さんの目にも入った。ショックもあらわにお母さんはわたしを見つめ、「あなた、何をしたの?」と言った。それからすべてを悟り、もしここで取り乱したらわたしが逃げ出してしまうことにも思い至って、ゆっくりと落ち着いた態度で、少し腕を見せてくれるかしらと言った。キャロルは従った。そうして、ちょっと事故がありましたと説明した。ロビンのお母さんは、こういう「引っ掻き傷」はばい菌が入りやすいから、一緒に病院に行きましょうよと言った。キャロルは、ロビンが連れていってくれるなら一緒に行ってもいいと答えた。

病院でも、誰もが冷静で、落ち着いていて、的確だった。看護婦さんがやって来て、わたしに話しかけた。それからお医者さんたちが、血液検査をした。わたしは食事と大量の飲み物をもらうと、もう大丈夫ですと言ったが、彼らはまだ大丈夫ではないと言う。そうしてわたしは、精神科医にも診てもらうことになった。

その精神科医、メアリーは、少しもわたしを怯えさせはしなかった。しっかりと芯《しん》が強く、けれど心のやさしい人のようで、わたしがこれまでと同じように場当たり的な演技ですませようとしても、それには決して反応しなかった。メアリーは前の晩にわたしがしたことについて、どうしてそんなことをしたのと聞いた。わたしは「この世の中には、もうどこにも愛がないから」と答えた。

メアリーはウィリーの向かい側にすわり、あなたはあなたが自分で考えているほど強くはないと思うの、と言った。そして、あなたの中には怯えた小さな女の子がいて、一生懸命外に出たがっているんじゃないかしら、とも言った。わたしはあまりに的確なそのことばに、驚いた。メアリー自身は、はたしてその的確さを、知っていただろうか。

それから約一年の間、ウィリーは、メアリーの言ったことを、繰り返し繰り返し考え続けた。

わたしはアパートに戻り、工場と、公衆電話に通う生活に戻った。店の外の木箱には、ひょろりと背の高い男の人がすわっているようになった。この店はそのあたりの格好のたまり場になっており、木箱はその男の人の指定席というわけだ。わたしが毎日電話をかけに来ることに気づくと、その人ともう一人の連れの男は、わたしに注目するようになった。

「もしもし、そっちはどう？　で、そっちはどう？　うん、うん、うん……」電話に向かってわたしは言い続ける。

「やあ」わたしが電話を終えて歩き始めると、木箱の男が声をかけてきた。わたしは無視した。「ちょっと話ぐらいしてくれたっていいだろう」男はしつこく言う。

すると連れの方の男が、きみの家でコーヒーをごちそうしてくれないか、と言う。

「うちにコーヒーはありません」わたしは言った。

「かまわないさ」と連れの男。「紅茶でもいいんだ」

どうやらこれで話がついたことになったようだった。クリスという名のその連れの男は、お茶を飲みに、わたしの家に来ることになった。

わたしはほとんど彼の存在など忘れたまま、先に立って自分のアパートへと歩いた。アパートに着くと彼は、わたしが十五ドルで救世軍から買ったソファにすわり、とてもくつろいだ様子になった。

「うちには紅茶もありません」わたしは言った。

「いいよ」クリスは言った。「話がしたかっただけなんだからさ」そうしてしばらく、本当に話をしながら時を過ごした。

クリスはイタリア人で、わたしのアパートを少し行った角の所に住んでいるとのことだった。彼はわたしの手首の包帯に目を留めた。わたしは、一人で逆立ちしているうちにくじいてしまったと言った。彼は信じなかった。そこでわたしは、例の三人組の事件を話し、それがこの「事故」につながったことを説明した。驚いたことに、玄関で用を足していったあのチンピラは、なんとクリスの弟だったと判明した。

引っ越しばかりしている人生、
見知らぬ顔に囲まれ続ける人生
家と呼べる場所を求めて
わたしは引っ越しばかりしている
自分の居場所と呼べるところを
ずっと捜しているのに
わたしには見つからない、
どこもかりそめの宿、かりそめのわたし
そして少しずつ　わたしは自分を見失う
鏡の中の　こちらを見つめている顔を眺めても
「わからない。わたしって　誰？」

クリスはわたしのアパートの合鍵《あいかぎ》を作り、それを十二分に活用し始めた。まわりに自分の部屋だと言いふらし、パーティーの場所として使い出したのだ。わたしはクリスが何の思いやりもなくわたしの部屋に世の中を持ち込み、そこで遊び人を気どっているのを、ただ呆然《ぼうぜん》とすわって見ていた。
ある時アパートの下水道が破裂し、部屋は水浸しになった。わたしは悲鳴を上げて立ち尽くした。大家さんがやって来て、「大丈夫大丈夫、あとで全部モップできれいにするから」と言った。だが不動産屋さんは、こんなところには犬だって寝かせるわけにはいかない、と言ってくれた。おかげでわたしは、違うアパートに移らせてもらうことができた。ただしそれまでよりも家賃は上がってしまった。

クリスにはピーターという友達がおり、彼もまたその新しいアパートの空き部屋に引っ越してきた。ピーターはわたしに、料理やアイロンのかけ方を教えてくれた。とても体の大きい人で、時々わたしを空中に放り投げて遊んでくれた。たまにわたしは、空中から床に落とされてしまう。わたしは笑い続ける。するとピーターはくすぐりにきて、わたしはますます笑う。わたしの五感は、荒々しいまでに生き生きと目覚め出す。

毎日が飛ぶように過ぎていった。そしてわたしは、その毎日よりももっと飛ぶように生きていた。ほどなく、わたしはその新しいアパートも後にした。もちろんピーターも一緒に。わたしはよくしゃべり、てきぱきと動き回った。だがわたしは、そこにはいなかった。

わたしはほとんど二か月おきに、引っ越しをするようになった。引っ越しをしない時は、仕事を変わった。クリスは、ベッドの上に段ボール箱が広げられているのを見ると、それだけで、ああまた引っ越しだなとわかるようになった。

空き時間には、もっぱら新しいアパートを捜して歩くようになった。もっとも、引っ越す範囲はいつも同じひとつの町の中だけだ。敷金はばかにならず、どんどん貯金がなくなっていったが、それでもわたしにとって二か月という時間は長い長い二年に思え、それ以上たつとどうしても引っ越さずにはいられなくなってくる。

キャロルとして、本当の自分自身や自分の感情からは切り離されて生きていたわたしは、一人きりになることが怖くてたまらなくなっていたのだ。少しでも一人になったり、生活のテンポをゆっくりにしたりすると、暗い物陰に隠れて待ち伏せをしている本物のわたしが、ここぞとばかりにキャロルをつかまえにやって来て、そのまま取り憑《つ》いてしまうような妄想にとらわれていた。

わたしは、完全にキャロルになりきっていたのだ。そのため自分の恐れていることが、キャロルという人物《キャラクター》の取っ手を失うことなのだということに、気がつかなかった。キャロルが本当のわたし自身であるかのように思ってしまったのである。ちょうどそんな時、弟が、わたしに会いにやって来た。だがキャロルには、トムという名の弟は、いなかった。

　　わたしのことを覚えていますか？
　　わたしはわたしらしく見えますか？
　　ほら、わたしは捜しているんです

人ごみの中に、知っている顔はないかと
もう一人友達を作る時間はありますか?
わたしはあなたの心を魅《ひ》く表情をしていますか?
そう、わたしたちはここから始めることが
できるかもしれない
そしてそここそ、どこよりも居心地のいい場所になるかもしれない

　トムがやって来た。ドアはちょうど開いていて、キャロルは階段を上ってくる十歳の少年の姿を、じっと見ていた。わたしと一年近く会っていなかったトムは、おそらく本当のわたしの面影を、胸に抱いてきたに違いない。自分がまだ三歳の頃、一緒に遊んでくれた、ドナの面影を。だがドアにいた少女は、自分では扱いきれない距離の近さと親密さを感じて、背を向け、立ち去る。彼女の人生のすべての場面で、そうしてきたように。

「おねえちゃん」まだ階段の途中に立ったまま、姉に少々気圧《けお》されて、トムは呼んだ。

「なに?」十七歳は言った。

「ママと一緒に来たの。ママは今外にいるんだけど、会う?」

「ううん」少女は即座に言った。「中に入っていく?」

「だめなの」とトム。「ママに、会うかどうかだけ聞いてこいって言われたから」

「そう、じゃあわたしは会わないって言っておいて」さりげない調子で少女は答える。

「そろそろ行った方がいいんじゃない?」

トムは行った。そしてそれから二年間、会うことはなかった。

クリスが引っ越してきた。彼は前のアパートがとても気に入っていて、キャロルが段ボール箱を広げていた時には、一緒に引っ越そうとしなかったのだ。キャロルの精神状態は今や、情け容赦なく揺れ続けるサーカスの空中ブランコに乗っているかのようだった。そして、キャロルの最後のカーテンコールの前に、舞台には、ドナの兄、ジェームズが登場するのである。

ジェームズは、ドナのことが好きだったためしがなかった。ドナは彼にはとても理解できない人間だったし、言うことにしても、なんだかよくわからないようなことばかり。だがそんな彼も今は、思春期という十代の季節を通り抜けようとしており、孤独で、淋《さび》しかった。そこで、それほど期待はできないかもしれないが、久しぶりで妹に会ってみるのも悪くないかもしれない、と思い立ったらしい。彼を、キャロルは歓待した。

ソファにすわったジェームズの前に現れたのは、妹の仮面をかぶってはいるものの、実に魅力的で素敵な女の子だった。わたし自身はといえば、自分を「自動運転」に切り換え、現実の体を抜け出して、外から自分を眺めているような気分だった。そしてわたしは、これまで話をしたいなどとは思ったこともない兄に向かって、何の苦もなく素直に相手をしていた。

ジェームズにしてみれば、ほぼ望みどおりの友達を見つけたわけだ。これはいいぞ、妹はすっかり変わっている。もう、なぜわかってくれないのかと訴えるようなまなざしを向けたりもしないし、くつろいで、明るく楽しげに話す。それに、昔見せたような疑い深さや用心深さもない。ジェームズはすっかり彼女が気に入り、これからはもっとたびたび会いに来よう、と決めた。

一方わたしにとって、ジェームズとの時間は、まるでお芝居を見ているようだった。しかもわたしは、舞台に出たり、観客の側に回ったりとてもあわただしかったのだ。しかしそれも、長続きはしなかった。ジェームズの訪問が頻繁になるにつれ、キャロルは生気をなくしてゆき、口ごもり始め、ついにはコミュニケーションすること自体が苦痛になっていったから。そしてドナは、そこから逃避するようにして、再び「詩のことば」をしゃべるようになった。

兄はそれをからかって、ある時ほんの軽い冗談のつもりで、わたしを「ブロンク《ばか》」と呼び、「うわごと」はやめろと言った。そのとたんに、わたしは息をのみ、凍りついた。彼はまるで、恐ろしい夢の中からそのまま抜け出してきた悪魔のように見えた。兄は再びわたしを、「異常」と突き放し、ばかと言い、まったく理解できない人間のように扱ったのだ。それなのにそんな人間の部屋で、どうしてのうのうとくつろいでなどいられるのだろう。わたしはまじまじと兄を見た。兄もやっと、これはおかしな雰囲気になってきたと感じ取ったらしかった。わたしは以前のわたしに戻ってしまった。そして兄は、そんな「頭のおかしい」妹に、無視されたり恨めしく思われたりして時間を無駄にするよりも、もっとましな過ごし方があると、悟った。

ジェームズは、この二年後、再びわたしの家を訪ねる。しかしその時も、わたしたちはやはり、敵どうしのままだった。

ドナは、幽霊。その幽霊が、再びわたしの中に戻ってきた。だが何も知らない人々は、キャロルに会うつもりでわたしに向かう。歯車はうまくかみ合わず、キャロルは皆といざこざを起こしてしまう。

次第にわたしは、外に出てゆくことすら怖くなり、いわゆる広場恐怖症のようになっていった。ごく近くの店まで歩いて行こうとしても、すぐに体が震え出し、膝《ひざ》ががくがくしてへたりこんでしまう。人が寄って来ようとすれば、まるで檻《おり》に入れられて怯《おび》えきっている動物のように、後ずさりし、逃げ回る。そうしてクリスにしがみつく。クリスだけが、侵入しようと襲ってくる外の世界から、わたしを守ることのできる人だった。

仕事を続けることも、できなくなっていった。わたしは何も説明せず、勝手に仕事場から逃げ出すようになったのだ。するとやはりわなわなと体が震え出し、今にも気を失いそうになる。どうしたらいいのかわからず必死になってあたりを見回すと、見慣れているはずの場所がまったく理解できない光景に変わり果てていて、どうして自分がこんな所にいるのかさえわからなくなってくる。それでも働かなければと、キャロルは次から次へと面接を受けに行った。そうして二、三週間すると、またもやドナは、せっかく決まった新しい職場から、逃げ出してしまうのだ。

チック症状も、二種類も出るようになった。また、人に近づかれたり、感情的な重苦しいことを話しかけられたりすると、決まって紫色の発疹《はっしん》も現れるようになった。発疹は、胸にも首にも現れ、さらには顔の半分までをも覆《おお》うようになった。

こんなわたしを、クリスはもてあますようになった。彼一人で出かけてしまうことが、毎晩のように続いた。そしてある日彼は、とうとう、この週末はずっと留守にする、と告げた。

わたしはパニックに陥った。クリスがいなくなる。見放され、棄《す》てられてしまうようなその気持ちは、祖父が死んだあの五歳の時に味わった強烈さと同じだった。しかしそれでもわたしは、彼が好きになってくれたキャロルになりきろうと、涙に濡《ぬ》れた顔に無理やりほほえみを浮かべ、一生懸命バイバイと手を振った。わたしは心細かった。キャロルはなんとか十代の少女にまで成長していたものの、素顔のドナ自身は、まだ二歳のままでしかなかったのだ。

見捨てられたわたしは、恐ろしさに身をすくめるようにしながら、一人ぼっちでアパートの部屋にすわった。わたしはしゃにむにお母さんを求めていた。だが自分にそのような人がいた記憶はまったくなく、自分で自分の心の内に、そのイメージを創《つく》り上げなくてはならなかった。わたしは、家には決して自由に身を委《ゆだ》ねることができなかった。だがその、一度も自分に与えられたことのない家というものに対して、かえって、どうしようもないほどの激しいホームシックを感じていた。

クリスは、キャロルとしてのわたしの人生に、すでに深く入り込んでいた。よく笑い、明るく社交的で、理想的な女の子のキャロル。キャロルには、クリスが望み、期待したものがすべて備わっていたというわけだ。それなのに彼は、ドナには背を向け、歩み去った。まるで、まったくの見知らぬ他人に出会ったかのような顔をして。

ふとわたしは、もう一人の、まったくの見知らぬ他人のことを思い出した。一年前に出会い、それ以来わたしの心の中でこだまし続けるようなことを言った、見知らぬ人。わたしはその人が働いている病院の、救急部に行き、会いたい、と告げた。わたしの中に、外へ出ようともがいている怯えた小さな女の子の姿を見た、その人。精神科医の、メアリーだ。

12　メアリー

　わたしは救急部の小部屋に呼び出された。だが部屋にいたのは感じの悪い事務員で、メアリーには会えないと言い張った上に、あなたは今ちょっと動揺しているだけですぐに落ち着きますよなどと、勝手なことを言った。

　ここで言い負かされてしまえば、もうわたしはどうすることもできなくなる。だが幸い、率直なウィリーの行動力が、その場のわたしを救ってくれた。

　ウィリーはまず部屋中に視線を走らせ、何か相手がこちらにぶつけてくるようなものはないかどうか確認した。それから何もわかっていない事務員に向かって、ことばで対抗した。「じゃあわたしは、一体ここで何をすればいいと言うんですか？　部屋をめちゃくちゃに壊し、自分のこともめった切りにして、そこら中を血の海にしろとでも？」

　事務員は、メアリーと会えるよう、手はずを整えてくれた。

　診察室で、メアリーとウィリーは、テーブルをはさんで向かい合った。正面にすわったその人は、なんとかわたしを守ろうとしてくれているのだが、同時に、わたしが救いの手を求めるのを、簡単には受けつけないような雰囲気を漂わせてもいる。彼女の表面に張りめぐらされている殻のようなものをなんとか破ろうと、わたしは懸命だった。ウィリーは、わりに冷静に、抑制のきいた口調で、自分の抱えている問題の性質を説明した。クリスが行ってしまった今となっては、もう彼を信じることができないし、こんなことではこれからも二人の関係には影がさすに違いない。問題はそこにある、と説明した。じっくりと耳を傾けていたメアリーは、あなた自身は、彼に信頼されるに足るふるまいをしていたかとたずねてから、今度は、あなたの家族関係はどんなふうだったのかと聞いた。

　わたしには、例によって発疹が現れ出した。そうしてわたしは、その発疹とともに、自分の感情が体の表面にわき出てくるような気がした。「それがこの問題と、どう関係あるんですか?」追いつめられたウィリーは、身を守るようにして聞き返した。そう聞き返すことで、自分の弱さにじわじわと蝕《むしば》まれそうになるのを一瞬止め、また、彼女に対する次なる作戦を考えるための時間かせぎをしようとも思っていた。それに対してメアリーは、この問題とおおいに関係があるのだと説明し、再び、家族関係はどんなふうだったのかとわたしに聞いた。そこでウィリーは、まるでスポーツ中継のアナウンサーのように客観的に、自分の家族の状態を話した。

聞き終わるとメアリーは、ふと部屋を出ていった。わたしは取り乱した。そうして彼女が戻ってきた時には、泣きながらぶつぶつとひとりごとを言い続けていた。メアリーは、明日もまたいらっしゃい、と言った。

翌日は、日曜だった。この世のすべてが、クリスという姿になって再びわたしの玄関に戻ってくるまで、あと一日だけ頑張ればいいのだ。

わたしは病院に行く途中、通りの端にあった店でイチゴを買った。そうして病院の待合室に入り、名前を呼ばれるのを待った。ドナの名前が呼ばれた。するとキャロルが、イチゴの袋を持って、診察室に入っていった。

ドナが初めての海に飛び込む時は、その前にいつもキャロルが、水面の様子や深さを確かめておくというわけだ。わたしはイチゴをメアリーに勧めた。外から見れば、形式的な挨拶《あいさつ》にしか見えなかっただろう。メアリーは食べ、わたしが設けた最初のハードルをクリアした。だがそれを見てほっとしたとたん、わたしの中には急に強い恐怖がこみ上げてきた。

「わたしは気が狂ってなんかいませんね？」どうしようもない恐ろしさをメアリーが打ち消してくれるようにと、祈るような気持ちで、キャロルはたずねた。するとメアリーは、大丈夫、そんなに心配することないわ、と励ましてくれた。

「わたしのこと、閉じ込めたりしませんね？」施設に送られてしまうという幼い頃の恐怖もよみがえってきて、またもやキャロルはたずねた。

「大丈夫、閉じ込めたりしないわ」メアリーは言った。

そのことばに、わたしはとうとう感極まって、子どものように泣き出してしまった。

こうしてわたしは、何週間かの間、週に二回メアリーに会うことになった。だがその期間はどんどん延長され、何週間かが何か月かになり、何か月かは何年かになっていった。そうしてメアリーは、わたしの人生において、最も大きな影響をわたしに与えることになったのだ。メアリーとの出会い。それは、十四年前、公園でキャロルという名の見知らぬ女の子に出会って以来の、最も重要な、かけがえのない出会いとなったのである。

子どものように、不安に捕らえられたままの人
立派な大人に見えるけれど、
本当は欠けたところだらけだった
その人が
見たことのない世界に目を開き
人々の声に耳を傾ける
そして生まれて初めて、怖がることなく
自分のことばで感謝の気持ちを表わす

胸の奥にあふれてくるのは、
あれほど求めていた心のやすらぎ
皆、天からの恵みだ、この上ない贈り物だ
抜け殻のような人に、その人自身を与えること
この世に、これ以上すばらしい贈り物が、
あるだろうか

メアリーは、自分との面接を通じて何を得たいと思っているか、何を期待しているかと、わたしに聞いたことがあった。「普通の人になりたいんです」と、わたしは答えた。「普通《ノーマル》」ということが、一体何を意味するのかよく考えてみたことはなかったが、自分が全然当てはまらないということだけは、わかっていた。

メアリーとわたしは、毎回、同じ診察室の同じ場所にすわった。街並みを見下ろす窓からの眺めも、いつも同じだった。車の行き交う通りの向こうには、公園が見える。セッションが夜になると、窓いっぱいに、きらめく街の灯《あか》りが色もとりどりに広がった。それはまるで、わたしが夢で見たのとまったく同じ光景のようだった。黒い闇《やみ》の中を、明るい色の光に向かって、わたしが飛んでゆく夢。

だが診察室は、わたしの葛藤《かっとう》の象徴でもあった。明るい小さな部屋に入れられている、

わたし。部屋のまわりには輝くようなまぶしい世界が広がっていて、こっちへいらっしゃいと手招きをしているのに、そこへ行くためには、闇を通って、何キロも恐ろしい旅をしなければならない。わたしを助け、案内してくれようと、目の前にいるメアリー……わたしは家で日記に、何度も何度もこの状況を象徴する絵を描いた。小さな白い四角が、黒い大きな四角に囲い込まれている絵だ。そして黒い四角のまわりは、ただただ目を射るような紙の白さが広がっている。

最近わたしは、これと同じような絵を本で見た。やはり自閉症の少女が描いたもので、その少女を診てきた精神分析医が絵の解説をしているのだが、それによると、絵は少女の、乳房への憧《あこが》れと執着を表わしているという。少女はカウンセラーに心を開くようになってから、黒の中にふたつの四角を描いたそうだ。だからこれはふたつの乳房を表わしているという。「良い乳房」というわけだ。逆に、白い紙の真ん中に黒い四角をひとつだけ描くと、それは「悪い乳房」を表わしているという。

わたしはこれを読んだ時、大笑いしてしまった。わたし自身、まったく同じ絵を何度も描いたが、いつもそのわきには「わたしをここから出して」と、叫ぶように書いていたからだ。この絵は、成熟することのできないわたしの感情の、幼稚な部分によって穿《うが》たれた落とし穴のようなものを、表わしていた。絵の黒い部分は、「わたしの世界」と「世の中」の間に横たわる、飛び越えなければならない暗い闇なのだ。ふたつの世界は、決してひとつになることはない。だから人とコミュニケーションするためには、その闇を飛び越えなければならないのである。だが飛び越えたとたん、わたしは、感情の通った本当のわたしにつながる取っ手を、すべて失ってしまう。実際そうやって、元来世の中とは切り離されている自分の世界の秘密を放棄してしまうというのは、わたしにとっては致命的な打撃だった。それにもかかわらず、あまりに多くの人が、わたしに暗い闇を越えさせようと、何の準備もできていないわたしをいきなり引きずり出した。彼らにしてみればよかれと思ってしたことなのだろうが、ひきずり出すその過程で、彼らは本当のわたしを殺してしまうのである。肉体的には、わたしは死んだことはないかもしれない。だが精神的には、そうした無理な努力の中で、わたしは何度も死んだのだ。そうして結局、わたしの手の中には、砕け散ったわたしの魂の破片が、いくつもいくつも残された。

精神科外来のある階は、いつも静かだった。どこにも目立つ色はなく、落ち着いた空気が流れていた。それはわたしが安心していられる環境だった。ちょうど、何でもない巨大な部屋の中に、やはり何でもない小さな部屋がいくつもあって、それがさりげなく廊下で結ばれているという感じだ。メアリーの診察室には、机がひとつに椅子《いす》がふたつ、それに壁には一枚の絵が掛かっていた。絵はおだやかな色調で、患者の気持ちを鎮《しず》めるためのもののようだった。見つめていても、訴えかけてくるようなものは何もない。使われている色も淡く柔らかなパステルカラーで、眺めているうちに互いに溶け合い、混ざり合って、いつしか絵は、単なる四角い額の中の、ぼんやりとした色のにじみでしかなくなってくる。まるで、まだ前の晩の名残りをとどめている明けたばかりの朝が、額に縁取られているようだ。わたしは、昼間のセッションの時には、窓の下で繰り広げられている日中の喧騒《けんそう》を眺めているよりも、この絵を見ている方が好きだった。めまぐるしい街の様子を見ていると、自分が普通の人とは違うのだということが、よけいに胸に迫ってくるからだ。わたしはまた、メアリーがペンを走らせてメモをとっていることも、気になって仕方なかった。

「わたしのことを書いているんじゃありませんね？」彼女が紙に、わたしには読み取ることのできない文字を走り書きするたびに、不安にかられてわたしは聞いた。「わたしのこと、閉じ込めたりはしませんね？」何度も何度も、わたしは聞いた。

だがメアリーのやり方は、とても適切だった。まずわたしたちは、一緒に彼女の診察室に入る。彼女は自分の椅子にすわるが、何も言わない。わたしも鏡のように彼女を真《ま》似《ね》て、何も言わない。ややあって沈黙が耳を聾《ろう》するほどになると、わたしはやにわに、機関銃のようにしゃべり始める。たいていは質問の形を借りて。今度はメアリーが、鏡のようにわたしを真似る。するとわたしの恐れが、彼女からまたわたしに向かってはね返ってくる。

わたしはよく、自分のことについて話した。いつも距離を置いた冷静な態度で、事実だけを淡々と述べた。過去の、身の毛もよだつような体験のいくつかも、ほとんど感情を交えずに話すことができた。だがそれは、さして難しいことではなかった。わたしのまわりで起こったことも、実際に本当のわたし自身にまで入り込んでくるようなことはめったになかったからだ。自分の体に起こったことでさえ、体を、自分とは切り離されて「世の中」に存在している物体としてしか感じなかったり、内側の「わたしの世界」と外側の「世の中」の間の、壁のようなものとしてしか感じていなかったりしたのだ。

そうしたいろいろなできごとを思い出しながら話す時、わたしはよく自分を、「あなた」と言った。客観的に話していたわたしにとっては、「あなた」こそが、わたしと、わたし自身に対する関係を、論理的に表わしていたわけなのだ。人は、「世の中」との相互作用の中で、「わたし」としての自覚を深めてゆく。だがドナ自身は、その相互作用を知らなかった。「世の中」とかかわり合っていたのは、もっぱらキャロルやウィリーといった仮面の人物《キャラクター》たちだったからだ。メアリーは、わたしの話していることがメアリーのことなのかどうかと、よく聞き直した。部屋の中にいる「あなた」は、普通に考えればメアリーだけだったから。わたしは、これが自分の話をする時のやり方なのだと、説明しようとする。だがメアリーはまた聞き返す。結局わたしは、代名詞に対する頭でっかちな彼女のこだわりをやわらげるために、なんとか「わたし」を使って話すように努力してみる。

こうしてメアリーは、過去のできごとを自分のものとして話させようとしてくれたわけだが、反面、わたしの使う「あなた」が、そのできごとが起こった時のわたしの、醒《さ》めた態度と気持ちを表わしていることを見過ごしてしまった。おそらく彼女はこれを、わたしが自分を守ろうとして起こした、まだ日の浅い離人症と見て、克服させなければと思ったのだろう。そうして、十三年前にキャロルとウィリーを創《つく》り出して以来、わたしが人生すべてをそのように、まるで他人事《ひとごと》のように、体験してきたということにも、そうすることによってのみ人とコミュニケーションする術《すべ》を身につけたということにも、気がつきはしなかったのだろう。

また、メアリーはよく、わたしがそれほどはっきりとは感じなかった類《たぐ》いのことに対しても、反応を引き出そうと試みた。それは、閉じ込められることへの恐怖、拒絶されることへの恐怖、絶望への恐怖、そして見捨てられることへの恐怖である。そういった感情は、わたしの場合、たいてい楽しいことを話している最中にわき上がってくるのだった。祖父母のことや、小さかった頃の父との思い出や、三歳になるまでの弟のことなどだ。しかし、わたしの問題はそういった恐怖に根ざしているのではなく、「世の中」に手を差し伸べ、そこに入っていこうとし始めてからの努力の結果のゆがみにあった。

自分で思い出す限り、メアリーの挙げるような恐怖のために、自分が殻に閉じこもったり、精神的に引きこもったりしたことは一度もなかったのだ。それどころか、わたしは「わたしの世界」の数少ない名誉市民のような人たちと一緒にいる時でさえ、そうした恐怖を感じていたのだから。わたしが殻に閉じこもってしまうのは、わたしの、もっとやさしく柔らかな感情に触れてこようとするものへの反応である方が、多かった。粗野で冷たいものに対しては、むしろ平気なのだ。そうしたものの処理は、ウィリーのお得意なのである。悪《あ》しき感情は、「わたしの世界」の成り立ちには関係のないものだった。

　わたしはセッションの間中、自分を抑制し、コントロールすることに心を砕いていた。メアリーは、それも見てとった。わたしはちゃんとコミュニケーションできるということを彼女に保証してもらいたいのだが、同時に、自分を失うまいとして本当の自分を見せはしなかったのだ。それでも彼女の方からは手を差し伸べてもらいたくて、恐る恐る手を伸ばしてみるのだが、彼女はいつでも自分の場所から動こうとせず、わたしが自分の力で頑張らなくては先には進めないのだということを、わからせようとする。だがわたしにとってそれは、差し伸べた手がまだ彼女のところにまで届かないというメッセージに思えてしまった。彼女は自分と同じレベルにまで上がってこいと、わたしを叱咤《しった》激励しているように思ったのだ。わたしはそうするために、心の中で、自分を自分の感情から無理やり切り離して彼女と向かうようになった。メアリーのやり方が、裏目に出てしまったのである。こうしてわたしたちは二人とも、高い壁にぶち当たってしまった。

結局、わたしが折れることにした。彼女がわたしをつかむことができるように、「わたしの世界」のもとになっている秘密のいくつかを、打ち明けることにした。わたしはまるで、首脳会談に出かけていって、軍備削減を提案する首相のような気分だった。だがメアリーは、あくまでプロとしての距離を保ち続け、その会談のテーブルにつこうとはしなかった。「私はべつに、あなたに会わなくてもいいの。ここにいる私に会いに来たのは、あなたの方なんでしょう」。今思えば、メアリーがこうして毅然《きぜん》とした態度を貫き通したことが、結果としてわたしたちのどちらにも良かったのだと思う。わたしは、彼女に依存しすぎることも、彼女を自分のレベルに引きずりおろしてしまうこともなしにすんだし、そのため彼女の方も、セラピーによくある、患者の感情的な動揺による逆恨みや個人攻撃を受けることなくすんだからだ。

しかしそれでも、わたしはメアリーが本当のわたしに会いに来てくれるのを、待っていた。本当の自分をわかってもらうには、それしか方法がなかった。ウィリーの仮面をかぶってしまえば、わたしはメアリーとの距離を何とも思わなくなる。キャロルになれば、どんなことにも適応できる。だがドナは、自分から手を差し伸べることも、助けてとたのむことも、決してできはしなかった。救いの手は、ドナに向かってただ無条件に、差し伸べられなければならなかった。そうしてその手こそが、自分を見つけようと閉じこもったたんすの暗闇から、明るい外へとドナを連れ出してくれるはずなのだ。キャロルは明るい魅力をふりまきながら、おしゃべりをした。ウィリーは、説明し、分析し、皆を感心させた。だがドナだけは、影の中に身をひそめたまま、はたしてメアリーがたんすの扉を開ける鍵《かぎ》を見つけてくれるだろうかと、息を殺して待っていた。

「普通」であること、「正常」であることに照らして考えてみると、比較的普通の人らしく演技することができたのはキャロルとウィリーだったが、本当の正常さに近いところにいたのは、むしろドナの方だったのではないだろうか。というのは、ドナだけが、本物の感情を持っていたからだ。それは、たとえ「世の中」にうまく通じないものであろうとも、「彼女の世界」の中では確かに機能しているものだった。

ある日キャロルは、今日こそもう、秘密にしてきたウィリーの存在を明かしてしまおうと、決意を固めて診察室に入っていった。ウィリーは何でも深刻に考えすぎ、いつもせっかくうまくいっている物事を台無しにして、皆を怒らせてしまう。するとキャロルもそういう皆と行動を共にして、いつの間にかどこかへ行ってしまうのだ。つまりキャロルが演技を続けようとしても、ウィリーが舞台を牢獄《ろうごく》のように感じて、逃げ出してしまうのだ。第一キャロルのかわいらしさも協調性も陽気さも、ウィリーが皮肉な批評眼で描く痛烈な自画像とは、まったく相容《あいい》れないものだった。キャロルの望みは、メアリーとのセラピーに関する限り、とてもシンプルなものだった。楽しかった日々が戻ってくること、クリスとの関係が元どおりになること。そうすればすべてがうまくいくと思っていた。だがメアリーは、そんなキャロルの純真さ、若さに打たれたものの、もう少し複雑で高度な目標が必要なのだと考えていた。

「時々頭の中で、何度も何度も同じ声がするんです」キャロルはそう言って、さりげなくウィリーのことを切り出した。だがその声が誰のものなのか、どういう感じがするのかは、まだ言わないでおいた。メアリーは、その声は何て言うの、と聞いた。「『人には言うな、どうせ信じてもらえないんだから』って」キャロルは慎重に答えた。

このことばにメアリーはすっかり興味をそそられたらしく、その声がどこからくるものなのかと、いろいろな質問を熱心に続けた。そうして結局、それは昔、わたしの母が言っていたことに端を発しているのではないかということになった。

もちろん、それは母の言っていたことに端を発していたのだろう。そもそもウィリーは、ドナの人真似の能力と、ドナを嘲《あざけ》り苦しめる母の性質とが合わさってできた人物《キャラクター》なのだ。ウィリーになると、わたしはことばということばを真似た。またウィリーはどのようなコミュニケーションも受けつけることができなかったから、そうやって真似たことばを頭の中にとっておき、必要な時に、武器としてそれらを取り出すようになった。ところがフラストレーションが高じると、それらの武器は、ウィリーの母体の傷つきやすいご主人にまで向けられてしまうようになる。自立しようともがくうちに、ウィリーは、守らなければならないその主人、ドナのひ弱さが、つくづくいやになってしまうのだ。それまでウィリーは、キャロルとともに人格のさまざまな側面を経験し、互いに突出している部分をなだらかにし合ったり、避けたりしながらうまくやってくることができていた。いってみればこの二人は、ひとつの体の中に生まれたひと組のアンチテーゼだった。そしてまた、葛藤《かっとう》の源そのものでもあった。その上とても共存が難しいというのに、精神的にくっついてしまったこのシャム双生児を切り離す手術は、誰にもできはしない。二人がうまく融合するようにもっていくことしか、解決策はないのである。それなのに、ウィリーもキャロルも自分なりの策を持っていて、譲ろうとはしなかった。

話を聞き終えたメアリーは、わたしに処方箋《しょほうせん》を書いた。彼女はわたしのこのつらい心の状態を、なんと、精神分裂症と判断したのだ。わたしは裏切られたような気持ちだった。侮辱されたように思った。あれほど一生懸命努力して話した結果が、自分は本物の精神障害なのだと思い知らされることになろうとは。たとえ心のどこかでは、とても信じられないにしても。メアリーは、それがどんなことなのかたいして意識もしないまま、わたしが精神障害であると正式に認めてしまった。

以前友達のロビンが、人は自分が信じたいと思っていることを信じるものなのよ、と言ったことがある。メアリーのしたことは、まさにこのことばどおりだったのではないか。キャロルは他の薬の時と同様、処方された錠剤をめちゃくちゃにてのひらにあけた。そうして八個飲み込んだ後にコニャックをあおり、電話に向かうと、メアリーの自宅の番号を回した。

　キャロルは正気を失いかけていた。そしてわたしは、絶望にのみこまれそうになっていた。もう取り返しのつかないことが起こってしまった。そう思っていた。助けを求めて駆け込んだ場所で、逆にこんな結果を突きつけられるなんて、運命は、なんと皮肉なのだろう。

　ややあって、受話器の向こうにメアリーの声が聞こえた。さりげなく、おだやかな声で彼女は話した。わたしは、彼女の言っていることがほとんど理解できないことに気づいた。だが心の中には、メアリーが説明してくれるままに、彼女が今何をしていたのかが映像のように浮かんできた。メアリーは飼い猫と一緒に、チェスをしていたと言う。猫はカバーのかかったメアリーのベッドの上で、うれしそうに跳ね回っているらしい。わたしはシャーリー・テンプルの映画で、同じような場面を見たことを思い出した。するとふっと、わたしの心はまた三歳の頃に戻ってしまった。そうしてそのまま打ち寄せる波のように、わたしの中には、わたしが戻ってきたのである。その間にわたしの声は「自動運転」に切り替わり、わたし自身はまたもや自分の体を抜け出して、部屋の中を飛び始めたかのようだった。以前、薬もアルコールも飲んでいない時に経験したのと、まったく同じ感じだった。そうしてこの自由な解放感のおかげで、わたしはかつてないほどに、メアリーに対して本当の自分を見せることができたのだ。おそらく、二人の間に電話があり、距離があったからこそできたことなのだろう。ちょうど何年も前に、電話ボックスにこもることで、わたしが人とのコミュニケーションに関心を持つことができたのと同じように。

メアリーは、わたしに出す薬を中止した。あの薬がほんの少しでも何かを変えたとすれば、それは、自分の心の秘密を打ち明けるほどには彼女のことは信頼できない、と、確信するようになったことだけだった。本当は、その秘密こそが、わたしの深い傷を癒《いや》すための、唯一《ゆいいつ》の手がかりだったのに。わたしに「洗いざらい話して自分を解放する」治療法を行なうには、単にできごとを再現させたり、心の中でもう一度体験させたりするだけではだめだったのだ。できごと自体は皆、わたしのまわりの「世の中」で、過ぎていったことでしかなかったのだから。わたしは、それらのできごとの結果から、自分を守っていた砦《とりで》を、放棄するべきだったのだ。その砦は、古典的伝統的なことばだけでは決して表わすことのできない、象徴的な意味や符号で塗り込められた心の秘密が、何層にも重なって、でき上がっていた。

わたしは、世の中がことばや体の触れ合いで自分を襲ってきたり、こちら側に参加しろと強要したりする前には、どれほど明るさと静けさに満ちていたかも、鮮明に思い出すことができた。だがメアリーは、そうした世界のことはほとんど何もわかっていなかった。彼女はただ、欠陥だらけの脆弱《ぜいじゃく》な土台の上に建てられた、息の詰まるような砦を取り壊すように、わたしを手助けし始めただけだった。

本当のわたしは、まだほんの二歳程度の心のまま、成長が止まっていたのである。だがメアリーは、そんなわたしの姿に、決して気づいてはくれなかった。

その頃わたしは、病院からそれほど離れてはいない店で働いていた。店長は、わたしと同じぐらいの年の娘が二人いたにもかかわらず、わたしに絶えず性的ないやがらせをした。そのためわたしは、お客に応対するのも店の人たちとうまくやっていくのもとうていできないような気分に追いつめられていたが、気を取り直しては、なんとか一日一日をやり過ごしていた。そのうちに、わたしはある一人のお客に心を魅《ひ》かれるようになっていった。その人は初老の紳士で、毎日店にやって来ては、わたしにこんにちはと手を振ってくれるのだ。彼は、わたしの心の中で、第二の祖父になっていった。

わたしが祖父の面影に執着したのは、多分、自分の感情的な成長が止まってしまった時点に立ち戻って、もう一度その続きをやり直してみたいと思っていたからだろう。だが本当のところは、祖父は実際に死ぬのよりもかなり前から、わたしにとっては存在しない人になってしまっていた。わたしは自分ではいつも、祖父も父も、自分が三歳の時に死んだと考えていた。

それは、二人ともわたしが三歳の時に、もうわたしの世界に入ってこられる人ではなくなってしまったからだ。だが実際の父は、わたしのまわりの大勢の大人の一人として、それからも生き続けたし、祖父が藪《やぶ》の中の小屋に祖母を残して死んだのも、わたしが五歳になってからのことだった。

わたしは自分が、目でなんとか祖父に気持ちを伝えようとした時のことを、今でもありありと思い出す。それは祖父が亡《な》くなった時のことだ。わたしはベッドのわきで、悲しみに暮れた瞳《ひとみ》に、決してかなうことのないとわかっている願いを必死にこめて、たたずんでいた。もし、死んでしまったかけがえのない人の幽霊が訪ねてきたら、人はあのような状態になるのではないだろうか。なんとか気持ちを伝えたいのに、口を開くことも、ことばを聞くこともできない。どうしても、コミュニケーションすることができない。

店に来ていた初老の紳士は、いつもわたしに手を振ってこんにちはと言ってくれたが、わたしはまっすぐ彼を見ているように見えながら、実は彼自身を見てはいないことが多かった。彼にしてみれば、無視され続けたと思ったのだろう。同じ日の午後に買い物に来た彼は、初めてわたしに声をかけなかった。わたしはなんとか自分の本当の気持ちを伝えようと、頑張って自分から「こんにちは」と言ってみた。だが彼は、ひとことも物を言わずに店を出ていってしまったのだ。

わたしは激しいショックを受けた。突然自分のまわりで何が起こっているのかわからなくなり始め、それと同時にわたしの体は「自動運転」に切り替わってしまった。店の中は、色と音の氾濫《はんらん》した収拾のつかない状態に変わり果てている。同僚たちをいくら捜しても、あたり一面、見知らぬ顔ばかりだ。わたしにはもう、自分がなぜそこにいるかもわからなかった。こんな所は出ていかなければならない。バッグをつかむと、わたしは店を飛び出した。しかし外もまた、悪夢の続きでしかなかった。人々の群れは壁のように迫り、どこまで行ってもわたしの脚は、見知らぬいくつもの脚に取り囲まれたままだ。わたしは走った。何人もの人を押しのけ、街のけたたましい騒音に耳をつんざかれそうになりながら。早く、早くどこか安全な所に行かなければ。知っている所に行かなければ。そうだ、メアリーなら助けてくれるに違いない。メアリー、メアリー。わたしは藁《わら》にもすがるような思いだった。

目の前で、路面電車が動き出した。わたしはまわりの人々を、行く手を阻《はば》んでいるただの物体のようにかき分けて、路面電車によじ登った。電車の通路を一人の男が歩いてくる。そうして何度も何度も、何か言っている。だがわたしには、何を言っているのかわからない。

「料金」そう、彼はそう言ったのだ。わたしはあわてて力まかせに財布を開けると、わたしに襲いかかってくるかのようだった彼の足元めがけて、硬貨を投げつけた。そして立ち上がるとドアめがけて走り、両方の拳《こぶし》で思いきりドアを叩《たた》き続けた。ああ、わたしは罠《わな》に捕らえられてしまったのだ、もうどこにも行けない、どこにも逃げられない、どこにも隠れられない。わたしは半狂乱になって泣き出した。その自分の声が、頭に響いた。が、しばらくすると、もう何も聞こえなくなってしまった。ドアが開いた。

わたしは飛び降りると交差点をふたつ走り抜けた。甲高い音で車のブレーキがいくつも軋《きし》み、罵声《ばせい》が次々耳に飛び込んできた。次の瞬間、一台の車がわたしをかすった。わたしはつんのめり、一瞬ボンネットの上に投げ出された。

ボンネットはまぶしくて、目がくらんだ。肘《ひじ》をついて起き上がると、フロントグラスの向こうにふたつの顔が見えた。どちらもダッシュボードに張りつけられたようになっていて、ショックの表情でこわばっていた。

ひとつの顔には見覚えがあった。州の有名な政治家だ。わたしは自分の記憶力に驚きながらも、彼を指差し、名前を叫んだ。ちょうど小学校に入った初めての日に、いろいろな物を指差しながら、その物の名前を叫んだように。わたしの意識がはっきりしていたのはこの時だけだった。そうしてわたしは、病院の精神科に、全力で駆け込んだ。

だがわたしは、メアリーの名前がわからなくなってしまっていた。彼女の診察室へどうやって行けばいいのかも、わからなくなっていた。どうやって話せばいいのかさえ、もうわからなくなっていた。

わたしは完全なパニック状態で受付の前に立ち尽くしたまま、なんとか単語を発音しようとするのだが、口から漏れてくるのはろれつのまわらないおかしな音の連なりばかりで、ますます気持ちは高ぶってゆく。わたしは泣き出した。次第に息をするのさえ苦しくなってきた。体もしびれ始めた。荒い呼吸をし過ぎて、過換気になったのだ。

苦しくて、わたしはそのまま自分の涙の中で溺《おぼ》れて死ぬかと思ったが、半狂乱のまま受付の女の人の目を必死に見つめ、なんとかメアリーの名前を発音しようとし続けた。女の人は大柄で陽気そうな感じで、友達のお母さんを思い起こさせた。そうしてわたしが、むせながらことばにならない音と格闘しているのを、じっと、おだやかにやさしく見守っていてくれた。「ム……マー……ム……メアリー」とうとうわたしは言うことができた。

受付の人は電話をかけて、メアリーを呼んでくれた。メアリーはすぐに階下《した》までとんできて、目の前の光景に素早く対応した。メアリーは、わたしの肩を抱こうとした。わたしは用心深くその手をどけた。すると今度は手をつなぐように、差し伸べてきた。わたしは彼女についてエレベーターに乗った。しかし不安は去らず、何度も肩越しに、後ろを振り返った。

わたしたちは、いつもとは違う部屋に入った。慣れない光景に、わたしは一瞬面食らったが、メアリーと一緒だったのでじきに落ち着いた気持ちに戻った。わたしは無言のままにすわった。メアリーはやさしい目でわたしを見つめ、ハンドバッグの中をさぐると棒のついた飴《あめ》を取り出した。それを見たとたん、わたしの目の前にはまた祖父の姿が現れ、わたし自身の心も三歳に戻ってしまった。祖父とわたしがまだ同じひとつの世界に住んでいた、あの三歳の頃に。メアリーと向かい合ってすわっていたわたしは、まるで部屋の隅に追いつめられたネズミのように、用心深く飴を口に入れた。しかし同時に、こうしてメアリーがわたしの世界の扉を開く方法をいつの間にか見つけていたことを思うと、いくら抑えようとしても、自然に口元には笑みが広がりそうになるのだった。

「さあ、何があったのか話したくなってきた?」メアリーはおだやかで親密な、それでいてよく神経をはりめぐらせている声で、聞いた。答え始めるのと同時に、わたしの中からは自分自身のあらゆる感覚が消えてゆき、かわりに舞台にはきまり悪そうにウィリーが登場して、核心には触れないように気をつけながら、この三十分の間に起こったことを説明した。

「わたしは一体どうなったんですか？」わたしは聞いた。

「いわゆるパニックの発作を起こしたのよ」メアリーは説明してくれた。そして発作の原因は何だったのかと聞いたが、わたしはわからないと言った。そこで彼女はわたしの行動をもう一度振り返って検証するよう手伝ってくれ、わたしは観察者の目で、無力なドナが、どうすることもできないまま街の中を走ってきた姿を、じっと見つめ直した。わたしは自分の行なった行動すべてを思い出し、話した。メアリーは、その初老の紳士はあなたにとってはどんな意味を持つ人だったのかを考えてごらんなさい、と促した。それは、ゆき過ぎた質問だった。わたしは自分の身に起こったことを、ちょうどニュースキャスターのように、感情を交えず話していた。だから初老の紳士のことも、単にわたしを相手にしなかったことでわたしを取り乱させた、顔見知りの友人としてしか説明しなかったのだ。メアリーはそこをもっと深くつっこむように言い、わたしの生い立ちとの関係で何か重要な意味があるのではないかとたずねたのである。彼女はあまりにも間近まで、わたしの中へ踏み込んできた。わたしにはいくつか、どうしても答えることのできない質問や、どうしても自分の感情のバランスを保てなくなってしまう質問がある。

はい、そうです、わたしには、あの人が死んだおじいちゃんのように思えました。とうとう心の内を吐露すると、ドナはすわったまま、激しく泣き出した。人の前でことばにして認めなければならないという、血も涙もないような無慈悲さと、そのために自分の心を裏切ってしまったという思いとに、責めさいなまれながら。ドナは泣きじゃくり続けた。誰も彼女を慰めることができなかった。やさしく肩を抱いてやることさえ、手を握ってやることさえ、できなかった。ドナは、人に触れられることのできない人間だったから。

それからメアリーとわたしは、実際の祖父の死について話し合った。それまで、問題の本当の部分の鍵《かぎ》をつかんだ人は、誰もいはしなかった。つまりなぜ祖父は、他のあらゆる人たちと同じように、ドナが三歳の時にすでに死んでしまったのかということだ。ウィリーが目に怒りをこめて人々をにらみつけるようになり、キャロルが鏡を通って皆を楽しくさせるために現れた、ドナの三歳の時。その時、ドナ自身は、期待という名のおばけに殺されてしまったのである。ドナは、どこでもとうてい期待に添うことはできなかった。その一方で、ドナの想像上の人物《キャラクター》たちはそれぞれに命を与えられ、ドナの失敗していることにも、すんなり成功するようになってしまった。そしてキャロルがダンスを覚え、ウィリーが喧嘩《けんか》を覚えている裏で、本当のわたしはまだひそかに、カラフルな色彩ばかりに夢中になっていたのだ。それはまるで、「世の中」でのわたしが亡き者になってしまったかのようだった。ドナは消えたのだ。そうしてドナが消えた時に、ドナと世界を分け合って生きていた人たちも、一緒に死んでしまったのだ。だがそのことに、当時は誰も気づきはしなかった。それどころか、皆とうとうドナが普通の子らしくなってきたと、思っていたのである。

この話をして以来、メアリーは、わたしに対する方針を変えたようだった。わたしの問題は単に心理学的なものではなく、本質的に社会的なものだと判断したようだった。そしてわたしたちは、将来のことについて話すようになった。ゆくゆくは何になりたいのかと、彼女はわたしに聞いた。「精神科医。あなたみたいな」わたしは彼女に挑戦するかのように、答えた。

だがメアリーは、不可能なことなんて何もないのだ、とわたしに信じさせてくれた。わたし自身も、それほど大きな夢に向かって翔《と》んでみようと考えたのは、初めてのことだった。おそらくメアリーは、わたしが経験してきたさまざまなことを考えるなら、不安定な精神状態になるのももっともだと思ってくれたのだろう。

それからわたしは、自分の力でいろいろな問題の答えを捜してみるようになった。面接では、わたしたちの話題はしょっちゅうあちこちに飛んだ。そうして結局、わたしに社会性が欠けているのは、わたしの家族に社会性が欠けていたためだという結論に達した。

さらにメアリーとわたしの間では、わたしの家族に社会性が欠けていて社会的な多くの規範を受け容《い》れられずにいるのは、主に家族の社会的経済的な貧しさと、家族相互の不安定な関係が原因だろうということがはっきりした。そうして、わたしの問題の大部分は、自分に対するまわりの人の反応によって引き起こされているということも、わかった。わたしは社会とのほとんどの接触を、理解するのも反応するのも難しいと感じていて、世の中すべてを「彼らとわたしたち」という対立した関係でしかとらえられない。そんなわたしが世の中との接触の中でさまざまな問題を抱えてしまっても、それは無理もないことなのではないか。わたしたちの間には、ついにそんな認識さえ、生まれたのだった。

わたしは、また学校に戻って勉強したい、と思うようになった。もしきちんと卒業証書をもらうことができたら、銀行で働くこともできるのではないかと、ふと思ったのである。

銀行で働いている人たちは、皆制服を着ている。制服を着ている人たちは、尊敬される。わたしも尊敬されてみたかった。だからわたしは、銀行で働いてみたかった。その頃のわたしは、店の儲《もう》け以上にお金をばらまいてしまいそうだったし、二十を越えると足し算や引き算ですらよくわからなくなってしまうのだが、そんなことぐらいで、憧《あこが》れの気持ちは揺るぎはしなかった。

メアリーと出会ってから、早くも一年が過ぎていた。わたしは十八歳になっており、年齢が上がるごとに、ますます自分の不安定な部分が際立《きわだ》ち、それがますます許されないものになってきたことを感じて、怯《おび》え始めてもいた。わたし自身、ある時は自分がもう二十代の大人のような気がし、またある時はせいぜい十六歳にしか思えず、そしてまたある時は、たった三歳の子どもに逆戻りしてしまっているかのようだった。わたしはメアリーにこの話をした。そして、わたしにはまだ家を出て自立するだけの準備ができていなかった、もっともわたしには家と呼べるような場所は一度としてなかった気がするけれど、と説明した。わたしはしょげた声で、胸の内を明かすように、最近の大きな問題は、十八歳の人間を養子にしようとする人など誰もいないことです、とつぶやいた。そうして顔を上げると、メアリーの目には、涙が光っていたようだった。わたしは、自分のことばが彼女に、わたしにはどうしても感じるのが不可能なような感情を抱かせたことを知って、心を動かされた。その涙に対して、わたしは、自分が感情を見せた時に払ってほしいと思っている敬意を、表わした。つまりわたしは、何も言わず、何も気がつかなかったふりをした。

世の中は、わたしを置いてきぼりにしていた。わたしはそれがよくわかっていた。最も露骨にそれを表わしていたのは、わたしの失業状態だ。わたしはもうまる二か月も職がなく、十八歳なのに何の技術もなく、いつも長続きしない不安定な職歴で、十五歳の人と同じ教育しかなく、雇い主からは賃金の半額ほどしか払ってもらえなかった。クリスは相変わらずわたしに背を向けたままだったし、友達もなく、家族の誰とも連絡もなく、メアリーだけが、この世のすべてだった。

メアリーは、わたしのアパートの近くにあった高等教育の専門学校に問い合わせて、わたしが編入のための面接試験を受けられるように準備してくれた。わたしは、彼女がわたしに抱いてくれた希望と励ましとですっかりその気になり、まるで新たなわが家を見つけたような気分で、意気揚々と学校の中へ入っていった。

「編入は認められません」しかし、机の向こうにすわっていたやさしげな男性は、そう答えたのである。これほど何年も休学していた後では、復学は難しいだろうというのだ。いや、もっと正確にいうならば、三年間の休学の後に復学すること自体はそれほど問題ではなかった。問題は、わたしが修了していない二学年分を飛び級して、いきなり三年に編入したいと言ったことにあった。わたしは懸命に、高校に復学する生徒のための奨学金はないのだし、家族から学費の援助を受けることもできないので、修了していない二年分を今からやり直す経済的な余裕が自分にはないのだと説明した。

この面接の後で、わたしは、何も二年分の教育が抜けていることなど黙っていればいいのだ、とアドバイスされた。そしてこの戦略は、成功した。今度はわたしは、面接試験そのものさえパスすればいいことになった。面接官にわたしは、途中から働き出して休学していたので、一学年分を飛び級したい、と言った。そして修了していないもう一年分のことは、言わずにおいた。さらに、休学前にはあちこちの中学に行っていたので、自分の成績や資料をそろえるのは難しいだろうとも言った。また、休学してから自分は仕事を通して多くのことを学んだので、その経験をかってもらえないだろうか、とも訴えた。わたしの話したことは、きっとなんらかの説得力があったのだろう。それからしばらくして、わたしは編入を許可するという手紙を受け取ったのだ。学費は、四十ドルあれば大丈夫とのことだった。

メアリーは大喜びしてくれた。だがクリスは、復学することにはあまり賛成ではないなと言ったきり、渋い顔をしていた。そもそもクリスとわたしの関係は、二人の年齢差と教育水準の差を前提としたクリスの優位の上に成り立っていたからだ。

それにクリスは、何でもすぐに信じてしまうわたしをからかっては大笑いするのを、楽しみのひとつにしていた。たとえば海に行った時、彼はわたしに、浜辺の砂は全部機械で作られているんだぜ、と言ったことがある。わたしは砂をひとつかみ口に入れ、彼の言うとおりに噛《か》んでみた。「な、ここにあるのは全部、ものすごくでっかい機械で作られた特製のプラスチックの粉なんだ」わたしはすっかり感心してしまった。そうして自分の最新の教養を携えて、自分がどれほど物知りか吹聴《ふいちょう》してまわり、そんなことは初めて聞いたという人やわたしの言うことを信じようとしない人たちを、鼻先で笑った。

そのたびにクリスは息が切れるほど笑い、時には何か月もの間、おかしなことを信じ込んでしまったわたしをそのままほうっておいた。わたしは、いくら他の人にそれは嘘《うそ》だと言われても、だめなのだ。最初に言った人が話を撤回してくれない限り、混乱したり疑ったりしながらも、言われたとおりのことを信じ続けてしまう。もう年齢の上では、十八歳にもなっていたというのに。クリスは、わたしのこうしただまされやすい子どもっぽさのようなものが、教育によって消えてしまうだろうと思ったわけだ。だがそれは、違っていた。

しかしクリスは、自分の都合のいいようにばかりわたしを扱っていたわけではない。それどころかある意味では、わたしのことを心配してくれてもいたのだ。ある時、仕事を通して、彼はわたしの父に会った。そうして父を、お茶でも飲みに来てくださいと、わたしたちのアパートに招《よ》んでくれた。

父が来た。初めのうちは、とても気づまりだった。もう何年もの間、たまにわたしが父の仕事場を通りかかった時に会う以外は、父とわたしはほとんど顔を合わせていなかった。もちろんわたしは、母にも会っていなかった。わたしが家を出て以来、母はわたしを知らない人には、わたしという子どもがいること自体を伏せているらしかった。そうして知っている人には、あの娘《こ》は変な男にひっかかった上に麻薬中毒になったと、熱心に触れ回っているらしかった。そんなのはでたらめだと、わたしが自分で証明しに行くこともなかったから、以前は母を冷たい目で見て沈黙していた人たちも、その話を聞いて何人かは母に同情するようにさえなったらしい。

そして今、目の前に父がいる。わたしのアパートの、わたしの居間で、わたしのソファにすわっている。父はよく笑った。そしてジョークをたくさん飛ばした。まるでわたしの過去も現在も、ありのままの姿で受け容れてくれているかのようだった。父自身、その晩はとても楽しかったようだ。それで父本来の姿に戻ることができたのだ。

家での父とわたしは、わたしが三歳ぐらいになった頃から、互いに決して自由に口をきかせてはもらえなかった。父はいつも嫉妬《しっと》深い母に、「あんな子の相手なんかしてむだ口をたたくんじゃないよ」と怒鳴り散らされていた。子どものわたしが口にすることは、すべてばかばかしい無意味なおしゃべりとみなされたし、誰かがそんなわたしの目線まで下りてきて話しかけるようなことを、母は決して奨励しなかった。

だが父は、ことば以外にもわたしに話しかける術《すべ》を持っていた——その笑い方で、歌い方で、口笛の吹き方、少しハスキーな声の調子、いろいろな物たちに語り始めさせるそのやり方で。父は猫たちにダンスをさせることもできたし、歌を歌わせることもできた。マッチ箱とたばこの箱に、話をさせることもできた。まずマッチ箱が、たばこの箱に向かって声をかけるのだ。今目の前にいる父は、昔そうやってわたしを喜ばせてくれた父その人だった。クリスは、あんなに楽しそうだったおまえは見たことなかったな、とつぶやいた。そうしてますます、自分の影が薄くなってきたように感じたのだった。

父は、わたしが夢中になるようなことにはいつも同じように夢中になったが、わたしに対して何かをするようにと励ましてくれたことは、一度もなかった。ちょうど、本当のわたしとキャロルとの接点のような部分にいた、という感じだ。だがわたしが復学の話をすると、それは素敵な冒険じゃないかと目を輝かせてくれた。おかげでわたしも、再び学校に行くことが、メアリーにより近づくため、より彼女に受け容れてもらえる人間になるためというストイックな努力を意味するだけでなく、長い間忘れていた「胸のときめく特別な何か」でもあるのかもしれない、と期待するようになった。わたしは、学校で勉強することで自分の捜している答えが見つかるのなら、たとえどんなことが待ち構えていようと、死んでもその答えを見つけよう、と決意した。

わたしは学費の四十ドルを払い込んだ。そうして心理学と、その他の必要科目を選択した。わたしは、メアリーのようになるのだ。音楽と、必要科目に入っていた生物と社会学も取った。国語《イングリッシュ》は必修だった。

13　復学

いよいよ待ちに待った日がやって来た。今日からわたしは学校に行くのだ。もうわたしはうれしくてたまらず、フレッシュな転入生に見えるよう、好印象を与えるよう、大はりきりで身仕度をした。あともし足りないものがあったとしたら、それは胸にピンで留めておく名札のハンカチぐらいだっただろう。

最初は生物の授業だった。先生はまず、植物はどうやって生きているかとわたしたちに質問をした。さっと、わたしの手が上がった。「土を食べ、水を飲んで生きています」指されたわたしは、胸を張ってそう答えた。皆はどっと笑い出した。わたしが冗談を言ったと思ったのだ。だがわたしはまじめそのもので、どうして皆が笑ったのか、わからなかった。先生は他の生徒を指して、光合成のしくみについて説明しなさいと言った。当てられた生徒はすらすらと説明した。そこで先生は、では植物の排泄《はいせつ》はどうなっていますかとまた質問した。そのとたん、わたしの右手はまたもや、まるでお漏らしをしてしまいそうな子どもが先生に合図をする時のように、せっぱつまった素早さで上がった。

先生は、名誉挽回《ばんかい》させようと、もう一度わたしを指してくれた。「土の中にしてしまいます」わたしはまた堂々と言った。するとさっきよりももっと大きな笑いが、教室中に起こった。「ちょっと違いますね」先生は生まじめな表情を崩さずに、落ち着いた声でそう言うと、他の生徒に正しい説明を求めた。

この時には、生徒も先生も皆、わたしが皆を笑わせようとして言っているのか、それとも本当に少し足りないのか、まだわからなかっただろうと思う。だがわたしは、きわめてシンプルな論法に従っていたにすぎないのだ。わたしは自分の答えがまったく理屈にかなっていると思っていた。そして理屈にかなっていれば、正しいに決まっているはずだった。それなのに、これから先、ずっとこうして他の人の答えを暗記していかなければならないのだろうか。わたしは少々、うんざりした。

だが国語《イングリッシュ》の時間は少し様子が違っていた。どう答えても、本当に正しい答えというものも、まちがった答えというものも、なかったからだ。小説や詩もたくさん読まなければならなかったし、それらを読んだ後の、とても長い、しかもなかなか核心には触れようとしないわたしの文章も、実は非常に知的な答えなのではないかと思ってもらえたらしい。もちろん、きちんと理解してもらうためには、毎回何度も書き直しをする必要があったのだが。

また、読み手にあざやかな印象を与える表現手段として、象徴の技法も勉強した。ことばの連なりからそのイメージを描き出すこと、白い紙の上にまき散らされた、支離滅裂な黒いしみでしかない活字から、はっきりした画像を立ち上がらせること。これ以上、わたしに得意なことがあっただろうか。

わたしがそれまで、隅から隅まで本を読んだことがなかったことも、物語の本当の意味をぼやけさせてしまうような細かい文やことばはいつもとばして読んでいたことも、この授業ではかえって強みになった。先生は物語の内容を一字一句違いのないように繰り返すことではなく、そこに込められている感覚や雰囲気をつかむように、求めていたからだ。

授業では、教材の物語はいつも全部、声を出して読み上げられた。だがわたしは読んでいる生徒の様子を見つめるだけで、朗読自体は全然聞いてはいないことがあった。逆に、朗読にじっと耳を傾けて、そのトーンから、読んだ人が何を理解したのか、何をつかみとったのか、感じ取ろうとすることもあった。

創作の時間もあった。わたしは夢中で、生まれて初めての作品を書いていった。仕上げには、いつものように、全体の感じをつかむための絵を作品の上に描いた。課題は、自分自身に起こったことについて何か書いてくるように、というものだった。わたしはメアリーに初めて出会うことになった、あの一連の悲しく恐ろしいできごとを書いたのだ。書きながらわたしは、ページの上に何度も涙をこぼした。

「ドナ、今回は個人的なことを書いてくるようにというテーマだったでしょう」先生は言った。

「はい」と、わたし。

「でも、あなたは誰のことについて書いたのかしら?」

「自分自身についてです」わたしは自信たっぷりに答えた。

「じゃあどうしてあなたは、最初から最後まで自分のことを『あなた』と書いているの?」先生はたずねた。どうしてだか、この時はわたしにもわからず、答えられなかった。

「これは冗談のつもりで書いたの?」さらに先生はたずねる。

「違います」わたしは少々傷つきながら、答えた。

「ピリオドと大文字は、一体どうしたの?」と、先生。

「ちゃんと入れました」きょとんとしてわたしは答える。

「そう、入れたのは入れたかもしれないけれど、そこら中に入れてるじゃないの」

「読む人が息つぎしやすいように入れました」わたしはさも論理的に聞こえるように、答えた。

「あなた、ふざけているんじゃないわね?」

そう言うと先生はおもむろに、黒板にいくつかの文章を書いた。「必要なところを大文字に変えて、ピリオドも入れてごらんなさい」先生は言った。わたしは黒板のところまで行くと、やはり読み手が息つぎしやすいようにと、五文字おきぐらいにピリオドを打った。それから文章の中で物の名前を表わしていることばの頭すべてを、大文字にした。とにかくそれらは、物の名前なのだ。そうして名前はすべて、大文字で始まるのだ。

「あなたはちょっと、特別な補習を受けた方がいいようだわ」少々ショックを受けたような様子で、唖然《あぜん》としながら先生は言った。

「わたしを追い出すんですか?」ウィリーが迫った。

「そういうわけではありません」先生は、言った。

わたしは音楽の時間をとても楽しみにしていた。もしかしたら、ピアノが弾けるかもしれないと期待していたのだ。だが音楽室には厳しい規則がいろいろあって、ピアノもまたその例外ではなかった。ピアノはいつも鍵《かぎ》をかけられたままで、触れることさえできなかった。

わたしたちは全員、習いたい楽器を選択するようにと言われた。わたしはピアノを希望したのだが、家に練習用の自分のピアノを持っていなければだめだと言われてしまった。だがそんなことを言われたら、わたしはピアノだけでなく、どんな楽器も家には持っていない。

　また音楽の単位を取るためには、試験ごとに八ドルの受験料を払わなくてはならないとのことだった。アパートの家賃も払えるかどうかおぼつかない人間に、試験を受けるたびに八ドルも払えというのは無茶だ。わたしは音楽を取るのをあきらめた。そうしてかわりに、哲学を選んだ。だが哲学というのがどういうものなのか、何も知りはしなかった。


　哲学の授業は長続きしなかった。最初のほんの数日出席しただけで、わたしは腕をまっすぐに突っ張って拳《こぶし》を握りしめ、顔中に不快感を浮かべて、教室から出てしまった。

　後で先生が、どうしたのかと聞いてくれた。「教室では皆、難しい日本語で話しているんです」わたしは言った。「わたしには何を言っているのか、ひとこともわからないんです」。先生は、これからはもう「長ったらしいことばの使いすぎ」はしないようにするし、きみが困ってしまうのなら授業中に当てたりもしない、と言ってくれた。そんなことしたって何にもなりません、とわたしは言った。しかし先生はなおも、いいや、きみも今に授業がよくわかるようになるはずだ、と言った。その口調に、わたしは小学校時代のあのレイノルズ先生を思い出した。そこで、もう一度だけ、哲学の授業に出てみることにした。

確かにわたしは、先生の言ったとおり、次第に仰々しいことばもたくさん覚えられるようになった。また授業自体とても自由な雰囲気のもので、正しい答えもなければまちがった答えもなく、わたしが気づまりな思いをすることもなくなっていった。

授業の中心は、ある人々の信じていたことについて話し合うというものだった。人々とは、たとえばイエス・キリストのような人も含むのだ。人が何を信じていたか聞くことは、おもしろかった。なんだか噂話《うわさばなし》の立ち聞きでもしているみたいな気分だった。だが、もはやこの世にはいなくて自分の弁護ができない歴史上の人物たちの考えを、あれこれ批判するのは、きたないやり方のような気もした。じきにウィリーは、そういう人物たちに成り代わるようにして、自分の主張をぶつけてくる生徒と議論するようになった。ウィリーの唯一《ゆいいつ》の困ったところは、ではあなたは個人的には何を信じているのかと迫られると、どうにも途方に暮れてしまうことだ。どのような立場に立って議論することもできたものの、ウィリー自身は、何も信じてはいなかったから。

わたしにとっては、議論はすべてことばのゲームのようでおもしろかった。それに何より先生がわたしに好意を持ってくれていたので、まるであのレイノルズ先生がまた戻ってきてくれたような、あたたかな気持ちでいられた。

社会学というのは、家族や教育や社会階層といったものが、人間に及ぼす力について考えるものだった。メアリーは社会学者ではなかったが、彼女の考えは社会学の考えとよく似ているようだった。わたしは一生懸命に授業を聞き、先生が話すことをひとこともらさず理解し、学ぼうと努力した。

ちょうどこの頃、わたしはセラピーを通して、自分でも家族や教育や階層などについて考え始めたところだった。またメアリーのようになるために、セラピー自体をひとつのシステムとして分析し、理解しようとしていたところでもあった。わたしの考えていた問題は、社会階層、教育、家族といった概念を使うと、すべてすっきりと説明することができるようだった。

中でも社会階層という概念は、わたしが抱いている「彼ら」と「わたしたち」という感覚を、最も的確に、客観的に説明するものとなった。部分的にはすでにメアリーがこの考えを教えてくれており、わたしがなぜ「世の中」からはみ出しているように感じるのか、とても納得のいく、だが少々主観的な説明をしてくれていた。今までわたしは、「わたしの世界」と「世の中」の対立が本当は何を意味するのか、その秘密を自分自身で解き明かそうとすることさえ、無意識のうちに恐れていたのだ。だがこの社会学の勉強を通してなら、自分の葛藤《かっとう》とは何なのかと、考えることができるようになった。そうして自分の状況と似ていて、しかも現実とは切り離されているケースを分析する機会には、いつも飛びついた。

この間わたしが、自分とは対照的な人として鏡のように見つめ続けたのは、メアリーだ。メアリーは、わたしとは異なる階層に生まれ育った。だから、彼女が属している世界に、わたしは属していないように思ってもそれは当然だったのだ。メアリーも、この考えを、否定することはなかった。

しかし何よりわたしが没頭したのは、心理学の勉強だ。担当の先生は非常に厳しい人だったが、わたしの努力に対しては、敬意といっていいほどのものを感じてくれていたように思う。

心理学は、物事がどのように働くかというしくみを見つけ、考えることが中心だ。その物事というのが、他でもない人の心なのだが、わたしにとってそれは、システムによって動く物の研究のように思えた。システムというのは、あらかじめ予測することのできるものであり、ある意味で保証されたものでもある。そういったものの知識に、わたしは尊敬の念を抱いていた。

心理学の教科書には、内容の理解を助けるための絵や図表がたくさん載っていた。初めて出てくる心理学用語は、暗記しやすいように一覧表にまとめられていた。それらすべてから、わたしは新たな力を汲《く》み取った。わたしは自分で自分を分解し、また元どおりにすることができるようになっていった。

そしてわたしは、わたしの心もまた、ひとつのシステムであることを発見したのだ。この発見、この理解によって、わたしには自分で自分を守る方法もうっすらと見えてきた。わたしは、自分がなぜこのようなのか、説明することができるようになっていった。本当に自分が異常なのか、ばかなのか、考えることができるようになり、それを、あたかも自分が、憧《あこが》れてやまないあの知性と健全な精神の象徴である精神科医メアリーになったかのように、解説することさえできるようになっていった。

けれどわたしは、やはりまだメアリーにはほど遠かった。ことばづかいは乱暴で、きちんと考えてものを言うことができなかったし、礼儀作法に至っては、何も身についていないも同然だった。言われたことは何でもすぐ鵜呑《うの》みにしてしまった。レポートにしても、使い古しの紙に書いて出してしまうというありさまだった。

レポートの返却の日がきた。先生は、レポートの体裁より何より、純粋に内容だけを見て採点しました、と言った。そしてわたしの番までくると、先生は、最高点はあなたにつけざるを得ませんでした、こんなに汚いレポートを読まされたのは初めてでしたけれどね、と言った。わたしは、すでに使ったタイプ用紙に白い修正液を塗り、全部の字を消して、その上からまた手書きで書いて、レポートを提出したのだ。お金がないので節約しているつもりだったが、修正液を多量に使う方が、新しい用紙を揃《そろ》えるのよりおそらく高くつくということには、まったく気がつかなかった。

生物の先生は、わたしが足し算や引き算も満足にできないことを見破った。わたしは以前、中学《ハイスクール》で、計算の過程をすべて書き出すようにと言われてから混乱してしまったのだ。それまでは、わたしにはわたしなりのやり方があって、それでちゃんとうまくいっていた。計算の過程すべてを書けと言われてそれがうまくできなかった時、わたしは、たとえ答えが合っていても、皆と同じようにできないのなら、わたしのやり方はまずいのだろうと思ってしまった。だがそれでも皆と同じやり方を身につけることはできなかったので、わたしは自分なりの答えの出し方を二度と顧みることなく、皆のやり方でなんとか答えを出そうと、むなしい努力を繰り返していた。

そんなわたしに、生物の先生は、計算機を使うよう勧めてくれたのだ。だがその使い方が、わたしにはまたしてもわからなかった。先生は目の前で使い方を教えてくれた。そうして何かの割合《パーセンテージ》を出してごらんと言ったのだが、わたしは「何かの」の「の」のボタンがないと言って、怒って計算を投げ出してしまった。先生は、わたしが根深い問題を抱えていることを、知った。

わたしは数学の特別補習を受けることになった。現れた先生は、わたしの夢から抜け出てきたように美しい女性《ひと》だった。その編み込まれた輝くような金髪は、わたしにエリザベスのことを思い出させた。はるか十五年前、初めてわたしが自分から手を伸ばして触れた、養護学校の女の子だ。

わたしはその美しい先生が、紙の上で次々問題を解いていくのを見つめていた。やがてわたしの顔いっぱいに、ほほえみが広がった。「すごい」わたしは言った。「その仕掛け、どうやったのか教えて」。先生は、数学が決して魔法の仕掛けなどではないことを説明しようとし、わたしはそれをなんとか信じようと、じっと椅子《いす》にすわっていた。

わたしにとっては、自然にできてしまって、どうやって答えを出したのか自分ではわからない、という物事がいくつかあった。だが補習の先生は、とうとうわたしの数学の力を、平均的なレベルにまで引き上げることに成功したのだ。先生は、あなたのことを本当に誇らしく思う、と言ってくれた。そしてわたしも、自分のことが、本当に誇らしかった。


もちろんメアリーも、わたしのことを誇らしく思ってくれた。わたしは相変わらず毎週彼女のところに行っていたのだが、面接は次第に、厳密に精神面での治療を目的としたものというより、もっと打ち解けた、ざっくばらんなものに変わってきていた。そして、そのようにメアリーがわたしを受け容《い》れてくれることこそが、何よりもわたしの自尊心を高め、心を鼓舞し、やる気をかき立てる力の源となっていた。彼女自身ははたして、何気ない自分のおしゃべりがそれほどまでにわたしに勇気を与えていたと、気づいていただろうか。

基本的には、自分の殻から出てもっと人々と交わろうというわたしの目標は、あまり進展しないままだった。相変わらずわたしはめったに人を受けつけようとしなかったし、人はたいてい、わたしをおかしな人間だとみなした。

そんなわたしが、「世の中」を信頼するための架け橋のような人として、手を差し伸べ続けたのがメアリーだったのだ。メアリーはわたしを、一人の患者として以上に、受け容れてくれた。わたしを人間として、個人的に受け容れてくれた。わたしは彼女を慕った。もちろん、わたしなりの、遠く離れた所にじっとたたずんだまま一人で心を寄せるような、慕い方でしかなかったが。わたしの心の中で、メアリーは、空想の世界でずっと待ち焦《こ》がれていたキャロルのお母さんその人になった。だがわたしにとってはどのような関係であれ、その人とわたしの間に実際に存在するものというより、わたし自身の中だけに存在するものでしかなかったので、メアリーに対する思いも、わたしの世界の中にばかり向かう一方通行で終わっていた。いやおうなしにウィリーも、保護と力と自己コントロールの象徴であるこの人物、メアリーを、好きになり出していた。

キャロルとウィリーは、相変わらずそれぞれに互いのアンチテーゼであり続け、わたしは両極にいるその二人の間で、ブランコに乗っているかのようにいつも揺れていた。たくさんの新しい体験をしたことで、どちらの極も高さを増し、ブランコも今までにないほど高く、高く揺れるようになっていた。そうして揺れながらその高みに届く一瞬、わたしには初めて、本当の自分自身の姿が、きらっと見えるようになり始めたのだ。

わたしはこの頃もまだ、時々ロビンと連絡を取り合っていた。彼女は最近家から独立して、一人でアパートに住むようになっていた。わたしはまるで昔に戻ったみたいに、彼女のところへ行っては泊まるようになった。

ほどなく、わたしも一人で住むための新しいアパートを見つけた。わたしには、かけもちしている掃除のアルバイトしか生計の手段がなかったが、なんとかそのアパートの部屋を貸してくれるよう、不動産屋を説き伏せた。そうしてわたしは、一人で引っ越しをした。

荷物はほとんどなかった。ベッドは持っていなかったし、家具らしい家具といえば、救世軍で手に入れたソファがひとつとあとはコーヒーテーブルだけで、それも置いてきてしまった。わたしはクリスと別れるのとともに、部屋にあった物たちとも別れたのだ。新しいアパートに落ち着くと、近所の人が、雑音のひどくなったラジオ付きの古ぼけたプレーヤーをくれた。そのプレーヤーは、わたしの一番の友達になった。

わたしの収入は、週に二十ドルだった。だがアパートの家賃は、三十五ドル。どうしたらいいかと祈るような気持ちでいたところへ、間一髪で、申し込んでいた新しいアルバイトの仕事が決まった。

それは、ファーストフード店の店員の仕事だった。学校が終わると、わたしは毎晩のように、自転車で新しい職場に駆けつけた。そうして夜遅く、閉店とともに、売れ残った品を食べた。この時に食べるものとロビンが時々差し入れてくれるものだけが、一日を通してのわたしの唯一の食事だとは、誰も知りはしなかった。

だがある時、一緒に働いていたシェリルという子が、これを知った。それ以来シェリルは、店の規則を破ることもいとわず、わたしの持ち帰り用の箱の一番下に、こっそりチキンを入れてくれるようになったのだ。彼女は毎晩わたしのために、フライドポテトもいっぱいに詰めて、持ち帰り用の箱を用意してくれるようになった。わたしは、箱の底に、あたたかなローストチキンが何切れも入っているのを初めて見つけた晩のことを、忘れることができない。わたしはその場で、声を上げて泣いた。

この頃再び、父がぶらりとやって来るようになった。わたしは大喜びで、迎え入れた。父はよくわたしを連れて、買い物に行った。わたしはいつものように、ゼリーのパックとお米の袋を買った。父は食料品にかける金額の多さで、レジの人の歓心を買おうとしているかのようだった。自分の犬用にと、チョコレートビスケットを買ったりするのだ。わたしは自分の買い物の分は、自分で払った。父はわたしがお金に苦労していることに気がつかなかったようだし、わたしもそれを知らせるようなことはしなかった。

だがある日、わたしは夢見心地で、もし父がアパートの保証金《デポジット》用のお金をわたしに貸してくれて、わたしが毎週分割払いできちんと払ってゆくことができたら、もう二度と、突然寝る所がどこにもなくなるなんていう目にあわなくてもすむのに、とつぶやいた。保証金の額は、四千ドルだった。「もちろんそうできたらいいけど」と父は言った。「でもそんな金は、手にしたことがないからなあ」。その次の週、父は、母の部屋についている浴室とトイレを改装した話をした。まず浴室とトイレの位置を逆にし、浴室の壁は、鏡面加工のしてある特殊なタイルに張り替え、床にはカーペットを敷きつめて、ステンレスの蛇口を金メッキに換えたというのだ。しかもそれが、ちょうど四千ドルかかったという。

そんなばかげたことが、四千ドルものお金に値するのだろうか。その不当さ、わたしを前にしての残酷さに、わたしが初めて気づいたのも、教育によってわたしが目を開かれたからだったのだろうか。わたしはメアリーのことを思った。そうして、自分はメアリーのようになるのだ、と、改めて心に誓った。わたしはメアリーのようになるのだ。絶対に、母みたいに非人間的な物欲のかたまりにはなるまい、と。

復学して一年が過ぎた。わたしは、どの学科でも高い得点を取って高校三年を終えることができた。それはなんだか夢のような、信じられないような気持ちのすることで、メアリーもわたしも成績表を前に大喜びした。だがその熱狂が醒《さ》めてしまうと、今度は急に、何もかもこれで終わりになってしまうのではないかという恐怖がじわじわとわき上がってきた。

比較的調和と統制のとれていたわたしの生活も、終わりを迎えようとしているのではないか。わたしはそう思い、自分が、先のわからない未来という大海原の中で溺《おぼ》れかけている者のような気がした。

そして、卒業式の日。独特の、浮き立つように華やかな雰囲気のただ中で、わたしはいつものように一人ぼっちで立ち尽くし、皆が楽しげに笑い、話しているのを見つめていた。わたしは一年を通じてもそれほど友達を作らなかったし、休み時間にはいつも、食堂に一人でいるか、カウンセリングルームに行ってぼんやりしているかだったのだ。カウンセリングルームに行くと、ただそこにいるだけで、心からほっとくつろぐことができた。

その時、同じクラスにいた女の子が一人、ぽつんと立っていたわたしの方へ、歩いてきた。そうしてなんとわたしに、住所を教えて、と言ったのだ。

わたしは復学してからの一年間、家族と戦っていたのと同じように、クラスとも戦ってきた。それは、わたしが漠然と「彼ら」と名づけた集団に向かってゆく、たった一人の、しかもたった一人の女の、戦いだった。その報いとして、わたしは皆に敬遠された。

一人で近づいてくる子もいなくはなかったが、そういう時はたいてい、友達は皆あなたのことをちょっとおかしいと思っているから、その友達の前ではあなたに口をきくことはできないのだ、と弁解してゆくのがおちだった。無視されるより、こちらの方がはるかにわたしを傷つけた。だがこの最後の卒業式の日、その女の子は、自分の友達のグループを抜け、敢然と一人でわたしの方へ歩いてきた。そうしてわたしに、自分の住所を教えてくれたのだ。わたしも彼女に、自分の住所を教えた。

クリスマスに、わたしは彼女からクリスマス・カードをもらった。カードには、あなたと親しくつき合ったことは一度もなかったけれど、私はあなたの勇気と頑張りにいつも励まされるような思いでいたし、あなたの姿から人生についてたくさんのことを学びました、と書かれていた。手紙はさらに続いた。私は、自分が今まで非常に恵まれた環境で育ってきたのに、それを何とも思わなかったことをとても心苦しく思っています。将来、私は看護婦になろうと思うのです。

読んでいるうちに、わたしの目からはみるみる涙があふれ出た。誰もいない、静まり返ったクリスマスの日のアパートで、わたしはカードを握りしめて泣いた。このわたしが、誰かを励ますことができたとは。もっともわたしの行動は、勇気から生まれたというよりも、希望と恐怖というふたつの原動力から生まれたものでしかなかったが。

わたしは、患者としてはもうメアリーの診察室を訪れなくてもいいことになった。初めて病院に来たあの日、わたしは精神的にも感情的にも肉体的にも、ばらばらだった。あの日から、なんと遠くまで、わたしは歩いてきたことだろう。

セッションは、最後の方はコーヒーを飲みながらのものになっていた。つまり、純粋に治療のために続けてゆくには、あまりにも個人的なものになってしまっていたというわけだ。わたしたちは、これからもずっと連絡を取り合おうと約束した。そして、約束などあまりできない質《たち》のわたしが、この約束だけは、大切に守り続けた。

今やわたしには、あの憧れだった銀行の制服に身を包んで、金銭出納係の席に向かって歩いていくことも夢ではなくなった。だがよく考えてみると、わたしの数学の能力は、ずいぶん向上したとはいえ、まだ充分なものではなかった。わたしは新しい進路を決意した。数学の能力が問題だったのではない。わたしはもう、尊敬されることに飢えていた、行儀の悪いただの工場勤務の少女ではなくなっていたのだ。制服さえ着れば尊敬されると単純に信じるには、あまりにもはるかなところまでやって来てしまったのだ。

わたしは復学していた一年間、実質的にはほぼ何の収入もなかったが、なんとかやり抜くことができた。そしてわたしの成績は、希望さえすれば大学に行くことのできるものだった。奨学金も、高校に復学する時にはなかったが、大学進学のためには準備されていて、それを受ける資格がわたしにもあった。

わたしは、大学に行こうと決意したのである。

ある意味で、メアリーの言ったことは当たっていた。わたしの世間知らずぶりも、そのために社会の中でもがかざるを得ないような状況に追いやられてしまうことも、教育がなかったためによけい助長されていたのだ。だがその反面、高校も出ていないというのは、いい言い訳の種にもなっていたわけだ。

教育を受ければ受けるほど、つき合う人たちの幅が広がれば広がるほど、わたしはますます変わり者扱いされるようになった。するとせっかく身についたはずの教養も、わたしの手からするりとどこかへ逃げてしまい、わたしは知識ある人の代表というよりもまぬけの代表のようなことを、言ったりしたりしてしまう。それでもわたしには、まだ弁解の余地が残されていた。年はまだ十九だったし、生まれ育った環境の悪さや社会階層のせいにすることができたから。

大学が始まるまでには、まだ二か月あった。履修要覧を見ながら、わたしは子どもの相手をする児童厚生、ソーシャルワーク、福祉、芸術、インテリアデザインなどの科目を選択した。

わたしの中には、それぞれの科目にぴったりの、三人のわたしがいた。まず社会福祉関係の科目は、何かを守ろうとする強い本能を持っていて、メアリーの姿を憧れながら見つめ続けてきたわたし。芸術は、つかみどころがなくて、他のどの科目にも結びついてゆかないわたし。でも、わたしの本当の適性に一番近かったのは、おそらく最も何気なく取ったインテリアデザインだったのかもしれない。この科目は、十六年前養護学校で、一人でミニチュアの王国を作っていたわたしに、まさにぴったりのものだった。色や形や模様によって物をまとめるのが大好きで、人の家に行くといつも、そこの人たちよりも物の方にすっかり心を奪われてしまっていたわたしだ。だがこの三人目のわたしは、いつものように途中で消えていなくなり、あとの二人が互いに妥協を図ることになった。そしてわたしは芸術の単位を取り、二年生の時に、社会学部に進んだ。

大学の学費を払うのは、それほど大変ではないように見えた。科目を選択した段階ではまだ授業料の案内は来ていなかったし、奨学金も、申し込み用紙を送りさえすればもらえるものだと思っていた。だがそれは、違っていた。最初の奨学金が払い込まれてくるまでには、なんと六か月もかかったのだ。

おかげで、すでにファーストフード店でのアルバイトをやめていたわたしには、家賃が払えなくなってしまった。暮れも押し詰まった十二月の二十八日、わたしはアパートを追い出された。空き部屋はないかと、わたしは何軒も何軒も家をたずねて歩いた。アパートではなくて、共同で一軒の家を使う形式の所でいいと思っていた。とうとうある人が、あきらめて次の家へ向かおうとしていたわたしの背中に、同情して声をかけてくれた。

だがその家に住んでいた人たちは、皆わたしよりも十歳ぐらい年上で、どうしたらいいのかわたしはすっかり混乱してしまった。

わたしは、その慣れない新しい家の薄暗がりの中で、たった一人で大晦日《おおみそか》を迎えた。わたしはベット・ミドラーの「フレンズ」というレコードをかけ、いつまでたってもどこにも、何にも腰を落ち着けることのできない自分のだめさ加減に、涙をこぼした。そうして、自分から背を向けた、多くの善意の人たちのことを思った。

わたしは受話器を取ると、家族の住んでいる家の番号を回した。家はパーティーの真っ最中で、母のかわりに知らない人が次々電話に出ては、酔っ払った声で、良いお年を、と言った。電話の向こうでは陽気な音楽が鳴り響いている。もし自分がそこにいたら、どんな気分なんだろう、とわたしは考えた。一度でいいから、自分が何かの一部のように、どこかの集団の一部のように、感じることができたなら、それはどんな気分のするものなんだろう。

わたしは電話を切り、午前零時に向けて、一人で秒読みをした。そして時計の針が零時を差すと、自分で自分に声をかけた。「新年おめでとう、ドナ」

それからろうそくを一本ともし、その光を見つめながら、眠りに落ちた。

14　過去の亡霊

大学が始まった。わたしははりきって出かけたのだが、ほどなく、何もかもに困惑し、途方に暮れてしまった。

あらかじめ決めていた科目の他には、哲学と言語学を取った。しかしはっきりした意志からそうしたわけではなく、そもそもどのような授業なのかさえさっぱりわからなかったので、大学の廊下を歩いている時にそのへんにいた人をつかまえて、この科目はどういうものか、いい科目か、わたしは取るべきか、と質問攻めにして決めたのだ。社会学も取った。だがこちらの方は、メアリーと同じようになるのだという目標に向けて、自分で選択していた。

ところが教室に行くなり、わたしは度肝を抜かれた。なんと巨大な部屋、なんと大きな壁、なんとたくさんの人、なんとまぶしい蛍光灯。わたしは教室に行くたびに、蛍光灯を消して歩いた。蛍光灯がついていると、なぜか眠くなってしまうのだ。

哲学の時間にはしょっちゅう眠ってしまった。わたしは目を閉じていても眠っていないことがある一方、目を開けたままでも眠ることができた。先生はわたしに向かって、「きみのおつむは相当弱いな」と言った。わたしは、自分が授業のスケジュールについていけないこと、教科書が理解できないこと、文章を読んでも個々の単語しか頭に入ってこないことなどを、一生懸命説明しようとした。哲学科の学科長は、そんなわたしを「手のほどこしようのない、完全な能なし」と言った。

　言語学は好きだった。ことばを分解したり、また元に戻したりするのは楽しかった。言語学の勉強をしていると、あらゆる言語が異なるタイプのシステムにどのように分類されるのか、よくわかった。授業も図式と図表が中心で、自然になじむことができた。

　社会学では、一生懸命やろうと頑張り過ぎたあまり、かえって何がなんだかわからなくなってしまった。そうしていつも、つかみどころがなく、やたらに難解なことばを多用した支離滅裂なレポートを、山のように先生に出していた。

　おかげでわたしは国語《イングリッシュ》の特別補習を受けさせられた。だが問題の根は、ことばの使い方そのものというよりも、自分の意見や考えや感じたことを表現するのは怖いと、わたしが思っていることにあった。「つかみどころがない」「自分の考えが出ていない」「支離滅裂」。わたしの書いたものはいつもそう評されたが、それはまさに、わたしがどのように物事を見ているかということでもあった。

　授業以外では、わたしの学生生活は相変わらずのものだった。いつものように、ほとんど誰とも友達にならないまま、最初の二年が過ぎていった。キャロルは大学に行くのが、次第につらくなっていった。だがウィリーは、生まれついての勉強好きだった。

大学が始まって六か月後、やっと、奨学金が送られてきた。さんざん待たされたが、ひとつだけいいことがあった。待っていた間の分は貯金ができたようなものだったので、まとめて送られてきたお金で、わたしは中古のピアノを買ったのだ。その日以来、わたしはピアノとともに過ごす時間を、何よりも愛するようになった。その時間こそが、生きがいとなった。わたしは次から次へと曲を作った。ラジオやレコードで聞く音楽を、聞いたままに自分で弾くこともできたが、何より自分自身で曲を作り、奏《かな》でることで、自分の本当の感情を表現することができるようになっていった。

初めのうちは、クラシックの曲を作った。楽譜は読めなかったので、作った曲を五線紙に書きとめておくこともできなかったが、そんなことをしなくても、曲は自然に覚えていられた——そして普通は、それで充分だった。次第にもっと複雑な曲を作るようになってくると、わたしは自分なりに、音楽を書きとめておく方法を編み出した。リズムはいろいろな長さの点や棒線を使って表わし、音は、その点と棒線の上に、音名と上がっていくのか下がっていくのかの矢印を書いて表わす。やがてわたしは、音楽理論の本を何冊か借りてきて、きちんとした楽譜の書き方についてほんの少し独学した。だがやはり、ピアノに向かうと、たいていは自分で編み出した方法で間に合わせていた。

音楽を通して、次第にわたしは、本当の自分自身の姿を見ることができるようになっていった。そうしてそんな自分を、表わすこともできるようになっていった。わたしの音楽は、わたしの愛しているものについて語っていた。風について、雨について、自由と希望について、シンプルなものの中にある幸せについて、不安と混乱を乗り越えた勝利について。

しかし、自分自身を表現できるようになればなるほど、わたしの中の恐怖もまた、深くなっていった。そうしてその恐怖は、自分自身と、外の世界に接する時になりきる仮面の人物《キャラクター》たちの間に、深刻な摩擦を生み出したのだ。

わたしは再び悪夢を見るようになった。

夜中、夢を見ている状態のまま、わたしは起き上がって浴室に歩いていった。閉まっているアパートのドアの下から、玄関のポーチ燈《とう》の明かりがもれている。その明かりを見たとたん、突然何かが、わたしの中で激しく崩れ落ちた。わたしは自分の体がくずおれるのを、現実のあらゆる手ざわりが消えてゆくのを、遠のきかけている意識の中で感じた。

そして、店から逃げ出して病院に駆け込んだあの日と同じように、またもや、自分がどこにいるのか、なぜその場所にいるのか、わからなくなった。背筋の冷たくなるような恐怖が走り、わたしは四つん這《ば》いのまま、赤ん坊のように泣き出した。てのひらに触れているタイルが、冷たく固かった。そのタイルの上に、ぶざまに伸びている両腕を、わたしは泣きながらひたすらにらんでいた。

次第に息も苦しくなってきた。浴室の中には、誰か見知らぬ人間がじっとひそんでいるような気がして、怖くてたまらない。わたしは泣き続けた。恐怖に怯《おび》え、金縛りにあったようにどうすることもできず、無力なまま。体を丸め、震えながら、わたしは赤ん坊のように自分の体を揺すった。何かことばを叫びたかったが、口をきくことさえどうすればいいのかわからなくなっていた。わたしは泣き疲れ、浴室のタイルの上で涙にまみれたまま、いつしか眠りに落ちていった。

この夜のことは、わたしの心の中で尾を引いた。二年間もセラピーに通ったというのに、わたしはまだ、ずっと昔に葬《ほうむ》ったはずの自分自身の亡霊に対して、震えて泣くことしかできないとは。亡霊は、まだ完全に退治されてはいなかったのだ。

わたしはメアリーに電話をした。そして、わたしには、明らかにまだ解決できていない問題が残っていると話した。その問題は、わたしの過去に横たわっているようだった。それを、今こそ暴《あば》き出そうと、わたしは決意した。

わたしは母の家に行った。そして壁をよじ登り、洗濯室の窓から中に入ると、誰もいないがらんとした部屋にすわった。さまざまな悪夢となってわたしにつきまとって離れない過去の亡霊たちも、テーブルをはさんで、わたしと一緒に席についたかのようだった。

ドアが開いた。がやがやといくつもの声が入ってきた。皆は、わたしが突然窓から入ったことではなく、わたしがいること自体に驚きながら、テーブルについた。ウィリーは、憎しみをこめて母をにらみつけた。さあ、答えてもらおうか。その目は、母に向かって、そう要求していた。

わたしは、子どもの頃に診てもらっていたお医者さんたちを訪ねた。自分のカルテに何が記されているのか、聞きたかったのだ。通っていた小学校にも行き、あの「心理相談」の部屋に続く、小さな階段の踊り場に立ってみた――その屋根裏の部屋は、今ではもう使われていないとのことだった。一番最初の中学《ハイスクール》にも行ってみた。田舎に預けられることになって、やめてしまった中学だ。そうして最後にわたしは、子ども時代によく家に来ていた叔母に、会いに行った。

叔母さんは、突然やって来たわたしに、びっくりしていた。叔母さんを訪ねるのはかれこれ六年ぶりのことだ。叔母さんは、いつもわたしにやさしくしてくれていた。

わたしは、自分が出生証明書を見に行ったところ、それが本物の証明書ではなかったことを話した。役所の係の人も、わけは両親に聞いてくれと言うばかりだ。真実を知る出発点として、叔母さんの家が最適だろうと、わたしは思ったのだ。

というのも、昔叔母さんの娘、つまりわたしのいとこが、わたしが彼女のお姉さんになるかもしれないという話をお父さんとお母さんがしていた、と言ったことがあったからなのだ。それはどういうことだったのかと、わたしは叔母さんに迫った。

叔母さんはなんとか言い逃れようと、懸命に答えをとりつくろった。だが養子縁組の事務所が、わたしの出生証明書は養子縁組証明書だと教えてくれていたのだ。それはなぜなのか、わたしはどうしても知りたかった。

叔母さんはゆっくりと、当時のわたしの母のことを語り始めた。母は、わたしを施設に入れるのだと年がら年中息巻いていたそうだ。それを見かねた叔母さんが、自分たちでわたしを引き取ることはできないものかと、叔父さんと話し合った。しかしわたしは父の手によって祖父母の保護のもとに置かれ、祖父母は家の裏の土地続きの小屋に住んでいたので、わたし自身はそのまま両親の家に住み続けることになったわけらしい。そうして、祖父に続き祖母も死んでしまうと、再びわたしは両親の保護のもとに帰ったのだという。

わたしは目の前の叔母さんをじっと見つめた。そうして、もしこの人のもとで大きくなっていたならば、それはどんなふうだったのだろう、と考えた。それに、弟ではなくて妹がいるというのは、どんな感じなのだろう。しかしわたしは、幼い頃の弟との思い出だけは、どんなものとも取り替えたくはなかった。

いったん話を始めた叔母さんは、まるでたががはずれたように、わたしが生まれてからのことを、思い出せる限り次々と話し出した。

わたしが少々普通とは違っていたことに話が及んでも、叔母さんの理屈は、単純明快だった——あなたが人に話しかけなかったのも、近づかれるのをいやがったのも、現実世界ではなく自分自身の世界だけに執着したのも——すべて、あなたのお母さんのせいだわ。

確かにそれは、もっともなことのように思われた。だがウィリーは、納得しなかった。ウィリーは冷静な観察者の目で、叔母さんのことばをひとつひとつ検証しようとしていた。

わたしの中では、叔母さんの語る悲劇と、自分が三歳半頃まで夢中になっていた、あの色と音と体中に感じる感覚でいっぱいの、楽しく美しく催眠術のように心地よい経験とが、どうしても結びつかなかったのである。わたしは、人がわたしの注意をひこうとしていることに気づくまでは、おむつかぶれのヒリヒリするような痛みでさえ感じなかったし、もちろん母が横暴で残酷なことや、自分を顧みてくれないことなども、まったく感じてはいなかった。

自分の身体的な領域を侵された時の嫌悪感《けんおかん》や、物理的な衝撃を除けば、空中に浮かぶ無数の丸に熱中して催眠状態に近かったわたしは、自分の体に対する知覚がほとんどなかったのだ。わたしは祖母の膝《ひざ》に抱き上げてもらうのが大好きだったが、それでさえ、祖母の胸に抱きつくことではなく、首にかけられていた鎖のネックレスやかぎ針編みのカーディガンの編み目に指をからませることの方が、心のやすらぎになっていた。

一方、人の体に触れること、人から触れられること、そういった人との身体的な接触には、いつも自分の力ではどうにもならない、圧倒的に強烈な何かがひそんでいるように感じていた。そうしてその何かに襲われたら最後、まるで怪物に食い尽くされてしまうように、あるいは大波に呑《の》み込まれてしまうように、わたしは自分を失ってしまう気がしていた。自分と他の人たちとを分けているあらゆる感覚が、失われてしまいそうな気がしていた。身体的な接触に対する恐怖は、わたしの場合、死への恐怖と同じものだった。

叔母さんの話はわたしに、小さかった頃のさまざまなできごとを思い出させた。だがそのどれひとつとして、わたしの心を激しく揺さぶるものはなかった。ウィリーはいくつもの場面を思い出しはしたが、それらのできごとを体験した実感やその時の感情などは、まったくよみがえってはこなかった。ところがその時、叔母さんは、わたしが三歳だった頃のことを話し出したのだ。とたんに、わたしは撃ち抜かれでもしたかのような衝撃を感じた。そうして心の中には、その時の恐怖が、なまなましく浮かび上がってきた。

わたしの心は、三歳のその日に戻っていた。部屋の向こうには叔母さんがいる。そうしてしきりにとりすがるような声を出している。わたしは危険が差し迫っているのを直感した。そうして自分のまわりで、スローモーションのような動きで何かが起ころうとしているのを、じっと見つめていた。もっともその時、実際には、スローモーションどころか何もかもがあまりにめまぐるしくて、わたしには何もすることができなかったのだが。

三歳児の目で、わたしは自分の前に山のように立ちはだかっている母の姿を見上げていた。部屋の向こうから聞こえてくるとりすがるような声の方も、ちらっと見た。わたしの目の前には、開いたままのスパゲッティの缶がころがっている。そしてわたしは、フォークを握っている。

最初の部分は聞こえなかった。わたしが食事をほんのひとさじこぼしたために、死の恐怖が襲ってきたくだりだ。わたしは、なぜそのふたつが結びつくのかわからなかった。だから、なぜ自分がこんなに何度も何度も殴られるのかも、まるでわからなかった。それはただ出し抜けに、一連の激しい衝撃となってわたしを襲い始めたのだ。

それからわたしは、口に食事用のナプキンが突っ込まれるのを感じた。苦しさのあまりわたしは喘《あえ》ぎ、もがき、口にナプキンを押し込まれたままの状態で、食べた物を吐いた。のどが詰まりそうになった。

今やとりすがるような声は、とげとげした母の罵声《ばせい》と激しくやり合っている。わたしは黒と白の縞《しま》模様の紐《ひも》を目の端でとらえた。そのヘビのような紐が、わたしの顔を打ち始めたのだ。わたしは泣くことはおろか、叫ぶことも、ことばを発することもできなかった。わたしはぐったりして叔母さんを見上げると、そのまま目の前にあったテーブルの上に倒れ込み、鼻から吐いた。テーブルは、冷たくなめらかだった。わたしは窒息したかのように、そこで意識を失った。

そうして現在の叔母さんの部屋へ、ウィリーは戻ってきた。今、目の前では、叔母さんがすすり泣きながら、もうこれ以上言わせないでと涙声で言っている。

わたしののどには、なおも吐き気がこみ上げてくるようだった。頭の中では、今も耳をつんざくような悲鳴が続いていた。ウィリーは叔母さんをにらんだ。ひとしずくの涙も、浮かべずに。なぜあの時、助けてくれなかったの。低く落ち着いた、それでいて固くぎこちない声で、ウィリーは叔母さんに向かって言った。

わたしは自動操縦されているロボットのように、ふらふらと一人で廊下に出た。

廊下の端には、いとこの部屋があった。わたしはドアをそっと開け、中をのぞいてみた。いとこは、わたしの子どもの頃の家具の、おさがりを使っているのだ。そこには、わたしの昔のベッドがあった。そして昔のベッドカバーが掛けられていた。カバーに施されたきれいな黄色い花の刺繡《ししゅう》も、昔のままだった。

カーブしたデザインの、なめらかな白いベッド。昔わたしは、そのカーブを繰り返し指でなぞっていた。すると指は、いつしか終わりのない円を描き続けていたものだ。ベッドをかじっては、歯に当たる木の感触を楽しんだりもした。すると小気味のいい音とともに、ペンキが少しずつ剝《は》がれてくる。

もう一方の壁の前には、ベッドとおそろいの鏡台がある。三面鏡になったその鏡こそ、キャロルの亡霊をとらえた、忘れられない鏡だった。当時キャロルは、日に何度もその前に立ち、ドナの名前をささやくように呼びかけながら、なんとかドナであることを感じ取ろうとしていたのだ。

鏡はわたしを呼んでいるようだった。わたしは近づくと、鏡の向こうからこちらを見つめている少女の瞳《ひとみ》を、深くのぞき込んだ。そこにはもう、ウィリーの姿はなかった。

さらにもう一方の壁には、たんすがあった――キャロルがわたしを置いて行ってしまった、あのたんすだ。わたしは吸い寄せられるようにたんすの前に立つと、息を殺した。そして指先で、取っ手の模様をそっと撫《な》でた。まるでわたしは、何か魔法のような不思議な力に、全身を包み込まれてしまったかのようだった。幼年時代という名の、とてつもない魔法の力に。わたしは扉を開け、中に入った。そうして暗闇《くらやみ》の中で後ろ手に扉を閉めると、静かにしゃがみ、膝を抱えて丸くなった。

しばらく後、わたしははじかれたようにたんすを飛び出した。そうして部屋から駆け出すと、追い詰められたネズミが突然逃げ道を見つけたかのように、一心不乱で叔母さんの家を後にした。わたしにには何が足りないのか、何を捜せばよいのか。手さぐりをしていたわたしは、たんすの中で、その答えにかすかながら触れ始めたのだ。

家に着くとわたしは、もう一度膝を抱えて丸くなった。そうしてそれから三日間、そのまま一人で、体を揺らし続けた。

15 触れ合い

わたしは郊外に引っ越した。大学まで、車で一時間ほどの所だ。わたしは毎日、その往復のドライブを楽しんだ。くねくねと折れ曲がった道だったので、よく迷子にもなった。目的地に着き、車を止めると、ここまで走ってきたのはハンドルの上にのっているこの両手のおかげなんだと、つくづく感慨にふけったりもした。

郊外での暮らしは楽しかった。風の中にかすかな雨の匂《にお》いが混じっているのを感じたり、足元に土や草や枯れ葉の感触があったりすると、わたしはそれだけでもうとても幸せな気持ちになった。わたしは猫を二匹飼った。庭には小さな野菜畑を作り、部屋にはピアノ用の特別なコーナーを作った。

わたしが借りた家は、小高い山のふもとにあった。山の清流は、澄んだかろやかな音を響かせながら、大自然が創《つく》り出した色とりどりの小石の川床を流れてゆく。あたりはたくさんの木々に囲まれていたが、どの木もそれぞれに、個性を持っているようだった。清流は、家のすぐ裏を流れている小川に注いでいた。わたしはよくその小川を渡ったり、向こう岸に向かっていくつも小石を投げたりした。そうして投げた石が小山のようにうずたかくなると、自分でも向こう岸まで渡り、その小山の上にすわる。ここなら、誰にも触れられることはない。わたしは安全だった。そして、一人きりだった。

わたしは二十一歳になった。兄が、誕生日だろうと言って自分の新しい住まいに招《よ》んでくれた。わたしは、母は絶対に招ばないで、と言い張った。招ばない、と約束してくれたので、わたしは出かけてゆくことにした。

そこには父と弟も来ていた。だがわたしには、二人とも何キロも彼方《かなた》にいるようにしか思えなかった。その場の空気は張りつめて、どことなく不気味な雰囲気さえ漂っていた。

特に、ほとんど大人の体になってしまった弟は、まったくの他人のようだった。わたしは、頭でわかってはいても、とてもその見知らぬ男の人が弟とは思えず、そばにいるだけで落ち着かなかった。

父も緊張しており、なんとなくよそよそしかった。しかしそれでも場の雰囲気を明るくしようと、一生懸命ピエロの役を演じていた。兄とわたしは、テーブルをはさんで辛《しん》辣《らつ》なやりとりをした。ウィリーだけが、そんな中で、わたしの二十一回目の誕生日を祝ってくれた。

場は次第に険悪になり、そのうちにとうとう殴り合いの喧嘩《けんか》になってしまった。ウィリーは、わざわざ喧嘩の起こる場所にやって来たようなものだったのだ。わたしが捜し求めている自分の居場所、身を落ち着け心のよりどころとすることのできる本当の居場所は、やはり、ここにはなかった。自分を取り囲んでいる見知らぬ人たちを見つめながら、わたしは、空虚な風に吹かれていた。

わたしはよく祖父のことを考えるようになった。祖父は実際に亡《な》くなるよりも二年も前に、「わたしの世界」の中では死んでしまったのだが、それはなぜだったのだろう。わたしは、祖父の墓参りをしようと決心した。

墓地に着くと、わたしは祖父の墓の上にすわった。ここへやって来たのは十一年ぶりだ。前に来たのは、弟のトムがまだ三歳の時だった。あの時父は、トムに向かって、おじいちゃんはこの下の土の中に眠っているんだよと言ったっけ。するとトムは、墓の下に入ってゆく道をなんとか見つけようと躍起になって、最後はとうとう癇癪《かんしゃく》を起こしてしまった。

思い出に包まれながら目を上げると、木の葉が一枚、風に吹かれてやって来て、墓の上をひらひらと舞ってからわたしの体に止まった。それを、わたしはそっと取った。「ありがとう」わたしは静かにつぶやいた。

帰りの道で、わたしは、田舎道にぽつんと一軒だけ建っていたガソリン・スタンドに寄った。車を止めると、どこからか山羊《やぎ》が一匹出て来て、わたしの車のタイヤをかじり出した。山羊がタイヤをだめにしてしまうことはありますか、とわたしは従業員に聞いた。従業員は、その前にこっちがそいつをだめにしてやる、と言った。今晩撃ち殺してしまうつもりなのだという。「だめ、そんなの」わたしは大声で言った。「この山羊はわたしが引き取ります」従業員は、厄介払いができて大喜びだった。

再び車に乗り込み、アクセルを踏むうちに、わたしの頰には涙がつたい始めた。涙はいつまでも止まらず、いつしかわたしは声を上げて泣いていた。前方の道路は涙にかすんで、霧がかかったようにぼやけ続けた。祖父が死んで十六年たった今、わたしには初めて、祖父が意地悪をしてわざと死んだわけではなかったということが、わかったのである。

ガソリン・スタンドから連れてきた山羊に、わたしは、祖父の名前をつけた。

郊外での暮らしは、わたしに合っているようだった。家ではくつろいだ気持ちになることができたし、毎日大学まで運転してゆく車の中は、ものを考えたり夢想にふけったりするための時間となった。だがそれでも、自分が本当の居場所、本当の家にいるという感覚は、まだつかめずにいた。そんなある晩、わたしは、自分が今の家からもそのうち引っ越すだろうという夢を見た。

夢の中で、わたしは見知らぬ黒い髪の、若い男の人と一緒だった。彼の名前も家族も、生活の仕方も、どんな人なのかも、全部わたしは知っていた。そうして、今まで会ったどんな男の人との間にもなかったような、すばらしい友情をはぐくんでいた。

わたしとその人とはずっと同じ家に住んでいたのだが、その夢の時点では、わたしと同居していたのは女の人だった。そして奇妙なことに、その女性はわたしが十四歳だった時の友達、ステラを通じて知り合った人なのだった。彼女とわたしは、夢の中で、大の親友になっていた。

再びわたしの誕生日がめぐってきていた。その男の人と女の人とわたしは、アンティークレースのテーブルクロスのかかったテーブルのまわりに立って、クリスタルグラスを掲げて乾杯した（この時夢で見ていたグラスを、わたしは後にある友達からもらうことになる）。「お誕生日おめでとう」二人は言った。

わたしはこの夢のことを、友達に詳しく話した。そして、「わたし、引っ越すかもしれない」とつぶやいた。二年後、夢は、そのまま現実となった。あらゆる細部に至るまで、すべてわたしが夢で見、友達に語ったとおりだった。

わたしは大学の三年になった。社会学は、自分の経験してきたさまざまなことに照らしながら理解することができるようになった。哲学は途中でやめ、かわりに自分の捜している答えにもっと近そうな科目を選ぶようになった。わたしの中には、メアリーのようになりたいという気持ちよりも、さらに強い、大切な気持ちが芽ばえつつあった。わたしは、本当の自分自身を捜し始めていたのである。

わたしは大学で、学んで身についたことであれそうでないことであれ、奇妙に超然とした意見を言ったり、ずばずばと率直にものを言ったりするので有名になっていた。自然な、そのままのわたしに、少しずつ人気が集まるようにさえなり始めていた。

キャロルとウィリーというわたしの両極も、互いにはまだ遠く隔たっているようだったが、それでも次第に、本当のわたしに近づいてくるようになった。あたかも二人は、ちょうどひとつの連続体で、本当のわたしはその間で守られ、身をひそめているかのようだった。そんなわたしの存在は、二人がそれぞれに勢いを得ると無視されて、存在していることさえ忘れられてしまう。しかし一方、二人が各々《おのおの》の人格に執着せず、聞く耳を持って、世の中とやりとりするわたし自身の分身のようになる場合も出てきた。するとわたしは、自分だけでは複雑すぎて把握することも協力することもできない事柄をつかみ、自分自身のために、まわりの人の様子や環境をうかがってみることもできるようになってきた。

もし本当のわたし自身というものが、単にわたしの潜在意識そのものだというならば、それはまだ完全な眠りに落ちてしまったわけではなさそうだった。また、もし本当のわたしがわたしの意識の中にいるならば、それはまだ完全には目覚めていない、半分夢を見ている状態にあるようだった。本当のわたし自身をつかもうとする時の感触の確かさ、深さに比べると、他のあらゆるものは、虚《むな》しく、人工的で、のっぺりと表面的にしか思えなかった。わたしにとって、キャロルとウィリーが耐えている世の中は、侵略的で混乱と苦しみに満ちた複雑怪奇なものでしかなかったのだ。そんなものからは逃げ出したくて、わたしは二人が努力して作り出したものを、いつも打ち壊してきていた。キャロルの友情を打ち壊し、棄《す》て去ってきた。ウィリーのしっかりした意見や考えも打ち壊し、それが独断に陥りそうになるたびに、棄て去ってきた。

生きながらの死をやわらげてくれる、
わたしのまわりのガラスの覆《おお》い
たとえどんなにかすかでも、
わたしの体には触れないで
きっとガラスが永遠に砕け散ってしまうから
綱渡りをしている踊り子が
何もわからないとわかっている世界へ、

まっさかさまに落ちてしまうから
世界は現在《いま》、秘密の書かれた本の一場面のよう
ページをめくっても、
そこはもう破り捨てられている
たとえどんなにかすかでも、触れられれば
ふたつの世界を隔てているガラスは砕け散り
無常の木枯らしが冷たく吹き込んでくる
体に、心に
そして初めて体と心は絡《から》み合う
まるで、野生の葡萄《ぶどう》の蔓《つる》のように

ブラインは変わっていた。人々の中にいても一人だけ目立った。孤独を好む静かな人だったが、それ以上の何かが彼にはあった。それ以上の、他の人とははっきりと違う何かが。普通、人はわたしと知り合いになりたいと思えば、まず声をかけてきたものだ。だがブラインは、何も言わずにただそばに来て、そのままずっとわたしの横にいた。もちろん彼は、口をきくことも話をすることもできたが、そういったごく普通のコミュニケーションの仕方では、どうにもとらえようのない人だった。そしてまた彼の方も、普

通の人とは違う決定的な何かを、わたしに感じていたのだった。わたしたちの視線が重なったとたん、わたしたちのまわりからは、他のいっさいのものが消えていった。

　三歳の時に公園で出会ったあの少女以来、わたしの心をこれほどまでにつかんだ人は、他に誰もいなかった。わたしが彼の世界の人間だったのだろうか。それとも彼が、わたしの世界の人間だったのだろうか。わたしたちの生きてきた世界は、具体的にはまったく異なるものだったかもしれない。しかし彼もまた、自分だけの世界というものに住んでいる人だった。そして自分以外のそういう人に、わたしはそれまで出会ったことがなかった。

　ブラインとわたしは、二人で一緒にいるだけでよかった。わたしたちはどちらも、自分の感じたことをことばにすることはできなかった。またどちらも、適度に距離を置くことに敬意を払っていた。だからわたしたちは、ほとんど何も口に出さずに、黙って、ただ物事を感じ合っていた。

　実際わたしたちの間に、直接的なやりとりはほとんどないに等しかった。わたしたちは、身のまわりの物や自然について、自分の読んだ詩や書いた詩について、観《み》た映画について、話すことで、心の内を語り合った。けれど、お互いに対するそれらのものの意義を、分かち合うようなことは決してなかった。互いに自分のことについて語り合うよりも、そういったものについての話をすることの方がはるかに多かった。そうして相手には、その話を聞くという特権を、ただ静かに授けるのだ。

そのうちわたしは、ブラインの髪を撫《な》でるようになった。ブラインはわたしに、お昼ごはんを買ってきてくれるようになった。そうしてわたしたちは、二人の樹《き》と決めた特別な樹の下で、草にすわって、昼食を分け合った。だがそれでも、わたしたちは互いの瞳《ひとみ》を見つめ合うことができなかった。一度無理にのぞき込んだ時には、やはり、自分がなくなってしまいそうな恐怖感に襲われた。

人は皆、わたしたちが恋に落ちていると言った。そのたびにわたしは、ブラインとのことはそんな簡単なことばで言い表わせるものではないのだと、普通のどんな関係とも違うのだと、一生懸命に説明しようとした。

一方、ブラインとともに過ごしたその年、わたしは彼に会うたびに、緊張と恐怖とに襲われ続けもしたのだ。会うことが、耐えがたいような拷問《ごうもん》に思えることさえあった。彼の横で、わたしはよくどもり、震えが止まらなくなった。だが彼もわたしと同じような人間だったから、そんな時にどうすれば一番いいのかよく知っていた。ブラインは宙を見つめ、わたしのぎこちなさには決して気がつかないふりをしてくれた。何より大切だったのは、こうしてわたしたちは、ただ単純に、無条件に、受け容《い》れ合うことができたということだ。一緒にいても、それは互いのためにいるのではなく、ただ自分たちが「あるがままにある」のだった。

「現実の世界」で触れ合えないことに対してのジレンマは、なかった。「わたしの世界」の中で、わたしの感情に触れることのできる人がいたというだけで、わたしには充分だった。

ある日、わたしたちの手は、ごく自然に触れ合った。だがそのとたんに、わたしは息が止まりそうになった。心と感情の伴ったその触れ合いは、あまりに苦痛だった。ほとんどわたしの限界を越えていた。わたしたちは並んですわったまま、手を触れ合っているという事実には気づかないふりをしながら、じっとその感覚に浸った。わたしは苦しくて、もうそのまま、死んでしまいそうな気がした。

ある日大学の帰りに、わたしは一人の女友達を車に乗せてあげた。途中、車はわたしが昔通っていた養護学校の横を通った。わたしは学校を指差して、わたし、あの学校に行っていた、と言った。

「まさか」彼女は驚いた。「だってあそこは、養護学校よ」

「どういうこと?」わたしは聞き返した。

「普通とは違う子どもが行く学校だっていうことよ。うちの母が、あそこで言語療法の担当をしているの」

「じゃあ昔と変わったのかもしれない」おずおずと、わたしは言ってみた。

「そんなことないわ。あそこはずっと養護学校だったわよ」彼女は言う。「母に聞いてごらんなさいよ」

わたしはブラインにこの話をした。わたしたちは草の上に寝ころがっていた。「ぼくも養護学校に行ってた」ブラインはつぶやくように言った。「両親が、ぼくはちょっとおかしいと思ったから」。彼は、自分が「家」でどのように過ごしていたかということや、人とうまくコミュニケーションができなかったことなどを話した。そんな彼を、両親は精神分裂病かもしれないと考えたそうだ。

ブラインは周囲の人々に対して妄想も持っていなかったし、幻覚に悩まされてもいなかった。ただ人といるのが苦痛なことが多く、コミュニケーションに問題があって、感情的な接触を怖がっていた。それにしても、わたしよりはずっとうまく対処できている。もし彼が精神分裂病ならば、わたしもまちがいなく精神分裂病だ。

そう思うと、たまらなく恐ろしくなった。わたしは本を捜して、精神分裂病について読みあさった。しかし、記述されていた症状は、それほどわたしに当てはまるものではなかった。確かにわたしは、人と接近することが怖く、人が皆こちらを襲ってくるような気がしてしまうのだが、それはべつに妄想にも、偏執的な感覚にもなってはいなかった。事物はよく、最も根源的な色と音と感覚に還元されるのだが、それに脅《おびや》かされるようなことも、一度もなかった。

わたしは乱暴な行動に出ることがあるかと思えば、完全に満足して人と接することもあったが、それは妄想からではなく、物理的身体的な接近から理解という心理的な接近まで、さまざまな形での人との接近のために引き起こされるショック反応のようなものだった。

ことばも少々おかしかったが、それは思考が混乱するためではなかったし、まるでサラダをかき混ぜるようにことばの順序をめちゃくちゃにしてしまうということもなかった。わたしの場合は、他人の言ったことを何の感情も交えずに真似《まね》したり、おかしなアクセントで話したり、どもったり、心理的にまったく何のことばも発することができなくなってしまったりということだ。そしてそのどれも、世慣れていないわたしの心が、圧倒的に強烈な感情を覚えた時の恐怖が原因だった。

また、わたしは人とコミュニケーションしたかったから、自分の代弁者である人物《キャラクター》を創り上げて自分の知性と精神の正常さを証明しようとしたし、そうすることによって自分でも、ある程度フラストレーションから解放されていた。しかしそれらの人物は、決して架空の怪物ではなく、わたしが自分のために創った家族であり、おそろしく孤独で隔離されたわたしの世界、わたしの孤島の、住人だった。そうして「世の中」と「わたしの世界」との間のコミュニケーションの問題を克服してくれる、通訳として活躍してくれていた。

人がそうしたわたしの仮面の人物《キャラクター》たちに働きかけ、わたしもその人物《キャラクター》として受け答えをする時、確かにわたしも、本当の自分を魂の抜けた亡霊のように感じてはいた。だがそれはうつろになるというよりも、むしろ肉体を離脱するような体験で、長時間自分の体そのものが女優になって自動操縦されているような感じだったから、その肉体の中に帰ってゆくのが、自力ではなかなか難しかったというだけだ。これは、何か非常に極端なことがあった場合、多くの人に起こり得ることで、精神分裂病に特有のものではないように思う。

わたしは父に電話をした。

「どうしてわたしはあの養護学校に行かされていたの?」わたしはたずねた。

「養護学校って、どの学校のことだ?」父はとぼけた。

「何の話かわかってるでしょう」わたしは父の記憶をはっきりとよみがえらせるために、学校の名前をあげた。

「ああ、あの学校か」父は急に思い出したように言った。わたしは、母親がそこで働いているという友達がいることと、その子に言われたことを父に話した。

「わたしの何がいけなかったの?」わたしは聞いた。「わたし、頭がおかしかったの?」

「まあ待て」父は言った。「小さい頃、おまえはほんの少し変わってたんだ。でもそれはお母さんのせいで、おまえ自身は何も悪くはない」

「じゃあわたしはどんなふうだったの？」わたしはなおも聞いた。「お願い、誰も責めたりしないから。どうしても知りたい。わたしはどんなふうだったの？」

「おまえは自閉症だと思われていたんだ」父はぽつりと答えた。

どうして？　とわたしはたずねた。

「うん、誰も近くに寄せつけようとはしなかったし、しゃべり方もちょっと変わっていた。いつも、人の言ったことをいつまでも真似して。でも無理ないよ、おまえの母さんは年がら年中おまえを怒鳴りつけたりひっぱたいたりしてばかりだし、おまえの言うことを聞いてやる人間なんぞ、一人もいなかったんだから」打ち負かされたように、父は語った。話してくれてありがとう、とわたしは言った。

「自閉症」というそのことばが、実際は何を意味するのか、わたしは知らなかった。単に現実に対応できず、引きこもってしまうことだろうと、わたしは思った。そうなのか。わたしは現実に対応できないのか。だからって、それがどうしたというのだ？　そんなことはすでに、いやというほどわかっているではないか。人に触れられることや、わたしと知り合おうとしたり親切にしたりしてくれる人が非常に苦手なことは、自分でもよくわかっていた。人の言ったことの口真似しかしなかったことも、母から聞かされて知っていた。だが、その症状がわたしの人生にもたらした、その他のあまりにも多くの事柄については、やはりわたしにはわからないままだった。きっとわたしは、皆が言うように、きちがいなんだろう。わたしは一応そう結論を下し、自分を悩ませているものの本当の正体をなんとか見つけ出そうと、心理学の本の山に埋もれて暮らすようになった。しかし、どの本にも「自閉症」のことは出ていなかった。結局わたしは、以前と同じように、闇《やみ》の中に一人取り残されて、立ち尽くしていた。

わたしは再び街に引っ越した。今度は共同で使う家の裏庭に、自分で買ったトレーラーハウスを置いて、そこに住んだ。ピアノだけは家の中に置かせてもらったが、わたし自身は二匹の猫とともに、裏庭で暮らした。山羊《やぎ》は、引っ越す時に、ふるさとの山に帰してきた。

少しでも時間があると、わたしは作曲をした。ブラインと知り合ったことによって新たなインスピレーションが生まれ、わたしは歌も作るようになっていた。そして作曲をしている時間以外は、社会心理学の本に没頭して過ごした。

わたしは、ブラインに対してすでに心を閉ざしていた。しかし他の人たちの時とは違って、彼はいつまでもわたしの心から消えてゆきはしなかった。彼と一緒にいると、いろいろなことがあまりにもリアルに感じられるようになってしまい、これは逃げ出さなければならない、と思ったのだ。わたしが人から離れる場合、そっと立ち去る時と、逃げ出す時があって、両者ははっきり異なっている。だが、そっと立ち去ってきたつもりの人が、わたしのことを逃げ出したと勘違いしてつかまえに来ようとしたり、逆に、逃げ出してきた人が、わたしは立ち去ったのだと思い込んで、拒絶されたとか棄てられたと感じたりすることがあって、厄介なことになる。ふたつの差は一見非常に微妙だが、その時わたしが抱いている感情は、天と地ほどもの差があるのだ。つまり、すべてか、ゼロか。

そして今回、わたしは再び何も感じないゼロの状態に、激しい勢いで引き戻されてしまった。本当のわたし自身を取り戻し、しっかりとつかんでいようとする闘いに、完全な反動がきたらしい。そうしてわたしは、立ち去るのではなく、猛烈な勢いで逃げ出した。

舞台には、足音も荒々しくキャロルが飛び出してきた。今回のわたしの代弁者《キャラクター》は、完全に躁鬱《そううつ》の躁の方だった。毎日が、絶え間ないパーティーと笑いと、ダンスと人々の連続になった。ウィリーは、ディレクターズチェアにどっかりと腰を下ろしていた。その前でキャロルは、時の流れに逆らい、永遠の十代の役を、演じ続けたのだ。

わたしは明るく社交的になった。大学でも、友人たちと一緒にいる時間が圧倒的に多くなった。

初めてティムを紹介された時も、陽気な気分でいたわたしは、特に何ということもなく、気軽にこんにちはと、ひらひら手を振った。ティムはキャンパス内の寮に住んでいる医学部の学生で、両親も医学部の出身とのことだった。背が高く、髪が黒く、肌もよく日に焼けて浅黒かった。彼の方も、わたしにはたいして気をとめなかった。わたしたちは、自分たちがこれからどういう関係になってゆくのかということなどまったく知らないまま、ごく自然に、同じ時間を生き始めた。実は彼こそ、二年前、なまなましいほどあざやかに夢に現れたあの男性だったのだ。しかしわたしはそのことに、まだ少しも気づいてはいなかった。

ティムは音楽が好きだった。わたしも音楽は好きだった。わたしはなぜか、家の裏庭に置いてあるトレーラーハウスに自分が住んでいるということを忘れてしまった。家にはピアノがあるのだということさえ、忘れてしまった。そうしてもっぱら、大学の音楽室で、ピアノを弾いて過ごすようになった。

ティムとわたしは、交互に相手の音楽に耳を傾けるようになった。ティムは作曲はそれほどしなかったのだが、ピアノを弾くのは本当に上手だった。彼がピアノに向かうと、美しい音色が部屋いっぱいに広がった。キャロルは、この人になら、自分の作った歌や音楽を弾いてもらってもいいと思った。それまで自分の曲は、ドナが、誰にも見せたり弾かせたりしようとしなかったのだが。ティムは歌も上手で、よく響くいい声をしていた。そうしてわたしの作った歌を、どれもとても気に入ってくれた。それまで、誰とも分かち合うことのなかったわたしの歌。ドナの世界の薄暗がりの中に、埋もれていた歌。それらの歌を、ティムは燦々《さんさん》と光の降り注ぐ場所に持ち出してくれた。ティムと一緒に、キャロルも歌った。

ティムはわたしの歌を、まるで自分自身の中からあふれ出た歌のように愛した。音楽を通して、彼は少しずつキャロルと心を触れ合わせるようになった。しかしそのことによって、わたしの心の中のスイッチは再び「オン」になり、うずくまっていたはずのドナが身をもたげることになってしまったのだ。ドナはティムが歌うのをいやがり、彼から自分の音楽を取り返そうとした。

しかしそれでも、わたしはティムのピアノに魅《ひ》きつけられてやまなかった。彼は、わたしが曲を作った時に心の中で聞こえていたのと同じように、音楽を奏《かな》でることができた。心の中で、わたしはオーケストラの響きを聞いていた。ティムのピアノからも、その同じ響きが流れてきた。

わたしは再び人から遠ざかるようになった。わたしはピアノとともに、ワンルームの小さな平屋《バンガロー》の家に引っ越し、次々とでき上がる歌をテープにレコーディングしに出かける時以外は、人前に姿を現わさなくなった。また、歌がひとつできるたびにティムのもとへ赴き、いろいろ言い訳をしながら、自分の最新の曲を弾いてもらった。

こうしてティムは、わたしの七歳の時の友達、トリッシュ以来の親友となったのである。わたしはティムの部屋に泊まり、彼のベッドの横で眠るようになった。ティムと一緒にいるのは、ブラインと一緒にいたのとはまた違う感じのものだった。ティムならば、いくら体が接近してもそれほど恐ろしくはないのだ。ティムはブラインのようにわたしの心をつかむことはなかったが、わたしに近づきそばにい続けることのできる、独特の才能のようなものを持っていた。その上ティムとだと、事が何かと複雑になり過ぎた場合、わたしは自分の仮面《キャラクター》の下に逃げ込むことができた。しかしほとんどの場合は、自分が三歳の頃に戻ったような、伸びやかで自由な気持ちでいられた。そしてティムもまた、ほんの三歳の男の子でしかないように、わたしには感じられた。

ティムとわたしの親密さはいっそう深まり、次第に切っても切れない大の親友どうしになっていった。わたしたちは同じ家に住むことにし、一緒に引っ越しをした。夜になると彼は、廊下をはさんだわたしの部屋に向かって子守歌を歌ってくれた。わたしは彼に、髪を撫《な》でさせてあげるようになった。そうしてわたしの世界へと、招待したのだった。

ティムは、人をあるがままに受け容れることのできる人だった。もちろん精神的にも行動の面でも一貫性があったが、本当はとても内気で繊細で、わたしと同じようにたくさんの仮面を使い分け、その陰に身をひそめながら生きていた。そうしてわたしと同じように、一見親しい関係を築いてきたどの人からも、立ち去ってきたのだった。しかしわたし自身がその中の一人になることは、決してなかった。

一緒にいるとわたしたちは、ここそわが家なのだという夢のような感覚に包まれた。そしてそのわが家の中のあらゆる物は、二人だけの特別な何かなのだ。それは三歳の心を持つ者にとって、まさに天国のようだった。わたしは子どもが純粋に人を慕い、愛するように、ひたすらティムを愛するようになった。そうしてティムもまた、同じようにわたしを愛するようになった。夜が更《ふ》けても話ははずむ一方で、とうとう一睡もしなかったことさえ何度かあった。

わたしたちは片時も離れないようにして過ごすようになった。毎日が祝祭日のようだった。車で一緒に大学に行き、昼休みには必ず待ち合わせ、ただ声を聞くためだけに互いの居場所に電話をし、一緒に家路につくのを心待ちにした。しかし、これほどまでに親しくなった時、わたしの中では同時に、終わりが近づきつつあるというシグナルが、点滅し始めたのである。いつものように。

わたしはティムが恐ろしくなり始めた。ティムの瞳《ひとみ》の輝きはますます深みを増し、わたしは自分が彼にとってどれほど重大な存在であるかを、意識せざるを得なくなっていった。

ある日、わたしたちはダンスパーティーに出かけた。ティムのかたわらで、わたしは比較的落ち着いた、心強い気持ちだった。ティムは、わたしを怖がらせるものを何でも追い払ってくれる力があるような気がしていたからだ。それなのに、踊っている最中、突然わたしは大波のような恐怖に襲われた。息が止まりそうになるのをこらえながら、わたしは訴えることのできないその恐怖から逃れる道を、なんとかティムの瞳の中に捜し出そうとした。その時だった、ティムはわたしの方にかがみ込むようにして顔を近づけると、こうささやいたのだ。もしぼくに、いつまでもずっと一緒にいたいと思う女性が現れるのだとしたら、きみこそ、その女性《ひと》だよ。

わたしはいきなり平手打ちに見舞われたような衝撃を受けた。その瞬間、わたしはその場で、そのままの姿で、凍りついてしまったかのようだった。体だけはダンスを続けていたが、彼の中にあったはずのたのもしさは、一瞬にして崩れ去ってしまった。わたしと同じ三歳だったはずのティムが、この時はっきりと、大人の男になってしまったのだ。

この時を境に、わたしの中にはまたもやキャロルが戻ってきた。そうして以前と同じように、表面的な大人どうしのつき合いの中で、社交的にかろやかに、要領よくふるまうようになった。いつしか家の中には、音楽と笑いが響きわたるようになった。キャロルは歌に感情を託しながら、声を張り上げて歌った。その陰で、ドナはひっそりと姿を消していった。

キャロルは中学時代の仲良しだったステラの番号を捜し、電話をかけた。キャロルの突飛な行動を、いつも自分のいたずらやさぼり癖の言い訳にしていたあのステラだ。ステラは大喜びで、キャロルをナイトクラブに誘った。キャロルは、ティムも一緒に、引っぱっていった。


「カレンじゃないの！」ナイトクラブの真ん中で、ステラは大声を出した。「カレンのこと、覚えてるでしょ？」豹柄《ひょうがら》のドレスに毛皮のコートをまとった派手な女性を指して、ステラは言った。「ほら、昔、会いに連れていってあげたじゃない？」

「こんにちは」キャロルはにこやかに挨拶《あいさつ》して、腰かけた。

カレンの話題は、もっぱら男性のことばかりだった。果てしなく彼女はしゃべり続けた。彼女の男性観は、実にはっきりしたものだった。男ってもんはね、皆、女を食い物にするのよ。だから女は、さっさと男をつかんだら、こっちがお先に利用させてもらうようにしなくちゃあ。

わたしは自分が、自分のわずかばかりの財産もろとも、男たちのもとを去ってきたことを話した。するとカレンは、あんたも人生の何たるかをそろそろ学ぶべきね、と言った。

カレンとキャロルには、ともに噂話《うわさばなし》が大好きだという共通点があった。しかもそれが男女関係のこととなると、話はますます盛り上がる。そのうちに話題は、ティムのことに及んだ。カレンは遠回しにわたしとティムの関係はどうなっているのかと聞き、キャロルは、鏡が光を受け止めて反射させるように、彼女の期待を受け止めて答えた。カレンはそれを聞いて、心得違いをしているキャロルに、その男を永遠に「つかまえておく」ためにはどうしたらいいか、彼女独特の論理で少しずつ作戦を授けてやろうと決めた。キャロルはしりごみした。もともとそれほど攻撃的な性格ではなかったし、はたしてティムがプラトニックな関係以上のものに興味があるのかどうかもよくわからなかったからだ。自分はもうずいぶん男性と関係を持ってきたし、ここでまた「同じまちがいを繰り返したくはない」と、キャロルは言った。だがカレンは、このことばを、自信のなさから出たものだと解釈した。そうして「本当に相手の求めていることに応《こた》えられるよう」、キャロルの後押しをしようとしたのだった。

キャロルがカレンとのつき合いに夢中になっているのを見て、ティムはとまどった。そこで彼は、自分でもカレンのところへ訪ねていってみたりした。カレンは責任感というものを、新たにキャロルに指し示そうとしていた。ティムとの関係において、キャロルはティムの内気さを克服する責任があるというわけなのだ。しかしこれが、致命的な誤りだった。責任感などというものは、そもそもキャロルの領分ではなかったのである。

家の中には、言い争いと非難と理屈だらけのやりとりが、延々と続くようになった。そのため責任感ならば十八番だったウィリーが顔を出すようになり、いつも言い合いに勝ってしまうようになった。

ある日ティムは、友達のところへ行って泊まってくるが一緒に来るかどうか、とウィリーに聞いた。折りしもカレンから電話があり、それは絶好のチャンスだからぜひ行きなさいよと勧められた。くれぐれも、ティムの気持ちを萎《な》えさせることのないように。もしそういう状況になったらその時は、ティムが内気な気持ちを乗り越えられるように、責任を持ってふるまうのよ。カレンは念を押した。

友達の家までは遠く、長いドライブだった。着いてみると、彼らが一緒に使っている部屋にはいくつものベッドがあった。ウィリーはティムに、どこで寝ればいいのと聞いた。

そうして、帰りの道中。キャロルはうわすべりな調子でおしゃべりをし続けた。気楽で軽々しく、「もういつでも別れる」という気分になっていた。ティムはウィリー一人を家の前で降ろすと、そのまま車で行ってしまった。

再び彼が友達と一緒に戻ってきた時、わたしはちょうど、彼の荷物をすべて段ボール箱に詰め、彼の部屋の中に積み重ねているところだった。

「ぼくを追い出すつもりか」ティムはことばも鋭く言った。

「違う」うまくことばをさしはさむことができないまま、わたしはなんとか答えようとした。単にわたしは、ティムの物を自分のそばに感じながら暮らすことに、耐えられなくなってしまったのだ。ティムの物に囲まれていると、どこにも逃げ道のないところに閉じ込められてしまったような気がして、もう心強く感じることも、安心していることも、できなくなってしまった。彼には行ってしまってほしくはなかった。ただ、もはや自分の世界を、彼と分かち合いたくはなくなってしまっていた。

わたしは、二人の間の何もかもが昔みたいに戻ってくれれば、と願った。けれどわたしたちの間にあった純粋さが汚されてしまった今となっては、彼はもう、わたしにとって、昔と同じ彼ではなかった。

ティムは出ていった。そうしてその後に、カレンが引っ越してきた。

大学では最後の一年が終わろうとしていた。大学が終わったら一体どうすればよいのか、わたしは途方に暮れていた。わたしのまわりでは、あらゆる物が流れるような色彩となって飛び始めた。学生生活が終わってしまうのだという思いに、わたしは耐えられなかった。矛盾と混乱に満ちたカオスの中で、大学だけが、唯一《ゆいいつ》のわたしの支えだったのだ。大学は、わたしの生活にしっかりした骨組みと秩序を与えてくれていた。本や理論を通じて、人とは距離を保ちながら接することもできた。学びたいものを自分で選ぶことができるという自由と独立があったし、自分なりのやり方と自分なりのペースを守って生活することもできた。何より大学生活のさまざまな場で、わたしはいつも、正常という仮面の陰に身を置くことができた。

わたしはもう少し、勉強を続けることにした。そして「正常と逸脱」というテーマで、論文を書くことにした。考察の対象は実際の人々の生活や生き方で、その中心は、路頭に迷った、家のない人たちの心についてだった。かつての、わたしのような人たちである。

わたしは物真似《ものまね》が得意中の得意だったので、話を聞いて歩いた人たちとの会話を、まるでスナップ写真のように鮮明に、頭に焼きつけることができた。そしてそうした作業を通して、ウィリーは、どこかに属しているという感覚や自己表現の力がなぜわたしに稀薄《きはく》なのか、少しずつ理解し始めた。その理解を基礎として、わたしは論文の中で、なぜある人間は自分や他人を傷つけ、虐《しいた》げ、食い物にさえしてしまうのか、説明しようと試みた。それはまた、わたし自身の中のそういった傾向を理解しようとする、絶え間ない努力の連続でもあった。

わたしはついに、ひとつの理論を打ち立てた。なぜある人間は、自分や他人を傷つけてしまうのか。それは、どの人間の中にも同じメカニズムが働いてはいるのだが、ある人は、精神面であれ感情面であれ社会的な面であれ、他の人よりもずっと多くの結び目で縛られてしまっているからだ。

わたしはメアリーがしてくれたことに思いをはせた。彼女はまさに、わたしの精神面での結び目をほどく手助けをしてくれたのだ。けれど、感情面と社会的な面での結び目は、ほぐれないままわたしの中に残った。そうしていまだに、わたしの中でそのしこりが、突然荒れ狂い出すことがあるというわけだ。

論文の指導教官には、わたしがうまく折り合ってゆけそうだと感じた先生を、自分で選んだ。なんとか論文を書き上げることができたのも、結局はこの先生に会い続けることができたおかげだ。

その先生に決めた一番のポイントは、声だった。それは、わたしが自分の心をすっかり埋没させてしまうことのできる典型的な声だった。そうした声ならば、わたしはどんなに話し続けられても自分の気持ちを乱されることがなく、従って先生を途中でシャットアウトしなければならないという事態にも陥ることがなかった。第二に、その先生の世界観は、わたしの世界観とそれほど大きく異なってはいないように思えた。先生は、疑いの余地のない現実というものに対して懐疑的で、あらゆるものを相対的に見る目を持っていた。さらに先生は労働者階級の出身で、わたしの持っている「彼ら」と「わたしたち」という分断された感覚にも、理解を示してくれた。

しかし論文を書き始めるにしたがって、わたしの行動は次第に奇妙な具合になっていった。わたしは自分の書いたものに対しておそろしく独占的な気持ちを抱くようになり、先生にもいっさい見せまいとするようになった。個人的な質問についても、いつも逃げ回るようにしてはぐらかした。しかし先生は、この独特のテーマにきみの人生のどの部分が重なるのかと、容赦なくたずね続けた。わたしは仕方なく、なぞなぞのような表現で答えるようになった。もし嘘《うそ》をつくことができれば、その時点ではその方がずっと簡単だっただろう。だがひとつの嘘はまた別の嘘を生み、隠しておかなければならないことがどんどん増えて、ついにはわたしの能力の限界を越え、わたしは逃げることさえできなくなってしまうに違いなかった。

先生は、感覚が鋭くよく気のつく人だったが、同時に皮肉な面もあり、はぐらかそうとするわたしから本音を引き出すためには、狡猾《こうかつ》でさえあった。だが先生は、自分の皮肉にわたしがぽかんとしているのには驚いたようだ。いや、おもしろがっていた気さえする。わたしはある面ではけっこう頭が良かったが、微妙ないやみや愚弄《ぐろう》のことばは、理解の範囲を越えていた。先生はこの事実に気づき、決して遠回しな言い方ではなく、なぜきみはそんなに、いつも人を裏切るみたいにしてするりと逃げるのだ、と聞いた。そして、きみは謎《エニグマ》だ、と言った。わたしは家に帰ると早速辞書をめくって、その「謎《エニグマ》」ということばを調べた。

先生はなんとかわたしをつかまえようとした。だがわたしは全力で走っては逃げた。過去にわたしが何度か熱中した危険な外の世界も、わたしを変えるには至らなかったようだ。もっと大きな危険と混乱の中に身を投じたら、その衝撃で何かを感じるようになるだろうかとまで、わたしは考えた。

先生も同じことを考えていたようだった。そして、わたしの仮面《キャラクター》が絶えず変わり続けていることに気がついた。それが一番よく表れていたのは、服装だ。先生はわたしに、自分でそれに気がついているかとたずねた。

確かにわたしの服装の傾向は始終変わっており、そのたびに、その時々の仮面の人物《キャラクター》の性格を反映していた。

姿を消してしまいがちな、本当の自分である時は、わたしはごく平凡な安物の服に身を包んだ。そういう服ならば、自分が何者であるかということをいっさい語りはしないからだ。またある日には、すでに年老いた人のように、地味で時代遅れの格好をした。これは、あまりにも多くの闘いをくぐり抜けてきた自分を表わしていた。一方まったく逆に、派手で挑発的な格好をする日もあった。そんな日は、まるで自分が歩く芸術作品にでもなったかのように、あるいは自分の立ち居ふるまいすべてがパフォーマンスであるかのように、すっかり気取って先生の研究室に入ってゆく。これは、何の感覚も深みも持ち合わせず、心に触れられることも挑まれることもまったく拒絶している自分なのだ。

わたしに対する先生の思いやりある心づかいは、論文には直接影響を及ぼさなかったものの、わたし自身にとっては、忘れがたいものとなった。先生は、わたしの人生を映す、ひとつの大きな鏡となった。先生の目を通して、先生のコメントの中に現れるわたしは、アルバムに貼《は》られた何枚ものスナップ写真のように、わたしの心に焼きついた。そうしてわたしは、自分が何者だったのか、どこにいたのか、思い出そうとするたびに、その心の中のアルバムを一ページずつめくっていった。

論文提出の締切りぎりぎりまで、わたしは最終稿を出そうとも書こうともしなかった。先生に見られるのが恐ろしかったのだ。わたしはまるで文章に手術を施すようにして、自分の論文からあらゆる表現の豊かさを削り取った。ごく短い献辞を除けば、個人的なことも何も書きはしなかった。本文は情報の抜粋で生き生きといろどられていたが、それらの文章は、観客の前でどうしても自分を表わすことのできないわたしの無能ぶりを、斜に構えて嘲《あざけ》っているようでもあった。結局論文は、手術用の器具が整然と並んだ外科医の棚のように、あくまで客観的で冷たく、味気ないものとなった。それはまた、「世の中」と、そこにかかわろうとするあらゆる姿のわたしとの間の溝を、くっきりと反映しているかのようだった。

ティムが再び家にやって来るようになった。そして、わたしが彼の目の前で捨て去ったわたしたちの友情を、なんとか救い出そうとした。わたしたちは激しい剣幕で言い争った。負けるのはいつも彼だった（だがこれは、わたしたちの恐怖のどちらがより強いものかということを、暗示してもいた）。やがてわたしたちは、壊れてしまった友情のかけらを、少しずつ元通りにし始めるようになった。そこへ、カレンが引っ越してきたのだ。

ちょうどわたしの誕生日だった。お祝いにはティムも招《よ》んだ。そうしてキャロルとカレンとティムは、優雅なアンティークレースのテーブルクロスが掛けられた、カレンのテーブルを囲んだ。クリスタルグラスにワインが注がれた。二十一歳の誕生日の時に、プレゼントされたグラスだ。わたしたちはそのグラスを掲げ、乾杯をした。「お誕生日おめでとう」

しかしその声が響いたとたん、わたしの周囲の風景はぐらりと揺らめき、すべてがスローモーションに変わってしまった。目覚めてはいるものの、まるで夢の中に迷い込んでしまったかのように、ドナは身じろぎもせずに立ち尽くしていた。ショックで口が開いたままだった。何年か前にわたしは、このすべてを夢で見たのだ。何もかも、すべてを。

キャロルが自分もやはり正常なのではないかと思い始めたまさにその時、そんな彼女の気持ちをたたきつぶすようにして、夢のとおりの奇妙な現実がまたもや現れたのである。こうしたことが起き続けるのは、なんだかとても薄気味悪かった。

大学は再び年度末になった。わたしは、さらに勉強を続けようかと考えていた時期もあったのだが、そのためには指導教官との友情にも似た関係もまた続けなければならないわけで、それを考えるととても恐ろしくてだめだった。一番最後の週には、先生は本当のわたしを理解し始めていた。

先生は、わたしが先生に贈ったなぞなぞのような詩が、わたしからのお別れのプレゼントだったと気づいただろうか。それを差し出す時、わたしはひどく緊張した。本当に必死の努力をして、差し出した。詩は、わたしに対する先生の助力と心づかいと忍耐に対するお礼のつもりだった。自分が闘っている葛藤《かっとう》について説明しようとした詩だった。先生はとても喜んで、ありがとうと言って受け取った。だがわたしは、できることならもっとさりげなく受け取ってほしかった。感謝の気持ちや心のこもった挨拶を受け止めるのは、まだわたしには、充分マスターできていない領域のことだったから。

大学が終わったら次は何をしたらいいのだろうと、わたしはとても怯《おび》え、必死に考えた。それまでにわたしはさまざまな場でボランティアの仕事をしており、自分の専攻分野の延長として、ソーシャルワーカーの経験があった。この仕事ならば、勉強してきたことをすべて「プロ」として生かせる。わたしはソーシャルワーカーの職を目指そうと、決心した。

わたしのたどってきた学歴と職歴で埋められた履歴書は、なかなか印象的なものになった。ほどなくわたしにはふたつの仕事の申し出があり、しかもどちらか好きな方を選べることになった。ひとつは、子どもたちの世話をするもの。これは似たような仕事を、何度かボランティアで経験していた。もうひとつは、ホームレスの人たちの施設で働くというもの。わたしはこちらを、選んだ。

16　闘争と逃走

デイビッドの姿に、わたしは胸を衝《つ》かれた。新しい仕事で出会ったさまざまな人の中でも、彼は一番不幸だとわたしは思った。年齢は、わたしと同じ。しかし絶望のあまり自己破壊に向かおうとしており、わたしはそれをなんとか食い止めようと頑張った。彼の姿はまるで、最も絶望していた時の自分のように思えて仕方なかった。わたしの中では、人を保護しようとするウィリーの本能がむくむくと頭をもたげた。それに加えて、精神科医としてのメアリーの役目が、とうとう実地に移されることになったわけだ。わたしは事務室の扉をいつでも開け放しておき、やって来る人全員を歓迎した。そうして、毎日アルコールにおぼれている彼らとともに、希望と恐怖と夢について、話し合った。デイビッドはそんなわたしの事務室を、自分の第二の家だと言った。ウィリーの自尊心は、舞い上がった。

だが施設のスタッフたちは、わたしのやり方に眉《まゆ》をひそめていた。あなたのやり方はまったく見当違いだとわたしは言われた。そして、勤め始めてからたった二週間で、わたしは患者たちから、普通のソーシャルワーカーが二年かかって手にする評判よりも高い人気を得ていると言われた。さらに、もっと専門家たちとのつき合いにも加わるように、昼休みはスタッフルームで過ごすように、と忠告された。

権威とか体制というものにはおよそ敬意を払ったことのなかったウィリーは、結局二週間で、その仕事を辞めることにしてしまった。

デイビッドは、ウィリーの歓心を買いたい一心で、アルコールを断った。ウィリーはそれで格別彼を認めることもなかったが、自分がソーシャルワーカーに向いているという自信と自尊心はますます強まった。デイビッドは、わたしが仕事を辞めることになったことも聞きつけてきた。わたしはさようならと彼に告げ、もしどうしてもわたしに話したいようなことが起こったらと、自分の電話番号を教えた。

電話はすぐにかかってきた。彼は、施設を追い出されてどこにも泊まる所がないと、わたしに訴えた。それは、まったくの作り話だった。しかしそうとは知らず、それまで多くのホームレスたちの訴えを聞いてきたウィリーは、即座に救助に乗り出し、自分の家の裏手にある小屋に泊まりにいらっしゃいと彼に言った。わたしにとってホームレスたちは、社会的に初心《うぶ》なところが抜け切らない、多くのキャロルたちだったのだ。そして小屋やガレージというのは、何年も前に、キャロル自身が風雨をしのいだ場所だったのだ。

しかしデイビッドは、平気で嘘をつく異常な人間だったのである。そう、彼は本当に異常だった。ひどく情緒不安定で、ありとあらゆる感情的な脅迫をわたしに突きつけた。知的な面でなら打ち勝つことのできるウィリーも、他人から感情的な問題で迫られては、どうしたらいいのかわからなかった。

客観的に公正に接しようとしていたウィリーは、情緒に訴えて人を操るというはるかに陰険なこの変質者の手によって、撃墜され、炎上しようとしていた。感情移入をすることのないキャロルならば、この状況を受け継ぐことができただろうか。いや、彼女の世間知らずぶりと精神的な幼さは、かえって格好の標的にされてしまったのだ。キャロルは再び、地獄へ連れ去られようとしていた。

わたしの中のウィリーとキャロルは、それぞれ闘争と逃走を導く、わたしのサバイバルのためのメカニズムだったといえるかもしれない。ウィリーは、外側にある恐怖に対するわたしの反応の化身で、闘争を好んだ。一方キャロルは、わたしの逃走しようとする反応の化身で、自分の内側にまで及んできそうな恐怖を感じると、すぐさま逃げ出そうとした。

わたしがもう一度ティムとはぐくみ出した新しい関係は、やはり、二人の無垢《むく》な子どものものだった。ティムは、今度こそその関係を手放すまいとしていた。しかしまたもや、二人の間が最も高揚した時に、わたしの中には人に接近しすぎることへの恐怖がわき上がってきたのである。そうしてわたしは、今にも逃げ出そうとしている、キャロルになってしまった。

ティムがわたしに会いに来た。ちょうどその場にデイビッドもいた。わたしは第三者のいる所では、自分のどのような感情もうまく表わすことができなかったので、まるでデイビッドのように日和見《ひよりみ》的に、キャロルの仮面の陰に逃げ込んだ。そうして皆をもてなし、笑わそうと努めた。

デイビッドは笑っていた。彼は、ティムがわたしの職場に花束を持ってきたのを見ていた。わたしが電話でティムに話しているのを聞いていた。そうして、ティムを狙《ねら》い撃ちにして倒す機会を、今か今かと待っていたのだ。

彼は出し抜けに、実に軽々しい調子でこう言った。「ねえ、あんた、おれたちが婚約したのを知ってる？」

ティムは目を見開き、そのまま顔をこわばらせた。「それはおめでとう」抑制のきいた声でそう言った時も、その声には隠しようのない硬さがにじんでいた。

わたしにも、それはまったくの初耳だった。それが単なる策略であることはわかっていたが、あの時もし、わたしがそれ以上の悪意に満ちた残虐《ざんぎゃく》さを感じ取っていたなら、あるいは、ティムとわたしがお互いに抱いていた深い本物の感情にわたしが心の底からやすらぎを覚えていたなら、まちがいなくわたしはティムの手を取り、わたしを慕うふりをして巧妙につけこんできたこの悪魔のもとから、逃げ去っていたことだろう。

心の中で、わたしは激しく叫んでいた。ティムに向かって手を差し伸べていた。けれど表面的には、キャロルはただその場を保ち、笑い、どうでもいいようなことばかりをしゃべり続けて、デイビッドがティムの顔にひどく泥を塗ったことも見て見ぬふりをした。

叫びも涙も絶望も、キャロルの瞳《ひとみ》には、決して表われることがなかった。キャロルはいつも軽薄だった。いつもただにこにこしているだけだった。いつも、本当は、死んでいた。


カレンはデイビッドの正体を見抜いた。あれはうじ虫よとわたしに警告し、あんな男にはすぐに出ていってもらいたいと言った。けれど、放り出されてしまうことからだけはなんとか彼を守ってやらなければとウィリーは思い、必死にカレンに立ち向かった。ウィリーの心の中には、遠い日のキャロル自身の姿が浮かんでいたからだ。放り出され、結局は娼婦《しょうふ》も同然の存在に、自分の身を落とさざるを得なかったキャロルの姿が。あの頃キャロルは、まだほんの子どもでしかなかった。しかし男たちは、そんなことを気にとめようともしなかった。

わたしには、車とピアノとほんの少しの貯金があった。カレンは強情なわたしに腹を立て、乱暴にも家の中に境界線を引いてしまったので、実質上わたしはもうそこには住んでいられなくなった。こうしてカレンは、長年わたしがなんとか避けようとしてきた事態に、再びわたしを追い込んだ。キャロルはまたもや、家なしの身になってしまったのだ。それまでわたしが懸命に築き上げてきたものを、デイビッドはすべて奪ったのである。ようやくつかみかけていた自分自身の手ごたえさえも、わたしは失ってしまった。

わたしはデイビッドとともに、友達の家のガレージに転がり込んだ。そうして油まみれで蜘蛛《くも》の巣だらけの、黒ずんだ木の梁《はり》の下に、間に合わせのベッドを作って眠った。キャロルは再び、娼婦同然の身となった。だが逆境の時でもかまわずににこにこしている彼女は、そんな状況さえ気楽に受け流していた。デイビッドは彼女の愚かさをせせら笑い、これからの生活について、一方的に命令した。キャロルはそれに、ただ従った。

デイビッドはアルコール中毒からも精神的な痛手からも立ち直りつつあったが、働く気はまるでなかった。その上、国中を旅行してまわりたいと言い出した。費用はもっぱら、わたしの貯金が充《あ》てられることになった。さらにわたしのピアノも車も、この旅行のために売り払われることとなる。

デイビッドはわたしを虐《しいた》げることが、まるで楽しいみたいだった。おれがいいと言わない限り、おまえは何にもできやしないんだと言い張った。そのくせ具体的なことになると、いつもわたしにたよるのだ。わたしは一人で買い物にも行けなくなった。おれのいないところでは誰にも話しかけるな、とも言われた。トイレにさえ、一人では行けなくなった。デイビッドはドアの外で待っていて、少しでも長引くと、早く出てこいと言う。わたしは再び、貧しく学もなく、生活に疲れて打ちのめされた主婦のようになってしまった。

デイビッドのことは、会う人ごとに誰もが軽蔑《けいべつ》した。ということはつまり、わたしは誰にも話しかけることができないということだった。なんとか勇気をふりしぼって話してはみても、デイビッドが一緒では皆いやがって、わたしと友情を築くことができるほど充分に話すことなど、とうていできはしなかった。

わたしはティムのことを思った。するとこらえきれず、大粒の涙が、音もなく流れ落ちた。

「何なんだよ」それを見てデイビッドが言った。

「何でもない」わたしはそう答えると、作り笑いを浮かべた。しかし本当は、ティムと話をしたくてたまらなかった。ティムのことばかりを考えて、なんとか毎日をしのいでいた。

だがこの期《ご》に及んでもなお、わたしは接近しすぎることへの恐怖をティムに感じていたとは、なんと皮肉なことだっただろう。そのためにわたしは、結局彼のもとへは、まだ戻ることができなかった。

デイビッドとわたしは、オーストラリアの反対側の端に着いた。わたしはどこからも誰からも切り離され、孤独で、しかも無一文だった。熱帯に位置するそのオーストラリアの北端は、ちょうど雨季に入っていた。わたしはひどく衰弱し、一度に十分以上歩くことができないほどまでになっていた。よく息が苦しくなって喘《あえ》ぎ、気を失いそうにもなった。

デイビッドはといえば、ここまでですでにわたしの貯金を使い果たしてしまっていた。この旅行は、彼がおもしろ半分に言い出したものでしかなかったが、一応、彼のお姉さんを訪ねるという名目があった。しかしお金がなくなってもデイビッドは働こうとせず、とてもお姉さんのところまでたどり着けそうにはなかった。

わたしたちはそれまで、トレーラーハウス用のキャンプ場の隅に車を停めていたが、そこで生活し続けるお金さえもうなかった。わたしたちはもっと安いところを捜さなくてはならず、下宿させてくれる家を求めて、足を棒にして歩いた。やっとのことで、一軒の家から顔を出した中年の女性が、自分の甥《おい》に英語を教えてくれるのなら、それと引き換えにひと部屋貸してやってもいいと言った。デイビッドは即座に、わたしが無償で英語を教えると請け合った。

男の子はカルロスという名前だった。彼に英語を教えて家賃はただにしてもらうというのは、とても理にかなったことに思えた。しかしいざふたを開けてみると、十歳のカルロスは、英語だけでなく母国語のギリシャ語においても、ほとんど完璧《かんぺき》な文盲だったのだ。

わたしの衰弱ぶりはますますひどくなり、毎日二時間カルロスに家庭教師をするために、あとの時間はすべてベッドに横になっていなければならないほどになった。わたしは、何種類もの食物アレルギーと、それによる栄養失調に陥っていたのである。口にしたものからは、まったくビタミンが摂《と》れていなかったのだ。しかしその時は、まだその事実をまったく知りはしなかった。

カルロスは、元気いっぱいの明るい男の子だった。わたしはカルロスのことがとても好きになり、カルロスも、カルロスの妹も、わたしのことを好きになってくれた。デイビッドはおそろしく嫉妬《しっと》したが、あくまで下宿の条件は条件だった。カルロスの英語はみるみる上達した。そうして弱りきっていたわたしに、かすかな自尊心をよみがえらせてくれた。わたしは、こんな混乱からは抜け出さなくてはと願っている、もう一人の自分がいることを思い出した。わたしは意を決して、ティムに手紙を書いた。

それは、ぎこちない手紙だった。差出人としての住所も記さずにおいた。しかしわたしには、それを書く勇気が自分にあったとわかっただけで充分だったのだ。おかげでわたしは、さらに新たな一歩を踏み出すことができた。わたしは、もう帰らせてもらう、とデイビッドに告げたのである。

しかし、それまでわたしと一緒で非常に調子のよかった彼は、自分も一緒に帰ると言い出した。わたしは二人分の旅費を払うために、車を売った。そうしてなんとか、自分自身の町へと、帰途についた。

わたしたちは、一軒の家の裏庭にある小さな部屋を借りた。狭苦しい部屋だったが、とにかくわたしは自分の町に戻ってきたのだ。

わたしはティムの家に電話をし、彼のお母さんに、戻ってきましたと告げた。お母さんは、ティムに会いたいかと聞いた。わたしは正直に、まだよくわからないと答えた。お母さんは、ティムはあなたがいなくなってとても沈み込んでいたから、帰ってきたのを知ったら喜ぶわ、と言った。わたしは、元気でやっていると伝えてくださいと言うと、そのまま電話を切ってしまった。

そしてそれから数週間後、わたしは再びティムの家に電話をかけた。お母さんは、わたしの伝言を彼に伝えてくれたとのことだった。さらにお母さんは、ティムが新しいガールフレンドと一緒に引っ越したことをわたしに告げた。お母さん自身、ティムはいろいろとつらい思いをしてからまだそれほど日がたっていない上、その新しいガールフレンドのことはまだよく知りもしないのにと、心配していた。わたしは自分の住所を告げ、彼に伝えてくださいと言った。

ティムは連絡してきた。そうしてわたしたちは、四人で会った。とてもおかしな会見だった。向こう側にはティムと彼のパートナーがすわり、こちら側にはデイビッドとわたしがすわっている。ティムもわたしも、再会できてどれほどうれしいかということを、なんとか表面に表わさないように努力した。そして、また連絡を取り合おうと約束した。

その日から、わたしは再び自分で自分を殴り、自分の髪を引っぱるようになった。わたしはなんとかして、自分の体から外へ、出たかったのだ。自分の体から去るために、わたしは侵入者たちがやったように、自らを踏みにじり、傷つけ、虐待した。わたしは自分の肉体の存在が、うとましかった。肉体が、破ることのできない牢獄《ろうごく》の壁のように自分を閉じ込めているのが、許せなかった。それは、肉体など無用だという以上の激しい感情だった。わたしは叫んだ。その声で、わたしの鼓膜は破裂しそうなほどだった。けれど実際には、ほんのかすかな声すら出てはいなかった。わたしは懇願した。けれど作り笑いを浮かべた唇からは、ひとこともことばは発せられず、瞳もただどんよりとうつろなばかりだった。わたしには人と触れ合うことも親密になることもできるはずなのに、いつもそれを怖がる気持ちが執拗《しつよう》にわき上がってくる。そうして親密さというものが、あたかも、自分には手の届かない遠い夢か幻のようにしか思えなくなってくる。これこそが、自閉症というわたしが抱えた問題の、重さなのだろうか。それは、「引きこもり」などという単純で大ざっぱな表現よりも、はるかに根の深いものなのだ。

心の中で絶叫しながら、わたしは必死の思いでティムに助けを求めた。ティムはパートナーとともに来てくれた。いい年をした大人が、いまだに子どものように人との触れ合いを怖がらなければならないとは、なんと残酷な運命なのだろう。わたしは大人ではあったが、子どもの不安定さから抜け出すことのできない大人だった。

ティムはまるで警官のように、デイビッドとわたしの争いに割って入ってくれた。デイビッドはわたしのことを、こいつは完全に頭がおかしい、と吐き捨てるように言った。わたしは自分に起こったことを、なんとか説明しようとした。だが、だめだった。わたしにはもう、部屋中の誰も彼もが、遠くはるかな所にいるようにしか見えなかった。そうしてわたしの唇からは、何のことばも、叫びも、出てはこなかった。

再びわたしは工場で働いた。そうして得たお金で、もう一度、トレーラーハウスを買った。

ティムとわたしの友情は、デイビッドによってとうの昔に取り返しのつかないほどに壊されていた。ティムとわたしの人生は、それまではある意味で平行に走るかのような軌跡を描いていたのに、ティムは奇妙な具合になり始めたわたしの方の人生を救う闘いを、あきらめた。そうして、自分は自分で考えていたほど大切な人間とは思われていなかったのだと、ひとり合点した。

わたしのトレーラーハウスには、デイビッドも一緒に引っ越してきた。そうしてわたしたちは、再び旅をし始めた。

旅先から、わたしはひそかにティムに電話をしたり手紙を書いたりするようになった。物理的に遠く離れたために、ティムと触れ合うことがそれほど恐ろしくなくなったのである。ティムからの返事は、わたしの書いた手紙と同じぐらい、互いの気持ちの核心には触れまいとするものだった。しかしその中には、気をしっかり持って自分を失わないように、逃げ出したい気持ちに駆られても、それで自分を責めることのないように、というメッセージが込められていた。わたしはそれらを何度も何度も読み返し、すべて暗記してしまった。ティムからの手紙は、わたしに力と希望を与えてくれた。わたしは、本当の自分とは矛盾した行動に走ってしまうような人間なのに、それでも、そんなわたしを決して見捨てず、本当のわたしに出会うために闘い続けてくれる人が、確かに一人、いるのだ。わたしはついに、決意を固めた。そうしてある晩の真夜中に、その決意を実行に移した。わたしは、デイビッドからとうとう逃げたのである。

わたしは闇《やみ》の中を走った。見知らぬ町の、見知らぬ人たちの中を、どこまでも走った。そうして電話ボックスに駆け込むと、電話身の上相談センターの番号を回した。幸運なことに、電話に出た見も知らぬ相談員は、逃げてきたわたしの勇気を誉《ほ》めてくれ、さらに次の行動をアドバイスしてくれた。それこそわたしの求めていたものだった。わたしは反撃しなければならなかった。別れるという何らかのしるしを残さなければならなかった。わたしは足音をしのばせてトレーラーハウスに戻ると、デイビッドのいる車両の入り口に、こっそりメモを差し入れた。

メモには、翌日のある時間にある場所で会ってほしい、と書いておいたのだ。それからわたしは、ライトを消しエンジンはかけっぱなしにして停めておいた自分の車のところまで、大急ぎで戻り、その見知らぬ町の反対側まで突っ走った。そうしてようやく車を止め、エンジンを切ると、あっという間に眠りに落ちた。寒さにかじかみ、空腹のまま、眠る家もなく。

翌日わたしは、デイビッドに指定した時間に、トレーラーハウスへ戻った。そうして、自分のごく個人的な身の回りの品をかき集めた。トレーラーハウス自体を含めて、あとはすべて残してゆくつもりだった。デイビッドが二度とわたしをつけ回さないように、すべて彼にやってしまうつもりだった。わたしは大切な人生の一年半もの時間を、この獣《けだもの》のような男のためにむだにしてしまったのだ。そんな男と訣別《けつべつ》できるなら、たとえ何を失おうとも、もう惜しくはない。

　わたしは夜の闇にまぎれて、ひたすら車を走らせた。そのうちに、物が二重になってぼやけ出した。体はもうくたくただったし、空腹だったし、お金も自分の州に帰るのがやっとの持ち合わせしかなかった。わたしは道のわきの駐車場に車を停めると、そのままそこで眠った。隣りに停まっていたトレーラーには、犬がぎっしり乗せられていて、しきりに吠《ほ》え立てていた。しかしわたしは幸せだった。それほど幸せな気持ちに包まれたのは、ティムと暮らしていたあの最初の日々以来のことだった。それは、本物の「幸せ」だった。それは、心の奥深くで感じることができた。そしてそれは、わたしの顔さえ柔らかく包み込んだ。わたしはこの上なくやすらかな寝顔で、眠り続けた。

　何の連絡もしないまま、わたしはふらりとティムの家を訪れた。ティムのパートナーは、わたしの苦境に理解を示してくれた。わたしのなめてきた辛酸も、ティムとわたしの友情の固さも、彼女にはわかっていたのだ。わたしは仕事と住む家が見つかるまで、そこに置いてもらった。そうして来た時と同じように、何も告げずにひっそり去った。

　わたしはティムの住んでいる町からははるかに遠い、田園の趣きのある美しい地域に引っ越した。そうして、共同で使う家の一室を借りた。大家さんには二歳の女の子がいて、わたしによくなついた。わたしは少しずつ心を開き、自分の殻から出るようになった。一人で外出するようにもなった。本当のわたし自身が一人で出かけるのは、初めてのことだった。しかし本当のわたしは、キャロルのように人々と華やかにつき合う気は、まったくなかった。

向かい側にすわっていた若い男性ばかりのグループが、しきりにわたしに話しかけてくる。彼らはアイルランド人で、発音の違いから、わたしには何を言っているのかさっぱりわからない。彼らがなおも話しかけてきた時、わたしははっきりそう言った。しかしその中の一人は、のぞき込むようにしてわたしの瞳を見つめた。そうして何も言わずに、ただ目で、わたしをダンスフロアへと誘った。わたしも何も言わずに、従った。

それからわたしたちは、彼の友達の家へ行った。人と一緒にはいるがその中に溶け込みはしないという状況は、その時のわたしには受け容《い》れやすいものだった。話しかけられても、わたしの答えはごく短く、会話には発展していかなかった。そうしてわたしは自分のまわりを、ただ静かに観察していた。彼の友人たちは、わたしに話しかけるのをあきらめた。彼自身もほとんど口をきかなかったが、居心地は良さそうにしていた。そうして、あまりものを言わないわたしの静かさと超然とした態度に、興味を覚えているようだった。そういうわけで、わたしの周囲には、どこにも現実的な脅威はなかった。

わたしたちはどちらも、肉体関係を望んではいなかった。どちらも、ただ一緒にいるだけで充分だった。わたしたちは互いに、特別な愛着や精神的な絆《きずな》を持ちたいとは思っていないのだということを、よく知っていた。それは、わたしがそれまでに知っていた男性との関係の中で、最も対等で、要求がましくなく、ストレスのない自然なものだった。そうして、相手に未知の部分がたくさん残っている距離感と静寂の中でこそ、わたしは初めて、触れられることからくる喜びに、心を脅《おびや》かされることなく集中できたのだ。

彼は、失読症だった。わたしと同様のコミュニケーション上の問題も抱えていた。わたしたちの生は、どことなく場違いで、ちぐはぐだった。いずれにしてもそのほとんどは、本当のわたし自身には矛盾しているのである。わたしたちはあらゆる会話を最小限のことばで行ない、大部分のコミュニケーションは、むしろ互いの感覚を通じて行なった。体中のあらゆる感覚が、それまでにないほど鋭く研ぎ澄まされていった。わたしたちのそんな関係は、性愛を通じての関係よりもはるかに肉体的であり、官能的なものだった。

そうやってわたしたちは、三か月の間、会い続けた。次第に彼は、彼独特のやり方で、わたしという人間を知ろうとし始めた。その時が、別れの始まりだった。やがてわたしたちは、接触を失った。

わたしは再び、ひどく体調が悪くなった。デイビッドと一緒だった頃の喘息《ぜんそく》と筋肉痛に、またもや襲われるようになった。昼間でも一度に何時間も眠り込んでしまうようになり、眠ったら最後、何が起ころうとも目が覚めない。起きている時も、ふと気がつくと、まるで昔のように、何時間も何もせずにただ宙を眺めているのだ。

集中力もいちじるしく衰えた。テレビの前にすわってはいても、わたしに見えるのは、ぼんやりした色のかたまりとさまざまな模様の動きだけで、何の番組を見ているのかはわからない。意識がはっと戻るのは、コマーシャルの時だけだ。テレビをつけている間に何度も現れ、ごく単純な音楽と調子のいいことばが繰り返されて、それがまた何時間も何日も、何週間も続く、コマーシャルの時だけ。

ある日、わたしは最初に入ってきたのと同じ扉から、建物の外へ出た。ところが出てみると、まるで建物のあった場所が変わってしまったかのようなのだ。通りの様子が、来た時とは違っている。違う場所に出てしまったのかもしれないと思い、わたしはもう一度建物の中に戻ると、先ほどの通りには背を向けて、外へ出るのをやり直した。ところがやはり、わたしが元来た通りとは、反対側の通りに出てしまったのだ。

わたしは怖くなってきた。人をつかまえて、通りの名前を聞いてみた。するとそれはちゃんと、わたしのやって来た通りの名前なのである。わたしはその通りの先に車を駐車してきたのだが、方向感覚がまったく狂ってしまった今となっては、車がどこにあるのかわからない。

「すみません、あの、ミッチェル通りはどっちですか?」泣きそうになりながら、わたしはたずねた。わたしはこの町で育ち、通りも道も、隅から隅まで知っていたはずなのに。

「あっちですよ」指差しながら、声が答えた。

わたしはその腕をたどり、指をたどり、指の差す方向をたどったが、心の中ではすっかり動揺していた。そのあたりでは、ミッチェル通りは一体どんなふうになっているのだろう?

わたしはとうとう泣き出した。怖くてたまらなかった。見知らぬ人の声が、どうしました? とたずねている。

「道がわからないんです」わたしは言った。「どうやって自分の車を捜せばいいのか、わからないんです」

「どんな車なんですか?」声がたずねる。わたしは説明した。そうして、自分は今立っているのと同じ通りに車を停めてきたつもりなのだが、どっちの方角なのかがわからなくなってしまった、と言った。その男の人は、わたしの車を見つけてくれた。わたしは車めがけて、飛んでいった。

世界はまるで、何もかもがさかさまになってしまったかのようだった。上下も左右も前後も、何もかも。わたしがあの建物に入った時に、すべては鏡に映った像に変わってしまったかのように。

　車に乗り込むと、わたしは体をこわばらせてすわったまま、しばらく何もできずに震えていた。通りの名前ならすべて知っていたし、それまで道がわからなくなることなど一度もなかったのに、今はただ、通りの標示板をたよりに運転してゆくしかない。しかしそれは、鏡の像を見ながら運転しているようだった。いくつもの通りを走り過ぎてみると、わたしは自分が行きたい方向とはまったく違う場所にいることに気がついた。ちょうど鏡の中でのように、わたしは家に向かうどころか、逆にどんどん遠ざかっていたのだ。あらゆるものが、いつもとは反対側になってしまっていた。

　この奇妙な感覚は、二日間にわたって現れたり消えたりした。わたしは本当に気が違ってしまうのではないかと怯《おび》えた。しかし、自分の頭がおかしいのであろうとそうでなかろうと、とにかくまずは、一日中同じ場所に立ち続けていればいいような仕事を、見つけなければならなかった。

　ある日わたしは一軒の演劇用品の店を見つけ、吸い寄せられるように中に入った。店の壁は、羽根やベルベットやスパンコールが縫いつけられた仮面に覆《おお》われ、棚にはありとあらゆるヘアスタイルのかつらが並び、レジのわきには、天井から糸で吊《つる》された実物大の熊《くま》のコスチュームがあって、お客たちににらみをきかせていた。わたしは一目で、それらすべてと恋に落ちてしまった。それらとなら、わたしは心を通わせることができた。

店の主人はちょうど、販売員として五年の経験のある人を求めていた。キャロルは社交性たっぷりの面を打ち出し、店のユニークな品々がどれほどすばらしいか、そのすばらしさが自分にはどれほどよくわかるかと熱弁をふるって、自分を売り込んだ。そうして結局、これほどの熱意があるのなら物を売る助けになるかもしれないと、採用されたのだった。

キャロルは毎日、ふわふわの毛皮のコスチュームにウサギの耳をつけて、店に立った。子どもたちは目を輝かせて、店内に親を引っぱってきた。そうして親たちはたいてい、わたしが身につけているものを何か買わされるはめになる。ある日わたしは、ついにあの高価な熊のスーツを着て店の前に出てゆき、一人で踊った。するとある男性が目にとめて、それを買っていったのだ。故郷の田舎町へのおみやげにして、友達を驚かせたり、自分の子どもたちを喜ばせてやるのだという。

店の売り上げは、以前の二倍にもなった。絶えずわたしは、いちいち商品をきれいに並べ直したりしなくていいから、もっとお客さんに注意を払うようにと、言われ続けていたにもかかわらず。

ある時、小さな女の子が一人、わたしをじっと見つめていた。そうして、つかまえようとしてもさっと逃げてしまいそうなわたしの動作の不思議さに魅《ひ》かれて、寄ってきた。女の子はちょんちょんと、わたしの腕をつついた。

「ねえ、あなた、本物の妖精《ようせい》？」

「そう」

「本当に本物かどうか、もっとさわってみてもいい？」

「ううん、だめ、ごめんなさい」わたしは言った。「もしさわられたら、わたしは消えてしまうかもしれないから」

どんな人にも、その人にぴったりな場所というものがあるのだと、わたしはしみじみ思った。


店の天井は、たくさんの蛍光灯でびっしりと埋まっていた。わたしの体調はまたもや悪化し、ひどい時には腕を上げる力さえ出ないほどになった。店内で、わたしはサンバイザーをかぶるようになった。おかげで、蛍光灯の光のために眠りに落ちてしまうことは、避けられるようになった。

店の主人はわたしのことをまったくのきちがいだと思っていたが、それでもわたしは店の性質によく合っていたし、わたしの風変わりな様子が客を集めてもいた。

わたしには関節炎の痛みも出始めた。あまりにも筋肉がかちかちに張ってしまうので、単に何か物を取るためだけにも、腕の筋肉を必死に揉《も》みほぐさなければならないほどだ。その上時々わたしは青くなり、震えが止まらなくなって、最後には気絶してしまうようにもなった。目のまわりには黒い隈《くま》ができ、いつまでも消えなかった。ビタミン剤を飲み始めてみたが、いっこうに具合は良くならなかった。

子どもの時に一度なったような症状も出始めた。歯ぐきからは血が流れ、ほんの少し何かにかすっただけでも、打ち身のような跡ができる。絶望的な気分に打ちのめされながら、わたしはもう一度、どのビタミンが自分には欠けているのか、自分を癒《いや》してくれるのか、調べ始めた。

ある時、ビタミン剤を買いに行った薬局で、カウンターにいた自然療法の先生から、何かいつも欠かさず食べている物があるかと聞かれた。おかしな質問をするものだと思ったが、先生は、確かにあなたの症状はビタミン不足からきているものだが、そもそもそれは吸収の問題かもしれないと言った。さらに、あなたの場合はさまざまな食品に含まれている何らかの素材に過敏症を起こしているのかもしれないし、そうだとすると、そのような素材はビタミン剤そのものの中にも入っているかもしれないという。そうしてわたしが一生懸命摂《と》ったビタミンも、そのようにして充分消化されずに毒素となって蓄積されてしまったものを分解するのに、使い果たされているのかもしれないという。

わたしは先生に、蛍光灯の光をさえぎるようにしたとたん、部分的に良くなったところがあったという話をした。先生は、アレルギーというものはいくつもの要素が複雑に絡《から》み合って起こるものなので、あなたの場合は蛍光灯が、最後の引き金になっていたのかもしれない、と言った。先生はわたしに、一枚の名刺をくれた。そこには、食物過敏症を専門にしているアレルギークリニックの電話番号が書かれていた。

わたしは、それまで義務のようにして食べていたいくつかの食物を、やめてみた。じゃがいもとトマトをやめた時点で、数か月ぶりに、関節炎と筋肉痛がおさまった。乳製品をやめると、目のまわりの隈が消え、喘息も出なくなった。さかんに摂っていた白砂糖の量を減らすと、震えもあまり出なくなり、気絶することもなくなってきた。しかし同時に、わたしはその他のあらゆる食べ物を好きなだけ食べるようになり、アレルギークリニックの予約の日がくる頃には、それらの食べ物のいくつかでも問題を起こしていた。

結局わたしは、ふたつのクリニックに行った。どちらも、食物が健康に及ぼす影響を研究している開業医によって設立され、運営されている私立病院だった。

最初に行ったクリニックは西洋医学に基づいた治療を行なっており、もうひとつの方は、東洋医学に基づいていた。食物過敏症に詳しい医師は、全国的にもまだ数えるほどしかいなかったので、費用はとても高く、保険もほんの一部にしかきかなかった。

それまでの何年間かは、薬によって喘息を治そうとしたり、その薬をやめたりすることの繰り返しで過ぎてきていた――薬をやめると、お医者さんたちはいっせいにわたしをなじり、再びまた薬づけにするのだ。

またそれまで、病院のいわゆる専門家と呼ばれている人たちは、皮膚にいろいろな種類の液体をたらして反応を見るスクラッチテストで、わたしのアレルギー反応を見ようとしていた。しかしこのテストでは、わたしはアレルギーではないと診断されたのだ。単に、空中にあるアレルゲンしかテストしなかったからなのだ。

食物に対するさまざまな過敏症を持っていると、アレルギーの起こる体の部分もまたさまざまであるらしい。わたしの場合、皮膚は「アレルギーが狙《ねら》う部位」ではなかったというわけだ。わたしは、さまざまな食物の要素を注射して反応を見てくれるクリニックに行って、初めて、食物アレルギーをいくつも抱え込んだ重症の患者なのだと、わかったのだった。

最初のクリニックでは、一連のブラインドテストの結果、牛肉以外のあらゆる肉と、乳製品と卵と大豆製品と、じゃがいもとトマトとうもろこしにアレルギーが出ることがわかった。また六時間に及ぶ血糖検査も受け、深刻な低血糖症であることもわかった。

その結果わたしは、血糖値の急激な低下を避けるために、二時間おきに食事をしなくてはならないと言われた。また、少しでも興奮すると、神経システムが血糖値を極端に下げてしまうので、震えがきたり真っ青になったり気絶したりするのだとも言われた。周囲に対するわたしの意識がその場その場でいつも少しずつ違っていたのは、この神経システムのせいだったのだろうか。おまけにそのような場合、体内ではアドレナリンが分泌《ぶんぴつ》されて、わたしを早回しにするかのような勢いをつけてしまうという。これこそ、わたしがいつも、キャロルの性格にすり替わっていた原因だったのだろうか。

わたしは、糖尿病用の食事をとらなければならないことになった。それまでは相当に糖分の多い食生活をしていたようだ。そうして三日間、砂糖なしの食事をしたために、激しい禁断症状に見舞われた。

慢性的になっていた関節炎と喘息も、治った。しかしそれでもわたしの中には、突然わたしを突いて別の行動へと走らせるものが、残っていた。わたしはもうひとつのクリニックのことを聞きつけ、行ってみよう、と決心した。

そちらのクリニックでは、鍼《はり》の原理に基づいた療法を実践していた。電気の器具で、食物に含まれている化学的な物質が人体の電磁界にどのような作用を及ぼしているのか、調べるのだ。わたしは、石炭酸とサリチル酸塩という化学物質に対してアレルギーがあることがわかった。それらは果物や野菜やハーブや香辛料や、ほとんどすべてのパック食品に含まれている。その上、わたしの石炭酸に対するアレルギーは極端に強く、通常強いアレルギーと判断される値の、さらに二倍の値だったという。

そうした食品も、普通の人には体に良い栄養素を含んでいるわけだが、その同じ栄養素が、わたしの場合にはゆっくりと毒に変化して体に回り、それに立ち向かおうとする体が体内のビタミンを使い果たしてしまうわけだ。わたしは、自分に足りないビタミンが何で、それらに対してアレルギーを起こさないかどうか、どれぐらい許容できるのか、この際栄養面には目をつぶって調べてもらった。

わたしの場合、許容できない食物があまりに多くて、アレルギーを起こさないための食事療法を続けることは、ほとんど不可能に近かった。しかしそうかといって食事をなおざりにし、もし体調が悪化でもすれば、今度は仕事に行くことができなくなる。そうすればまた、家なしにならないとも限らない。わたしには何よりそれが、恐ろしかった。

それから一年間、わたしは食事療法を続けた。そうしてたんぱく質をはじめ、自分がアレルギーを起こす要素を含む食品を避け続けた。わたしが口にできるものといえば、そのほとんどすべてが、穀類を中心にした手作りのものだった。

食事療法を始めてから最初の数週間で、わたしが働いていた店の主人は、すっかり目を丸くした。わたしはお客たちに向かっておだやかに、辛抱強く話すようになっていた。たとえ、お客たちの方がいらいらしているような時でもだ。急激に気分が変わることもなくなり、それとともに、人とうまくやっていくことができるようになった。時として浮かれて騒がしく、攻撃的にさえなっていたわたしが、はるかに物静かになり、温和ではにかみがちな人間になった。しかしそれでも、わたしの心の奥深くの情緒的な不安定とそこから起こる社会的なコミュニケーションの問題は、まだ、消えはしなかった。

わたしはおだやかで静かな人間になった。そして、そんな新しい自分にとまどった。まるで履き慣れない新しい靴に、足を入れたような気分だった。わたしにはまだ、ドナがとうとう「世の中」へ出ていこうとしているのだとは、思うことができなかったのだ。わたしは必死に、昔の自分の仮面《キャラクター》たちの中に戻ろうとした。そのためには、彼らのエネルギー源になっていた不安と緊張へ、自分を追い込まなければならない。これまで自分が築き上げてきたものを、すべて壊さなければならない。ちょうどそんな時、一人の友達がイギリスに行くことになった。たとえ自分が何者であれ、とにかくわたしもイギリスに行ってみよう、とわたしは決心した。わたしは荷物をまとめると、オーストラリアを離れることを、ティムとメアリーに知らせた。

わたしはメアリーの家に招《よ》ばれたことはあったが、彼女を自分の家に招んだことはなかった。わたしはわき上がってくる恐怖をこらえ、ついに、彼女を招待しようと決意した。

メアリーは来てくれた。わたしは気の立った子犬のように、部屋中をあちこち飛び回った。彼女のいる間中、一か所に腰を落ち着けもしなかった。それでもこの日は、わたしにとって、九年のつき合いになる彼女を初めて自分のアパートに招び、自分の私生活の場を一枚のスナップ写真のように見せたという、記念すべき日だったのだ。たとえ、荷物をまとめてしまった後の部屋には、個人的な匂《にお》いがほとんど残っていなかったにしても。自分の部屋で人をもてなすなどということは、わたし自身には、その頃でさえまだ不可能に近かった。一方わたしの仮面《キャラクター》たちはいつも、わたし自身よりもずっと世慣れており、魅力にもあふれていた。

ティムに別れを告げるのは、さらにもうひとつ難しいことだった。彼はだいぶ前に、一緒に住んでいたあのパートナーとは別れていた。そうしてわたしにとって、それまでにないほど近い存在になっていた。彼もまた、しばらく何の音沙汰《おとさた》もなかった後に突然電話などかけてよこすのは、わたしが再び彼に何か感じていることを、わたしなりに表わそうとしているのだと、知っていた。だが実際には、わたしは何もかももうたくさんで、逃げ出さなければならないほどになっていた。もしイギリスに行くという逃げ道がなかったなら、こうした心の状態では、絶対にティムに会うことなどできはしなかっただろう。わたしはいつも、逃げ出すことのできるドアをひとつ、用意している。

わたしはティムにもメアリーにも、旅立つ日には誰にも会いたくないから、空港には見送りに来ないで、と言った。さらにティムには、お別れを言いに家に来るのもやめて、と言った。

だがティムは聞き入れなかった。彼は、ドナは本当は行きたがってはいないのだと知っていた、ただ一人の人だった。さまざまな点で、彼はわたしによく似ていた。だから、それでもわたしが行かなくてはならないのだということも、同時に知っていた。

出発の日に、ティムはわたしのアパートにやって来た。二人分の朝食を持ち、傷ついたような表情を瞳《ひとみ》の中に揺らめかせながら。彼の姿を目にしたとたん、わたしは自分が丸裸にされ、捕らえられてしまったような気持ちに陥った。ウィリーは、ティムを怒鳴りつけた。それでもティムは気にしなかった。彼にとって、二人が会うことは、それほどまでに大切なことだった。

今わたしは、ティムの勇気を心からたたえたい。ウィリーが憎々しげなことばをぶつけても、彼は懸命に聞かないふりをしようとした。あんたなんかに会いたくない、帰って、とウィリーは怒鳴った。しかしティムはわたしの手を取ると、わたしにやさしくキスをしたのだ。わたしは両手で乱暴に彼を押しのけた。親密さは痛みに感じられて、耐えることができなかった。ティムは立ち尽くしたまま、そうやってわたしが一人で自分と闘っているのを、見つめていた。それから、彼は行った。わたしはイギリスへ、旅立った。

17 海へ

たくさんの袋や缶にしまわれた大切な宝物の山を、わたしはひとつずつ目で確かめていた。茶箱に入れてイギリスまで送るために、そうやってしまったのだ。中には色つきのホイルやガラスや、ボタンやリボンやスパンコールなどが入っている。どれも、それまでの人生を、常にわたしとともに過ごしてきてくれた宝物たちだ。

全部を入れると、茶箱のふたは閉まらなくなった。わたしは何回も宝物の整理をし直し、結局一番気に入っている思い出深いものだけを残した。あとの物はすべて紙のショッピングバッグの中にきれいに入れ、誰にあげようかと思いをめぐらせた。

それまでわたしが心を寄せてきた場所も経験も人も、わたしのやすらぎも、物どうしの関係を理解することのできる能力も、すべてはこれらの宝物の中に詰まっているのだ。わたしはそれらのひとつひとつを分類して並べることができたし、それらの中にある秩序や一貫性や所属といった概念を、つかむこともできた。わたし自身の中に、そうしたものが欠けていたにもかかわらず。それらの物を見つめていると、わたしには、ひとつひとつが隣りの物に対してどのような役割を担《にな》っているかがよくわかった。人との関係では、決してよくはわからないというのに。またそれらの大切な宝物たちは、物の体系の中で、どれも揺るぎない自分だけの場所を持っていた。わたし自身とは、対照的に。

わたしは、どれほど人から適応しているとかあなたは受け容《い》れられているなどと言われても、自分ではそう感じることができなかった。以前にわたしは、こんなことばを書きつけたことがある。「ことばは皆風の中／きみに呼びかけても／意味を持たない／何の思いも考えも／感じることのできない所では」。しかしわたしは自分の宝物たちを眺めていると、それらの中に、人に対しては決して感じることのできない微妙な所属感のようなものがあるのを、目でとらえることができるのだ。そうしてそれを見ていると、いつの日か、わたしも人の中でそう感じることができるかもしれないと、希望がわいてくる。わたしは自分の前に、宝物たちを分類して並べる。するとそれらは互いにゆっくりと、おだやかに溶け合って、いつしかはっきりと際立《きわだ》つ、完全に秩序だった状態になってゆく。

わたしは二十六歳の誕生日を迎えた。いつもながらの内面の孤独に加えて、その年はイギリスという外国で迎えたために、いっそう孤独が身にしみる誕生日だった。

イギリスに着いて三か月がたった頃、船便で送ってあったわたしの宝物の茶箱が、ついにやって来た。わたしはしばらくの間、それらを飽かず眺めた。そうしてそのまま、再びふたを閉めた。わたしはそれらのうちのどれひとつとして、部屋に飾りはしなかった。これ見よがしにしようとしたり、それらひとつひとつの意味を説明しようとしたりもしなかった——それこそが、わたしのことばだったのだが。わたしは自分の肉体の中に生きているというよりも、むしろさまざまな思い出が詰まっているそれらの物の中にこそ生きていた。だからそれらを、壊れないよう、汚れないよう、きれいにしまっておけば、わたしがまた自分自身に、自分の感覚に、出会いたくなった時に、いつでも手に取り、本当の自分に戻ることができるのだ。

　わたしはどのようなことであれ、ことばにして口に出してしまうのが怖かったから、直接ものを表現するということができなかった。そのため人とコミュニケーションするには、心のからくりを利用して仮面の人物《キャラクター》を演じなければならず、結局わたしはその人物《キャラクター》として、判断されたり評価されたりするようになった。

　だがそれは、わたしの本当の姿とは、まったく逆なものばかりだった。人が表面的だと言う時、わたしはそれを深く体験していた。人が優秀だと言う時、わたしは個人的な意義を何も感じずにただぺらぺらと話していた。人がわたしを、彼らの目と耳で判断しようとしている時、わたしは自分の空虚な殻を打ち破ることができないまま、本当のわたしという人間を感じ取ってもらいたくて、殻の内側から絶叫していた。わたしは、彼らの目をふさぎ、耳を押さえてしまいたかった。そうしてわたし自身を、感じてほしかった。

人は皆たいてい、自分自身の不安とエゴとわがままとで、目が見えなくなっているのではないだろうか。けれど「正常である」という枠組みの中で、それがどれほど一面的なことかも知らずに自己満足し、そうした本当の自分自身の姿に、気づかずにいる。だがそんな中でも、人とは違っているわたしを理解しようとすることで、何か学ぶものがあるのではないかと考えてくれる人もいた。そういう人たちは、たとえばわたしが自分の情熱と豊かさのすべてを注ぎ込んで作った音楽のように、わたしが一人で成し遂げたものに触れて、そこから、勇気というものを感じ取ってゆく。

メアリーとティムは、確かにそういう人たちに、属していた。

ある日わたしは、一緒に喜劇《コメディ》をやってみませんかという広告を見た。喜劇ならば、すでに一人でかじりかけていたところだった。まわりの世の中をおもしろおかしく寸評したものなどを、書きためていたのだ。わたしは劇団のマネージャーに会いに行った。マネージャーは新しい役者を捜しており、わたしにはどこか、何もしなくても人の笑いを誘うようなところがあると見てとった。わたしたちは一緒に台本を作ってみた。マネージャーは、もしきみさえよければ、今休んでいるプロの喜劇役者《コメディアン》の代わりに、しばらく舞台に立ってみないかと、わたしに言った。

わたしにとって喜劇《コメディ》は、人々にわたしの世界を体験してもらう手段だった。喜劇ならば、皆、笑った。普通ならば泣いてしまうようなことまでも。喜劇は何よりも、疎外感《そがいかん》を表わすものだ。そして、自分の身を守ろうとするわたしのメカニズムから生まれたキャロルもウィリーも、疎外感ほど慣れ親しんでいたものはない。しかし反面、わたしの中には、人前に出て自分をさらすことに対する恐怖のメカニズムも働いていた。その恐怖は、主に自分自身の内側からわき上がってくるものだった。笑顔と、自分の子ども時代の話をもとにした台詞《せりふ》とだけで武装して、キャロルは舞台に出ていった。

客席からは、比較的簡単に笑いが巻き起こった。舞台に立っているのは一人の女性。小さな女の子を演じて、わたしの幼い頃に本当に起こった悲劇的な、恐ろしいできごとの数々を、そのできごとの犠牲になった者の感情をいっさい交えずに、さりげなく天真爛漫《らんまん》に披露してゆく。なぜならキャロルには、自分というものがなかったから。どの演技もどの場面も、わたしの現実を、容赦なく暴《あば》いているものだった。しかしわたしはそれらを、自分の身に起こったことも、自分が巻き込まれたことも、感じることができなかったのだ。そのため観客たちもまた、わたしと同じほどに、それらのできごとから遠ざかっていることができた。

彼らは当然、わたしの言っていることも、その言い方も、すべてジョーク以外の何ものでもないと思っていただろう。だがそれらは、どれも実際にわたしを取り巻いていた現実や、わたしに起こった事実に即したものばかりだった。わたしは彼らに、ものを感じることのできない人生というものの偽善を、はがゆさとせつなさとつらさを、示そうとしたのだ。そうして、そういった新しい試みの中で、新しい状況に追いやられれば、それまで感じたことのない何かを自分の人生の中に発見することができるかもしれないと、期待していたのだ。しかしその期待は、徐々にしぼんでいった。

そのかわりに、わたしはひとつの事実に気がついた。それは、どこにも逃げ道のない状態で「世の中」というものの中にいたことは、わたしには一度もなかったということだ。一人で舞台の上に立っているキャロル。そして下の客席で笑っている観客たちの、なごやかで一体感のある雰囲気。そこには「わたしの世界」と「彼らの世界」との隔たりが、悲しいほど詩的に、象徴されていた。

わたしの舞台の評判は、悪くなかった。演じた出し物のうちのひとつは特にマネージャーの気に入り、わたしは、本格的にこの劇団の団員としてやっていく気はないかと誘われた。そんなわけで、わたしはプロとして喜劇を演じるという初めての経験に、おそるおそる足を踏み入れた。

しかし現実は、平手打ちのように厳しくわたしを打った。演じるための努力はすべて、自己表現のための作業だった。わたしの置かれた偽善的な状況に対する、叫びのためのものだった。そうしたことをお金のためにするのなら、わたしの何もかもが、安っぽくなってしまうのではないか。最後には自分自身の本当の値打ちさえ、なくなってしまうのではないか。

わたしはマネージャーに電話をかけると、ごく事務的に、留守番電話にメッセージを残した。わたしはとっさに、自分は海を越えてヨーロッパ大陸の方へ来ている、と言ったのだ。


ヨーロッパに行く理由など、本当は、まだ一度も行ってみたことがないからという以外にひとつもなかった。しかしちょうど、イギリスに来てから始めた秘書としてのアルバイトが終わったところでもあり、イギリスでの生活は相変わらずどちらを向いても見知らぬものばかりだったから、どこへ行こうと、今以上に途方に暮れることもなかろうと思った。そのうちにわたしは突然、ヨーロッパへ発《た》つ前に、まず海を見に行こう、と思った。わたしは歯ブラシだけをつかむと、そのまま部屋を飛び出し、一目散に駅へと向かった。

その頃わたしは、何度も何度も悪夢のように繰り返される海の夢に、悩まされていた。それが何を意味するのかはわからなかったが、わたしの潜在意識の底にある何かが、おそらく自分の葛藤《かっとう》を象徴的に表わしているその海の本物の姿に、面と向き合うよう、わたしを駆り立てたのだろう。

「海のある所は、どこがいいですか？」わたしは切符売り場のカウンターにいた女性にたずねた。

「私が選ぶんですか？」女性はびっくりして聞き返した。

「そう、選んで」わたしは言った。

女性は南ウェールズを選び、わたしはそこまでの切符を買った。


「どちらまでいらっしゃるの？」プラットホームで列車を待つ間、隣りに腰かけた品のいい年配のご婦人が、わたしに話しかけてきた。

「わかりません、読み方がわからなくて発音できません。ウェールズですけど」

わたしは自分の行き先が言えないことにいらだち、プラットホームの端に腰かけていた若い男の人にたずねた。男の人はうまく発音し、わたしはそれを覚えようとした。そこへ列車がやって来て、ホームにいた人たちは皆乗り込んだ。わたしはドアの近くにすわりたかった。すると偶然、地名を教えてくれた男の人も、ドアの近くに席を取ったのだ。しかもわたしの向かい側に。わたしたちは何も言わずに、窓の外を眺めた。

その男の人の様子には、他の人たちとははっきりと違うものがあった。わたしの向かい側にすわったことで、明らかに気づまりそうな、はにかんだ様子をしていて、それがわたしをひどく緊張させた。わたしには彼の行為や動作の意味が、あまりにもよくわかった。それはまるで、自分のことばのようだった。ということは、この人にもわたしのことばがわかってしまうということだ。わたしは緊張し、どきどきした。

　ウェールズ出身のその見知らぬ人は、わたしに対してというよりもむしろ自分自身に対するかのように、いくつかの無言の表現を行なった。わたしは動揺したが、同時に、その表現に魅《ひ》きつけられるのをどうすることもできなかった。わたし自身のやり方で、人から近づいてこられるというのは、なんと無防備な、傷つきやすい気分になるものなのだろう。遠回しで回避的なことばをこれほどうまく話す人に出会ったのは、もう何年も前にブラインと友情をはぐくんでいた頃以来だ。

　列車の旅は、三時間の予定だった。わたしたちは互いに向かい合ってすわったまま、緊張し、当惑していた。心を魅かれはするものの、もし何かあったらすぐ逃げ出せるように気持ちの準備をしていた。だがはっきりと意識してそのようにしていると、その様子はすぐに表に表れる。遠回しなことばを話す者にとって、それは、わたしたちが触れ合いを持とうとしていることが現実であることと、一歩まちがえばそれは恐怖を呼び起こすものであることを、示していた。わたしたちは雑学めいた知識を披露し合い、いろいろなできごとや物の話をし、どうとでも取ることのできる抽象的なことばや詩のような複雑なことばの中に、厄介な自意識を埋め込んでしまおうとした。たいていの人は、話がそうしたことばにちりばめられ出すと、すっかり面食らってしまうものだ。

しかし驚いたことに、わたしたちはその段階になってさえ、理解し合うことができたのだ。わたしたちには、どちらにも普通の人とは違うところがあった。違うところがある点が、同じだった。わたしたちは親近感を感じ、互いに興味を持った。

列車に乗ってから、ほぼ三時間がたとうとしていた。ウェールズ出身のその人は、わたしの目的地のひとつ手前の駅で降りるとのことだった。彼は、一緒に降りてくれ、とわたしにたのむことができなかった。そしてわたしは、それがどんな気持ちのするものか、知っていた。

「もしよかったら、きみも次で降りてもいいんだ」しかし彼は、こう言った。わたしはその勇気に感心した。この人はわたしよりもずっと勇気があるのだと思った。それでもわたしは、自分とまったく同じことばを持ち、だからこそ自分のことばも理解してくれる人を見つけた衝撃で、何も答えられずにすわっていた。

「そうだ、コインを投げようか」彼はそう言って硬貨《コイン》を一枚はじいたが、それはそのまま どこかにいってしまった。「もう一枚やってみるよ」声にかすかな絶望をにじませながら、彼は再び硬貨を投げた。しかしそれもまた、床に落ちると勢いよく転がっていってしまった。列車は駅にすべり込もうとしていた。

彼はわたしを見つめたまま、戸の前に立った。その瞳にも、笑顔にも、さりげなさを装《よそお》った向こうからは、懸命に押し殺そうとしている本当の気持ちが見え隠れしていた。「きみも、ここで降りてもいいんだ」もう一度彼は言った。やはりたのむことはできないまま。わたしはびくびくする気持ちを抱えながら、最後の瞬間に決意を固めた。そうして列車が止まると同時に、跳び下りた。


「気は確かかい、きみ」彼はそう言った。わたしが本当に一緒に降りてしまったことで、興奮のあまり、なんとかわたしとの間に距離を作らなければならなかったのだ。実際そのことばは、わたしの気持ちを少し静めた。

「それはどうも」わたしはぶっきらぼうに答えた。

「でもすごい」あわてて彼は、ぎこちなく言った。

わたしたちは二人とも、自分たちの勇気に驚きながら、震えていた。

わたしたちはレストランに入った。彼はテーブルの向こう側にすわった。一度、彼の脚が偶然わたしの脚に触れた。わたしは苦痛とともに、はっきりそれを意識した。だが、わたしが体の接触をそれほどまでに怖がっていることを気づかれるのはさらに恐ろしく、わたしは凍りついたように、その脚を動かすことさえできずにいた。結局わたしは、何も言わず、何もしなかった。けれど体は強く震えた。わたしの心は、全力でその場を逃げ出したくて、悲鳴を上げていた。

店を出る時、彼はわたしの食事の分も払うと言った。わたしは自分で払うからと断わった。もともと食事はしたかったのだし、自分で払えば、人の好意を受け取ることができないというわたしの問題点を避けて通ることもできる。しかし、それはうまくいかなかった。彼もまた、わたしと同じシステムで動いている人間だったからだ。彼は、それなら今晩どこかで飲み物をおごると言い出した。そうして待ち合わせの時間と場所とが決められた。

わたしは朝食付きの宿《ベッド・アンド・ブレックファスト》に、空き部屋を見つけた。まだ怯《おび》えた気持ちのまま部屋へ行くと、そこでやっと一人きりになることができて、ほっとした。逃げようかとも思った。あの男の人に何も感じていないからというのではなく、逆にあの人は、わたしのやり方、機能の仕方というものを、あまりにもよく知っていると感じたからだ。あの人なら、わたしにもっと接近してくることができる。しかしまた、一度約束したことは、どうしても守らなければならない。わたしは彼に会いに、待ち合わせのホテルへと向かった。

緊張のあまり、わたしは石のようにかちかちになっていた。なんとか落ち着こうと、グラスワインを二杯飲んだ。まわりに人が大勢いるのもいやだった。わたしたちには何の関係もない人間ではないか。その時わたしの心の内にあったものは、とても個人的なものだったから、見知らぬ大勢の人たちがそんなわたしをちらちら眺めるのさえ、いやでたまらなかった。わたしはふと、このホテルにピアノはないのかと、聞いてみた。ピアノはあった。広々とした、壮麗なまでのメインダイニングに、ぽつんと置かれていた。わたしはピアノに向かうと、あの男の人が来たらその時はわたしの方から先に気がつきますようにと願いながら、ためらいがちに弾き出した。

彼は来た。わたしは手を止め、ここでピアノを弾いていたのは自分のためだけだったので、あなたが来た今はもう弾きたくはないのだと、わかってもらおうとした。「いいんだ、続けて」彼は言った。わたしは従った。だがあまりにも集中しようとしたために、かえって演奏はぎこちなくなり、いつしか再びわたしの手は止まった。彼はわたしの音楽に、心を動かされたようだった。わたしたちは、また震えた。そして現実をこれほどなまなましく感じることに、あわてていた。もう出ましょう、とわたしは言った。

歩き出すと、ようやく会話は少しなめらかになった。歩いているという自由が、話をすることにさえ、安心感のようなものをもたらしていた。それに歩いているというのは、結局、走って逃げ出す一歩手前の状態だ。そしてそれこそ、わたしが心やすらかでいるための、逃げ道につながっている扉なのだ。

わたしたちは夜空の下を、何時間も歩いた。わたしたちは海に向かって歩いていた。そしてわたしは心の中で、海に向かって歌を歌っていた。わたしは隣りを歩いている彼を見つめ、この歌を、この人と一緒に歌う勇気があったなら、と思った。そんなことを思ったのは初めてのことだった。だがそう思うなり、わたしにはやはり震えがきた。わたしたちは渚《なぎさ》に出た。歩きながらわたしは、ついに思いきって、声に出して歌ってみた。だがその歌が、自分のことば、自分のコミュニケーションの手段だということは、自分自身の心の中でさえも、怖くて認めることができなかった。

けれど彼は、わたしのことばがわかったのだ。彼も自分で、そのことばを話した。そして決してわたしの邪魔はしなかった。わたしを誉《ほ》めもしなかった。わたしと同じ歌を分かち合っているのだということを、あからさまにはしなかった。彼はただ静かに、わたしとともに、そこにいた。

わたしは待ち焦《こ》がれていたものがとうとう目の前に現れてくれた気がして、泣き出しそうになった。だがやはり、わたしの目からは涙は出なかった。わたしは笑った。そうしてわたしの恐れは、わたしの明るい殻の内側に、隠れてしまった。

夜の闇《やみ》の中を、わたしたちは今度は丘の方へ歩いた。そうして途中、塀を乗り越え、どこかの農家の庭に入り込んだ――遊び場にもぐり込んだわたしたちは、無邪気な二人の三歳児に戻っていた。そしてまた塀をのぼる時、彼はわたしに手を差し伸べた。わたしの気持ちはこわばった。そして、いまだに自分の心と、物理的な接触とを結びつけることができないのを、苦々しく思い知った。

わたしたちは、街へ引き返し始めた。彼の横を歩いている途中、わたしは突然、奇妙な衝撃に打たれた。腕には鳥肌がたった。わたしたちはまるで何ものかに捕らえられたように、はっと立ち止まり、互いに見つめ合った。

ちょうど一年前、演劇用のコスチュームを売っていた時のあの小さな女の子のように、彼はとまどいがちに手を伸ばすと、わたしの腕にそっと触れた。

「きみ、本当の人間？」

あっけにとられたわたしは、しばらく後に、やっとのことで答えた。「もちろん」

「なんだかきみは、ぼくの中をすうっと抜けていくみたいな感じがするんだ」彼は言った。

「そう」わたしの心は、不可思議な、しびれたような状態になっていた。「わたしも、同じような感じがする」

まるで一陣の風が、まっすぐにわたしの中を吹き抜けていったようだった。わたしは自分の二本の腕を眺め、それから二本の脚を眺めた。こうして自分が物理的な体を持っているということが、とても不思議な気がした。

何らかの感情を込めた手で、指で、触れられることは、わたしにとってはいつも、死の脅威にも等しいものだった。体はがくがくと震え出し、息が詰まりそうで、「ここから出して、死にそう」と心の中で叫ぶのが精一杯。しかしわたしは、波のようにわたしを呑《の》み込もうとするその死の恐怖に、この時初めて、立ち向かうことができたのだ。耳の中では、あたりの静寂が海の音のようにとどろき、わたしの中からは他のあらゆる感覚が消えていった。まるでショック状態に陥ってしまったかのようだった。けれどそれでも、わたしは立ち向かい続けることができた。わたしはわたしのままだった。どの仮面の人物も、現れはしなかった。ついにドナは、長かった闘いに勝利をおさめようとしていたのである。彼女は今、誰の真似《まね》をしようともしていなかった。彼女自身の分身のような人の前に、い続けようと、闘っているだけだった。

わたしたちは、さらにいろいろな話をした。それは、お互いに対して話しているというよりも、むしろ相手にはただ聞いていることだけを許し、本当は自分自身に対して話しているかのようだった。いつの間にか、あたりは朝の光に包まれ始めていた。わたしは彼を、生まれてからずっと知っていた人のように感じていた。

そんな中では、ことばはすべて的はずれなものに思えた。わたしの隣りにすわっているのは、まるでわたし自身であるかのようだった。それまでわたしの中には、親密さや接触を食い物にしているハゲタカのような恐怖がひそんでいたのに、わたしはこの時、初めてその恐怖を無視することができたのだ。無視することで、わたしは、勝ったのだ。

波が砕け散るのを見つめながら、わたしたちは静かに立っていた。太陽はすでに、空の真上に来ていた。列車の時刻まで、あと一時間ほどだ。わたしはこの見知らぬ男の人に出会った一日の間で、多くの人と会ってきたそれまでの何年分もの歩みより、ずっと遠い所まで来たような気がした。それまで会った人は皆、わたしの本当の心には手が届かないとあきらめていた。わたしも、自分で自分の心をつかむのがやっとだった。
わたしたちは、別れ際《ぎわ》にも、抱き合って挨拶《あいさつ》しはしなかった。握手もしなかった。互いの目を見つめることさえ、自分たちの力をはるかに越えた恐ろしいもののように思えた。わたしには、自分の恐怖がわかっていた。彼の恐怖もわかっていた。そしてまた、それを無視する術《すべ》を身につけなければならないことも、わかっていた。わたしたちは、これからも連絡し合おうと、固い約束を交わした。それからわたしはさようならも言わずに回れ右をすると、走り出した。通りを走り抜け、角を曲がり、ひたすら駅へと走った。駅には、わたしの身の回りの物が置いてあるロンドンへとわたしを連れ戻してくれる、列車が待っていた。

彼から手紙がきた。そのひとことひとことが、わたしの心にこだました。読み進むうちに、わたしはそれまで自分が経験してきたさまざまなことを思い起こした。それはまるでわたしの心のうちを綴《つづ》ったもののようで、とても人からもらった手紙とは思えなかった。何から何まで、彼はわたしの分身のようだった。わたしは、ヨーロッパに行ってしまう前にどうしてももう一度彼に会っておかなければ、と思った。

わたしは何の連絡もせずに、彼が教えてくれた住所の家を訪ねた。彼の家族はあたたかく迎えてくれ、不意に訪ねたこともまったく気にとめていないようだった。

彼は自分の部屋にいた。わたしはドアを開けると、そのまま立ち尽くした。わたしも彼も、まるで散り際の木の葉のように震えた。どこかに逃げ道を見つけたくて、いつでも逃げ出せるようにしたくて、わたしは彼に、ここへ来たのはまちがいでしたかとたずねた。彼は、もしきみが来るとわかっていたら、ぼくはどうしたらいいかわからなくて逃げ出していたと思う、と言った。それからあわてて、でもきみはここにいていいんだ、と言った。わたしも、心の中では逃げ出したい衝動と必死に戦っていた。こんなにもくっきりと、心に感じるものがあるとは。その強烈なほどの鮮明さと深さの中で、わたしは溺《おぼ》れてしまいそうだった。しかし、懸命にわたしは踏みとどまった。

何もかもが以前と同じだった。何も変わってはいなかった。わたしの恐怖は凝り固まり、まるでわたしは時速何百キロもの猛スピードで駆け抜けてゆくかのように、早口になった。突然彼は、わたしにキスをした。彼とわたしの、初めてのキスだった。わたしはわっと泣き出した。彼はどうしたのとたずね、わたしは急いで涙をぬぐった。わたしが泣いたのは、それが本当のわたしである時にした、わたしの生まれて初めてのキスだったからである。

彼の両親は大喜びだった。二人とも、息子がこれほど誰かと打ち解け、よく話すのを見るのは、初めてだったのだ。わたしたちは、昼間は彼の部屋という安心に満ちた隠れ家にこもって、一緒にテレビを見たり楽器を弾いたりした。そうして夜になると、闇に抱かれたウェールズの田園地帯を、肩を並べて散歩した。闇はちょうど、わたしたち自身の闇のようだった。あたりに人影がないことも象徴的だった。「わたしたちの世界」の中もまた、他の人間の存在によって照らされることが、ほとんどないからだ。

二日後、わたしたちは一緒に駅へ行き、別々の列車に乗った。彼には、三か月の間家を離れなければならない用事があった。わたしは、ヨーロッパへ行こうとすでに一週間前に決めていた。

わたしは持ち物を詰めた茶箱にしっかり釘《くぎ》を打って閉めながら、このウェールズの男性《ひと》に再会しに帰ってくるだけの勇気が、はたして自分にあるだろうか、と考えていた。ヨーロッパに行けば、どんなことが待ち構えているかわからない。わたしをうまく言いくるめてしまうような人間につかまって、二度と抜け出すことのできない状況に追い込まれないとも限らない。

一人きりで広いヨーロッパを旅するのだと思うと、わたしは自分がひどく幼く、傷つきやすくか弱い人間のような気がしてきた。彼は、自分が帰ってくるまで、両親のいる自分の家にいてくれてもいいのだ、とわたしに言った。できることならわたしは、しっかりと守られている彼の部屋の中に、ずっと隠れていたかった。しかしわたしには、何かを受け容《い》れることや何かに手を差し伸べることに対していまだにスムーズにできないものがあって、彼のその申し出も、受け容れることができなかった。

18 旅

わたしは昔から、いつの日かオランダに行って、どこまでも果てしなく広がる真っ白な氷の上で、一人で思いきりスケートをしてみたいという夢を描いていた。ところがわたしは、オランダ行きのフェリーに乗り損なってしまった。次の便はベルギー行きとのことだ。わたしはベルギーという国があることさえ知らなかったのだが、フェリーのターミナルで夜を明かすようなことになっては大変だと思い、結局、零時前にベルギーに着くという最終のフェリーに乗った。

ウェールズのあの男性《ひと》は、別れ際に一本の空《から》の瓶をわたしにくれた。その中に、彼は目には見えないわたしへの抱擁を、何回分も詰め込んでくれたのだという。わたしがぬくもりが欲しくなった時のために、と。自分から望んで飛び込んだとはいえ、物事をはっきり感じる傷つきやすくなった心を抱えたまま、見知らぬ人ばかりの世界のただ中に立つのは、身のすくむようなことだった。午後十一時五十五分、わたしは宿舎《ホステル》の部屋に着いた。ヨーロッパ大陸で迎える、初めての晩。一人ぼっちのわたしは、彼がくれた瓶を開けた。そして彼の部屋に二人でこもっていた時のあのやすらぎの中に、帰ろうとした。わたしは両腕を自分の体に巻きつけると、静かに体を揺らした。するといつの間にか、涙がとめどなくあふれ出した。わたしは心の中で、胸が張り裂けそうなほどに叫んだ。「抱擁の瓶」は、問題だらけのだめなわたしをせせら笑っているような気がした。この瓶は誰にも見られたくない、と思った。わたしは部屋のたんすの後ろの陰に、瓶を隠した。闇の中に立ったその空の瓶は、わたし自身の姿のようだった。

わたしは、他人のいかなる感情とも訣別《けつべつ》して、本当に一人きりで旅をしよう、と心に決めた。

朝が来た。わたしは一人で起き出すと、朝靄《あさもや》の漂う砂利道を歩き始めた。ここはベルギー北西部の港町、オーステンデ。冷えびえとした池には何羽ものアヒルがおり、馬がいて荷馬車があり、店々のショーウィンドーには手編みのレースの蝶々《ちょうちょう》や昔ながらの美しい付け襟などが飾られている。小さな橋を渡ると、運河沿いにはびっしりと建物が並んでいる。どの建物も水の中からにょっきり生えているようで、わたしは思わず笑ってしまった。一体この建物たちの足は、どこにあるんだろう? ここでは皆、どんな暮らしをして、どんなことばを話しているんだろう。ベルギーの隣りの国は、どこだっただろう。

わたしは一軒の小さな店に近づき、入り口を捜した。しかし窓があって見慣れない食べ物がずらりと並んでいるばかりで、入り口が見つからない。とまどっているうちに、店の人からまったくわからないことばで声をかけられ、わたしはここでは入り口はどこかと聞くことさえできないのだと気づいて愕然《がくぜん》とした。それからふと、この奇妙な国では店にお客用の入り口はないのだ、と悟った。皆、窓から注文するようになっているのだ。わたしは改めて売られている食べ物を見つめ、一体全体これらは何でできているのだろう、食べてもアレルギーが出ないだろうか、と悩んだ。しかしまた、何も食べなくても具合が悪くなるので、結局店の人の声に促されるようにして食べ物のひとつを指差し、フェリーのターミナルで手に入れた小銭を山ほど差し出した。

さて次は、どこに行けばいいだろう。何のあてもないわたしは、駅の方へ歩いていった。列車は人々を、さまざまな場所に運んでゆく。旅は世界の共通語だ。人は何も話す必要がない。ただ目的地に向かえばいい。やはり自分は氷を見にオランダへ行こう、とわたしは決心した。

わたしは、駅の構内で次々と流れるアナウンスに耳を傾けた。そうして聞き覚えのある行き先を告げていた列車に、乗り込んだ。アムステルダム。アナウンスは、そう告げていた。

夕闇《ゆうやみ》が迫り始めた頃、列車はアムステルダムに到着した。薄汚い格好の人たちが、宿のパンフレットを次々わたしの手に押しつけてくる。わたしは売店でホットドッグを食べた。ふと気がつくと、カメラを手にした人がわたしに近寄ってきて、さかんにわたしの写真を撮っている。わたしは、かぶっていた黒い帽子の下からにらんだ。襟の立った黒いコートに黒い帽子、黒いリュックサック姿のわたしは、クェーカー教徒にでも見えたのかもしれない。しかしその人がわたしのかわりに近くの子どもにカメラを向けた時に、初めてわたしは、なぜその人がわたしの写真を撮ろうとしたのかわかったような気がした。あの人が撮ろうとしていたものは、おそらく、無垢《むく》というものだったのではないか。

それからわたしは、自分が泊まることにしているクリスチャン・ホステルの方角を教えてもらい、同時に、アムステルダムで夜一人で歩いたり泊まったりしない方がいい場所はどこかという有益なアドバイスも受けた。

しかしホステルに着くと、わたしは自分に割り当てられた部屋の前で、息をのんだ。部屋には、わたしの他にあと二十人ぐらいの女の人たちがいたのだ。

翌日わたしは、仕事を捜しに出かけた。国によってさまざまなルールがあるということは、まったく頭に浮かばなかった。事は簡単だと思っていた。秘書か掃除人のアルバイトを見つけるつもりだったのだ。だがそれは早合点だった。わたしはすっかり幻滅し、落胆しながらホステルに帰ってきた。アムステルダムにはオーストラリア人がさせてもらえる仕事は、ひとつもなかった——少なくとも、わたしが自分の仕事だと思えるような仕事は、なかった。その上わたしには、もうその日の夕食分程度の現金しか残っていなかったのだ。早く自動支払い機《キャッシュ・ディスペンサー》のある所を見つけて、お金を引き出さなくては。どうしてわたしはこう、ショックを受けるはめにばかりなるのだろう！

わたしはどこに行けば自分のカードでお金をおろせるかと聞いた。そしてその答えに、すっかり気が滅入《めい》って、気分が悪くなってしまった。アムステルダムはもちろん、オランダ中どこにも、わたしの銀行の自動支払い機はないというのだ。ここから一番近い支店はパリだという。とてもそこまで行けるお金はない。わたしは財布に残っている最後のお金を使って、イギリスの銀行に直接電話をかけた。しかし涙声になったりのしったり、互いにコミュニケーションがうまくいかなかったりしているうちに、硬貨《ペニーレス》はすべて電話の中に吸い込まれてしまった。わたしは見知らぬ外国で、文字通りの一文無しになってしまったのだ。

わたしは半狂乱になってホステルに戻った。ホステルの人はなんとかわたしを落ち着かせようとし、力になるから、と言った。イギリスから送金されてくるまで部屋代はただにするし、食事の分は厨房《ちゅうぼう》で働いてくれればいい、と言った。そうしてもう一度イギリスの銀行に電話をするよう、電話代もくれた。おかげで今回は、わたしも銀行側にきちんと話をすることができた。

だが決まりは決まりなので、わたしはまず自分のお金をアムステルダムに送ってくれという署名入りの文書を送らなくてはいけないという。また送金には日数がかかるし、金額にも制限があるとのことだ。

同室の一人が、お金がくるまでの間、一緒に街の中を観光して回らない？　と誘ってくれた。そうすれば、とにかく元気が出るかもしれない。わたしたちは空腹だったし、さらにわたしは、自分がいろいろな人に助けてもらっていることにいいかげんうんざりしてもいた。わたしは大通りに出ると帽子を取り、それを歩道に置いて、そのまま歌い出した。するとまるで天から雨が降ってくるように、お金が降ってきた。もちろんたいした額ではなかったが、それでもパンと紅茶を買うには充分だった。

ある日、いかにも事情通といった感じの如才ない男の人が近づいてきて、わたしたちにいろいろとアドバイスをしてくれた。彼はまずわたしの帽子を手に取ると、それをわたしの友達の手に持たせた。そうして、「こうやるんだ」と言って、わたしが歌っている間に帽子を持って直接通行人のところへ行くよう、彼女に教えた。その人はもう三年も大道芸をしているそうで、どうやればうまくいくか、嬉々《きき》として教えてくれた。わたしはさらに何曲か歌った。それから三人で、コーヒーを飲みに行った。

イギリスから送金されてくるまで、わたしはそうして毎日数時間歌を歌った。そして、アムステルダム市街ではどこで歌うのが一番かということまで、わかるようになった。わたしは毎日、自分と友達にパンと紅茶を買い、ホステルの部屋代を払い、さらには長年欲しいと思っていたものまで買うことができた。タンバリンだ。

とうとうお金が送られてきた。友達は、その使い道についてすばらしいアイディアを出してくれた。自分はこれからドイツに行くから、一緒に来ないかというのだ。わたしたちは、彼女の友達の友達の友達がいるという、ベルリン行きの列車に乗った。

友達の友達の友達は、突然やって来た彼女にびっくりし、わたしを見てさらにもう一度びっくりした。しかし、医学部の学生だという彼女は本当に感じのいい人で、出し抜けにやって来たわたしたち二人を歓迎してくれた。友達はここでも、ちょっと変わった自分の連れの、歌とタンバリンの才能を見せびらかしたくてたまらず、わたしも場所を選ぶ彼女のセンスの良さと方向感覚をすっかり信頼して、喜んでついて歩いた。わたしは歌い、やはりパンと紅茶を買い、彼女と一緒にベルリンの空気を満喫した。崩壊直後のベルリンの壁も見た。見ているうちにわたしは、自分の中でも古い物が壊れてゆくような、未来に対するかすかな予感を覚えた。壁のことはニュースでいろいろに伝えられるのを聞いていたので、実際に自分の目で見ることができてうれしかった。わたしたちは東ベルリンへも行ってみた。東側では、壁は相変わらず武装した警備員で固められていた。西側ではその頃すでに、大量に借り入れたハンマーで皆が壁を壊し、落書きだらけのその破片が売られていたというのに。

ある晩、わたしは一人で、クリス・デ・バーの歌う「ボーダーライン」という歌を聴いていた。他の皆は出かけていた。アムステルダムから一緒の友達は、帰ってくると息せき切って、これからオーストリアに向かうという二人のドイツ人女性の旅行者を見つけたと言った。一緒について行けば、旅行代が節約できるというわけだ。わたしはほっとした。実はまたもや、破産寸前になっていたのだ。

翌日、わたしたちはそのドイツ人女性に会い、ともに南に向かった。フライブルクで、友達は一人のドイツ人女性と一緒に、その人の家のある黒い森《シュバルツヴァルト》に向かうと決めた。もう一人のドイツ人女性はヘッセンに行くとのことで、わたしはこちらに従った。

ヘッセンの田舎町は、まるでおとぎの国そのものだった。町じゅう、丸い小石の敷き詰められた曲がりくねった道でできていて、そのてっぺんに、すべてを見晴らすお城がそびえている。それは、まるでわたしがずっと憧《あこが》れていた、夢の中の風景のようだった。

わたしは一目でその町に恋をした。どの道もすべて細く、かわいらしく、丸石が敷き詰められている。のんびり歩いていると、突然道に小さな石段が現れて、もう一本下の通りへと誘《いざな》ってくれる。あたりには見渡す限りなだらかに続いている丘がある一方、何キロも見通すことのできる平原も広がっている。わたしの心は、その平原の上を、どこまでもはばたいてゆく。

わたしは宿を見つけることができず、ヒッチハイクを始めた。すると一人のドイツ人青年が車を止めてくれた。わたしは、自分はドイツ語が話せないし相手はおそらく英語が話せないだろうから、よけいな話をしなくてすむと思った。しかし彼は、英語が上手だったのだ。孤児院の住み込みのスタッフで、これからちょうど二日間、泊まり込みで仕事をしに行くところなのだと言った。そうしてわたしにも、孤児院の部屋なら泊まることができるがどうかと言った。そのことばに、わたしは一瞬呆然《ぼうぜん》とした。わたしの悪夢の中の悪夢、あの地獄のように恐ろしいと思っていた施設、孤児院に泊まるめぐり合わせになろうとは、なんという運命のいたずらだろう。しかし他にはどこにも泊まる所がない。わたしはその申し出を、受け入れることにした。

彼はジュリアンという名だった。活発で情熱的だが、心やさしい人だった。わたしと同じように詩や音楽を書き、わたしと同じように、その時が一番自分らしいひとときなのだった。

院の子どもたちも、わたしにすばらしくなついた。わたしは子どもにはいつも好かれる。皆わたしに、いろいろな物をドイツ語では何というか、さかんに教えてくれた。そうしてわたしがその音に耳を傾け、繰り返し発音するのを聞いて、大喜びするのだった。

ジュリアンは、そうやって子どもたちを見つめているわたしを、見つめていた。わたしのことを、こっそり観察し始めていたのだ。「見ないで」わたしは怒鳴った。それまでも、わたしは人から観察されていると気がつくたびに、そう怒鳴ってきたのだ。だがジュリアンは、わかっているよというように、黙ってほほえむだけだった。彼にとっては、わたしのふるまい方がそれほど物珍しくはなかったようだ。おそらくどこかで、わたしと同じような子どもに接したことがあったのだろう。何も言わずに彼はわたしを観察し続けた。わたしがまったく予期していないような時まで、ふと気づくと、彼の視線があった。

ある日彼は、ギターを弾きながら、ごくさりげなく、わたしに歌ってくれと言った。彼のとったこの作戦は、まさに一番効果的なものだった。わたしの返事は期待せず、わたしが歌おうと歌わなかろうとかまわないというふりをしながら、それまでと同じ調子でギターを弾き続ける。わたしは、歌い出した。「素敵だ」彼はそう言ったが、相変わらず顔はギターの方にうつむけられたままだった。まわりには、彼がわたしの歌声を聞かせようと招《よ》んでいた友人たちが来ていた。

その友人たちに囲まれていっそう自信を深めたのか、ジュリアンは突然、わたしの目をまっすぐにとらえた。わたしの心臓は、恐ろしさで縮み上がった。しかしどうすることもできず、仮面の人物《キャラクター》たちからも見捨てられたまま、わたしは張りつけられたように椅子《いす》にすわっていた。

怯《おび》えたわたしの顔を見て、彼は自分の考えていたことが正しかったと確信したようだ。さらに身を乗り出すと、まるで震えているか弱い小鳥を手なずけようとするように、そっと手の甲で、わたしの頬を撫《な》でた。わたしは恐ろしさのあまり、思いきり彼をにらみつけると逃げ出した。

ジュリアンはそれまで、わたしを追って、危険だらけの道をつまさきだちながら近づいてきていたのだ。そうして一度に、すべてを行動に移した。わたしはたやすく彼の手の中に落ちてしまった。しかし幸運なことに、彼はわたしを傷つけようという気は、毛頭なかった。

ジュリアンは、その時その時でなぜわたしががらりと違う人間のようになるのか、不思議がっていた。しかし彼は、そうした変貌《へんぼう》がわたしという人間そのものの表現なのではなく、どちらかというと恐怖に対する条件反射なのだと、気がついていた。何日かをともに過ごし、その間キャロルとしかコミュニケーションすることができなかった彼は、とうとう、わたしの瞳《ひとみ》をじっと見つめた。そうして、やさしく、かろやかな調子でこうたずねた。「きみは一体いつ舞台を下りているの？」

あまりにも鋭い観察に、わたしはショックを覚えた。

「どうしてそんなこと言うの？」

「これほど長時間演技し続けることのできる人には、会ったことがないんだよ。一体どこからそんなエネルギーがわいてくるの?」自分のことばに確信を持ちながら、彼は言った。

「どうして本当のわたしじゃないってわかるの?」

「ぼくも、演技しながら生きているからだ」ジュリアンは言った。「でもきみは……きみはエネルギーを使いすぎているよ。時々見ていて怖いほどだ」

ジュリアンはわたしの瞳を見つめ続けていた。わたしは視線をそらし続けていた。ひとことひとこと言われるたびに、わたしは彼をにらんだ。するとそのたびに、また彼はわたしをとらえようとする。

ついにわたしは、ジュリアンの視線を受け止めた。そうして、逃げまい、と頑張った。

「ここに誰かいる」彼の瞳に映っている人間を見て、わたしは言った。心が真っ白になってゆくようだった。「ここにいるのは、わたし?」素裸の心で、わたしは聞いた。

「ああ、ここにいるのは、きみだ」深くあたたかな声で、ジュリアンは答えた。

彼はわたしの髪に触れた。とっさにわたしは頭をよけた。

「痛い、火傷《やけど》するみたい」わたしは説明した。「どんなふうでも、さわられるのは全部痛いって感じる」

「きみにそんな思いはさせたくない」彼の声は、やさしく、静かだった。

ジュリアンはわたしに子ども時代のことをたずねた。わたしはなんとか話そうと思ったが、わたしにとって牢獄《ろうごく》であったと同時に隠れ家でもあったあの心の壁の秘密は、やはり話すことができなかった。かわりにわたしは、つかみどころのない象徴的なことばでいろいろなことを説明しようとし、それにも疲れて、結局客観的に見れば実に悲惨な、幼い頃のできごとの数々を披露するという逃げ道に走った。だがそのために、わたしは彼が求めていたのとは違う方向に、彼を導いてしまったのだ。

ジュリアンは、わたし自身の絶望に染まってしまった。彼は、うすうす感づいてはいたものの、わたしが落ちてしまった穴が思っていた以上に深くて、自分で這《は》い上がることも、彼が何らかの答えを捜してわたしに手を貸すことも、できないと知ったのだ。だがそうやって彼が苦しんでいる様子も、わたしを思ってくれることも、わたしはいやだった。煩《わずら》わしく、心を乱された。

わたしはふらりと、二時間ほど離れたところにある街へ、姿を消した。そうして二日を過ごした後に、またふらりと帰ってきて、ジュリアンに電話をした。

「一体今どこにいるの？」彼は怒ったような声で迫った。

「ここ、すぐ下の道」電話口でわたしは、二日間いた街の様子を話し、そこの語学学校で英語を教えるかわりに学生寮の屋根裏に住まわせてもらうことになったいきさつも、話した。

　わたしは再び、自分で自分を屋根裏部屋に閉じ込めることになったわけだ。そして再び、悪夢にうなされるようになった。はっと飛び起きても、悪夢の光景がだぶって、なかなか部屋は本来の姿に戻らない。まわりのできごとは、またしても立体映像の映画のようにわたしを襲うようになった。わたしは震えた。しかしのどを締めつけるような恐怖も、ただただすすり泣きのようなうめきとなって漏れてゆくばかりだった。それは誰の耳にも届かない、か細いうめきでしかなかった。

　ある夢で、弟が出てきた。弟は、小さな子猫を七匹も縛り上げていた。まず逃げ出さないようにと足を縛った上で、息ができないようにするためか、猫が自分でのどを嚙《か》み切らないようにするためか、頭まで足の方へ反らせて縛っているのだ。わたしはやめさせようとして弟に近づいた。だがそのとたん、弟は笑いながら、とてもわたしの手には届かない高い煉瓦《れんが》の塀の向こうへ、最初の一匹を放り投げた。同時に、わたしは後ろからぐいと引っぱられた。母が髪をつかんで引っぱっているのだ。わたしは必死になって子猫たちを救おうとしたが、自分も髪を引っぱられ、壁に頭を打ちつけられて、どうすることもできなかった。

　わたしは自分がキャロルになっている時、本当の自分自身のことを、いつも子猫の姿として思い描いていた。実際、わたしの出会ったあの現実のキャロルは、わたしのことを、公園で見つけた迷い猫のように家に連れていってくれたのだ。またわたしは、七匹の子猫の入った袋が川沿いに捨てられていたのを見つけて、家に持って帰り、ガレージに隠して七匹全部を飼ったこともある。そうして後にはわたし自身が、その時の子猫たちのように、いろいろな人のガレージで眠ることになった。わたしの心の中では、その七匹の子猫は、一匹一匹が虹《にじ》の色の一色であるように思えた。そうしてさらにその虹の色は、ひと色ずつが、人の抱くさまざまな感情を表わしているように思えた。わたし自身の中でそれは、どれほどとらえようとしても、ふっと指の間から逃げていってしまうものだった。

また、わたしが弟に対して抱いていた感情は、わたしが自分とは別の人間だと認識した人に抱いた、生まれて初めての感情だった。その弟が、夢の中で、子猫たちを縛って壁の向こうに放り投げている。縛られた子猫たちは、わたし自身の象徴だった。心の中で鮮明にものを感じてしまうようになったことが恐ろしくてたまらず、金縛りになっていた、わたし自身の姿だった。その無力な本当の自分を、わたしは確かにこれまで、キャロルに仕立て上げては常に壁の向こう側へ、「世の中」へ、と放り投げてきたのである。

その本当の自分を守ってきたのが、ウィリーだ。だからウィリーは、無力な子猫たちを助けようと駆け出した。だがそれはわたしの母によって封じ込められ、子猫たちは、準備ができていようがいまいがおかまいなしに、「世の中」へと放り込まれていた。

　わたしはジュリアンに腹を立てた。こんなにもわたしを感じやすくしてしまったのは、彼だったからだ。あまりにもはっきりものを感じることは、危険だ、とわたしは思った。次第にわたしは、一人きりで過ごす時間が長くなっていった。

　しかしものを感じる能力を取り消すことは、もう、できはしなかった。おまけにわたしは、キャロルとウィリーにしがみつくことさえ、次第にできなくなっていったのだ。食物アレルギーを避けて一定の血糖値を保つ食事療法を始めてから、わたしは肉体的にはずいぶん安定した。だがその一方、わたしは自分の中に構築していた仮面の人物《キャラクター》たちを、失ったのである。どうやら彼らは、アレルギー反応からくるいらだちや不安からエネルギーを得ていたようだ。わたしはそれでもまだ、演技することはできた。しかし以前のように、完全に自分を閉ざしてしまうことは、できなくなっていた。時々低血糖症の影響のようにして感情が揺れ動くことがあるとはいえ、新たな段階に一歩踏み出してしまったわたしは、もう引き返すことができなかった。また、自分が恐れているのは感情そのものではなくて、感情に対する反応なのではないかと、わかり始めてもいた。

　ウェールズのあの男性《ひと》が掘り起こしたわたしの感情は、いっこうに衰える様子も、まして消える様子も、なかった。時計の針を戻すには、遅すぎた。そうしてさらにジュリアンが、火に油を注いだのだ。

わたしは祖父の夢も見た。

祖父が亡《な》くなる少し前から、わたしは繰り返し似たような夢を見ている。丘に囲まれたがらんとした場所を、わたしが一人で歩いているのだ。すると突然轟音《ごうおん》が鳴り渡り、丘の向こうから巨大な津波が押し寄せてきて、あっという間にわたしを呑《の》み込んでしまう。わたしは、その不毛の土地になぜか立っていた棒《ポール》に、必死でつかまる。そうしてぎゅっと目をつぶる。叫ぶこともできなければ、息をすることさえできない。自分を連れ去ろうとする波の圧倒的な力の中で、自分がばらばらになりそうなのをなんとかこらえている。しかしやがて、潮が引く。すると津波は、襲ってきた時と同じ猛烈な勢いで、今度は逆に丘の方へ吸い込まれてゆく。恐怖で動けないまま、わたしはなおも棒《ポール》にしがみついている。

この津波の夢は、本当のわたしがそれまで他人の感情というものをどのようにとらえていたかを、象徴していた。

祖父の夢を見た時、夢の中のわたしは、高い壁に囲まれていた。壁には穴が開いていて、そこから祖父は、行ってしまった。わたしはそれを止めようとして、祖父の姿を追いかけた。

壁の穴を抜けると、津波の夢の時と同じように、わたしはまた一人きりで不毛の土地に立っていた。わたしは大声で祖父を呼んだ。しかし声はうつろに響き、こだまのようにたよりなく、あたりに漂うだけだった。いつまでも、誰の姿も、現れはしなかった。わたしは元の壁に向かって走り、再び最初の場所へと穴を抜けた。すると、母が待ち構えていたのだ。わたしはつかまってしまった。壁のこちら側にわたしを閉じ込めておこうとする母に、わたしは全力で抵抗して、向こう側の土地へ戻る道を捜した。けれどどうしてもそれは見つからず、とうとうわたしは、完全に閉じ込められてしまった。

そこでわたしは飛び起きた。しかしなおも、夢の中でなまなましく感じた、わなわなと震えるような、信じられないほど傷つきやすい心の弱さは、振り払うことができなかった。そうしてわたしは、もはや一人でいても、心のやすらぎを感じることができなくなってしまったのだ。

好むと好まざるとにかかわらず、わたしという人間は、二十六の歳《とし》にしてようやく、「世の中」に出て、そこにとどまり続けることになろうとしていた。

わたしは次第に、戸外にいるよりも、むしろそれまで好きだった室内にいる方が、恐ろしいと感じるようになった。悪夢にうなされてからは、特に夜がそうだった。わたしは夜中に部屋を抜け出し、丘をのぼって、雪と落ち葉の中を歩くようになった。

雪に包まれた森は、人が思うほど暗くはない。雪の白さがほの明るく浮かび上がって、あたりは夜というよりも、やさしさに満ちた夜明けの頃のようだ。わたしがよく祖父のところへ遊びに行った、あの夜明けの頃のよう。

わたしはレインコートに身を包んだまま、雪の上に横たわった。ブーツの底のすきまから雪が入って、足は冷たく濡《ぬ》れてしまったが、わたしはそのまま雪のベッドに体を横たえていた。それから小声で、歌を歌い出した。歌いながらわたしは、「ここへ来て、わたしを守って」と、ジュリアンに打ち明ける勇気があったなら、と思った。それから、ウェールズのあの男性《ひと》のことに思いをめぐらせた。わたしは今、長くはるかな心の旅を終えようとしているのだ。その旅の終わりに、再びあの人に会ってみたい。そう考えながら、わたしは一人で、自分の作った歌をもう何曲か歌った。そうして、自分だけのやすらぎの中に浸った。

もうジュリアンには、さようならを言うべき時だ。わたしは深夜に突然電話をかけ、明日の朝一番にここを発《た》つ、と告げた。

「いいか、そのままそこにいるんだ。ぼくが迎えに行くから」彼は言った。

彼の車で、わたしは再び孤児院へ行った。ほぼ二か月前、わたしが毎日寝泊まりしていた孤児院だ。だがなんとなく不安で、わたしはコートを脱がず、自分のバッグもすぐそばに置いていた。そうしていつでも走り去ることができるよう、ドアの近くにいた。自分の身は、そういう所に置いておいた方が安全だ。

ジュリアンは、わたしの手に触れた。わたしは自分の指を、彼の指にからませた。ちょうど昔、祖母のかぎ針編みのカーディガンに指をからませたのと同じように。彼はわたしの瞳を見つめようとした。わたしもその視線を受け止めた。まぎれもない、わたしたち二人が、そこにいた。他の人は皆部屋から消えてしまったかのようだった。ふと、わたしたちの脚が触れ合った。わたしはいつものようにぎくりとしたが、怖くはないのだからと自分に言い聞かせ続けた。

こうした落ち着きは、わたしにとっては初めての経験だった。かつて牢獄の看守だったウィリーは、やがて精神科医となり、そして今はわたし自身のことばを話しわたしを慰撫《いぶ》してくれる、お母さんになったのだ。わたしはついに、「世の中」にとどまりながら、本当の自分のままでいられたのである。

「行かなくちゃ」わたしは口を開いた。

「玄関まで送っていくよ」ジュリアンが言った。

初めてわたしは、自分から腕を差し伸べ、彼を抱きしめた。そうしてそのぬくもりの中に、とどまり続けた。「大丈夫、大丈夫だから。あんまり痛かったらすぐにやめればいいんだから」心の中で、そうつぶやきながら。

ジュリアンは指先でわたしのあごを上向かせると、わたしの瞳を見つめた。わたしの顔には、おだやかなほほえみが広がっていた。

「ここにいるのは、わたし。そこにいるのは、あなた?」わたしは言った。

ジュリアンは、にっこり笑った。

ついにその時、恐怖の大波が盛り上がり、わたしの方へ押し寄せてきた。わたしは突然ぶっきらぼうに「さよなら」と言うと、足元だけを見つめてせかせかと建物を出た。「ほら大丈夫だったでしょ」わたしは自分に言った。「あんまり痛かったらすぐにやめるって、言ったとおりだったでしょ」

しかしわたしは、どうしてもそのまま歩き去ることができなかったのである。振り向くと、わたしはまっすぐにジュリアンのもとへ駆け戻った。そうして顔を上げ、悲しい目で、彼の瞳を見つめた。それは、昔、祖父がわたしの世界から消えてゆこうとした時にわたしが祖父を見つめたのと、同じ目だった。しかしジュリアンは、消えてゆきはしなかった。

わたしは静かにほほえんだ。その頰に、涙がつたった。こんなにもわたしは、自分の気持ちを表わすことができたのだ。それを見せることができるほどに、彼を信頼できたのだ。わたしは、そうした強さをついに得ることのできた自分が、誇らしくてたまらなかった。

「あなたのこと、忘れない」すすり上げながら、わたしは言った。

「もう一度、必ずここへ戻っておいで」ジュリアンが言った。

「そうね」わたしは答えた。

「もう一度、必ずここへ戻っておいで」ジュリアンは繰り返した。

わたしは再び彼を抱きしめると、足早に芝生を横切り、通りで待っていた車に向かって、歩き続けた。

19　再び、海へ

黒い帽子に黒いコート、背中にはリュックサックといういでたちで、わたしは高速道路のわきに立った。わたしをドイツの外へと連れ出してくれる駅まで、ヒッチハイクをするためだ。駅に着くと、初めてヨーロッパ大陸に来た時は、一人ぼっちでフェリーに乗ってきたのだったなと思い出しながら、列車に乗り込んだ。動き出した列車が国境を越え、ベルギーに入ると、わたしは心の中で、ドイツにさようならと別れを告げた。

　列車はフェリーのターミナルの向かい側に着いた。あのフェリーに乗れば、わたしはイギリスへ帰ることができる。わたしは走った。走らずにはいられなかった。今いる所から、できるだけ遠くへ行くのだ。すでにジュリアンからははるかに離れていたが、見《み》出《いだ》したばかりの、もう決してするりと逃げていくことはない新しいわたしが、光の中で踊り続けてわたしに知らせていた。ここそが、あれほど捜し続けてきた出口なのだ、と。

　はっきりとした行き先はどこにもなかった。わたしはやはり、海に行こうと思った。

海と向き合えば、わたしは自分の心と、象徴的に、しかし現実的に、出会うことができるはずだ。そうして、うねり高まるふたつの旋律は、いつしかひとつに溶け合うかもしれない。

わたしはウェールズに、向かった。

わたしは再び、あのウェールズの男性《ひと》の家を訪ねることにした。彼はすでに三か月間の用事を終えて、イギリスに帰ってきていた。駅をおり立ったわたしは、迎えにきてくれていた彼のお父さんの車に乗った。

家までの道のりは長く、その間はほとんど彼のお父さんが一人でしゃべっていた。

「うちの息子は、その、ちょっと変わったところがあるでしょう、ドナ」お父さんは言った。

「そんなことありません」わたしは答えた。

「あの子にも家内にも、わたしがこんなことを言ったというのはないしょにしておいてほしいんだが」お父さんは続ける。「あの子は、ちょっと変わった質《たち》の知能障害でね」

わたしは心の中で、一人ほほえんだ。ウェールズの男性《ひと》自らが、そうしたことすべてをわたしに話してくれたことを思い出しながら。だが彼の両親は、彼自身は何もわかっていないと思っている。わたしはさらに、彼がお父さんの力添えで今の仕事に就いたことや、自分は友情や感情やことばをうまく操れないのだと悩みを話してくれた時のことを、思い出していた。

「赤ん坊の時に髄膜炎にかかって、それであいうふうになってしまった」お父さんは説明する。「それで時々、おかしなことをしてしまう」

「あの人にはどこもおかしいところはありません」思わずわたしは言った。「あの人は、わたしと同じです」


ウェールズの男性《ひと》の名は、ショーンといった。そしてショーンは、明らかに酔っていた。車で彼を迎えに立ち寄ると、彼は後ろの座席にすわっていたわたしにはほとんど目もくれずに、助手席に乗り込んだ。わたしが来ることは知っていたはずだが、車に乗る時にこちらに投げかけたすばやい一瞥《いちべつ》が、どのようなことばよりもはっきりと、彼の気持ちを語っていた。

高速道路は渋滞していた。突然、何も言わずにショーンは車から降りた。そうしてお父さんが大声で呼ぶのも無視し、道路の端まで行くと、そこで用を足した。

お父さんはわたしの方を振り向き、すみません、と言った。自分の息子のふるまいに、わたしがきまりの悪い思いをしたに違いないと思ったのだろう。

「何がですか?」しかしわたしはそう応《こた》えた。用を足したくなれば、足す。それは、少しもおかしいことではないではないか。

「あの子は時々ちょっと変になるんだ、うちのショーンは」お父さんは、その場のきまり悪さをつくろうように言った。わたしではなく、お父さん自身が感じたきまり悪さだ。

ショーンは、高速道路をのろのろと進んでいた車に戻ってきた。そうして今度は、後ろの座席に乗り込んだ。しかしやはり、わたしの目を見ようとはしなかった。わたしは、彼の気持ちを理解したことが怖くなってしまう前に、「いいの、わかるわ」と彼に伝えなければならない、と思った。わたしはことばには出さずに、全身でそれを伝えようとした。そこには正真正銘の、ドナがいた。たとえどれほど静かにであろうと、そこには、「世の中」で語っているドナがいた。

わたしたちは手を触れ合った。そのとたん、やはりわたしは寒気がした。酔っ払っている彼はなんて幸運なんだろう、と思った。

わたしたちはまだ、互いの顔を、見ることができなかった。

家に着いたとたん、ショーンはまたしてもぷいと出ていってしまった。そうして何時間もたってから、以前よりもさらに酔って帰ってきた。隣町からヒッチハイクで帰ってきたのだ。わたしはじっと天井を見つめて待っていた。そうしてまるで、電気ショックでも与えられたかのように、はっと姿勢を正した。ガラスに覆《おお》われた、何が起こるかよくわかっているわたしだけの世界のやすらぎから急激に呼び戻されて、わたしは部屋に入ってきた人の姿を、何も言わずに見つめた。

ショーンも何も言わずに、わたしを見つめ返した。その目は、昔わたしが祖父母を見つめていた目と、同じだった。千キロもの彼方《かなた》から、語りかけようとしている目。しかしどこにも、戻ってゆくあてどのない目。

またもやショーンは出ていこうとした。待って、駅まで連れていって、とわたしは言った。彼はイギリスを離れていた間に、わたしへのおみやげを買ってきてくれていた。わたしもまた彼におみやげを持ってきていた。彼は黙って、わたしのかばんの横に、革製のラクダのぬいぐるみを置いた。わたしはそれを見つめ、その生き物がどこにも行くあてのないまま砂漠をさまよっている様子を、思い浮かべた。わたしはゆっくりとそれをどけるとかばんを持ち上げ、出発しようと、ラクダに背を向けた。

「こんなふうで申し訳ありません」彼の両親が言った。息子のつっけんどんなふるまいに、怒っているようだった。彼のおかげで、わたしも同じふるまいをする人間であることは、かすんでしまっていた。

「全然かまいません」わたしは言った。「わたしにはよくわかります」

しかしなおも彼らは弁解し続けた。そのことばから、わたしはいつしか、遠い日の母の声を聞いていた。「あの子のことは気にしないでください、ちょっと頭がおかしいんです」。恥辱にまみれたそれらのことばが耳の中でがんがん鳴り響き、わたしはとうとう、吐き出すように叫んだ。「彼がどうしてこんなふうなのか、わたしにはわかります。彼がじゃなくて、わたしがじゃなくて、わたしたち両方がそうです。わたしたちは両方とも、こんなふうなんです」

「こんなふう」というあいまいなことば以外に、何と言えばよいのかわからなかった。しかしそれは、つらく、死のようにさえ感じられるものなのだということを、わたしは知っていた。

駅までの道を、狂気に取り憑《つ》かれたように、ショーンは車を走らせた。目は一点にくぎづけになっているのに、特に何を見ているわけでもない。こわばった体は、ただぶるぶると震えている。

急ブレーキとともに、突然車は止まった。彼が先に降り、助手席側へまわってドアを開ける。その目は、自暴自棄になっていた。震える手で腕をつかまれたわたしは、急いで車から走り去ろうとした。しかしその時、彼は小さな紙と鉛筆を、わしづかみにするようにして取り出したのだ。

手はがくがくと震え続け、彼はなかなか鉛筆を操ることができなかった。むだな力の込められた鉛筆は、ぶざまに紙を破いた。彼は一人で闘っていた。目からは苦闘の涙があふれ出した。

彼はぎざぎざに破れた紙の破片に、まるで搔《か》き傷をつけるかのようにして、必死で文字を書きつけた。そうしてその紙切れを荒々しくわたしの手に押しつけると、ぎゅっと拳《こぶし》の中に握らせた。

「行け。何か起こっちまう前に早く行け」彼は喘《あえ》ぐようにそう言うとわたしを押しのけ、乱暴に車のドアを閉めて走り去った。

わたしは震えながらプラットホームに立った。怖くて、彼のくれた紙切れを見ることができなかった。いっそ捨ててしまおうか、とも思った。あまりにもすべてが度を越していた。あまりにもすべてがよくわかった。それはあまりにも、わたし自身だった。

わたしが知る限り、列車はどこに向かって走っているわけでもなかった。肝心なのは、ショーンのいた場所から遠ざかっているということだけだ。わたしのまわりで、さまざまな色が氾濫《はんらん》し始めた。光もまぶしくわたしの目を射《さ》した。人々も、その物音も、わたしにはもうたくさんだった。わたしは列車の隅で体を丸めると、壁の方を向いて、すべてを遮断した。あの紙切れが、わたしのてのひらの中で丸まった。

列車は終点に着いた。そこで、自分が切符を持っていないことに初めて気がついた。

わたしはプラットホームを抜けると線路に飛び下りた。そうして闇《やみ》の中を、高い鉄条網に沿って歩き続けた。「おまえは何をしているんだ?」わたしの中で声がした。わたしは答えるかわりに、土手をよじのぼった。自分がどこにいるのか、どこに行こうとしているのか、その答えを見つけようとしながら。

わたしはバスの停留所を見つけ、そこに立ち止まった。静かな場所で一人きりになれて、うれしかった。ここは、どこでもない所。わたしは、誰でもない幻の人間。

わたしは自分が、あの紙切れをまだ握りしめていることに気がついた。

街灯の下で、わたしはくしゃくしゃになった紙切れを広げた。するとそこに書きつけられていたことばは、筆跡のぎこちなさをものともせずに、あざやかに立ち上がってきたのである。「きみはぼくが生涯かけて待ち望んでいた最高の友達です。これからも連絡をください」

そのことばの中には、確かにショーンがいた。そのことばの中には、ドナもいた。そうして、なぜかはわからないがふとわたしは、この世にはわたしたちと同じような人がもっと大勢いるのではないか、と思った。ショーンとわたしが出会ったのと同じような細道で、うまく生きてゆけるようになる人もいれば、決してうまくゆかない人もいることだろう、とも。わたしたちがたどっている道は、いたるところに暗い落とし穴が開《あ》いている細道だ。そしてそこに落ちるたび、もう永久に這《は》い上がることができないような気持ちに襲われる。そこを、わたしたちはたった一人で歩いている。「世の中」とすれ違う時には、わたしたちは懸命に練習した笑顔を向けることもある。しかしその時でさえ、わたしたち自身は、ガラス張りの世界の内側に、閉じ込められたままなのだ。

わたしはショーンに電話をした。しかし彼は、普通に話すことができなかった。そうして彼の方から四回もかけ直してきたが、結局そのたびに、どもったり、ことばの途中で急に黙り込んだり、「詩のことば」で話したりした。五回目の電話の時に、彼は、わたしに会ってからどれほど自分がおかしくなってしまったかを、語った。彼の上司は、彼のことを完全に頭がおかしいのではないかと思うようになった。そうして彼は、それまで以上に人々から離れ、自分の殻の中に閉じこもるようになった。

「困ったことになった」長い沈黙の後で、電話の向こうから、彼はつぶやいた。「きみが好きだ」再び長い沈黙が続いた後に、やっとのことで彼は言った。そうしてまたもや黙り込んでしまった。「困ったことというのは」とうとう再び彼が口を開いた。「その気持ちで、ぼくは自分が殺されてしまいそうな気がする」

「わかる」わたしは答えた。

それが、ショーンとの最後の会話だった。それからは彼の姿を見かけたことも、彼から便りがあったことも、ない。ご両親からも、連絡はない。彼はただ消えたのだ。昔のわたしが、いつもそうしていたように。
彼は、海へ行ったのだろうか。

20 最後の闘い

ロンドンへ帰ってきたわたしは、小さなアパートと、秘書としての仕事を見つけた。それはどちらも、わたしの望みどおりのものだった。アパートの最上階にある、わたしだけの部屋。そしてやはり、わたしだけの事務室のある仕事。わたしは大病院の管理部門の秘書になったのである。わたしが担当した上司は、マンガから抜け出てきたかのようにおもしろい人だった。昼休みには、わたしは病院の庭を走り回るリスや小鳥たちを眺めたり、落ち葉を拾ってもてあそんだり、近くの図書館に行ったりした。

家では、買ってきたばかりの安いプラスチックのタイプライターで、自分の心のうちを綴《つづ》り始めた。まずわたしは、思い出せる限りの過去にさかのぼって、わたしの世界の中心の部分を描いてみた。タイプライターからは、一枚、また一枚とページが送り出され、それらの過去の一瞬一瞬の中に、再びその刻《とき》を生きているわたしがいた。日ごとに夜は、長くなっていった。わたしはまっすぐに前を見つめ、自分の両手の指先からことばがほとばしるままに、書き進んだ。

わたしは、あのウェールズの男性《ひと》とともに分かち合ったことを表現するために、自分の内に、ことばを求めた。書き終えたページの山が高く積み重なるにつれて、わたしの図書館通いもますます頻繁になった。わたしは、精神分裂症についての本を読みあさった。そうして、何もかもをつなげてくれることばが見つからないものか、これこそ自分だと思えることがどこかに書かれていないかと、必死にページをめくり続けた。

それは、突然わたしの目に飛び込んできた。そのことばにめぐり合ったのは、父が四年前にふと口にして以来のことだった。「自閉症」。そこには、そう書かれていたのである。「精神分裂症とは区別される」。心臓が、飛び出しそうなほどに高鳴った。わたしは震えた。これこそ、捜し続けてきた答えなのではないか。あるいは、その答えにたどりつく最初の一歩なのではないか。わたしは自閉症についての本を捜した。

読み進むにつれて、わたしの中には、やっと見つけたという気持ちと、怒りのような気持ちとが、ない交《ま》ぜになってこみ上げてきた。ことばを真似《まね》ること、触れられることに我慢できないこと、つまさきだちで歩くこと、音が苦痛であること、ぐるぐる回ったり飛んだりすること、体を揺らすこと、繰り返しが好きなこと。すべて、書かれている。そうしてそれらすべてが、わたしのこれまでの人生を、嘲《あざけ》るかのようにいろどってきたのだ。わたしの頭の中には、そんなわたしの行動を矯正するという名のもとに行なわれた、さまざまな虐待《ぎゃくたい》の場面がよみがえった。仮面の人物《キャラクター》たちを創《つく》り出したことで、わたしという人間は引き裂かれはしたが、そのかわりに個性も人格も失いかねない自閉症の悲劇からは、免れることができたわけだ。わたしの一部分はそうしたさまざまな矯正や訓練に従ったが、その他の部分では、二十六年間、誰にも踏みにじられることなく、わたしはわたしだけの世界を保ち続けてきたのである。

ただ一度でいい。なぜわたしがこんなふうなのか、客観的な意見を聞いてみたい。わたしは書き上げた自分の原稿を、児童精神科医に読んでもらおうと決心した。昼休みに、わたしは児童精神科はどちらでしょうとたずねて、病院の中を歩いた。そうしてドアに掛かっている札を読んで歩き、これだと思うドアを見つけると、ノックした。

「本を書きました」机の向こうの専門家に向かって、わたしは言った。「これを読んで、どうしてわたしがこんなふうなのか、教えてください」

その精神科医はすっかり面食らって、それは一体何についての本なんですかとわたしにたずねた。わたしは、自分がこれまでずっと、きちがいだのばかだの情緒障害だの変人だのと言われてきたことを話し、また、それが実は自閉症というものらしいと、父から聞いた話もした。

「なるほど、わたしにその本を差し出したやり方は、確かに自閉症的でしたよ」先生は言った。それから、なぜ自分のところに来たのかと聞いた。わたしはただ、一番ぴったりだと思われる札が掛かっているドアを捜して来たのだ、と説明した。その先生からは、ほどなく返事があった。すっかり本に魅せられた、ぜひ自閉症の専門家に読ませたい、とのことだった。出版社に送ってもいいか、と先生は聞いた。わたしには出版するなどという気は毛頭なかったので、身がすくんだ。あなたと同じような経験をしている子どもたちは大勢いるんだ、と先生は言った。そういう子どもたちを理解するために、あなたの本はとても重要なものになるはずだ、と。できることなら、わたしは本を、燃やしてしまいたかった。あれは、ただ自分のためだけに書いたものなのだ。時々読み返して、自分の人生が一貫したものであることと、自分の人生は自分のものであることを、確かめるためだけに書いたものなのだ。すべての始まりは何であったのか、わたしはそれも知りたかった。それまでにわたしはたくさんの答えをかき集めてきたが、そもそもどうしてわたしがこのようになったのかは、いまだにわからなかったからだ。

返ってきた答えは、驚くほどにわたしを勇気づけてくれるものだった。あなたの本には、自閉症の子どもに典型的に見られることが、実によく描かれている。けれどあなた自身は、さまざまな困難を克服した点において、自閉症の人の中でもきわめて抜きん出た存在なのだ。わたしは再び、本を出版社に送るよう、励まされた。

しかしそれ以来、わたしは眠っている時でさえ心が休まらなくなってしまった。仮面の人物《キャラクター》たちも、わたし自身も、殻の中に隠れていることをやめてしまったのだ。眠りの世界に落ちてしまうことに対して、わたしは相変わらず強い恐怖心を抱いていたが、その恐怖心がかえってわたしを、とても耐えられないような夢の中に放り込んだのである。

ある晩は、こんな夢だった。何の家具も置かれていない、殺風景な屋根裏部屋のむきだしの木の床を、ちょろちょろとネズミが一匹走ってくる。続いて、またもう一匹。わたしは例によって自分の内側で、鋭くなりすぎた自分の感覚と闘っていたが、外側の表情は動くこともなく、ぼうっとしているように見えていた。すると男の人が一人出てきて、ネズミを殺そうとした。

「だめ！」突然わたしは叫んだ。「殺しちゃだめ。それ、本当はネズミじゃない」そうしてだいぶたってから、再び言った。「本当は猫。餌《えさ》をやってもいいでしょう？」すがるようにわたしは聞いた。

男の人は棚の戸を開けた。すると中から缶詰が転がり出て、床に落ちた。わたしはそのひとつを拾うと缶を開け、子猫たちを呼んだ。こちらの方へやって来る子猫を、男の人は撫《な》でようとした。

「だめ！」またもやわたしは叫んだ。「さわったら死んじゃう！」

餌を食べると、子猫たちはみるみる大きくなった。わたしは餌をやったことに、後悔の念を抱き始めた。この後わたしがいなくなって他に誰も餌をやる者がいなかったら、猫たちは一体どうなってしまうんだろう？　一度餌をやってまた放り出してしまうぐらいなら、最初から何もやらない方がよかったのではないか？　床にしゃがみ込んだわたしを、男の人がのぞき込んだ。

「聞いて」わたしはないしょ話のような声でささやいた。「子猫はもっといる。全部で七匹いる」

そこでわたしは、汗だくになって飛び起きた。そうしてそのまま部屋の中を歩き回った。今や、自分の書いたことばが本から飛び出してしまっただけでなく、ことばに込めていた意味までもが、勝手に飛び回り出したようだった。わたしはうずくまると、泣きながら膝《ひざ》を抱いた。そうして体を揺らし、心の中で、大丈夫だから、大丈夫だからと言い続けた。

しばらく後、わたしは出かけると、キャットフードの缶詰を買ってきた。そうしてそれを、ベッドわきのサイドテーブルに置いた。本物の猫は飼っていなかったが、それは、わたしが自分自身の象徴である子猫たちの世話をすると、自分に約束したしるしだったのだ。そうしてその約束が、わたしの世界の中だけのものでなく、実際の「世の中」でもきちんと守られてゆくということを示す、しるしでもあった。

何年か前に、わたしはふたのついた工場用の大きなごみ箱の中に、生まれたばかりの子猫が捨てられているのを見つけたことがあった。わたしは子猫を拾って帰ったが、その子猫が病気になっていたことがわからず、どうやって世話をすればいいのかもわからないまま、死なせてしまった。

その時のことをぼんやり思い出しながら、わたしは、ベッドサイドのランプの光に包まれた、キャットフードの缶詰を見つめていた。そうしてそのまま、うとうとと寝入ってしまった。

夢の中で、わたしは十代のキャロルになっていた。そうして道の角で、集まっていた友人たちとさかんにおしゃべりをしていた。すると近くのごみ箱から、何やらがさがさという音が聞こえてくる。キャロルはそれを無視して、ますます早口になってしゃべり続ける。皆の注意をそらしてはいけない、がさがさいう音に気づかせてはならないという、せっぱつまった気持ちがあった。結局、ただのネズミか何かでしかないのかもしれないが。

しかしごみ箱からは、ぼろぼろの服を着た汚い四歳ぐらいの女の子が、ちょこちょこと大あわてで出てきたのだ。キャロルは友達のグループに背を向けると、彼らとその女の子との間の壁になってやった。そうして女の子を見つめると、静かに言った。「帰ってきたのね」

女の子は、おどおどした目で今にも逃げ出そうとしながら、道の角まで後ずさりした。「大丈夫」キャロルは言った。「絶対にあの人たちは、こっちに来させないから」グループのことを指して、そう言った。「わたしも、あなたには指一本触れないから」キャロルはそう言うと、グループから離れ、女の子の前に立って歩き出した。そうして女の子へ後ろ向きに手を差し出したが、ついてくるかどうか確かめるように振り返ることは、決してしなかった。女の子は走ってきて、キャロルの顔は見ずに、手だけをつないだ。二人はそうして、歩いていった。女の子だけが、怯《おび》えたような目で、何度も肩越しに振り返った。

わたしの心の中で、ついにドナは、子猫から人間の姿に変わったというわけである。それはまだ、ほんの子どもでしかなかったが。長い長い年月の果てに、とうとうキャロルが公園に戻ってきて、ドナを「世の中」へと連れ帰ってくれたのだ。もう、キャットフードの缶詰はいらない。ドナは二度と再び、人間以外のものになることは、ない。ウィリーはすでに、やさしくわたしを励ましてくれるお母さんになっていた。さらにキャロルが、人の群れからドナを守ってくれると、約束してくれた。しかしあとひとつ、避けては通れない最後の闘いが残っていた。ウィリーが、キャロルを受け容《い》れなくてはならないのだ。

すでにわたしは、「わたし」という意識をはっきりと確立しつつあった。そうして、わたし自身とは少々別の存在の仮面の人物《キャラクター》たちに依存するのは、やめなくてはいけないと気がつき始めていた。しかしわたしはなお、本当の自分自身のまま人々と向き合う用意が、できてはいなかった。

ある日わたしは、がらくた市で、古ぼけた小さなぬいぐるみと出会った。ぬいぐるみはブルーの水玉模様のリボンをつけて、壊れたおもちゃの山の中にいた。羊のようにも見えたし、ウサギか犬のようにも見えた。十五年か二十年ぐらい前のものなのだろう、値段はたった二十ペンスだった。わたしはお金を払って、それを受け取った。そうして、旅男《たびお》、という名前をつけた。旅男は、旅をする犬。毎日わたしと一緒にどこにでも行く犬。ちょうど仮面の人物《キャラクター》たちが、以前そうであったように。旅男は、わたし自身の体という壁と、その向こうの現実に生きているものたちとの間の、架け橋になるのだ。

わたしには旅男が必要だった。だが物理的に常に彼がそばにいることは、情緒的な面で、かえってわたしを不安定にした。その感じは初めて経験するものだった。自分自身の体を、出てゆかなければならない外の世界との境界線のように感じることにも、不慣れだった。しかしそれにしても、この居心地の悪い感じは何だろう。ふとわたしは、自分の外の、さまざまな感覚にあふれた世界を代表している旅男と、常に一緒にいるようになったからではないか、と気づいた。わたしは再びよく泣くようになった。しかしそんな時、わたしは自分自身を抱きしめようとするようになったのだ。そしてもう、フラストレーションから自虐的になったり無意識の世界に埋もれたりしようとすることは、なくなったのである。

旅男がいると、闇《やみ》の番をしてくれているようで、眠ることへの恐怖は薄らいでいった。しかし旅男は、夢からわたしを守ってくれることまではできなかった。夢の世界では、最後の闘いが始まろうとしていた。

枕《まくら》の上に旅男を置いたまま、わたしは眠りに落ちた。その先には、何者かの隣りに立っただだっ広い倉庫の床を、ウィリーが歩いてくる。キャロルがいた。

「わたしのお客よ」そびえるように立っている隣りの男を指して、十代のキャロルは言った。その口調は、キャロルが娼婦《しょうふ》のようにしてその男と暮らさなければならないことを、示していた。

「そんなふうにして暮らす必要はない」ウィリーが言った。

「あら、あるのよ」キャロルはせせら笑うように言う。「他にわたしがどこで暮らせるっていうの？」

キャロルは人生の中の、ひとつの季節に閉じ込められていた。そうしてそれは、決していい季節ではなかった。今こそ彼女に、何もかもが変わったことを、教えてやらなければならない。何もかもが変わって、今や、彼女にも行くべき場所があるのだということを。

「おいで、一緒に暮らそう」ウィリーは言った。見知らぬ男は、傲慢《ごうまん》な態度でこちらを眺めている。

「どうやってお金を払えばいいの？　わたし、お金を持っていない」キャロルが言った。

「皿洗いをすればいい」とウィリー。

「わたし、自分のことぐらい自分で何とかできるわ」少しうれしそうにキャロルが言う。

「もちろんできる」ウィリーが応《こた》える。「とにかく一緒に来てごらん。もしいやだったら、その時出ていけばいい。扉はいつでも開《あ》いているから」ウィリーは、キャロルの隣りの見知らぬ男などまるで眼中にないかのように、それだけ言うと、歩き去った。キャロルは男を見、それからウィリーの後ろ姿を見た。静かに、弁解のひとつもせずに、キャロルは自分にできる最善の道をとった。彼女はウィリーの後を、歩いていった。

　わたしはあのなつかしい茶箱を開けると、中からレースやボタンや鈴をそっと取り出した。そうして来る日も来る日も、それらを見つめたり、分類したり、また混ぜ合わせたりして、何時間も過ごした。わたしは、本当の自分自身でいられることの自由な解放感に、思いきり浸った。自分はちゃんと自分の体の中にいると、実感することができた。今いる所こそが、自分の家、自分の居場所なのだ。わたしは、はっきりそう感じることができた。もう二度とわたしは、自虐的になることはないだろう。他人に虐待されるままになることもないだろう。自分の力以上のものになろうと無理をして、自分を追い込むようなこともないだろう。

そしてウィリーは、わたしがその強さや論理を自分のものとして受け容れ、自分自身で使いこなすことができるようになる日まで、わたしを助け続けてくれるだろう。キャロルも、わたしがその協調性や社交性を自分のものとして受け容れることができる日まで、必要な時は明るく話をしてくれるだろう。やがて二人に対するわたしの愛着と依存も、少しずつ薄れてゆくだろう。少しずつ、二人は消えてゆくだろう。そうしてわたしはいつの日か、「世の中」で、きっと本物の友達を見つけるのだ。その時まで、わたしは旅男《たびお》と一緒にいよう。今では旅男も、わたしを守ってくれる保護者というより、むしろ心を慰めてくれる伴侶《パートナー》のようになってきた。そうしてわたしも、彼の友達であると同時に、彼の世話をする責任者の役も果たせるようになってきた。

「世の中」に対する長い長い闘いは、ついに、終わったのである。勝者はいない。ただ終戦協定が、あるのみだ。

21 本当の居場所

わたしの原稿が、本の形になった。今やわたしは、理解しよう、克服しようとこれまでずっと闘ってきた自分の問題について、ことばを得たのだ。しかしもしそれが、自分がこうなったことに対して、自分自身だけでなく家族をも許す助けになるのでなければ、何の意味もありはしない。

本を作るにあたって昔の写真を見ているうちに、わたしは、自分が人と目を合わせるのを避けるために、三通りの方法を使っていたことに気づいた。ひとつは、自分の目の前にあるものを透視するように見つめ、かえってそのもの自体は見ない方法。ふたつ目は、はっきりと目をそらして他のものを見てしまう方法。そして三つ目は、片方の目だけでぼうっと前を見つめ、もう片方の目では自分の心の内の世界を見る方法。こうすると、見ているものはすべて靄《もや》がかかったようにぼんやりする。わたしは昔の自分の写真を並べながら、自分の抱えていた問題がすでにどれほど遠くへ去ったことかと、改めて思った。

わたしが三つ目の方法の目をしている写真は、わりにたくさんあった。顔の真ん中で表情が割れ、写真を撮っている人を片方の目だけで、自分の世界に侵入してくる者か何かのように見つめている。写真は時の流れの中で、さまざまな人によって撮られていた。一番最初の写真を見つけた時は、胸を衝《つ》かれた。椅子《いす》にすわっているわたしは、まだ生後ほんの数か月でしかない。四か月より大きいということはないだろう。後に、それはわたしが生後何週間かの時に、叔父が撮ってくれたものだとわかった。しかしその目はすでに、明らかに普通の人とは違っていたのだ。片方の顔だけが、自分の世界に浸ってほほえんでいる。もう片方には、何の表情もない。目は、ただ宙をにらんでいる。

ある日わたしは、他の自閉症の人たちについての話を聞いた。そうして、ぜひ彼らに会ってみたいと思った。ところがよく聞いてみると、自閉症の人というのはそうたくさんいるわけではなく、国中捜しても、世界中を捜しても、なかなかいないのだそうだ。わたしは驚いた。その中でもわたしは、さらに小さなグループの中にいるという。わたしは「非常に適応した」部類に入るのだそうだ。それでもわたしは、彼らに会いたかった。会わなければならなかった。これまでわたしが見てきた社会は、社会全体のほんの半分だけでしかなかったのだ。だからわたしはもう半分も見て、他の自閉症の人たちとのつながりも考えなければ、自分が本当にどこにいるのか、どこに属しているのか、知ることはできない。わたしがこれまで見てきた世界は、いわゆる「普通の」人の世界だった――そしてそういう人になりたいと、わたしは憧《あこが》れ続けてきた。しかし今度は、わたしが閉じ込められていた所に今でも捕らえられている人たちに、会う番だ。いや、わたし自身、ある意味ではまだそこに、捕らえられている。

キャスはしっかりしたまじめな人で、一緒にいても、わたしは比較的落ち着いた気持ちでいられた。話し方はどちらかというと単調で抑揚がなく、こちらも話についてゆきやすいような、ゆっくりした調子だった。まっすぐなグレイのロングヘアで、目は怯えているかのように、絶えず動き回っていた。わたしは、彼女がわたしを歓迎してくれているのを感じたが、それで息苦しくなりはしなかった。

キャスにはわたしと同じぐらいの年の息子がいた。彼は、自閉症だった。初めて会った時、彼は色とりどりのビーズで遊んでいた。わたしは彼に、こんにちはとかはじめましてなどと言ってもらおうとは思わなかった。そうしたことばは、「世の中」で動き回りたいと望んでいる人のためのことばだ。そうして彼、ペリーは、決してそう望んではいないのだ。

わたしは彼の近くの床にすわると、いろいろな色のボタンやガラスでできた果物を、てのひら一杯に取り出した。そうしてそれをグループ分けすると、ペリーがビーズで遊んでいる所まで手を突き出し、何も言わず、彼の顔も見ず、ばらばらと落とした。ペリーはそれをひとつずつ拾うと、わたしが今したのと同じことをした。わたしは、自分の初めてのことばを思い出した――それは他人を、鏡のように真似《まね》ることだったではないか。あの頃から時ははるかに流れ、今ではもう、そんなことばでは不充分だとわたしを怒鳴りつける人間は、誰もいない。

　ペリーとのやりとりはしばらく続き、それはやがて、ゲームの形に発展していった。わたしは今度は鈴を取り出し、自分で鳴らしてから、先ほどと同じように彼の方へ落とした。やはりペリーはわたしの動作を真似したが、今度は動作に加えて、音を出すという新たな要素が加わったわけだ。彼がわたしを真似る。わたしも彼を真似る。交互に互いを追い、鈴を鳴らしてわたししているうちに、ゲームには動きも加わって、どんどん直接的なやりとりになっていく。

　それからわたしは、床にすわったまま、ボタンのグループ分けを始めた。するとペリーが近づいてきて、そこここに散らばったボタンを拾い、それをわたしの作ったグループの中に、分類しては置いてゆく。彼の顔を見なくても、わたしには彼の話していることがわかった。こうした「ゲーム」は、それまでいつも、わたしのためのものだった。そして今、わたしはこうした「ゲーム」が自閉症の人間のものだと知ったのだ。

　わたしはキャスが部屋に入ってきたのに気がつかなかった。ペリーはわたしのところへ来ると、わたしの前で床にうつぶせになり、両腕をぎゅっと体につけ、不安を訴えるかのように体を震わせた。キャスはそれを、静かに立ち尽くしたまま見つめていた。「わたしを見て」わたしはペリーに声をかけた。ペリーのふるまいは、昔、わたし自身が何度もしていたのとまったく同じものだった。「ほら、わたしの心も、こんなに震えている」わたしはうずくまっているペリーをまっすぐに見つめた。まるで人が本を読むように、わたしは彼の行為を読むことができた。わたしの頬を、涙がつたった。そうして頭のてっぺんからつまさきまで、電気が走ったかのように震えながら、わたしは今ここにあのウェールズの男性《ひと》がいたなら、と思った。あの人がいて、わたしが今、不意に自分を理解したのと同じように、あの人もまた、自分を理解できたなら、と。

振り向くと、キャスが泣いていた。

「この子にことばがあるなんて、思ってみたこともなかった」キャスは言った。「でも今わかりました。この子にもことばがあったんですね。どうやって話せばいいのか、わたしがわからなかっただけなんですね」彼女は、息子がこんなにも「普通」に見えたのは初めてだ、とも言った。わたしもまた、他人をこんなにもよく理解できたと感じるのは、初めてだった。

「わたしたちは、自閉症の人間にものを教えなければならないのは自分たちだと思っているでしょう」キャスは言った。「でも本当は、わたしたちの方こそ、あの人たちから学ばなければならないものがたくさんあるような気がします」

キャスは、自閉症の子どもたちを預かる学校で先生をしていた。ちょうどキャンプがあるとのことで、一緒に来ないかと誘ってくれた。しかしわたしは、いつもの一週間の流れを変えてしまうのが怖かった。完全に自分で自分がコントロールできる状態の時に、行く先を決めずにふらりと出かけるのと、たとえ一日だとしても、そもそも自分が部外者であるような所の招待に応じて、築き上げた生活の流れを破るのとは、まったく違うことなのだ。招待はそのまま保留され、うまくやれそうだと思ったらいつでもいらっしゃいとわたしは言われた。結局、わたしは行くことにした。

電車に乗り、バスに乗り換え、さらにタクシーに乗り継いで、わたしはようやくのことでケント州の田園地帯に着いた。子どもたちは皆建物の中にいたが、わたしはまずその人数に圧倒された。キャスはあらかじめわたしが来ることを話しておいてくれたのだが、それでもやはり、お決まりの挨拶《あいさつ》はしなければならないようだった。わたしはキャスの陰に隠れるようにして、自分で挨拶するかわりに、彼女に紹介してもらった。

その学校の子どもは全員が自閉症というわけではなく、また特に今回のキャンプには、自閉症の子がそれほど参加しているわけではないとのことだった。だが夕食のテーブルで、ある一人の女の子が、わたしの目をくぎづけにした。

アンは八歳だった。しかし小柄で、六歳ぐらいにしか見えなかった。そしてわたしと同じ、金髪のロングヘアに透き通るような白い肌をしていた。しかし何よりはっとさせられたのは、その目だ。一方の目はただぼんやりと前を見つめているだけなのに、もう一方の目は、心の内に鋭く向けられている。そうしてアンは、ぎゅっと口を閉じてすわったまま、時々舌の先で自分の唇を舐《な》めていた。見つめているうちに、わたしはなんだか自分が人の目にさらされているような気分になってきた。

　キャスはアンの担当ではないらしく、他の専門家たちが、いらだたしそうにアンを怒鳴りつけていた。しかしアンの目を見ていると、そうした怒鳴り声も、自分の中に入り込もうと襲ってくる単なる騒音のかたまりにしか聞こえていないことが、はっきりわかる。これが専門家というわけか。わたしは思った。そうして、自分に対して母のとったやり方を、思い出していた。アンを見つめながら、わたしは心の中でつぶやいた。わたしには、あなたが今どこにいるのかわかるのよ。

　何をやらせようとしても、アンはただ凶暴なほどのヒステリーを起こすばかりだった。自分のまわりの世界に対して、そして何より自分自身に対して、何も見えず何も聞こえない子どものようだ。その上、何かが足りない。アンは、自分自身を慰め、守る方法を、ひとつも持っていないのだ。わたしはアンに、その方法を教えてあげなければと思った。しっかりと自分でしがみつくことができ、やがて両方の目を開けて「世の中」をちらりと見ることができるまで、おだやかに自分自身を落ち着かせる方法を。しかし他の人たちのいる前では、とうてい教えることはできないだろう。

わたしはさりげなくアンを誘うと、一面に緑の広がった柵《さく》のない空間を求めて、外へ出た。アンはわたしについてきた。それをわたしが避けるようにすると、アンは逆にどんどんわたしを追いかけてきた。わたしはアンの影を、踊るように追いかけた。するとアンも、次第にわたしの影に視線を落とすようになったのだ。わたしたちは交互に前へ行ったり後ろへ行ったり、互いの影と足だけを見つめて、追いかけ合った。

ふと振り向くと、食堂の窓ガラスの向こうから、何人かの先生たちがこちらを見ていた。あ、とわたしは思った。あ、今ではあの人たちが、ガラスの向こう側にいる。

夜がきた。子どもたちは皆ベッドに押し込まれた。しかし相手は、なかなかじっとしていられず、眠ることの意味もよくわからないような幼児なのだ。あたりは大変な騒ぎだった。自閉症の一人の男の子は、すでに明かりも消えて真っ暗だというのに、自分のベッドの上でぴょんぴょん飛び跳ね続けていた。アンは恐怖に取り憑《つ》かれて、金切り声で泣き叫んでいた。一人の先生がそのわきにすわり、何度もアンに人形を押しつけるのだが、アンはその人形を見ていっそう怖がっているようで、火のついたように泣いている。ああ、お人形、とわたしは思った。ああ、普通であることの、象徴。人は人によって慰められるもの、もしそうでないとしても、人の形をしたものにはやすらぎを覚えるものという、なんという固定観念。

アンのベッドにすわっている女性は、なんとかアンを静かにさせようと何度も何度もアンに向かって叫び、手ではアンが人形を押し戻すたびに、これでもかと言わんばかりの乱暴さでそれを突き返す。わたしは耐えられなくなって、黙ってその女性を押しのけた。そうして人形もどけると、自分のヘアブラシをアンの手に置いた。アンは泣きながらもすぐにブラシの毛に指を走らせ、聞こえるか聞こえないか程度のほんのかすかな、柔らかな音に耳を傾けながら、指先の感触を楽しみ始めた。わたしは昔自分でよくやったように、単調な繰り返しのメロディーを口ずさみながら、それが催眠術のようになるよう、メロディーに合わせてアンの腕をやさしく叩《たた》いた。しっかりと自分でしがみつくことのできるものを、何か教えてあげなくては。世の中には、それを台無しにしてしまう専門家がいつもいるものだけれど。

ふと、片方ずつ違う世界を見ていたアンの目が動かなくなり、空洞のようになった。そうして、しゃくり上げながらも、アンは泣きやんだ。わたしはアンの手を取ると、とんとんと自分で自分の腕を叩くようにさせ、それがメロディーとも一体になるように導いた。

やがてわたしは自分の外から、かすかな、けれど確かなリズムが流れ始めるのを、聞いた。アンがのどの奥の方で、自分でメロディーを歌い始めたのだ。ゆっくりと、わたしは自分のハミングをやめていった。すると期待していたとおりに、彼女はその後を自分一人で歌い出した。まるでそれが、初めから自分の歌であったかのように。アンはメロディーを続け、腕も一人でとんとんと叩き続けた。そうして突然、わたしに会ってから初めて、きちんと両方の目を開き、まっすぐにわたしを見つめたのである。一瞬、時が止まってしまったかのようだった。闇《やみ》の中、懐中電灯の光だけが、そんなアンの顔を照らし出していた。ハミングと手のリズムはなおも続いていた。

もう大丈夫だと思い、わたしは部屋を出ていこうとした。しかしそのたびに、結局最初から全部やり直さなければならないはめになった。しかしやがてアンは、わたしが部屋を出ても、恐怖の発作にさえ襲われなければ、自分でハミングをし、自分で自分をとんとんと叩き続けることができるようになったのである。

太陽が昇り、新しい一日が始まった。今日は皆で公園に遠足に行くのだ。しかし廊下の向こうの小さな部屋からは、アンの金切り声が聞こえてきた。わたしはその部屋に向かった。ドアを開けると、そこに繰り広げられていたのは昨日と同じ光景だった。先生がアンの顔に向かって、アンに勝るとも劣らないような金切り声で、「黙りなさい！」と叫び続けている。

「この子の面倒はわたしが見ます」ドアのところから、わたしは冷ややかに声をかけた。
「この子とうまが合うみたいね」まるでアンを邪魔な荷物か何かのように思っている言い方だった。そうして、自分が手を離すことができてほっとしているようだった。

わたしは持ってきていたクリスタルガラスを取り出すと、アンの目の上にかざした。アンはさっとそれを取った。そうして自分のてのひらの中で、向きを変えてはその輝きを見つめた。こうして物を通じてアンと話をするたびに、わたしの中には、ふっとなつかしい祖父母の姿が現れるような気がした。

わたしはまた例のメロディーを歌い出した。するとまるで条件反射のように、アンの手は自分のもう片方の腕に伸びて、リズムに合わせてとんとんと動き出したのだ。アンはすっかり落ち着き、わたしたちはおだやかに、楽しい気持ちでバスへと向かった。

ところがバスの乗車口で、誰かが突然アンをつかみ、乱暴にバスの中へ押し込んだのだ。おまけにバスの中は子どもでごった返し、皆口々に大声でしゃべっている。アンはまたもやヒステリー状態になった。しかしその時、アンの手がさっともう片方の腕に伸びたのである。そうして彼女は、一人でハミングを始めた。バスが発車した。アンは一人ですわっていた。落ち着いてくるにつれ、ハミングと手の動きも止まった。アンは、自分の不安とまわりからの過剰な刺激をコントロールする術《すべ》を、ついに身につけたのだった。

目的地に着いた時も、バスに乗った時と同じ混乱が起きた。しかしやはりアンは、自分で自分を落ち着かせることができた。そうして一人で、バスを降りたのだ。

わたしは芝生の上を歩き始めた。アンはつまさきだって、半ばよろけながら、転がるように走ってついてきた。アンはわたしの手を取った。そうしてわたしたちは、いつしかスキップをし始めた。しっかりと手をつなぎ、あいている方の手は大きく振りながら。皆からはどんどん遠ざかってゆく。そうしてわたしたちは、二人だけで公園を横切り、ブランコの方へとかろやかに跳ねていった。

わたしたちはそれぞれに、ブランコに乗った。高く、高くこいでいるうちに、わたしにははるか遠い日の、あの公園のことがよみがえってきた。そして、今。わたしの隣りには、小さな自閉症の女の子がいる。この子もいつの日か、「世の中」でドナと呼ばれていた人と手をつないで、一緒に公園をスキップしたことがあったと、思い出してくれるだろうか。頰に風を受けながら、わたしはそんなことを考えていた。

終わりに

人は誰でも、何かを分類するのが好きだろう。わたしの場合は、自分で集めたボタンやリボンや色のついたガラスなどを分類するのが大好きだった。一方、人間というものを分類するならば、わたしはこれまでふたつのグループしか実感したことがない。「わたしたち」というグループの人間と、「あの人たち」というグループの人間だ。人はたいてい、誰でもその人なりの見方でものを見ているものだと思う。しかしそれらのものに込められている一般的な定義は、わたしの定義とは違い、意味もより複雑でさまざまなようなのだ。

わたしは、正常であるとか知的レベルが高いということが、何も、精神に障害があったり知能が遅れているということよりも、すぐれたことだとは思わない。たいていの人は、正常であることこそが望ましい本来の姿であり、また目標でもあると、反射的に思い込むようにされてしまっている。精神に障害のある人というのは、自分を疎外《そがい》しようとするそうした正常さというものに、とうの昔に背を向けてしまった人だ。そしてまた知能の遅れた人というのは、「普通の」人よりもはるかに深い感覚で、物事を経験していることがあるのだ。完全には信頼することのできない複雑なものはやり過ごし、そのかわりにごくシンプルで本能的な反応や応答に、身を任せているからだ。

こうした定義をするなら、わたしは、精神に障害のある人間だ。知能の遅れた人間でもある。さらに、聴覚障害があり、視覚障害があり、口もうまくきけない。現実的には、わたしにはそうした知覚能力も表現力も備わっていると、いつも検査結果に出たのだが、自分ではそうではないように感じていたし、そうではないような行動をしてもいた。

わたしは、精神を病んだ人や知能が遅れた人、身体に障害のある人と同じグループに属している。「自閉症」という名で呼ばれる人々とともにあることも、喜んで受け容《い》れよう。この集団こそが、わたしと同じことばを話す人たちの集まりなのだから。そうしてわたしはそこに入って初めて、自分の性格だと思ってきたものが、実は、誤解されやすく混乱を招きやすい自閉症の特徴を、わたしなりに表現していたものだったと知ったのだから。

けれどわたしは、自分の気が狂っているとは思わない。もっとも周囲の人間は、わたしのことをずっとそう思っていたし、そのため自分でも、自分は狂っているのに違いないと思ったこともあった。だがもしわたしが本当に精神的に病むような質《たち》だったのだとしても、心の牢獄《ろうごく》に一人きりで投げ込まれて激しい孤独とストレスを感じるようなことがなければ、実際にそのように追い込まれてゆくことも、なかったかもしれない。

わたしは異常であるとかばかだとか、もっと婉曲《えんきょく》に、非常に純真なのだとか世間ずれしていないとか、よく言われたものだ。そういったことばはすべて、「わたしの世界」の性質を表わしてもいた。その世界は、「感情」に対する自分の恐怖になんとか対処するための、手段だった。だがわたしの恐れたその感情というのは、普通ならば最も報いあるものとして人生から受け取るべき、善意の感情だったのだ。

もしわたしの母が、愛にあふれたやさしいお母さんで、常にわたしにかかわり合い、わたしをつかもうとしていたなら、わたしには、世の中からは離れた片隅に逃げ込んだり心の中で自由にうずくまったりすることなど、決してできなかっただろう。そしてわたしはその片隅でこそ、一人でさまざまなことを学び取ることができた。わたしの、仮面の人物《キャラクター》たちを通して。皮肉なことではあるが、そうした自由は、母がわたしを無視し、拒絶したからこそ生まれたというわけだ。もしその自由がなかったなら、わたしはウィリーという仮面の人物を通して自分の知能を向上させることも、キャロルという仮面の人物を通して人とのコミュニケーションの方法を身につけることも、できはしなかっただろう。わたしが施設に送り込まれずにすんだのも、なんとか自立して生きてこられたのも、この二人の仮面の人物のおかげだ。そしてさらに、二人はわたしを旅に導いて、ほんの少しずつわたしを変え、ついにはきちんとものを感じることのできる本当の自分として、「世の中」に立っていられるまでにしてくれた。まったく、わたしの母が「悪い」母で、よかった。また弟のトムにしろわたしにしろ、たいていのことは何でも、教わらなくても自分で覚えてしまった。だからわたしは、わたしが少しおかしくなったのは母親が充分に愛情を注いでやらなかったからだという非難の渦からも、超然としていることができる。

もちろん、こうしたわたしのケースは、自閉症の子どもの力になろうと愛情を注いでいるご両親たちの気持ちを、くじくものではない。まったく逆だ。もし愛情豊かなご両親が、自分たちの感情には客観的になるように努め、子ども自身がどのように世界を感じ取っているかを第一に考えながら、接し、話をするようにすれば、子どもは（話をすることができる段階にきていれば）信頼と勇気を見出《みいだ》し、少しずつ自分のペースで、自分の殻を破ろうとするだろう。自閉症の子どもに接しようとするならば、これがまず一番最初のアプローチの仕方だ。そして子どもの信頼を得たら、その子がどういう人間で今どこにいるのかを、ありのままに受け容れて励ましてほしいのである。信頼を通して、その子は外の「世の中」に対する興味を持ち始めるだろう。だが初めのうちは、その興味や探索が、まず彼らの知っている唯一《ゆいいつ》のものに向けられることと思う――それは、自分自身というものだ。その探索がしっかりと終わった時、初めて、あたかも落下防止用の安全ネットのように張りめぐらされていたその子の殻を、ゆっくりと少しずつ取り除いてやるのである。子どもは、世界の中心としての自分という意識から、いわゆる「普通の」人たちが住んでいる世界の中の自分という、新しい感覚と認識に目覚めることができるだろう。

この時気をつけなければならないことは、自閉症の子どもに対する接し方は、普通の人に対する接し方と正反対であるのがいい、という点だ。つまり、基本的にいつも、間接的なやり方がいいのである。そうすれば子どもはあまり消耗しないですむし、息苦しく感じたり襲われるように感じたりすることも少ない。それでこそ、その子は自分の殻を破ることができるのだ。単に人に従い、人の中での役割を演じるロボットではなく、たとえどれほど内気で引っ込み思案であったとしても、自分自身でものを感じることのできる、一人の人間になることができるのだ。一番のポイントは、親や先生やカウンセラーの観点によって、その子の個性や自由を押しつぶしてしまわないようにということだろう。その過程は、決してなまやさしいものではないはずだ。闘いに次ぐ闘いであり、そのたびごとにひとつずつ武装解除してゆく、すさまじいばかりのものなのだ。さらに、闘いとはいえ、それは子どもに応じてよく考え抜かれたものであり、その時々の子どもの心の動きに敏感なものであり、その子なりのペースで、繰り広げられてゆくものでなくてはならない。

自閉症の子どもは、視覚、聴覚、言語について、時に本当に認知障害があるかのようなふるまいをするが、それは外から入ってくる情報の多さに――主に、自分に向けられた人の感情の強さに――対応することができなくて、激しいストレスのために自分をシャットアウトしてしまうからだ。

それは、ショック状態に似ている。おそらく、脳が感情面での極端な過敏症に陥ると、なんとかその状態を脱しようとして、逆の作用のあるホルモンや化学物質を分泌《ぶんぴつ》してしまい、それが一時的な認知障害を引き起こすのではないだろうか。するとはっきりした意識はとぎれがちになり、眠っている時だけでなく起きている時も、潜在意識と感覚的な反応だけで動くような悪循環に陥ってしまう。わたしがよく悪夢にうなされたのはこの悪循環のためだったのだろうし、時間や空間に対する感覚がしょっちゅう揺れ動いていたのも、夢を見ているような状態に絶えず出たり入ったりして、感情的にとても不安定だったためだろう。

またわたしの場合、その悪循環は、複雑な食物アレルギーによっていっそう断ち切りにくいものになっていた。深刻な食物過敏症を治療せずにほうっておくと、栄養素の吸収がうまくいかないために栄養不良となり、体内には毒素がたまって、脳に損傷をきたす恐れがある。一方、代謝に何らかの問題があると、さまざまな食物を適切に摂取することができなくなり、それが食物過敏症につながることもある。つまり脳と食物過敏症は、相互に関連し合っている。食物過敏症は脳の損傷を招く恐れがあるが、逆に、脳の損傷が食物過敏症を招く場合もあるわけだ。

精神と、身体と、情緒。人間はこの三つのシステムから成り立っているのだと思う。そして普通の人は、これらがごく適切に統合されているのだ。しかしある人々はこれらのどれかがうまく働かず、完全な統合が成されない。そのそれぞれの例が、知能障害であり、身体障害であり、自閉症であると、わたしは考えている。

知能障害は、精神的あるいは知的なメカニズムがうまく働かない場合だ。身体と情緒は健康であるのに、自分自身を表現することが難しい。

身体障害は、身体的な機能がうまく働かない場合。精神と情緒は何でもないのに、不自由な体に束縛されてしまう。

そして自閉症は、情緒を操っている何らかのメカニズムがうまく働かず、比較的正常な身体と、正常な精神にもかかわらず、深みを伴った情緒を表現することができないのである。おそらく自閉症の子どもは、母親の胎内にいる時からすでに、自分と母親とのつながりをいっさい感じることができず、母親から送られてくるメッセージも、刺激の強すぎる苦痛なものとして拒絶しているのではないだろうか。そうして生まれてきてからも、愛情をはぐくんだり、まわりの環境の意味を理解できるようになったりするための人との触れ合いが、できないのだ。できないままに、子どもは何か欠けていると感じるものを、自分の中に創《つく》り出す。自分の中で、自分が世界そのものになるのだ。すると他のものはすべて、外部のもの、余分なもの、ちぐはぐなものになってしまう。世界としての子どもは、もはや人であることを忘れてしまう。だから感情的な触れ合いが欠けていることさえ、気にならなくなる。本物の世界によって、それを身につけ、人々の一部になるようにと要求される時まで。

しかし自閉症には、潜在能力を目覚めさせ、問題のいくつかを克服することが可能だという、きわめて明るい希望がある。もっともそうやって問題を克服してゆく過程で、また新たな問題が生まれてくることも事実だ。

一方、自閉症とよく混同されるものに精神分裂症があるが、これは、実は自閉症の反対側に位置するものではないだろうか。一本のものさしがあるとして、一番端に位置するのが、感情的にまったく超然としている状態。次が、自閉症。そして非常に内気で人からは遠ざかっている状態を経て、正常な、普通の状態に至るとする。すると精神分裂症は、その正常の目盛りからさらに向こう側へ、突き抜けてしまったところにあると思うのだ。このものさしは、感情を自動的にシャットアウトしてしまうメカニズムが、どれほどの強さであるかをはかるものだ。感情をシャットアウトすれば、自分の許容度以上の感情が、自分の中であふれてしまうのを防ぐことができる。思うに、自閉症というのはこのメカニズムが未発達で過敏なため、ほんの少しのことでもすぐに反応してしまう場合なのではないだろうか。普通の人では、このメカニズムが働くのは極度のショックを受けた時だけで、時間的にもごく短いものだと思う。一方、精神分裂症というのは、このシャットアウトが無視され続けたり、心を守るほど敏感に働かなかったりして、心がばらばらに壊れてしまった状態だろう。だからわたしは、たとえはた目によく似ているように見えるとしても、自閉症は精神分裂症とも精神錯乱とも、違うと思うのだ。それどころか、精神錯乱を防ごうとするメカニズムが、非常に敏感に働いている場合こそが自閉症だと、言えると思うのだ。

その自閉症であったわたしは、自己表現をするためには、許容度以上の感情を入れないようにしなくてはならなかった。そうするために、わたしは分離している自分の心と感情を敵に回すのではなく、逆にそれに寄り添うようにして、闘ってきた。そうした闘い、そうした反応を、人はいつも、狂気に属するもののようにみなす。しかしそれは狂気ではなく、本当は健全な精神ゆえのものではないのだろうか。そう考え直されなければならないのではないだろうか。

具体的には、何らかの自己表現をするためには自分を充分に落ち着かせなければならず、自分のしていることは、感情やわたし個人に深くかかわることではなく、単に機械的なことにすぎないのだと、催眠術にでもかけるように常に自分に言い聞かせなければならなかった。わたしにとっては、人とコミュニケーションをすることが、自分の心に対する「裏切り行為」のように感じられたのだ。だから外の世界に接するには、そうした抵抗感やストレスを、少しでも緩和しなければならなかった。

このように、自分の本当の気持ちに反したことをするというのが、やはり精神分裂傾向のあることだと見る人もいるかもしれない。しかし精神分裂傾向があることと、精神分裂病とは、同じものではないだろう。まわりをよく見回してほしい。この世の中のほとんど誰もが、自分の自然な感情には反するようなことをして、生きているではないか。そもそもわたしたちの住んでいる世の中そのものが、精神分裂傾向のある社会なのではあるまいか。疎外されやすく、孤立しやすい社会なのではないか。そしてわたし自身は、生まれた時から疎外されていたというわけだ。生まれた時からというのが適切でないとしても、情緒的な発達から取り残されてしまった三歳の時には、確かに疎外されていた。

狂っているのでもなくばかでもなく、妖精《ようせい》でもなければエイリアンでもなく、目には見えない感情のひずみに捕らえられてしまったというだけの、ただの人。感情のひずみに捕らえられてしまっているなら、ものを感じていないだろうと考えるのも誤りだ。体の一部が麻痺《まひ》している人も、脳に伝えられるはずのメッセージがうまく機能しないためにぎこちない動きになるだけで、動くこと自体は、できる。

わたしの場合は、親切や愛情によって殺されるようなことはないのだとついに頭の中ではわかるようになったのだが、それでも感情のレベルでは、人の善意ややさしく愛情に満ちた触れ合いが、恐ろしくてたまらない。そういったものに触れると、やはり息が止まりそうになるし、激しい苦痛を感じる。そのためそれらを無視しようとすると、今度はショック状態のようになってしまい、まわりで起こっていることが何もわからなくなったり、何も感じることができなくなってしまったりする。さらにその状態が長引くと、わたしの心は、勝手に首をくくってしまうのだ。そうしてわたしは、身体的な感覚も感情も失って、抜け殻のように取り残される。後に残るのは、ロボットのように、機械的な反応だけ。

だが同時に、そうした心の牢獄を抜け出そうとする、潜在的な意思のようなものが働き始めることもある。はた目にその人が天才のように見えるのは、そんな時だ。

暗闇《くらやみ》の中でその人は、ほんの小さな光を見つけたのだろう。そうしてそれを、捜し求めていた出口だと信じて、すがるようにして歩き出したのだろう。

それが、どうか本当の出口でありますようにと、願わずにいられない。

エピローグ

目を閉じて、夜と昼についての、闇《やみ》と光についての、時間と空間についての、あらゆる概念から解き放たれようとしてみる。すると時間というものも、空間というものも、実はどれほどあいまいなものかということがつくづくとわかってくる。毎日当たり前のように身を委《ゆだ》ねている時間や空間は、時計やカレンダーや建物の中に存在しているにすぎないのだ。そうしてそれらはどれも、人々の共通認識と同意のもとに、人の手によって作り上げられたものなのである。

アインシュタインは、すべての物体はきわめて微小な単位にまで分割することができ、一見確固とした物体も、その最小の単位のレベルでは、他の物が通り抜けていくこともできるのだと言った。また、時間と空間というのは、自由に動き回ることのできるものだとも言い、それらを絶対的な現実として信奉していた人々を、嗤《わら》った。

人は現実というものを、たよることのできる保証書か何かのようにとらえているものだ。けれどわたし自身は、ごく幼い頃から、当たり前の現実だと考えられている物事すべてを打ち消すことが、逆に心の支えだった。そうすることで、わたしは自己としての意識も打ち消していた。後に知ったことだが、これはちょうど、心の平和と静けさを達成するために行なう黙想の、最も高度な段階そのものなのだ。それなのになぜ、自閉症の人間の場合には、そのように解釈してもらえないのだろう。

わたしは外界とのあらゆる接触を拒絶した。外界と接すると、色や音や模様やリズムに自分自身を溶け込ませてつかんだ心の支えが、奪われてしまうからだ。そうした支えにたよる世界が、何も天国のようだったわけではない。ただ人の善意を感じた時にわき起こってくる死の恐怖を考えると、その世界は確かにわたしの避難所であり、また聖域でもあった。疎外《そがい》ということばを使うなら、わたしは自分で理解している限り、世の中から疎外されて生まれてきた。さらに後には、その「世の中」にかかわろうとするたびに、今度は自分自身から疎外されることとなった。

しかしさらにその後、わたしは、世の中そのものが人を疎外してゆく、ということを知ったのだ。だとすれば、わたしは何かの具合でおかしなことになって、人生の終わりの方から始めて、人とは逆の方向に向かって歩んでいこうとしているのかもしれない。

T・S・エリオットの詩に、こういうのがある。「ぼくの始まりは、終わりだった」「ぼくの終わりが、始まりだった」。これをわたしに読んでくれたのは、ブラインだ。彼は、わたしがさまざまなことについての答えを求めて必死に闘うようになるずっと前から、すでに一人で、答えを見つけていたのかもしれない。

この世には、保証できるものなど何ひとつない。そして、傷つきやすい心は、時として自分自身の落とし穴になる。人生が長い時間をかけて教えてくれるのは、そういったことではないだろうか。自分自身をたよりに、背筋を伸ばして生きること。これが、人生の究極の教えだと思うのだ。最後は、わたしたちは皆、一人きりになるのだから。

ヴィンセント・ヴァン・ゴッホは、二次元のキャンバスの上で、三次元の世界の意味をとらえようとしながら絵を描いた。作品を通して彼は、物の表面的な姿形を超えて、その物固有の本当の美しさを見つめるよう、人々に訴えた。そうした美しさは、一般的にはむしろ醜いものとして、見捨てられがちなのである。ゴッホは、美というものはシンプルさの中にあると、伝えようとした。

人間にとっても、結局大切なものは、知識ではなく、その人の精神ではないだろうか。知識を求める心ではなく、知識を先導してゆく、精神。

ひとつも損なわれたところのない、純粋な精神。無垢《むく》な精神。正直で誠実な精神。それらは、人が目標とするものの中で、おそらく最高のものだと思う。そしてそれらはまさに、非常にシンプルだが、光り輝くような美を放っているものだ。

しかし現実の世の中では、複雑なものばかりに重点が置かれているような気がしてならない。おまけにその複雑なるものは、シンプルさの中には存在しないと考えられているようだ。それは、まちがいだ。そもそもはっきりとした意識のもとで、複雑な思考ができることを誇りにしている人たちも、潜在意識の中で象徴的な思考をする能力については、知らない場合の方が多いだろう。それなのに、この世の中が子どもたちにとってどの程度の価値のものなのかを子どもたち自身にたずねることもなく、独善的な自信を振りかざして、「世の中」のいわゆる複雑さの中へと子どもたちを引きずってゆく。

たとえ悪意はないとしても、これこそ狂気というものではないか。ものを知らないということではないか。無知というものではないか。

ことばが意味を持つのは、人がそのことばと事物とを関連づけて考えることができるからだ。しかし、その対応関係があまりに直接的である時、わたしの前にはいくつもの壁が立ちはだかってしまう。

つまりわたしの中には、そういった対応関係のいくつかに対して一定の許容量のようなものがあり、それを越えてしまうと、対応する意味のシステムが閉ざされてしまうのだ。それは部分的な場合もあるし、丸々全部ということもある。ある意味だけ独立しての場合もあるし、いくつかの意味が組み合わさっての場合もある。ことばだけでなく、感覚の上でも似たようなことが起きる。ある感覚は、非常に鋭く尖《とが》って、痛いような感じを起こさせるのだ。わたしの場合は、甲高い声や音、まぶしい光、人に触れられることなどがそれで、耐えられない。光の場合は、わたしに催眠効果さえ及ぼす。

認識のレベルでは、大きな身振りや抑揚を伴うことばがまったく受け容《い》れられず、相手がどのような感情を託しているのか何も理解することができない。社会的なルールに関連したことも、すっぽりと抜け落ちてしまう。たとえ以前にそのルールを理解したり守ったりしたことがあったとしても、それはその場限りで忘れられてゆき、ルールの意味もその理由もわからなくなってしまうのだ。このように、わたしの中ではまず第一に、自分のまわりの世界に対する根本的な認識が、さまざまに欠落して不完全だった。コミュニケーションや自己表現がうまくできないというのも、すべてここから派生していることだろう。そのためわたしは心の中に、自分なりにそれを補う複雑な防衛システムを創《つく》り出したのだが、それがまたよけいにわたしを、がんじがらめにしてしまった。

自閉症の大きな特徴は、コミュニケーションが困難であることだ。そこで、それに対してわたしが自分でたてていた戦略方法、対策方法を、これから述べてみたい。

まず、よどみなく話すためには、自分の心に次のようなことを言い聞かせるといい。

(1) 自分が口に出すことは、べつに心に触れるような重要性を持っているわけではない――つまり、赤ん坊が機嫌のいい時に出す声のように、意味もなくただぶつぶつ言っているのと同じなのだ。

(2) ことばを通じて相手がこちらをつかむことはない――そのために、相手にはわけのわからないことばを使ったり、「詩のことば」で話したりする。
（3）ことばは、直接相手に向けられるものではない――このため、物を通して会話を間接的なものにしたり、さらには物に向かって話したりする（これは、文章を書くことにも通じる。文を書くというのは、紙を通して話すことだからだ）。
（4）自分が口にしているのは、そもそもことばではない――そうしてかわりに、その場に適当な歌を歌ってみる。
（5）会話の中に、感情に関する要素はいっさい入っていない――実際に、客観的事実と雑学的な事柄しか話さない。

しかしこれらの方法がうまく働かず、直接的、感情的なコミュニケーションのストレスが爆発してしまうと、ことばの意味をすくい上げる脳の機能が麻痺《まひ》してしまい、とてもよどみなくは話せなくなってしまう。最悪の場合には、ろれつさえうまく回らなくなり、ことばはただ頭の中でむなしくこだまし続けるだけとなる。そのため激しいフラストレーションで、体を震わせて絶叫せずにはいられなくなってしまうのだが、それさえまったく声にならないこともある。

自閉症の場合、ことばが理解できたというだけで、それは大変な進歩なのだ。そしてその進歩は、直接的なコミュニケーションの恐怖とストレスの量が、どの程度かにかかってくる。

うまくいけば、先生から間接的に事実を聞くことで、ことばと意味とは結びついて理解されるはずだ。先生からではなく、レコードやテレビや本などの教材からなら、もっとうまくいくだろう。わたしの小学校時代、特別クラスでの最初の三年間に、先生はよく教室から出ていった。そうして生徒は自分たちだけで、頭上のスピーカーから流れてくる放送用教材の質問に、答えていた。そういう時には、先生に対する気づかいのようなものをしなくてすむから、質問自体に集中できたのをよく覚えている。これからの時代は、自閉症の子どもたちにとっては、パソコンを利用しての学習がおおいに効果を上げるのではないだろうか。一度使い方を覚えてしまえば、パソコンはうってつけの機器だろう。

心の中の恐怖は、相手の声がおだやかなほど、そして予測がつきやすいほど、減ってゆく。しかしこの恐怖はまた、二通りに作用するものでもあるのだ。自閉症の程度が軽い子は、自分で自分をリラックスさせる状態にもってゆくことができる。それはまだ「自分を埋没させる」ほどのものではないのだが。わたしも、自分をこの状態にすることができた。そうして幼い頃のわたしは、差し迫った脅威を感じさせないような声には、たいてい反応しなかった。何か従うようなことがあっても、それは自分が何をしているのかほとんど意識せず、ただ機械的に動いているだけだ。そんな中で、仮面の人物《キャラクター》を生み出したのは、リラックスした気持ちではなく逆に恐怖の感情だった。そしてその恐怖から生まれた彼らがいたからこそ、わたしは学校でもなんとかやっていくことができた。

自閉症の程度が重い子は、自分に向かってくる声の予測のしやすさとしにくさの微妙なコンビネーションの中で、反応することを学んでいくのだと思う。あまりにも不意をついてばかりいたら、その子は自分の殻を固く閉ざしてしまい、取り返しのつかないほどに引きこもってしまう恐れがあるから、コンビネーションの具合は重要だ。しかしまた、それは両刃《もろは》の剣なのだ。あまりに予測しやすければ、その子の信頼感を回復することはできても、その声自体が無視されてしまうようになるだろう。逆にあまりに予測しにくければ、無視することはできなくなるが、不信感という心理的なバリアが厚く張られてしまうことになる。

次に笑いについてだが、笑うことは、自閉症の場合、相手の声に対するものではない。笑いは、自分自身の楽しさの表現であり、理解したという表現であり、そして恐怖の表現でもあるのだ。以前に他の場所で聞いたことが、急に映像として浮かんできて、それで笑ってしまうということもある（聞いたことを完全に理解するのが、非常に遅れることがあるのかもしれない）。また、笑いは、相手が引き起こす許容量以上の刺激とも、複雑につながっているようだ。そういう場合、相手のことばは、無意味な雑音にしか聞こえなくなってしまう。

他人のことばをただおうむ返しにする子どもについては、ことばを使って指導しようとしても、無理ではないだろうか。自分がそうだったからなのだが、ストレスと恐怖が強すぎて、何を言われてもただの音の連なりにしか聞こえないと思うのだ。そういう時には、子どもが何を恐ろしがっているのかをまず見極め、その恐怖を取り除くのが先だろう。

わたしの場合は、お話のレコードやテレビのコマーシャルを繰り返し聞いたことが、ことばの発達に大きくつながったようだ。

わたしがおうむ返しをしていたのは、何らかの音を出して応《こた》えなければならないと感じていたからにすぎない。むしろ、人真似《ひとまね》をしたり、物をグループ分けしたりすることこそが、わたしの本当のことばだった。「見て、わたし、わかるよ。その音、わたしにも出せるよ」

自閉症の子どもたちの中で、おうむ返しをする子どもの方がよく適応してゆくとすれば、それは、その子たちは自分なりに、すでに一生懸命理解されようとしているからだ。理解していることを、示そうとしているからだ。それがたとえ、人真似にすぎなくても。

一方、ひとこともしゃべったことのない子どもをお持ちの方には、歌を作ることが、ことばを発する大きな助けになるかもしれないということを、お知らせしたい。わたしにとって、ことばは音楽から派生したものに思えた。音楽のメロディーの中には、すでにことばが存在していた。

わたしの場合でいうならば、たとえことばを音の連なりとしてしか聞いていない時でも、わたしの心はその連なりなりメロディーなりの意味を、読み取っていたのだ（潜在意識の中でだろうか、それとも物理的、肉体的にだろうか?）。だからわたしは、言われたことをまったく理解していない時でも、相手の要求どおりに動いていることがよくあった。

あらゆる思考は、まず感覚から始まるのだろう。自閉症の子どもにも、感覚はあるはずだ。けれどそれは孤立していて、普通のようにことばを通して表わされることがない。そして不幸にも、大方の普通の人たちは、ことばとして耳から入ってくるものしか、聞くことができない。

そこでわたしは、「わたしの世界」のことばを紹介しようと思う。

初めにお断わりしておきたいのだが、そうしたことばや癖のように見える行為などは、たとえ一見同じことをしているように見えても、世の中で普通に見られる似たような行動や行為とは、その裏に託されている意味がまったく違う。またわたし自身、「世の中」のことばを使って話しもしたが、それらの行為や行動がわたしの中から消えてしまうことはなかったし、「わたしの世界」においては、そうした自分なりのことばの方がやはりはるかに大切なものだった。

時にそれは、自分だけのなぐさめであり、やすらぎであり、強い緊張とフラストレーションから解放してくれるものだった。また時には、どれほど内向的に見えようとも、それは「世の中」を理解してコミュニケーションしようという努力のあらわれでもあった。しかしこのことが自分でわかるようになり、はっきりした意識とリラックスした状態を保ちながら、自由に「世の中」に向かって手を差し伸べることができるようになったのは、ごく最近のことだ。それまでは、間接的、象徴的な表現をすることだけが、「大切すぎる」ことをなんとか「口にする」ための、わたしの唯一《ゆいいつ》の方法だった。わたしが捕らえられていた罠は、そのように皮肉で、謎《なぞ》めいたようにねじれたところがあった。

わたしは、そうした行動や行為が自分にとってはどのような意味のものだったのか、ざっと分析し、まとめてみた。これで、こうしたことばもあるのだということを「世の中」の人々が知るようになってくれれば、そして、今でもわたしと同じような罠《わな》に落ち、怯《おび》えている人たちを理解する助けとしてもらえれば、とてもうれしい。

(1) 物をふたつずつペアにすること、あるいは同じような物どうしをグループ分けすることこれは、物どうしの関係をはっきりさせ、ふたつ、あるいはそれ以上の物の間につながりが存在しうるということを、確認している。目に見える物という、非常に具体的で説得力のあるものを使って、客観的に確認しているわけだ。繰り返し繰り返しこの作業をしていると、こうした物のつながりが可能ならば、いつの日か自分も、「世の中」とのつながりを感じ、そのつながりを受け容れることができるかもしれないという希望が、わいてきたものだ。わたしはいつも、こうした「物の世界」の中にいた。

（2）物やシンボルを整理したり秩序だてたりすること

物は必ずどこかに、あるいは何かに属しているということを、証明してみせている。すると、自分にもぴったりとおさまることのできる、そのような特別な、決定的な場所が「世の中」にあるに違いない、という希望がふくらんでくる。そうした場所を、自分でもいつの日か感じることができるようになるに違いない、と。また物を秩序だてていると、自分にとっては象徴的なものでしかない「世の中」が、よく理解できるような気がした。

（3）模様や図形、パターン

連続性を意味する。これらは、自分のまわりの複雑な状況の中でも、物は保証された決定的な場所にとどまることができるほどに長く、同じ状態でいられるのだということを示していて、こちらに安堵感《あんどかん》を与えてくれる。何かを囲むような丸や境界線をさかんに書くのは、自分の外に存在するもの、つまり「世の中」からの侵入を防ぐための装備を、自分で施そうとしているのだ。

(4) 激しいまばたきの繰り返し

物事のスピードをゆるめ、自分のまわりのものを、自分からより遠ざかったものにするため行なう。こうすると、あたりはコマ送りの映画のようになって現実感が薄れるので、恐怖心もやわらぐ。明かりを非常に速くつけたり消したりするのも、これと同じ効果。

(5) 明かりをつけたり消したりすること

(4) に同じだが、この場合はカチカチというスイッチの音が、鈴や音楽の場合と同様、自分の外部の物どうしのつながりを客観的に把握させてくれる。人から体に触れられることがほぼ不可能な人間にとって、こうした音は感覚的に実に快く、やすらぎさえ感じることができる。パターン化されているほど、予測がつきやすいほど、安堵感は強まるのだ。

(6) 繰り返し物を落とすこと

自由を意味する。自由への逃走が可能であることを、示している。イメージとしては、善意の感情が、苦痛を伴うことなく自分に触れてくる自由であり、自分の中からも、善意の感情が外へ出てゆき、それをそれほど恐れなくてもすむ自由なのである。

（7）跳び下りること

高い所から跳び下りるのもまた同じだ。ただ、物を落とすことよりも、秘密めいた象徴的な度合いは低い。しかし跳び下りることは、自由に向かって逃げるという概念を、体で確認させてくれるものだった。そして、もしそれが概念として存在するならば、いつかそれを本当に自分で感じることも可能なはずだ、という希望も与えてくれた。またこれは、体を揺らすことと同様、自分の体全体をひとつのリズムに乗せる手段でもあった。

（8）片足ずつに体重をかけて、体を揺らすこと

自分自身と「世の中」の間には、いつも不吉な予感がするほどの暗闇《くらやみ》が口を開けていた。両足を前後に開いて、準備運動のように体を揺らすのは、この暗闇を飛び越えて向こう側に行きたいという気持ちのあらわれだったのだろう。ちょうど、走り幅跳びをする人が、跳ぶ前にウォーミングアップをするように。「位置について、ようい、さあ、この闇を飛び越えろ」。しかし、現実の場面で他人から飛べと言われると、わたしはなぜかいつもとても怖くなってしまい、

決して飛ぶことができなかった。一度、一連のハードルをまったく飛ばずに走ってしまったことがある。ハードルが目の前に迫ってきても、最後の最後まで怖くて飛べず、わたしの両足はひっかけたハードルのために傷だらけになってしまった。

(9)体を揺らすこと、自分の手を握ること、頭を打ちつけること、物をたたくこと、自分の顎《あご》をたたくこと

自分を解放してやすらぎを得るため。そうして内面にたまった不安や緊張を緩和し、恐怖をやわらげる。動きが激しいほど、闘っている不安や緊張も強い。

(10)頭を打ちつけること

普通なら歌が気持ちを落ち着かせてくれるのだが、その歌も口ずさめず、催眠術のようなメロディーを繰り返すこともできないほどに、心が金切り声を上げている時、その緊張と闘い、頭に物理的なリズムを与えるために行なう。

(11)物自体を見ずに、その向こう側を透視するように見ること、何か他の物を見ているように見えること

自分のまわりで起こっていることを受け容《い》れるため、それを視覚の上で間接的なものに変え、恐怖心を取り除こうとしている。物を直接見つめると、そのインパクトや意味は、かえって薄れてしまうことが多かった。わたしが小学校の

最終学年で、急激にいろいろなことを学ぶことができたのも、この方法による。しかし先生は、これがわたしにとっての、物事を受け容れる唯一の方法だということを、知らなかった。楽器を弾く場合も同じだ。指先を見つめたり、指がどうなっているのかと考えたりすると、とたんにわたしは弾けなくなってしまう。指は見ずに「自動操縦」にすると、音楽はなめらかに流れ出すし、作曲をすることもできるようになる。

つまり、あらゆることが、間接的でなければならないのだ。わたしはリラックスして物事を受け容れられるようにするために、いつも自分の心をだましだまし、いろいろなことを言い聞かせていた。

(12) 笑い

恐怖、緊張、不安などを解放するための手段であることが多い。わたしの本当の感情は実にがっちりとガードされていたので、笑うというような、直接的でしかも他人に理解され共有されるような方法で喜びを表現することは、決してなかった。キャロルはいつも笑っていた。キャロルというのは、比較的社会に受け容れられやすい形で、わたしの恐怖を体現した人物《キャラクター》だったのである。

(13) 手をたたくこと

わたしにとっては、むしろこちらの方が喜びの表現であることが多かった。しかし手をたたくことはまた、終わりを意味するものでもあった――ひとつのできごとや行動の終わりを示す、合図でもあったのだ。半分夢を見ているような状態から自分を引っぱり出そうとする時にも、手をたたいた。

(14) 宙を見つめたり物の向こう側をじっと見つめること、物を回したり自分がくるくる回ること、同じ所をぐるぐると走り回ること

自分をリラックスさせるため、あるいは自分を表現できないことや自分のしていることを感じ取れないもどかしさをやり過ごすため、自分の意識を消してしまおうとして行なう。さらに言うならば、これは、自分の殻から外へ手を差し伸べることや、人と深くかかわることに対して絶望した時に陥る、精神の上での自殺のようなものだった。

(15) 紙を破くこと

近しさや親しさからくる脅威を払いのけようとする、象徴的な行為。つまり、恐怖感をやわらげるために他人から切り離されたいという意識を、象徴的に表わしている。また逆に、人と別れなければならない時にも、よく紙を破いた。別れによって心の中に穴が開いてしまわないよう、紙を自分とその人との関係に見立てて、先に自分から破くのだ。

(16) ガラスを割ること

自分と他人との間にそびえる目に見えない壁を打ち砕こうとする、象徴的な行為。あるいはそれは、意識と無意識の間にそびえる壁だったのかもしれない。

(17) きれいな色の物や光る物に対する愛着

シンプルさの中の美という概念をつかんでいることを表わす。また、自己暗示にかけて、自分を落ち着かせたりリラックスさせたりするための道具でもあった。さらに、これらの物の中にはそれぞれ、ある人たちを特別に思う気持ちがこめられていた。それが、その人にもらった物であるかどうかにかかわらずだ。たとえば色でいうなら、青はいつもリンダ叔母さんを表わしていたし、金色に輝くボタンもまたある友達を表わしていた。カットグラスは、わたしが公園で出会った本物のキャロルを表わしていたし、タータンチェックは祖母を表わしていた。どれも、その人の「感じ」や「雰囲気」にぴったりだった。

(18) 自分を傷つけること、他の人をとまどわせるような行為をわざとすること

自分、あるいは他人が、どの程度現実のものであるのか試そうとしている。自分の感覚や感情は、心のチェックポイントのような所ですべてせき止められてしまうので、他人と深い交流を持つことができず、他人の感情を直接感じることもできない。そのため、人が実際に本当に存在しているのかと疑ってみたくなることが、よくあるのだ。

(19) 故意のお漏らし

わたしの場合、これは半分無意識の状態から始まった。おそらくこれは、しっかりした自己認識や「あるべき自由」に向かおうとする、潜在意識下での衝動だったのだと思う。これほど自己コントロールすることや決まりに従うことが求められることも、またそうしなかった場合に他人の嫌《けん》悪《お》感《かん》がはっきりと表れることも、他にはない。そうした決まりごとをわざと破ることによって、ゆきすぎた自己コントロールの力を弱めようとしていたのだろう。また、その決まりごとに従っても感情的には何の見返りもないことに対する、フラストレーションの表現でもあったし、外からの期待に支配されなくても、自分のことは自分でコントロールできるのだという、決意の表現でもあった。さらに、この行為からは「あるべき自由」に対する自信を得ることもでき、それが、自分の殻から外へ手を差し伸べ続ける勇気にも、つながっていった。

わたしはこの行為を卒業した時に、自分の殻から出ようとする勇気が、再びわいてきたのを覚えている。両親にとっては非常に厄介なできごとであっただろうが、わたしにとっては、成長するために必要な、重要な一段階だったのだ。またこれは、自分のまわりを「自分の世界」の一部にしてゆくという、象徴的な行為でもあった。自分自身の体という境界線を越えて、世界を受け容れる、初めの一歩でもあったわけだ。まず自分の体から部屋へ。部屋から家へ。家から通りへ。そして通りから、世の中へ。

(20) 物理的な接触で、可能なもの、安心していられるもの

つかまえられる恐怖や消耗させられる恐れのないもの。たとえば、髪をとかすことやくすぐられることなら大丈夫。特に、手首からひじまでの間は、くすぐられても何の脅威も感じない。体の中でもそれほどプライベートな場所ではなく、自分としても比較的客観的でいられるところだからだろう。社会的に考えても、顔に触れられることに比べれば、腕に触れられる方がはるかにさりげなく、意味も軽い。そのため触れている人もそれほど重大性を感じはしないので、こちらも緊張せずにすむ。髪の毛も同じだ。触れられることの物理的な快さを感じることができ、しかも直接的な感覚と間接的な感覚の間の微妙な線の上を、行ったり来たりすることができる部分なのだ。しかしこのような感覚を楽しめる時を除くと、あらゆる接触は、苦痛であるか、あるいは自分が木にでもなってしまったかのようにじっと耐えるかの、どちらかなのである。触れられると、自分の体の中から精神がすっと抜け出ていってしまうかのよう。そうして後には体だけが残されて、たとえ人がどれほど親切でやさしい行為だと考えようとも、わたしは触れられるたびに、苦しむ。

その他のこと。

わたしに物を受け取らせるには、ありがとうなどの返事や反応をいっさい期待せずに、ただその物を、わたしの近くに置いてくだされぱいい。何らかの反応を期待されているとわかると、その義務と責任ばかりに気を取られて、品物の方には気持ちがいかなくなってしまうからだ。

またわたしに話を聞かせるには、わたしのことか、わたしに似た人のことを、大きな声でひとりごとを言うように話してくだされぱいい。するとわたしは、そのようなことなら自分にも話せることがある、という気持ちになってくる。この時接触は間接的な方がいいわけで、たとえば話しながら窓の外などを眺めていてくだされば、申し分ない。

しかしこの方法は、ある程度人と協力してコミュニケーションできるようになった子どもにしか、通じないものだ。そのような子どもなら、相手がわざと無関心を装《よそお》ってくれており、それは直接的なものが苦手な自分の問題を知っていて、気づかってくれているからだとわかる。そしてまた、受け身な役割の中にいて、直接的情緒的な状況になった時に対応できなくなるよりも、ことばにして話した方が他人には伝わるものだと知って、隠れていた自分自身の能力をさらに伸ばすこともできるようになる。こうして、子どもの意識が一貫してこちらに開かれてくるようになったなら、視覚を通して物を教える方法を、ゆっくりと始めてみるといい。これは、物を通しての話法とも呼べるだろうし、視覚的なシンボルを使用する方法ともいえるだろう。要するに、物理的には必ずしも距離をとらなくても、意識の上では個人的な距離を保ちつつ、コミュニケーションする方法なのだ。社会的な関係やルール、抽象的な概念などを説明する場合に、とりわけ効果のある方法だと思う。

一方、この段階にまで到達していない子どもには、「世の中」は決してだめだとその子に見切りをつけたりはしないこと、「世の中」はかかわらずにすまされるものではないことを、繰り返し繰り返し粘り強く、繊細に、間接的に、教え続ける必要があるだろう。わたし自身の気持ちとしては、そんなことをせずにそっとしておいてやれたら、と思うのだが、もしそうするならば、「世の中」はその子にとって、いつまでも閉ざされたままになってしまう。この場合、「世の中」の価値や、「世の中」が何を差し出してくれるかということを教えても、何の意味も持たないことだろう。逆に、自分が動かない限り、決して終わりはしない闘いがあるのだということを伝えると、何らかの反応や行動につながってゆく可能性がある。

次に、物理的な接触について。これは常に自分から始めなければ、決して楽しむことはできない。少なくとも、自分で選べる余地がなければならない。まだ非常に幼い子どもに対してでも、自分が選べるということを教えてやる必要がある。

わたしは、人が自分に触れないのは自分が無視されたからだなどと感じたことは、一度もない。人がわたしに触れないのは、わたしに対する理解と尊敬の証《あか》しなのだ。もし人との接触を楽しみたければ、わたしは自分からそういう人たちのところに行って、ヘアブラシを持って正面にすわったり、くすぐってもらおうと自分の腕をその人たちの膝《ひざ》の上に投げ出したりする。その時初めて、わたしは気軽に自由に、何を問われることもなく、自分の好きな接触を楽しむことができる。わたしが何かを望んでいるということを、わたし自身に意識させるのは、逆にその望みをわたしから奪ってしまうことになるのだ。そうしてわたしの中では、感じる力も、人とかかわろうとする勇気も、萎《な》えてしまう。

話すことについて。わたしが話している時は、ちゃんと聞いてもらっているということがわたしにも伝わること、聞き手が、話しているわたしの真剣さやわたしのふりしぼっている勇気について、理解してくれていることが、重要だ。しかし同時に、そうしたわたしの努力を、わたしに対して意識させすぎるようでもいけない。わたしは、大切なことはべつに何ひとつとして起こってはいないと自分に言い聞かせながら、なんとか話しているのだから。

わたしの場合、自分が何をコミュニケーションしようとしていたのか理解を深め、これからもコミュニケーションを試み続けようと、希望と勇気を感じたのは、芝居や象徴的なジェスチャーの中でだった。そこでは、ただ静かに立っていればよかった。自分を一心に見つめることもなく、むしろ自分からは何歩か離れたところで、自分の行動をさりげなく再現することができた。

　しかしわたしにとって一番効果的だったのは、何といっても、プライバシーと自分だけの自由な空間を持ったことだ。わたしのすることの多くは危険だったし、大部分の人々はわたしが孤立していることを嗅《か》ぎつけたものだが、わたしは何も好き好んで孤立していたわけではない。それは、わたしの内面の世界の孤立から派生していたものだった。そして、何の脅威もないプライバシーと自由な空間があって初めて、ガラスに覆《おお》われた自分の世界から一歩ずつ出てゆき、世の中を探検しようという勇気もわいてきた。

　何より特徴的なのは、わたしは愛されることをそれほど必要としていたわけではなかった、ということだろう。しかしまた、だからといって暴力を勧めるわけでは決してない（暴力とは、罰を与えることとはまったく違うものだ）。わたしの抱えていたさまざまな問題は、暴力によっていっそう助長された。かつて暴力で自分をガードしていたわたしは、これなら安全だ、誰もわたしに近づけない、と思っていた。さらにその暴力はエスカレートし、わたしの行動は、深刻で危険なほどの自傷行為を伴うようにさえなった。つまり、もし暴力で子どもに接するなら、子どもも、自分が一番必要とするはずの相手に対して、暴力でしか応《こた》えようとしなくなるだろう。だからわたしは勧めないのだ。

もし子どもに愛が通じないとしても、忍耐強く、感情に流されることなく、非暴力の闘いを続けてほしい。

わたし自身の場合も、愛や親切や、親愛の情や共感は、いつも最大の恐怖の源だった。それらを感じ、自分にはふさわしくないと思いながらもなんとか人の努力に添おうと頑張っていると、フラストレーションはやがて自分など不適当だという思いに変わり、ついには絶望となってしまう。同情も、何にもなりはしない。おとぎ話とは違い、愛は必ず突き返されると思っておいていただきたい。それも、唾《つば》を吐きかけられて。しかし愛ではなく、いつも心に留めて気づかうことならば大丈夫なのだ。それが、外へ向かうために、信頼することのできる世界を創《つく》り上げるためだという理解に基づいているならば。

だが時に人は、愛を受け容れられないそんな人間をも、愛してしまうようだ。まるで宣戦布告のように、強く。相手は、自分一人でなんとか勇気と能力をかき集めなければ、闇の中を向こう側へ飛び越えることさえできない人間だというのに。人は、望むだけでは、本人に、他人の精神を救うことなどできはしない。救おうとして全力で闘うその姿が、ふと、強いインスピレーションを与えるのだ。もし愛がインスピレーションを与えないとしたら、本人の内面の恐怖よりもはるかに強い、外からの恐怖が、インスピレーションを呼ぶかもしれない。だがまずは、やはり、寛大で忍耐強い本物の愛を、試してほしい。

長々と書いてきたが、とにかくわたしは、わたしと同じような人たちを助けるために奮闘している人々に向かい、皆さんの努力は絶対にむだではない、と言いたかったのだ。間接的、客観的な方法で応えることと、無関心であることとは、まったく別のことなのである。

訳者あとがき

河野万里子

自分の居場所と呼べるところを
　ずっと捜しているのに
わたしには見つからない、
　どこもかりそめの宿、かりそめのわたし
　そして少しずつ　わたしは自分を見失う　（本文より）

たとえば電車に乗っている時、一人で街を歩いている時、まわりの景色が突然すうっと遠のいてゆくようなことはないだろうか。まるで自分のまわりにだけ、目には見えないバリアができてしまったようで、街の喧騒《けんそう》も人々も蜃気楼《しんきろう》のようにぼやけてゆがみ、自分がどこにいるのかわからなくなる、何者であるのかわからなくなる——

人がこんなふうになるのは、何かショックなことがあったり心が傷ついていたりする時、あるいはひどく疲れている時なのだろう。そうしてたいていは、時間によって癒《いや》され、やがて手ごたえのある現実感と自分自身とが再び戻ってくるものだろう。けれどももし、癒されることがなかったら？　外の世界がますます無意味に感じられ、バリアはますます厚く、ますます抜け出られないものになっていったとしたら？……

本書の著者、ドナ・ウィリアムズは、そうした困難を抱えて生まれてきた人だ。それが「自閉症」という名の症状であることも知らず、変わり者扱いされることに耐えながら、彼女は懸命に、バリアの向こうにある普通の世の中へ入っていこうと闘った。バリアの内側の、自分だけの世界も守ろうと闘った。そうして長い長い闘いの末、ついに教養あるすばらしい女性に成長した彼女は、自分が<u>どこに</u>いたのか、何者であったのかを知るために、過去の時間の糸をたぐり寄せるようにして心の旅に出た。本書『自閉症だったわたしへ』は、その鮮烈な軌跡を、彼女が自分自身で綴《つづ》った手記である。

原題は"NOBODY NOWHERE"という。自分は誰というわけでもなく、どこにいるというわけでもない、名前も居場所もない幻の人間、というような意味だ。ビートルズの"NOWHERE MAN"を思い出すし、うわのそらであるとかまともではないといったような意味の NOBODY HOME という言い方も思い出す。ドナにとっては、さまざまな思いの詰まった大事なことばであり、また自分というものを表わすキーワードでもあるのだろう。本書の中でも、冒頭の詩にこのことばが現れるのをはじめ、「どこにも行く所はないの」と初めて感じた子どもの頃の衝撃、自分は誰にも受け容《い》れられない人間、どこにも属することのできない人間だという少女の頃の苦悩、そして、本当の自分を見出《みいだ》しつつあった時に感じる「ここは、どこでもない所。わたしは、誰でもない人間」という不思議なやすらぎにも似た感覚など、それぞれ少しずつ意味の違う同じような言い方が、変奏曲のように登場する。

「すべてを紙に書きつけるまではやめない」という決意のもとに、彼女は本書を書き始めたのだそうだ。だがもともとは、自分自身を見つめるために、自分のためだけに書き出したのであり、まさか出版するようなことになろうとは夢にも思っていなかったという。だからこそ一度書き始めると、「くっきりとした映像がまるで映画のように次々流れていって、ただことばがあふれてくるままに文字にすればよかった」というように、理想的な状態で書き進むことができたのだろう。そうして、秘書の仕事をしながらも、四週間という短い時間で書き終えることができたのだろう。もともと彼女は「歩く辞書」と呼ばれるほど語彙《ごい》が豊富で、自分でも、「日常的なことばはあまり得意ではないけれど、普段あまり使われないようなことばが好きで、複雑なことばになればなるほど心を魅《ひ》かれる」と言っている。また、人と話す場合と違って、書く時は目の前の相手がタイプライターや紙といった物なので、自分を相手と分かち合わなくてはならないのだという強迫観念に襲われなくてもすむし、奇妙に響く自分の声を聞かなくてもいいからスムーズに自分を表現することもできる、という。

その彼女の心の旅は、ごく幼い頃の思い出から始まる。ページをめくってゆくうちに、まるで宝物の詰まったオルゴールの小箱を開けたかのように、思い出の数々がきらきらとあふれ出す――幼い自分が住んでいた魔法の世界、祖父母のあたたかさ、楽しい冒険でいっぱいの公園、初めての友達、初めての学校。確かに彼女は自閉症であるかもしれないが、そのきらめくような思い出の美しさとせつなさに、思わず読み手も、過去の時間や思い出の中に置き去りにしてきてしまった、自分自身のはるかな夢や希望を、よみがえらせずにはいられないだろう。そうしてさらに、思春期の涙や苦悩や闘いや、青春の日々の心の震えを、思い起こさずにはいられないだろう。

著者ドナ・ウィリアムズは、一九六三年、オーストラリアの都心部の、いわゆる労働者《ワーキング》・階級《クラス》の家庭に生まれた。両親と、兄と弟が一人ずつ、それに幼い頃は同じ敷地内に祖父母も住んでいたのだが、家庭の中は徐々に荒れてゆき、その様子は本書の中にも書かれているとおり、時に想像を絶するほどのすさまじさだったらしい。彼女の叔母の証言によると、両親の間では夫婦喧嘩《げんか》が絶えず、ひどい時にはナイフが飛び交ったり、ライフル銃が発射されたりする騒ぎまであったという。おまけにドナの母親は初めからドナの妊娠を望んでおらず、中絶は違法であったものの、自分で何度も堕胎を試みようとしたそうだ。男性関係も派手だったようで、家でしょっちゅう深夜までパーティーをして騒いでは、夫が酔いつぶれた後にさまざまな男性を寝室に誘っていたという。ドナに対しては「この子」とさえ言わず、「それ（it）」とか「そのいまいましいの（that fucking thing）」と言っていたのだそうだ。本書の中でドナが「どぎつい紫色」のベッドに突っ伏して泣くシーンがあるが、これはドナが紫色が嫌いであるのを知って、母親がわざと、壁紙からカーペット、カーテン、ベッドカバーにいたるまで、彼女の部屋をすべて紫色で統一したという。また窓には格子《こうし》がつけられていたという描写があるが、これも、ドナが時々窓から抜け出すのを知って、母親が取りつけたとのこと。家の構造にしても、二階にあったのはその格子窓のドナの部屋だけで、あとは全部一階にあり、ドナはトイレと食事以外いつでも自分の部屋に押し込められて、孤立を強いられていたと叔母は語っている。一方本書の中でドナが、幼い頃に母親からナプキンを口に突っ込まれ、さらに顔を紐《ひも》で打たれ続けたことを回想する場面があるが、これは同じ日に起こったことではなくて、それぞれ別の日のできごとだったそうである。本書の中で正確さを欠いているところはないかと聞かれてあえて答えるなら、この一点だけだそうで、あとは何もかも、事実のままだという。

こうした信じられないほど過酷な家庭環境に耐え、さらに十代の半ば頃からは身勝手な男たちによって身も心も傷だらけになりながらも、ドナは、人に尊敬される人間になりたいと願い、一度はやめた学校に戻って大学進学を果たし、「正常と逸脱」という論文を書き上げて立派に大学を卒業する。そうして二十五歳の時に初めて「自閉症」を知り、それをきっかけに少しずつ、自分の本当の居場所を見つけてゆく。その間ロンドンに渡り、そこで本書を書いたのだ。現在は再びオーストラリアに戻って、自閉症の子どもたちのいっそうの力となるために、教育学を勉強中だという。

そして今もなお、彼女は自分自身、自閉症と闘い続けている。ここに一枚のメモがある。本書の出版後、次々に申し込まれる取材に対して、ドナが記者たちに向けて自分で書いた注意書きのようなもののコピーだ。そこには、握手はしないですませてほしい、なるべくおだやかな声で、抑揚の少ない一定の速度で話してほしい、内容がわかりやすいよう明確なことばを使い、あまり隠喩《メタファー》やジョークなどははさまないでほしい、などと細かく書かれている。ひとつひとつにそれがなぜかというていねいな説明もついており、最後には、いろいろ指定してすみません、よりよいコミュニケーションのためによろしくお願いします、というようなことが書かれている。彼女が今も、「世の中」とコミュニケーションするために精一杯努力していることがありありと迫ってきて、胸を衝《つ》かれる思いがする。

実際に彼女にインタビューをした「タイムズ」紙の記者によると、インタビューにこぎつけるまでにはふたつのステップが必要だったそうだ。ひとつ目は、まず前日に緑の多い戸外で会っておくこと。この時インタビューや質問はいっさい禁止。そして次に、彼女に対する質問事項をその後ファクスで送ること。こうしてやっと、インタビューが実現する。またあるフランスの雑誌の記者は、ドナ自身が書いた注意書きの他に、「『紅茶を飲みたい』と言ったらそれは一人になりたいということ。サングラスをかけたら疲れたということ」といったような彼女のことばも、あらかじめ出版社側に教えてもらったそうだ。しかし個人的な事柄を次々聞き出そうとするような取材は、彼女にとって、消耗するつらい作業だったに違いない。ふと「話す時の手の表情が豊かですね。手話を見ているようです」と言った記者に対して、彼女は突然背を向け、いらいらと部屋を歩き回る。そうして、十三歳の頃、人が自分の身振りや手振りをからかうことに気づいてとてもつらかったこと、それ以来自分をわかってもらおうと人に話しかけようとするようになったこと、を記者に話している。また「今でも握手をするのはいやなのですか?」という質問に対しては、彼女は泣き出した。頑張っているがやはりつらい、でもいつまでもそういうわけではないと書いてください、いつまでも自分が、生命のない単なる物体のようなままではいたくない、と言って。

彼女が一番楽しむことのできたインタビューは、訳者の手元にあるものだけからいえば、「タイムズ」紙でのもののようだ。「タイムズ」の記者は、事物や事実を話題にするのが最も彼女をリラックスさせると見てとり、インタビューを行なっていた公園で、アヒルや製氷室や彼女の好きなラクダなどについて話し合ったという。彼女は本当に博識で、プールのpHといったことから木々の雌雄の別まで、科学者のように雄弁だったそうだ。そうして記者に、自分はやっと友情というものをつかめるようになってきたと、現在の心の内を語っている。「自分にとって友情というものが、単に正常さ《ノーマリティー》を象徴するだけのものではなくなってきたんです。わたしは初め、誰とも何も分かち合えなかった。それが、まずことばを分かち合えるようになり、次に事実を分かち合えるようになり、考えも分かち合えるようになった。それで今度は、感情を分かち合おうとしてみている。でもそのためには、自分のことばや言っていることと自分の感情とを結びつけられるようにならなくてはいけないでしょう。わたしにとって、これはまったく新しい世界」

記者たちによれば、実際のドナは、ブロンドの小妖精《しょうようせい》のようだったという。身のこなしがかろやかで、ほっそりしていて繊細で、生き生きとした目の輝きが特に印象的なようだ。子どものように好奇心が旺盛《おうせい》で、知性や集中力の高さがにじみ出ていて、純粋な何かが光り輝いているような人だという。

ごく最近、アメリカで発表されたばかりの自閉症についての論文の日本語訳を、読む機会があった（「自閉症」U・フリス、「日経サイエンス」一九九三年八月号）。自閉症の原因が脳の生物学的な異常によるものであることや、人と視線が合わず、独りでいること、同じであることにこだわったり、決まったことの入念な繰り返しを好むなどといった自閉症の特徴については、本書の序章やまえがきでも触れられているとおりであるし、ドナもまた自分で描写しているわけだが、一部、おや？と思わせられる点があった。自閉症の人は、情緒的な接触の手が届かないというほどではないが、「心理学的または生理学的研究によれば、その内的世界は豊かとは言えず、その心の中は生物学的な障害のせいで普通の人とは非常に異なったものになっている」というのだ。多くの場合は、そうであるのかもしれない。それにドナの世界も、確かに普通の人とは少し違ったものだったといえるだろう。だが彼女の世界は、私たちの心を揺さぶるほどに豊かだ。その上、私たちが忘れかけていたような大切なものを思い出させてくれる。見えなかった大切なことを見せてくれる。考えさせてくれる。

またこの論文では、自閉症はコミュニケーション、社会性といった分野の他に、想像力にも障害が出るのが特徴だと一般的に認識されていることを述べているが、この点についても、ドナは少し違っているように思う。人の言うことをことばどおりに信じてしまう点では、ドナにも想像力や人の心を読む力が足りなかったということができるかもしれない。だが自分を守ってゆくために、社交的でにこやかなキャロルと理屈屋でむっつりしたウィリーという二人の人物を心の中に創《つく》り上げ、状況に応じてそのどちらかになりきって行動するなどというテクニックは、想像力が豊かでなければとてもできないことだろう。また、このようにいくつかの仮面を心の中で用意して、場に応じて使い分けるというようなことは、複雑な現代社会では一般の私たちもよく行なっていることではないだろうか。それが意識的なものであれ、無意識のうちのものであれ。

いずれにしても、自閉症についてはまだ解明されていないことがたくさんあるという。いや、自閉症だけではない。一般の人間の心についても、人間の在り方というものについても、そもそも人間というものについても、わかっていないことはたくさんあるだろう。そうした中でこのドナの手記は、さまざまな障害や困難を乗り越えようとひたむきに生きてきた一人の人間の、せつなく、輝かしい自己発見の真実の記録だ。まるで奇跡のような、人間性の勝利の物語だ。ドナの生きてゆく姿勢を見ていると、逆境にあっても人間とはここまで強く、気高くなることができるのかと、息をのまされる。そうして、心が深く澄んでゆくような感動に包まれる。ふと、神、ということばを思う。

本書は昨年イギリスで出版されるや、「タイムズ」「デイリー・テレグラフ」「サンデー・タイムズ」「オブザーヴァー」など各紙で絶賛され、全米とオーストラリアでもベストセラーになり、すでにフランス語とドイツ語に翻訳されている。全米では「ニューヨーク・タイムズ・ブック・レヴュー」に九位で登場以来、手元に資料の届いている分だけでもすでに連続十二週、ベストセラーリストに載り続けている。またイギリスではＩＴＮ（独立テレビジョン・ニュース）局が昼のニュースで、本書そのものとともに、ドナにインタビューしている映像も紹介した。緑の中、語りながら歩いてゆくドナを、少し遠くからカメラがとらえた映像だった。このニュースは日本でも、ＮＨＫ衛星放送の「ワールド・ニュース」の時間に放映されたようである。

本書の原文は、一見シンプルきわまりない文章が、少々断片的に、淡々と続いてゆくものだった。ことばどおりに読み進んだのでは、何のことであるのか、どういうことなのか、意味がよくわからないところも時折あった。だがそれを解読するように読み込んでいくと、その向こうには豊かなイメージの世界が広がっており、胸が痛くなるほどの鋭く純粋な感受性がきらめいている。そのため訳者は、どのような翻訳が最適であるのか、おおいに悩んだ。一語一語のレベルにおいては今でも、著者ドナが好まないようなことばを訳語として使ってしまったところはないかと、心配している。

また原本は、内容のかたまりごとに行が一行開いているだけで、最初から最後まで続いてゆくという構成だ。しかしところどころでドナはその時々を振り返り、当時の自分の行為や心の世界の説明と分析を試みているため、時間やストーリーの流れが少々わかりづらいように思われた。そのため日本語版では、本文を章に分け、章ごとに簡単なタイトルも添えた。タイトルがあれば、彼女の世界もいっそうつかみやすくなるのではないかと考えたからだ。彼女の心の旅路を一緒にたどってゆくための、ささやかな道しるべにしていただけたらと思う。

最後に、本書が自閉症研究にかすかにでも新しい光を投げかけるものとなるよう、また自閉症の方々やそのご家族の方々、今何らかの壁にぶつかって苦しい気持ちでいる方々、本当の自分を捜しているすべての方々に、新たな勇気と力とを感じ取っていただけるものとなるよう、心から願う。

そして、訳者を本書と出会わせてくださり、いつもあたたかく力強いことばで支えてくださった新潮社出版部の梅澤英樹氏、イメージ豊かな邦題を考えてくださり、細かな作業を手伝ってくださった小林加津子さん、一部の用語のチェックをしてくださった武藤晃子さん、さらに他にもさまざまに力を貸してくださった皆さんに、深くお礼申し上げたい。

（一九九三年八月）

このたび文庫版の出版にあたっては、本書がより読みやすいものになるよう、また自閉症というものにより迫ることのできるものになるよう、翻訳に若干の修正を行なった。新潮文庫編集部の皆様には、大変お世話になった。ありがとうございました。

（二〇〇〇年四月）

索　引

この作品は平成五年十月新潮社より刊行された。

本作品の記述、表現の中には、差別的表現ととられかねない箇所があります。しかし作者の意図が、差別を助長するものでないことは明白ですので、原文どおりとしました。読者各位のご賢察をお願いします。〈編集部〉

Title : NOBODY NOWHERE
Author : Donna Williams

自《じ》閉《へい》症《しよう》だったわたしへ

新潮文庫　　ウ - 19 - 1

Published 2000 in Japan
by Shinchosha Company

平成十二年七月一日発行
令和三年十二月十日二十刷

訳者　河《こう》野《の》万《ま》里《り》子《こ》

発行者　佐藤隆信

発行所　株式会社 新潮社

郵便番号　一六二―八七一一
東京都新宿区矢来町七一
電話　編集部(〇三)三二六六―五四四〇
　　　読者係(〇三)三二六六―五一一一
http://www.shinchosha.co.jp

価格はカバーに表示してあります。

乱丁・落丁本は、ご面倒ですが小社読者係宛ご送付ください。送料小社負担にてお取替えいたします。

印刷・錦明印刷株式会社　製本・株式会社植木製本所

ISBN978-4-10-215611-7 C0198